실낙원

KB165186

LINN
인문고전
클래식
3

칠흑 같은 고통을 알아야
빛처럼 아름다운 인생을 살 수 있다

실낙원

PARADISE LOST

존 밀턴 지음   김성진 편역

L\NN
도서출판 린

잃어버린 낙원을 찾아서

영국 문학사 중에서도 가장 위대한 작품의 하나로 여겨지는 존 밀턴(John Milton, 1608~1674년)의 서사시 《실낙원(Paradise Lost, 잃어버린 낙원)》은 당시 국민 시인으로 사명을 자각한 마땅한 시기에 쓰인 작품이라 하지 않을 수 없다. 밀턴은 젊어서부터 국민적 테마에 의한 비극 또는 서사시 창작을 지향하였는데, 실제 그는 과장이 심한 그동안의 영웅시보다 자신의 종교적 영웅시인 《실낙원》에 대해 대단한 자부심과 열정을 쏟았다.

《실낙원》의 주된 얘기는 우리 인류의 조상인 아담과 하와(이브)에 대한 성경 이야기와 인간의 타락과 에덴 동산에서 퇴거당하는 《구약성경》의 〈창세기〉에서 그 이야기의 뿌리를 취한다.

작품은 최초의 인간인 남자와 여자에 대한 조합을 상당히 정교하게 부각(浮刻)하고, 악을 상징하는 반역 천사 사탄에 대한 복수의 집념과 하나님께 충실한 천사에 대한 웅장한 서사시를 모두 12권의 책으로 나뉘 그리고 있다. 애초에는 10권이었는데 그리스·로마 서사시의 전통을 고려해서 12권으로 마무리했다.

1권에서는 지옥에 떨어진 사탄이 타오르는 불바다의 심연 속에서 9일간을 지내다가 깨어난다. 천국에 있을 때의 영광과 지옥에서의 굴욕을 되씹으면서 하나님에 대한 보복을 결심하고, 타락 천사들을 불러일으켜, 지옥의 도시를 세우고, 반역을 도모한다.

2권에서는 하나님에 대한 직접적 보복보다 인간을 유혹하여 타락시키기로 결론을 내고, 인간이 사는 새로운 세계인 낙원 탐색을 위하여 사탄이 홀로 원정(遠征)한다. 사탄은 지옥의 울타리를 부수고 하늘과 땅 사이의 혼돈에서 여러 가지 곤란을 겪지만, 불굴의 의지로 나간다.

3권에서는 사탄의 탈출을 안 하나님은 사탄의 성공과 인간이 타락할 것을 예언하고, 지상에 내려갈 임무를 그의 유일한 아들인 예수 그리스도에게 맡긴다. 사탄은 낙원 세계를 발견하고 허영의 변방을 찾아내 은밀하게 스며든다.

4권에서는 사탄이 에덴동산에 당도하여 낙원의 정경을 살피고, 아담과 하와의 대화도 엿듣는다. 특히 선악의 나무 열매를 먹는 것이 금지되어 있음을 알게 된 사탄은 그들을 유혹할 결심을 굳게 한 후 꿈속에서 하와를 유혹해 보려고 한다. 한편, 하나님은 천사 우리엘을 보내어 낙원의 문을 지키고 있는 대천사 가브리엘에게 경고하고, 낙원 경계를 더욱 열심히 한다.

5권에서는 사탄이 하와의 꿈을 통해 유혹하려는 계획에 실패하고, 하와는 괴로운 자기의 꿈 얘기를 아담에게 한다. 하나님은 천사장 라파엘을 보내 인간에게 닥친 위험을 얘기한다. 낙원에 당도한 라파엘은 아담에게 사탄의 반역을 알리고, 그 유혹에 떨어지지 않도록 경고한다.

6권에서는 라파엘이 하늘의 전쟁을 이야기하는 장면으로 미카엘과 가브리엘이 이끄는 천사들의 군대와 사탄의 군사들 간의 격전으로 이어진다. 사탄의 세력은 일단 패하나 다시 쳐들어온다. 이때, 하나님은 성자 예수 그리스도를 보내어 전차와 벼락으로 적중에 돌진한다. 그리하여 사탄의 군사는 심연의 구렁으로 떨어진다.

7권에서는 라파엘이 아담에게 천지 창조에 관한 얘기를 들려준다.

8권에서는 라파엘이 아담에게 천체 운행에 관해 얘기하고, 아담은 라파엘에게 자신이 낙원에 오게 된 경위와 하와를 만나 결혼한 사정 등을 얘기한다.

9권에서는 사탄의 간계에 빠진 하와가 마침내 선악과를 먹게 되고, 아담도 그녀의 청에 못 이겨 하나님의 계율을 어긴다. 그러자 갑자기 천지가 진동하고, 자기들이 발가벗은 몸임을 부끄러워하고, 정욕을 느끼며 불안과 고뇌에 빠진다.

10권에서는 사탄이 의기양양하게 지옥으로 돌아가 반역 천사들에게 성공한 사실의 경과를 말한다. 그러던 중에 갑자기 모두 뱀으로 변하여 영겁의 지옥 속에 빠진다.

11권에서는 천사 미카엘이 에덴으로 내려가 아담과 하와의 추방을 선언한다.

대미를 장식할 12권에서는 미카엘이 계속하여 노아의 홍수, 구세주의 탄생, 죽음, 부활 등을 얘기하고, 원죄를 지은 두 사람을 낙원 밖으로 내어 보낸다.

밀턴은 이처럼 성경 이야기를 고전 문학 작품과 이교의 신화와 뒤섞어 우상 숭배와 같은 주제에 대한 자신의 철저한 프로테스탄트적 관점을 펼쳐 보인다. 그에게는 왕이 신이 부여한 권리로 통치한다는 것도 우상숭배의 일종이었던 것이다. 따라서 이 작품은 밀턴이 말년에 겪었던 왕당파 체제에 비판을 가하는 수단이 되었다. 《실낙원》은 영어로 쓰인 걸작 중 하나로 평가되며, 신비주의 화가 윌리엄 블레이크(William Blake, 1757~1827년)와 상징주의 판화가인 귀스타브 도레(Gustave Doré, 1832~1883년)를 비롯한 많은 작가와 화가에게 영감의 원천이 되었다.

밀턴은 청교도였기에, 종교적인 자유주의자가 아니었다. 물론 17세기에 종교적 자유주의를 주장한 사람은 거의 없다시피 했으니, 딱히 그의 탓으로만 돌릴 일도 아니다. 그는 《성경》을 연구하는 데 인생의 대부분을 바쳤고, 진리를 제대로 이해하려면 예수 그리스도 재림의 때가 와야 한다고 생각했다. 그러나 사상적 관용을 누구보다 주장했던 그는 가톨릭에 대해서는 매우 강경해서, 관용을 베풀어서는 안 된다고 주장했다.

"가톨릭은 이중적인 권력을 요구한다. 하나는 성직에 대한 권력과 다른 하나는 정치적 권력으로 이들 두 가지 권력은 상호 보완적이다. 그래서 가톨릭은 우상이고 공적으로는 물론 사적으로도 관용될 수 없다."

밀턴의 가톨릭에 대한 인식을 잘 나타내주는 발언이다.

알리기에리 단테(Dante Alighieri, 1265~1321년)의《신곡》이 가톨릭적 세계관과 가치관을 반영하고 있다면, 밀턴의《실낙원》은 개신교의 가치관을 반영하는 불후의 기독교 서사시로 평가받고 있다.

역사적으로 종교 시인으로 대성한다는 것은 쉬운 일이 아니었다. 그가 이 작품을 집필하던 시기에는 대문호 윌리엄 셰익스피어(William Shakespeare, 1564~1616년)가 건재하고 있었고, 그의 걸작들은 계속해서 런던 극장가에서 공연되고 있었으며, 셰익스피어의 뒤를 이은 엘리자베스 왕조에 이어 제임스 왕조의 극시인들, 벤 존슨(Ben Jonson, 1572~1637년)에 이은 우아한 서정시인들, 하버드 등의 국교파 성직자와 시인들 및 밀턴과 동시대인으로서 탁월한 능력을 지닌 시인들이 많이 있었다. 밀턴은 그의 섬세하고 인간적인 감성으로 이런 것을 감상하고 또 그의 풍부한 소질로 이것들을 그의 시에 담을 수 있었다.

《실낙원》은 분명《구약성경》의 〈창세기〉에 근거한 아담과 하와의 낙원 상실에 관한 서사시이다. 하지만 원죄를 지은 인류의 죄악에 비교하면 그리 참담한 서사시는 아니다. 여러 의미에서 밀턴은 내면에 혼돈이 내포한 우리를 향해 완결된 한 단계 높은 입장에서 신의 섭리가 올바르다는 것을 설명하지 않는다. 우리를 책 속으로 끌어넣음으로써 자기를 정화하고 진정한 '내재하는 원숙'을 추구하려 의도하고 있다고 생각한다.

우리가 《실낙원》을 젊은 날에도 읽고 이후 장년의 나이에도 읽겠지만, 그럼에도 끊임없이 이 책이 우리 가슴속 깊이 남아 있는 것은 각각의 인생 단계에서 느끼는 '삶'의 고뇌에 대해 우리 자신이 직접 그것을 다시 체험할 것을 요구하기 때문일 것이다. 지옥의 의식에서 신음하는 사탄에게서 우리가 일종의 공감을 하는 것도 그 때문이다.

어떻게 보면 다소 간단해 보일 수도 있지만, 밀턴의 방대한 언어학적·신학적 지식이 결집되어 그 볼륨은 작지 않다. 무엇보다 놀라운 점은, 밀턴이 《실낙원》을 구상하던 시점에서 그는 이미 실명한 상태였기에 글을 쓸 수 없었다는 것이다. 《일리아드》와 《오디세이아》의 호메로스(Homeros, 기원전 800(?)~기원전 750년)도 시각장애인이었다는 전언이 있고, 인상주의 미술의 클로드 모네(Claude Monet, 1840~1926년) 역시 말년에 실명하여 앞을 보지 못한 상태에서도 유명한 역작인 〈수련〉 그림을 그렸듯이 밀턴 역시 실명 상태에서 자신의 딸에게 구술하는 방식으로 이 서사시를 완성했다.

존 밀턴

존 밀턴(John Milton, 1608~1674년)은 영국의 시인이자 청교도 사상가로 영국의
문호 윌리엄 셰익스피어에 버금가는 작가로 평가받고 있다. 프로테스탄트의
수호자를 자처했던 올리버 크롬웰 밑에서 외교 비서관을 지내 그를 오랫동
안 보좌했다. 기독교 성격의 서사시인 《실낙원》의 작가로 유명하다. 밀턴은
위대한 예술가 이전에 고난과 인생 역경을 극복한 인생 자체로 위대한 작가
로 평가받는다.

밀턴은 1608년 12월 9일 영국 런던의 청교도 집안에서 태어났다. 어릴 때부
터 문학과 학문 전반에 재능과 열성이 있어, 열여섯 살에 케임브리지 대학교
에 입학했다. 대학을 다닐 때 '귀부인'이라는 별명을 얻을 만큼 용모가 빼어
났으며, 천재성을 발휘하여 젊은 시절에 영문학계에서 불후의 걸작으로 남
은 영시 《그리스도 탄생의 아침에》를 썼다.

졸업 후 부유한 공증인이자 작곡가이기도 한 아버지의 별장에 은둔한 채
전원에서 고전·수학 등을 연구하여, 광범위한 독서와 사색으로 문학적 역
량을 쌓으며 몇 편의 작품을 썼다. 나이 서른인 1638년에는 이탈리아 피렌체

를 방문하던 중 만년의 갈릴레오 갈릴레이(Galileo Galilei)를 만나기도 했다(《실낙원》에는 갈릴레이의 망원경에 대한 언급이 나온다).

보통 밀턴의 삶을 3단계로 구분한다.

첫 번째 단계인 1640년까지의 밀턴은 시인이 지녀야 할 자질을 연마하던 단계라고 평가된다. 또한, 아버지의 영향으로 음악과 예술에 대한 사랑을 물려받았다.

두 번째 단계는 영국 청교도 혁명의 대의를 지지한 올리버 크롬웰(Oliver Cromwell) 지지자이자 주요 논객으로서, 그리고 공화정 및 호국경(Lord Protector, 1653~1659년에 존재한 영국 혁명정권의 최고행정관) 체제의 옹호자로서 활동하던 시기이다 (1640~1660년). 이 시기엔 영시 문학 활동보다는 정치적 산문 저술을 통해 크롬웰의 청교도 정권과 왕정 폐지를 사상적으로 옹호하는데 열정을 다했다. 이때 너무 과로한 데다 젊을 때부터 굉장히 공부를 많이 하고 책을 지나치게 많이 본 탓에 1652년 결국 실명(失明)하고 만다.

그리고 마지막 세 번째 단계는 혁명이 실패로 끝나고 스튜어트 왕정이 복고된 후 서사시인으로 활동하던 시기이다(1660~1674년). 이 두 시기에 밀턴에게는 큰 시련이 닥치는데, 일단 앞서 서술했듯 마흔넷의 나이가 되던 해에 실명했고, 또한 엎친 데 덮친 격으로 1660년에 찰스 2세의 즉위로 복고한 왕정은 공화주의자인 밀턴에게 큰 환멸을 안겨주었다.

당연히 왕정의 눈에는 공화주의자인 밀턴이 곱게 보일 리가 만무했고, 밀턴은 동료 문학가의 적극 탄원에다 이미 실명하여 더는 영향력을 행사할 수 없었기에 처형만은 면했으나, 모든 정치적, 사회적 입지를 잃고 완벽하게 몰락하고 만다. 이후 1674년에 사망한다.

밀턴의 대서사시인 《실낙원》은 그가 지향하던 공화제가 실패하고, 실명까지 당해 앞을 보지 못하던 시기에 이르러 이 웅대한 규모의 작품을 구술(口述)로써 완성하였다. 서사시라는 일정한 형식에 인간의 원죄와 구원의 가능성이라는 내용을 담는다는 어려운 과제를 작자는 훌륭하게 완수하였다. 그리고 이 작품은 영문학 사상 유일한 거의 세계적 서사시가 되어 후세에 지대한 영향을 끼쳤다. 이어 《투사 삼손》, 《복낙원》 등 청교도적 사상을 나타낸 대작을 계속 발표하여, 영문학 사상 최대의 시인이 되었다.

토머스 칼라일은 밀턴의 작품을 "성당에서 울려나오는 노래와 같다"고 평가했다.

귀스타브 도레

19세기 중반에 가장 저명한 프랑스의 화가이자 삽화가, 판화가인 귀스타브 도레(Gustave Doré, 1832~1883)는 독특한 상상력과 생생한 묘사력으로 정확한 소묘와 극적인 구도로 환상과 풍자의 세계를 구현하고 있다. 그는 평생(51년) 10,000점 이상의 판화를 제작했고, 200권 이상의 책에 삽화를 그렸으며 이 책 중엔 400점 이상의 도판이 사용된 것들도 있다. 그의 작품은 단순한 삽화의 개념을 넘어 각 작품만으로도 충분히 명화로서의 깊이와 울림을 가지며, 고전이 지닌 상상력의 지평을 새롭게 열었다는 평가를 받고 있다.

윌리엄 블레이크

윌리엄 블레이크(William Blake, 1757~1827년)는 영국의 상징주의 화가이자 시인으로 신비로운 체험을 시와 그림으로 표현했다. 성경을 사랑했지만, 교회에 출석한 기록은 한 번 있고, 부패한 종교와 교회를 비판했다. 어린 시절부터 신비로운 환영을 보고 매우 독특한 작품을 남겼으나, 사람들은 망상이라 비난했고 무명(無名)으로 생을 마감했다. 20세기 이후부터 그의 저서가 주목을 받기 시작했으며, 애플의 스티브 잡스(Steve Jobs)는 블레이크의 작품에서 영감을 얻었다고 하는데, 현대에는 최초이자 위대한 낭만주의 시인으로 손꼽힌다.

목차

타락 천사들은 지옥에 그들의 도시 '판데모늄'을 건설하여 반역을 꾀한다. 존 마틴의 작품.

타락 천사들의 마왕 자리에 오른 사탄은 천국을 차지하기 위해 지옥의 동료를 선동하여 결기를 다진다. 하지만 하나님의 무시무시한 위력 앞에 정면 대결이 소용 없으리라 생각하고는 복수의 칼날만을 다지고 있다. 귀스타프 도레의 작품.

《실낙원》 1권에 등장하는 장면이다. 타락 천사들이 심연의 지옥에서 하나님으로부터 형벌을 받는 모습으로 그들 중 사탄이 중앙에 우뚝 서 반역을 선동하고 있다. 윌리엄 블레이크의 작품.

《실낙원》 2권의 장면으로 사탄이 인간을 유혹하여 타락시키기 위해 지옥문을 통과하려다가 문을 지키는 죄와 죽음과 실랑이를 벌인다. 그러나 죄는 사탄의 딸이자 연인이었고 죽음은 딸이 낳은 사탄의 아들로 밝혀지자 아들인 죽음과 화해하고 무사히 지옥의 문을 통과한다. 윌리엄 블레이크의 작품.

《실낙원》 3권에 등장하는 장면으로 하나님은 사탄이 낙원인 에덴으로 향하는 것을 알고는 그의 오른쪽 자리에 앉아있는 아들을 불러 인류를 타락시키는 사탄의 성공을 예언한다. 숭고한 아들은 인간의 원죄를 용서하기 위해 자신이 대속하기를 청하며 훗날 구세주로 태어난다. 윌리엄 블레이크의 작품.

《실낙원》 4권에 등장하는 장면으로 사탄은 낙원으로 향하던 중 천사 우이엘을 만나 낙원의
위치를 묻는다. 수상하게 생각한 우리엘에게 그럴듯한 변명을 늘어놓아 속이고는 낙원으로
내려간다. 뒤늦게 수상함을 느낀 우리엘은 천사장 가브리엘과 그의 천사들과 함께 추격하여
아담과 하와를 보호하고 사탄은 밤의 그늘로 도망친다. 윌리엄 블레이크의 작품.

《실낙원》5권에 등장하는 장면으로 낙원에서 쫓겨난 사탄은 천사장들의 경계를 몰래하여 한밤에 다시 돌아온다. 사탄은 하와의 꿈속에서 유혹하려고 했으나, 천사장 우리엘에게 발각되어 실패하고 만다. 낙원을 지키는 천사들에게 사탄이 쫓겨나고 이런 사실을 알 수 없는 하와는 잠에서 깨 아담에게 지난 밤의 악몽을 이야기한다. 윌리엄 블레이크의 작품.

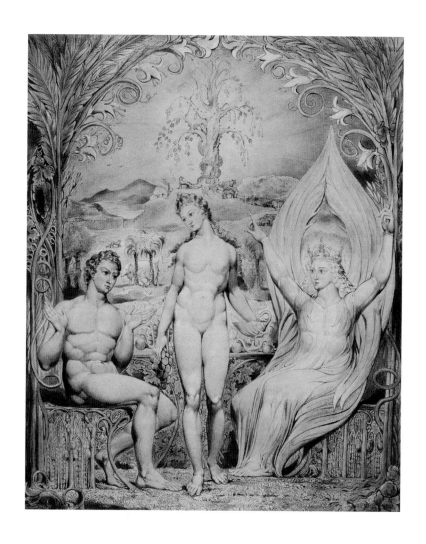

《실낙원》 6권에 등장하는 장면으로 하나님이 천사장 라파엘을 아담에게 보낸다. 라파엘은 에덴의 정원에서 아담과 하와를 만나 하나님의 경고를 들려주고 사탄과 반역 천사들과 전쟁에 대한 이야기를 들려준다. 전쟁에 패한 반역 천사들은 심연 깊은 곳에 떨어지고, 그들을 조심하라고 얘기한다. 윌리엄 블레이크의 작품.

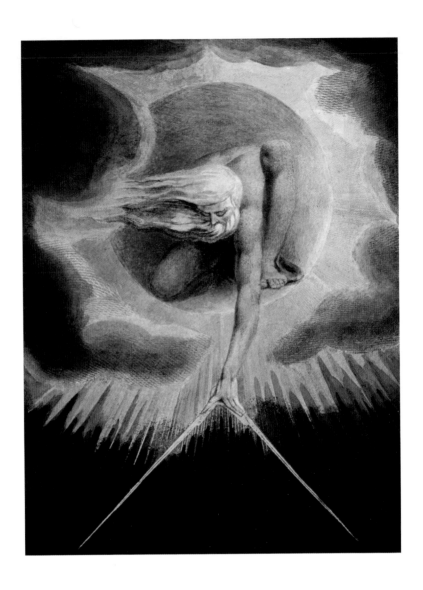

《실낙원》 7권에 등장하는 장면으로 하나님이 세상을 만들기 위해 컴퍼스로 우주의 공간을 재는 모습이다. 윌리엄 블레이크의 작품.

《실낙원》 7권에 등장하는 장면으로 하나님이 천지창조 6일째에 인류의 조상인 아담을 창조하는 모습이다. 윌리엄 블레이크의 작품.

《실낙원》8권에 등장하는 장면으로 아담이 천사 라파엘에게 자신이 생겨난 얘기와 하와의 탄생에 대한 얘기를 한다. 하나님이 아담의 요청으로 배꼽이 없는 최초의 여자인 하와를 아담의 갈비뼈 하나로 창조하는 모습이다. 윌리엄 블레이크의 작품.

《실낙원》 9권에 등장하는 장면으로 뱀의 몸속에 들어간 사탄이 하와를 유혹하여 금단의 열
매를 먹게 하는 모습이다. 하와는 곧 아담에게 열매를 먹게 하여 하나님의 명을 어기는 원죄
를 짓게 된다. 윌리엄 블레이크의 작품.

《실낙원》 10권에 등장하는 장면으로 사탄이 심연으로 돌아오는 중 지옥문에서 딸이자 아내인 죄와 아들인 죽음에게 인간의 세계로 가서 살 것을 명한다. 이후 인간들은 죄와 죽음과 떨어질 수 없는 비극의 관계가 된다. 윌리엄 블레이크의 작품.

《실낙원》 10권에 등장하는 장면으로 지옥에 돌아온 사탄은 승리자의 모습으로 반역 천사들에게 환영을 받으나 그때 하나님의 벌로 사탄을 비롯하여 타락 천사들 모두 징그러운 뱀으로 변한다. 윌리엄 블레이크의 작품.

《실낙원》11권에 등장하는 장면으로 하나님이 보낸 미카엘이 아담의 미래에 대한 얘기를 들
려준다. 아브라함의 자손과 모세 등의 얘기와 제2의 하와인 마리아의 몸에서 구세주의 탄생
을 알렸고, 그가 인간의 원죄를 대신하여 죽음으로 보속한다는 것을 일깨우며 낙원을 떠날
것을 종용한다. 윌리엄 블레이크의 작품.

《실낙원》 12권에 등장하는 장면으로 하나님이 보낸 미카엘의 손을 잡은 아담과 하와가 에덴의 낙원에서 추방당하는 모습이다. 성경에서는 아담과 하와가 고통의 땅으로 향하는 비극으로 나타나지만, 실낙원에서는 하나님의 아들이 자신의 후손에게서 태어나리라는 예언에 신실한 믿음으로 기꺼이 낙원을 벗어난다. 윌리엄 블레이크의 작품.

밀턴이 실명하여 글을 쓰지 못하자 그의 딸인 앤 밀턴에게 구술하여 《실낙원》을 받아 적게 하는 장면이다. 헨리 푸셀리의 작품.

PARADISE LOST

실낙원

제1권
천상과 지옥

"누구나 고통을 당할 수 있다.
그러나 거기서 무릎을 꿇어버리면
고통의 밥이 될 수밖에 없다.
고통 없는 영광은 없다"

-존 밀턴

제1권 줄거리

제1권은 먼저 전체의 주제, 즉 인간의 불순종과 그 불순종으로 인간이 살았던 낙원을 잃게 된 것을 간략하게 제시하고, 다음으로 인간 타락의 주요 원인인 '뱀'으로 변신한 '사탄'에 대해 언급한다. 사탄은 하나님을 거역하고 많은 천사의 무리를 자기편으로 끌어들이는데, 결국 하나님의 명령에 따라 자신의 모든 반역의 무리와 함께 천국에서 쫓겨나서 대심연인 지옥으로 떨어진다. 이 대목은 생략하고, 시는 곧바로 사건의 한복판으로 나아가, 여기서는 부하 천사들과 함께 지옥에 떨어진 사탄을 보여준다. 여기에 나오는 지옥은 우주의 중심에 있다고 할 수도 없고(하늘과 땅은 아직 창조되지 않았고, 분명히 저주받지도 않았기 때문에) 혼돈이라고 부르는 것이 가장 적당한, 하늘 밖의 암흑의 장소를 가리킨다. 이곳에서 사탄은 벼락을 맞아 정신을 잃고 불타는 호수 위에 부하 천사들과 함께 누워 있다가 이야기한다. 사탄은 그때까지 같은 모양으로 정신을 잃고 쓰러져 있던 자기의 부하 천사들을 모두 깨워 일으킨다. 그들은 일어난다. 그들의 수, 그 진용, 또한 주요 지휘관의 이름이 열거되는데, 이는 후일 가나안과 이웃의 여러 나라에서 알려진 우상의 이름을 따온 것이다. 사탄은 이들에게 연설하면서, 아직은 천국을 회복할 희망이 있다고 그들을 위로한다. 하지만 마지막으로 그는 오랜 예언의 진실성을 확인하고, 거기에 따라 해야 할 방침을 결정하기 위하여 전체 회의 소집을 제언한다. 사탄의 궁전인 '중마전(판데온)'이 심연에서 홀연히 솟아오르고, 지옥의 귀족들이 거기에 앉아서 회의를 연다.

태초에 인간이 저 금지된 나무의 열매(아담의 원죄)를 맛봄으로써 죽음
과 온갖 재앙이 세상에 들어와 에덴을 잃게 되었으나, 이윽고 한 위대
한 분이 우리를 구원하여 낙원을 도로 찾게 되었다. 노래하라 하늘의
뮤즈여, 그대, 호렙 산 또는 시나이 산이라 하는 저 산의 은밀한 꼭대
기에서 저 목자(모세)에게 영감을 주어 태초의 천지가 어떻게 혼돈으로
부터 생겨났는가를 처음으로 선민에게 가르치게 하지 않았던가. 시온
산에 하나님의 신탁 곁을 빠르게 흘렀던 실로아 시내가 그대의 더욱
기뻐하는 곳이라면, 나는 그곳에서 야심 찬 노래로 그대에게 도움을
청한다. 이는 단지 중층천에 머무르지 않고 아오니아 산(그리스의 헬리콘 산)
보다 더 높이 날아올라 아직도 산문에서나 운문에서도 시도되지 않은
것들을 추구하기 때문이다.

　　더욱이 그대, 어떤 성전(聖殿)보다도 바르고 깨끗한 마음을 좋아하는
그대 성령(聖靈)이여, 나를 가르쳐라, 그대는 맨 처음부터 계셨고, 그 힘
센 날개를 펼친 비둘기처럼 대심연(大深淵)을 품고 앉아 이를 잉태케 하
였으니, 내 속의 어두운 곳을 비추고, 낮은 것을 높여 떠받쳐주리라.

　　이 위대한 시제(時題)에 어긋남이 없이 영원한 섭리를 증명하여, 인류
에 대한 하나님의 뜻이 옳음을 밝힐 수 있게 먼저 말해 달라. 하늘도,
지옥의 땅도 그대의 운에는 추호도 숨기지 못하니, 먼저 말해 달라. 도
대체 무엇이 천국의 은총을 한몸에 받으며 저 복된 상태에서 살아가

던 우리의 조상(祖上)을 움직여서 그들이 지은 창조주에게서 떨어져 나 갔고, 단 한 가지 금제 때문에 하나님의 뜻을 어겼던가. 그러지 않았다 면 세상의 군주였을 것을. 애당초 그 흉악한 배반으로 그들을 유혹한 게 누군가? 그것은 지옥의 뱀(지옥의 사탄), 오만불손한 그가 모든 반역 천 사 무리와 함께 하늘에서 쫓겨났을 때, 질투와 복수심에 사로잡혀 인 류의 어머니(하와를 일컬음)를 속인 것이다. 그는 그 천사들의 도움을 받아 반역한다면, 동료들 이상의 영광을 얻을 수 있고, 지고하신 분과 동등 하리라는 대망을 품고 하나님의 보좌와 그 주권에 맞서 오만불손한 전 쟁을 하늘에서 헛되이 일으켰다. 그러나 전능하신 하나님은 감히 전 능자에게 도전한 그를 무시무시한 타락과 파멸로 물리치고 정화천(淨 化天)에서 불붙여 바닥없는 지옥으로 거꾸로 내던졌다.

패자인 그는 사슬에 묶여 영원한 불길 속에서 살도록 인간세계에서 말하는 낮과 밤을 아홉 번 세는 동안, 그 소름이 돋는 무리와 불못(지옥 의 불바다)에서 뒹굴며, 불사(不死)의 몸이지만 녹초가 되어 누워 있었다. 하 지만 그의 운명은 더 큰 하나님의 벌을 받는 것이기에, 그는 이제는 잃 어버린 행복과 영원한 고통을 생각하고 괴로움에 잠긴다. 주위를 둘 러보는 그의 눈에는 한없는 고통과 낭패의 기색이 엿보이고, 또 완고 한 교만과 더불어 굳은 증오심이 어려 있다.

눈길이 닿는 한 그의 눈에 보이는 것은, 황량하고 거친, 그리고 처 참한 광경뿐이다. 사방은 뇌옥(牢獄)이라고나 할까, 용광로처럼 불길이 치솟는 이 화염은 빛이 없고, 가까스로 보일 정도의 암광(暗壙)이 있어 슬프고 음울한 음지를 보여준다. 안식이라고는 없고, 사람이라면 누구나 가질 수 있는 희망마저 없다. 오직 끝없는 가책과 꺼질 줄 모르고 영원히 불타는 유황에 붙은 불의 홍수가 언제까지나 휘몰아치는 곳, 그 반역의 무리를 위해 영원한 정의의 하나님이 이런 곳을 마련하였다. 여기 하늘 밖 어둠 속에 그들의 감옥을 정하고, 그들의 몫으로 하였다.

하나님, 그리고 하늘의 빛으로부터 떨어진 그 거리가 중심에서 우주의 한 극점까지의 세 배나 되는 이곳에, 아, 그들이 떨어져 온 그곳과는 너무도 다르다. 이윽고 그는 타락한 자기 동료가 무시무시한 불의 홍수와 선풍(旋風)에 휘말려 있음을 본다. 그리고 그의 곁에는 힘으로나 죄악으로나 그의 다음가는 먼 후세에 팔레스틴(블리셋)에서 바알세불('마귀의 두목'이라는 블리셋의 신)이라는 이름으로 알려진 자가 뒹굴고 있었다. 그를 향해 적장(賊將)이자, 하늘에서 사탄이라고 불리던 자가 입을 열었다.

"그대가 바알세불이라면. 아, 너무 타락했구나! 이렇게 변할 수가! 진작에 서로 동맹을 맺고, 영광스러운 계획을 위하여 희망과 모험을 함께 하였다면, 하지만 이제 같은 파멸 속에서 비참을 나누게 되었구나! 그대는 알겠지. 얼마나 높은 곳에서 낮은 구렁텅이로 떨어졌는가를. 그는 벼락으로써 자신의 힘을 보였다. 그때까지 누가 알았겠는가! 그 무서운 무기를 가진 승리자가 분노하여 따로 가할 벌이 있을까 하여 후회하는 것은 아니다. 비록 표면의 광채는 달라졌지만, 굳은 마

전능자에게 반역을 꾀한 사탄과 타락 천사들이
하늘의 천사들에게 거꾸로 내던져져서 심연으로 추락하는 장면이다.

음, 자존심을 짓밟히고 느끼는 그 모멸감은 변치 않았다. 그것 때문에 내 감히 전능자와 겨루었던 것이고, 수많은 무장 천사군을 치열한 전장에 내보냈다. 그들은 그의 통치를 혐오하고 나를 좋아해서, 그 무한한 힘에 도전하여 하늘의 벌판에서 승부가 나지 않는 격전으로 그의 보좌를 뒤흔들었다.

패배, 그것이 무슨 문제인가! 패한다고 모든 것을 다 잃는 것은 아니다. 꺾이지 않는 투지, 끓어오르는 복수심, 사라지지 않는 증오심, 굴하지 않고 항복하지 않는 용기, 이것 말고 정복되기 힘든 것이 또 무엇인가. 이런 영광은 그의 분노와 힘으로도 내게서 결단코 **빼앗지** 못하니 애원의 무릎 꿇고, 고개 숙여 자비를 빌며, 조금 전까지 그의 주권을 위태롭게 했던 이 팔의 힘으로 그를 숭배한다면, 이는 타락보다 못한 불명예이고 치욕이다. 운명적으로 우리의 힘과 이 영체(靈體)의 본질은 쇠망하지 않는 것이니, 그리고 이 대사건의 체험을 통해서 무력도 이전에 비해 뒤떨어지지 않고, 선견지명 또한 훨씬 나아졌으니, 확실한 희망을 품고, 무력이나 궤계(詭計)로써 우리의 적에게 화해할 수 없는 영원한 싸움을 걸 만도 하지 않은가. 지금 승리의 기쁨에 취해서 하늘에서 독재적인 폭군 노릇을 하는 그에게."

타락 천사(사탄)는 고통 속에서 이렇게 말했지만, 깊은 절망에 애태웠다. 이윽고 그의 용감한 동료가 입을 열었다.

"오, 마왕이여! 그대는 무장한 스랍(천사 중 높은 지위의 무리)들을 지휘하여 전쟁으로 이끌고, 두려워하지 않는 대담한 행위로써 하늘의 영원한 왕을 위태롭게 했소. 비록 무참한 패배 탓에 우리는 하늘을 잃고, 이 막강한 대군이 이같이 무서운 파멸 속에 떨어졌지만, 우리의 영광이 모두 사라지고, 행복은 더할 수 없는 비참 속에 빠졌어도, 우리의 심령 (心靈)은 결코 사라지지 않을 것이고 기력은 이내 회복될 것이오. 그러나 우리가 승리자인 그의 보복하는 진노를 만족하게 하거나, 그의 노예가 되어 이전보다 더 가혹하게 이곳 지옥의 불 속에서 그가 시키는 온갖 일을 하거나, 저 음침한 심연에서 그의 심부름을 하게 된다면, 우리가 영원한 존재로 느껴진다고 해도, 그것은 영원한 형벌을 받기 위한 것일 뿐, 다른 무슨 소용이 있을 수 있겠소?"

그러자 사탄(큰 원수)이 신속하게 대답한다.

"하늘로부터 떨어진 타락 천사여, 무엇을 하고 겪든지 약하다는 것은 비참한 것이다. 그러나 이것만은 확실하니, 선을 행하는 것은 절대로 우리의 일이 되어서는 안 되고, 악을 행하는 것이 언제나 우리의 유일한 즐거움이 되어야만, 우리가 대항하는 그의 뜻에 대항할 수 있다. 우리는 악으로부터 선을 제압할 수단을 찾아내려고 애써야, 그의 목적을 망쳐놓을 수 있소. 그러나 보시오, 저 진노한 승리자는 복수와 추격을 위한 자신의 사자들을 이미 천국의 문으로 다시 불러들였소. 우리의 뒤를 쫓아 폭풍우처럼 퍼붓던 유황 우박도, 하늘의 절벽에서 떨어진 우리를 받았던 저 화염 물결도 이제 멎었고, 붉은 번갯불과 맹렬한 분노의 날개를 단 벼락도 아마 포탄을 다 썼는지, 광대무변한 심연을 뒤흔들던 포효를 이제 멈추었소. 우리를 우습게 보아서 그랬든, 분노가 풀려서 그랬든, 이 기회를 놓쳐서는 안 되오. 그대의 눈에 저기 적막하고 황량하며 음산한 벌판, 푸르스름한 화염들이 타오르면서 나오는 창백하고 스산한 미광 외에는 빛이라고는 전혀 없는 폐허의 땅이 보이시오? 그곳으로 갑시다. 거기에서 안식을 취합시다. 고통당하는 우리 세력을 다시 모아서, 이후에 어떻게 해야 원수에게 심대한 타격을 입히고, 우리의 손실을 회복할 수 있는지를, 그리고 우리에게 소망이 있다면, 그 소망으로부터 어떤 힘을 얻을 수 있고, 소망이 없다면, 절망으로부터 어떤 각오를 다져야 하는지를 논의해 봅시다."

사탄은 머리를 화염 불결 위로 내밀고, 이글거리는 눈으로, 자신의 가장 가까운 동료에게 이렇게 말한다. 그의 몸뚱이는 물결 위에 길고 넓게 퍼진 채 둥둥 떠 있는데, 그 몸의 크기는 마치 전설 속에 나오는 기형적 크기의 '티탄(그리스 신화의 거인족)'들, 또는 백수신(白手神) '브리아로스'와 그 옛날 타르수스 근처의 굴속에 살던 백두신(白頭神) '티폰'이나, 하나님이 자신의 모든 피조물 중에서 가장 거대하게 창조했다는, 대양을 헤엄치는 바다짐승인 '리워야단'만큼이나 어마어마한 크기였다. 이 짐승이 어쩌다 노르웨이의 바다에서 잠든 것을 날이 저물어 길을 잃은 어느 조각배의 사공이 무슨 섬인 줄 알고, 뱃사람들이 그 비늘 돋친 가죽에 닻을 내리고 바람을 피하여 쉬었다고 한다. 어둠이 바다를 덮고, 기다리는 아침은 더디기도 하여라. 그렇게 거대한 몸을 길게 뻗고 마왕은 누워 있다. 사슬에 묶인 채 불타는 호수 위에, 거기서 다시는 일어나지도 머리를 쳐들지도 못했다. 만일 만물 위에 군림하는 하늘의 뜻과 위대한 관용이 그에게 그 음흉한 흉계를 멋대로 꾸미도록 내버려 두지 않았다면, 그는 남에게 재앙을 가하는 죄를 되풀이함으로써 자기 자신에게 저주를 쌓아 올리게 하고, 마침내 그의 모든 악의가 그 때문에 유혹당한 인간에게는 오직 무한의 선과 은총과 자비를 가져다줄 뿐이다.

이윽고 그는 그 거대한 몸뚱이를 호수에서 꼿꼿이 일으켜 날개를 펴고 드높이 난다. 엄청난 무게로 어두운 대기를 타고, 그는 마른 땅 위에 내린다. 그런 것을 땅이라고 할 수 있다면, 흐르는 불로 이루어진 호수처럼 굳은 불이 언제나 불타고 있는 그런 곳이다. 또한, 펠로루스 곶(시칠리아 섬의 에트나 산 근처에 있는 곳)이 갈라져 에트나 산의 봉우리가 옮겨질 때와 같은 저주받은 안식처에 발을 내린다. 그의 다음가는 동료가 그를 따른다. 둘 다 높으신 이가 허용하는 힘 때문이 아니라, 스스로 회복한 힘으로 타락 천사답게 지옥의 바다(스틱스 강)에서 도망쳐 나온 것을 자랑한다.

타락 천사장인 사탄은 말한다.

"이곳이 우리가 하늘과 바꾼 그 자린가? 이 슬픈 암흑이 저 하늘의 빛 대신인가? 어쩔 수 없는 일이다. 지금 주권자인 그는 무엇이든 옳다고 느껴지는 대로 처리하고 명령할 수 있으니, 이성(理性)으론 동등해도 힘만은 누구보다도 뛰어난 그에게서 멀수록 좋다. 영원한 기쁨이 깃들이는 복된 들판이여! 오라, 공포여! 환영한다. 음부(陰府)여! 너 한없이 깊은 지옥이여, 너의 새 주인을 맞으라, 언제 어디서나 변치 않는

심연의 지옥에서 괴로운 형벌에 씨름하던 반역 천사들 중 마왕인 사탄이
동료를 격려하여 모반을 일으키는 장면이다. 윌리엄 블레이크의 작품.

마음을 가진 우리를. 스스로 지옥을 천국으로, 천국을 지옥으로 만들 수 있다. 장소가 무슨 상관이냐, 내가 언제나 다름없고 단지 벼락 때문에 위대한 그보다 조금 못할 뿐, 본연의 나 그대로이니, 최소한 여기에는 자유가 있겠지. 그 전능자가 질투심에서 이곳을 만든 것이 아니라면, 여기서 우릴 내쫓진 않으리라. 우리는 여기를 편안히 다스릴 수 있으니, 천국에서 섬기느니 지옥에서 다스리는 편이 낫다. 하지만 우리는 왜 이 같이 망각의 호수 위에 얼빠져 누워 있는 우리의 패망한 맹우(盟友)와 동료를 불러 이 불행의 장소에서 각기 직무를 수행하게 하거나, 다시 한번 무리를 규합하여 천국을 회복할 수 있을지, 혹은 지옥에서 더 패망할 것인지를 시험해보지 않는가."

사탄이 이렇게 말했다. 그러자 바알세불이 다음과 같이 대답한다.

"전능자 아니고는 그 누구도 굴복시킬 수 없는 빛나는 대군의 영도자여, 그대의 목소리는 격전의 위기에서 이따금 들려와 공포와 위험 속에서 가장 확실한 희망의 보증이었고, 진격할 때는 가장 믿음직한 신호였소. 그 목소리를 듣기만 한다면, 우리는 이내 새로운 용기를 얻어 소생할 것이오. 하기만 지금은 그 옛날의 우리처럼 저 불의 호수에서 엎드린 채 뻗어 있고 저토록 높은 곳에 떨어졌으니, 무리도 아니오."

그 말이 미처 끝나기 전에 마왕은 해안을 향해 걸음을 옮겼다. 하늘을 담금질한 방패, 육중하고 넓고 둥근 그의 무기를 뒤에 걸머지고, 방패의 넓은 원주(圓周)는 토스카나의 명장(名匠, 갈릴레오 갈릴레이를 가리킴)이 저녁에 망원경으로 페솔레의 산정(피렌체 동쪽의 산)이나 발다르노(피렌체 아르노 강

^{의 골짜기}에서 그 얼룩진 구체(球體) 위에서 새로운 땅을 찾아내려고 바라본 달처럼 어깨에 걸려 있다. 그는 불타는 진흙땅 위를 걷는다. 창천(蒼天)을 걷던 때와 달리 불안한 발걸음을 떠받치며, 발걸음을 옮겼다. 타는 듯한 열은 무섭게 그를 내리쳤다. 그래도 참으며 마침내 그 불타는 바닷가에 서서 자기의 군사들을 부른다. 실신한 채 나자빠진 천사들의 모습은 마치 무장한 오리온(곤봉)이 사나운 바람으로 홍해(해초의 바다) 연안을 뒤흔들 때 흩어져 떠돌던 해초와도 같았다. 그때 부시리스(이집트 왕의 이름)와 멤피스(이집트)의 기병들이 신의 없는 증오심을 품고 고센의 나그네(이집트인)들을 쫓다가 파도에 휩쓸려 시체는 떠돌고, 전차는 부서져, 나그네들은 안전한 해안에서 그걸 바라보았다고 한다. 그 정도로 빽빽하게 흩어진 채 넋 잃은 몰골로 물 위에 누워 있었다. 바다를 뒤덮을 정도로, 그 엄청난 변고에 정신을 잃은 듯 그는 크게 소리친다.

"한때 그대들 것이었던 천국을 이젠 잃었구나! 그만한 일로 영원한 영(靈)이 이렇게 넋을 잃고 맥을 못 추다니. 힘든 전쟁 후에 지친 힘을 회복하기 위해 택한 곳이 여긴가, 천국의 골짜기처럼 여기서 잠자는 것이 편할까 해서? 또는 이렇게 영락한 모습으로 정복자를 숭배하겠다고 맹세라도 했단 말인가? 곧 기회를 보아 그 날랜 추격자들을 내려보내 이렇게 기진맥진한 우리를 짓밟거나, 고리로 이어진 벼락으로 우리를 이 심연의 밑바닥에 아예 영원히 고정해서 묶어 놓으려고 하고 있는데도, 가만히 있을 셈이냐. 깨어서 일어나라. 그렇지 않으면, 우리는 영원히 일어나지 못하게 될 것이다."

타락 천사들은 이 말을 듣고 얼굴을 붉히며 벌떡 일어났다. 그들은 지금 자신들이 얼마나 끔찍한 곤경에 처해 있는지 모르는 것도 아니었고, 극심한 고통을 느끼지 않는 것도 아니었지만, 자신들의 사령관 명령에 복종해서 몸을 추슬러 일어났다. 헤아릴 수 없이 많은 무리가 한꺼번에 떼 지어 부상하는 광경은, 이집트 재앙의 날에 모세가 자신의 지팡이를 흔들어서, 메뚜기떼가 동풍을 타고 먹구름처럼 시커멓게 몰려와 불경스러운 이집트 파라오의 영토를 밤처럼 뒤덮어 나일 땅을 어둡게 했던 때의 광경과 같았다.

수많은 타락 천사들이 날개를 펼치고 지옥의 둥근 천장 밑을 떠돌았다. 그때 그들의 위대한 술탄(이슬람교의 종교적 최고 권위자인 칼리프가 수여한 정치적 지배자의 칭호)이 창을 높이 들어 흔들며 가야 할 방향을 알리는 신호를 보내자, 그들은 몸의 균형을 잡으며 굳은 유황 위로 내려온 들판을 메운다. 이와 같은 대군(大軍)은 일찍이 인구가 밀집된 북방의 땅들이 자신의 얼어붙은 허리에서 큰 무리를 쏟아내어, 그 야만적인 자손들이 라인 강이나 다뉴브 강을 건너 홍수처럼 남방으로 밀려와서 지브롤터를 지나 리비아 사막을 덮쳤을 때도 이 정도로 큰 무리는 아니었다. 곧이어 모든 대대의 지휘관들과 각 부대의 부대장들이 달려와서 그들의 총사령관 앞에 섰다.

지금은 반란 때문에 그들의 이름이 천국의 기록에서 더는 기억되지 않고 생명책(천국의 주민을 기록한 책)에서 지워지긴 했지만, 전에 그들은 인간보다 우월한 신 같은 모습과 형상, 군왕의 위엄을 지니고서 보좌에 앉아 다스렸던 존재들이었다. 말하라, 뮤즈여, 그때 알려진 그들의 이름을, 누가 앞이고 누가 끝인가. 그 불의 침상에서 잠들었다가 대제가 서 있는 텅 빈 바닷가로 나온 것은, 그 우두머리 된 자들은 지옥 구덩이에서 먹을 것을 찾아 지상을 방황하다가, 훗날 감히 저희 자리를 하나님 자리 근처에, 저희 제단을 하나님 제단 옆에 정하고, 주위 백성으로부터는 신으로 숭배받았으며, 케루빔들 사이에 끼어 시온으로부터 뇌성(하나님의 음성)을 발하는 여호와를 대적했던 자들이다. 그자들은 자주 하나님의 성소 안에 자신들의 신당과 가증스러운 것을 두고서, 저주받은 것들로 하나님의 거룩한 제사와 엄숙한 절기를 더럽혔고, 자신들의 어둠으로써 하나님의 빛에 대적하였다.

첫째는 몰록(암몬족의 태양신)이었다. 제물로 바친 인간의 아이들의 피와 부모의 눈물이 온몸에 밴 무서운 왕, 암몬 사람들은 그를 숭상했다. 랍바(암몬족의 수도)와 그 물의 벌판에서도, 아르곱에서도, 바산(아르곱과 비산은 갈릴리 동쪽 지방)에서도, 멀리 아르논(모압족과 암몬족의 경계 지역)의 시내에서도, 이렇게 사악한 이웃으로도 만족할 수 없어, 그는 가장 지혜로운 솔로몬을 꾀어 저 치욕의 산(솔로몬이 이교 제단을 세운 산) 위에 자기의 전당을 하나님의 성전과 마주 보게 짓게 하고, 아름다운 힌놈의 골짜기(예루살렘 서남쪽의 골짜기)를 그의 숲으로 삼았으니, 그 후로 사람들은 그곳을 토벳(힌놈의 골짜기의 명칭), 또는 게헨나(힌놈의 골짜기의 또 하나의 명칭), 즉 지옥의 모형이라 불렀다.

다음으로 나온 자는 그모스(모압족의 다산의 신)였다. 이자는 모압 자손이 아로아(아르논 강가의 성읍)에서부터 느보 산(아바림 산맥에 속한 산)까지, 남방 끝자락의 아바림 광야(사해 동남쪽에 있는 산맥), 포도나무로 뒤덮인 십마(요르단 강 건너 지역)의 비옥한 골짜기 너머 시온의 영토에 있는 헤스본(시온의 도성)과 호로나임(모압족의 도시)에서, 또한 엘랄레아(예루살렘 동남쪽의 염해)에서 사해(死海)에 이르기까지, 그는 또 브올(가나안의 주신)이라고도 불렸다. 나일에서 출발하여 싯딤(요르단 강 동쪽의 도시)에 도착한 이스라엘을 꾀어 그들에게 음탕한 소동을 더욱 확장해서, 선한 요시야 왕을 들에서 몰아내어 지옥으로 내쫓을 때까지는, 거기에서 증오와 음욕이 손을 맞잡고 있었다.

이 둘과 함께 온 자들은 유프라테스 강에서부터 이집트와 시리아의 경계를 이루는 강의 이르는 곳을 지배했던 바알(가나안과 페키니아인이 숭배한 신)과 아스다롯(바알과 상대되는 여신)으로 알려진 자들이었다. 바알은 남성이고 아스다롯은 여성이다. 원래 영이란 그들의 원대로 어느 한 성, 또는 양성(兩性)을 모두 취할 수 있었다. 영의 순수한 실체는 지극히 부드럽고 섞여 있는 것이 전혀 없으며, 관절이나 사지에 묶여 있지 않고, 둔중한 살과는 달리 부서지기 쉬운 힘없는 뼈에 의지하지 않고, 어떤 모양으로든 원하는 대로 늘거나 줄거나 하고, 빛나거나 흐리거나 하여, 공중에서 그들의 뜻을 자유롭게 수행하고 사랑이나 미움의 업(業)을 마음먹은 대로 성취하는 것이다.

이스라엘 민족은 그들 때문에 이따금 살아 계신 하나님의 힘을 저

버리고 그 거룩한 제단을 돌보지 않고 비천하게도 짐승의 신에게 고개를 숙였으니, 그들의 머리는 전쟁 중에도 숙여져 가증스러운 적의 창 앞에 떨어졌다.

이들과 함께 무리를 이루어 아스도렛(페니키아인의 달의 여신)이 왔다. 페니키아인들이 아스타렛이라 일컫는 자, 초승달 같은 뿔을 지닌 하늘의 여왕. 그 찬란한 상(像)을 향하여 달 밝은 밤마다 시돈(페니키아의 옛 도시)의 처녀들은 기원을 드리며 노래를 불렀다. 그리고 시온에서도 노래 불렀고, 그 사당이 치욕의 산 위에 세워졌다. 그 신당을 세운 이는, 지혜로운 마음을 지녔으면서도 자신의 수많은 아내를 극진히 사랑해서 결국, 우상 숭배자였던 자신의 아름다운 아내들에게 미혹되어 더러운 우상에게 넘어갔던 솔로몬 왕이었다.

그 뒤를 따른 것은 담무스였다. 매년 레바논(시리아와 성지 경계에 있는 산맥)에서 상처를 받는다는 그에게 끌려 시리아의 처녀들은 여름 내내 노래를 불러가며 그의 기구한 운명을 애도하였다. 고요한 아도니스(레바논에서 시작하여 지중해로 흘러가는 강)가 그 근원지인 바위산에서 바다로 벌겋게 흐르고, 사람들은 그것을 해마다 상처 입은 담무스의 피라고 생각했다. 이 사랑 이야기는 시온의 딸들에게도 똑같은 정념을 불러일으켜서, 에스겔(이스라엘이 바빌론으로 포로로 잡혀가 살았던 포로기의 선지자)은 묵시 가운데서 하나님을 떠나 사악한 우상 숭배를 하는 유다 백성의 모습을 보았을 때, 이 딸들이 성전의 거룩한 문간에서 이 신과 음란한 짓을 하는 것도 함께 보았다.

다음에 나온 자는 필리스틴인들이 이스라엘 사람들에게서 빼앗아 온 법궤에 따라 자신의 신당에서 머리와 두 손이 잘려 짐승 형상의 그 신상이 불구가 된 채로 문지방에 엎어져 그의 숭배자들을 수치스럽게 하고서는 깊은 한숨을 쉬며 진실로 애통하던 자, 그 이름은 다곤(필리스티인들이 숭배했던 신)이었다. 상체는 사람이고 하체는 물고기인 바다의 괴물로 그의 신당은 아스돗에 높이 세워져서, 팔레스타인의 해안 지대에서, 곧 가드와 아스글론과 에그론과 가자의 접경지에서 사람들은 그를 숭배하였다.

다곤의 뒤를 따라나온 자는 림몬(우레와 폭풍을 주관하는 아시리아 신)이었다. 그의 안락한 자리는 수정같이 맑은 물이 흐르는 아바나 강과 바르발 강의 비옥한 강변, 아름다운 다마스쿠스에 있었다. 그도 하나님의 집에 대적하는 담대함을 보여서 한때 자신을 섬긴 나병환자를 잃었으나, 다른 한편으로는 저 얼빠진 정복자 아하스 왕(유다의 왕)을 꾀어 그가 하나님의 제단을 업신여기고 시리아식 제단으로 대체한 후에 그 가증스러운 제물을 번제로 드려서 자신이 정복했던 신들을 섬기게 했다.

다음으로 그 옛날에 이름을 날렸던 오시리스, 이시스, 호루스와 그들의 일당으로 이루어진 한 무리의 도당이 등장하는데, 그들은 기괴한 보습과 요술로 광신적인 이집트와 그 사제(司祭)들을 속여 사람이라기보다 오히려 짐승에 가까운, 정처 없이 떠도는 신들을 따르게 했다. 이스라엘 역시 거기에 동화되어, 빌린 황금으로 호렙(《출애굽기》 32장 1~6절 참조) 산에서 송아지를 만들었고, 반역의 왕(여로보암)은 베델과 단에서 그 죄를 거듭하여 창조주를 풀 먹는 소와 비슷하게 만들었다. 하지만 여호와는 이스라엘이 이집트에서 나올 때, 이집트의 모든 장자(長子)와 푸념하던 이집트의 신들을 단 일격으로 초토화해 버렸던 바로 그분이 아닌가.

마지막으로 나온 것은 벨리알('사악함'을 의인화한 명칭)이었는데, 하늘에서 떨어진 타락 천사 가운데 더 음란하고 악을 사랑하는 악한 영은 없었다. 그를 위해서 사당이 세워진 적이 없고, 제단에 향불이 피워진 적이 없다. 하지만 그보다 더 자주 사당과 제단에 나타난 자가 누군가? 음란과 광포로써 하나님의 성전을 채웠던 엘리의 아들들(실로의 제사장)같이, 스스로 무신도배(無神徒輩)가 될 때, 그는 또 궁중과 궁전(이 작품이 쓰여진 당시의 찰스 2세의 궁전)에서도 힘을 나타낸다. 밤이 되면 벨리알의 아들들은 술에 취해 오만방자하게 거리를 활보했다. 이것은 문을 열어 손님을 환대했던 집주인들이 손님에게 가해질 더 심한 능욕을 피하려고 자신들의 여자를 그 거리의 불한당들에게 내어놓아야 했던 그 밤의 소동의 거리를 기브아가 목격했던 장면이었다.

지금까지의 그들은 계급으로 보나 힘으로 보나, 권력에서 최고인 자들이었다. 그들 외에도 인간 세상에서 널리 숭배되었던 다른 신들을 열거하자면 끝이 없을 것이다.

이오니아의 신들은 야완(야벳(노아의 셋째아들)의 넷째아들)의 자손들이 신으로 인정했지만, 그들이 자랑하는 양친(그리스 신화의 우라노스와 가이아), 하늘과 땅보다는 뒤진다고 생각한 이오니아(그리스)의 신들, 하늘의 첫아들(티탄), 많은 형제 가운데서 동생 크로노스(로마 신화의 사투르누스)에게 생득권을 빼앗겼던 티탄, 크로노스는 다시 그 자신과 레아(크로노스의 아내)의 아들인 힘센 제우스에게 똑같은 일을 당하였고, 이렇게 해서 제우스는 최고 신의 자리를 찬탈하여 모든 신을 다스리게 되었다. 이 신들은 처음에는 크레타와 이다에서 알려졌지만, 그 후에는 차가운 올림포스(크레타 섬에 있는 높은 산)의 눈 덮인 산봉우리에서 그들이 알고 있던 가장 높은 하늘이었던 중천(中天)을 다스렸고, 델포이의 절벽에서, 또는 도도나에서, 그리고 도리스 땅의 모든 지역에서도 다스렸다. 또한, 크로노스와 함께 도망친 신들은 아드리아를 넘어 헤스피리아(이탈리아)의 들판으로 달아나서 켈트족의 땅을 지나 땅끝의 섬들을 돌아다녔다.

이들 외에도 수많은 자가 무리지어 왔다. 그들은 대체로 낙담하고 의기소침해서 기운이 없어 보였으나 자신들의 두령이 절망에 빠져 있지 않은 것과 그들이 모든 것을 다 잃은 게 아니라는 것을 확인하고서는 안도하며 약간 기쁜 모습을 보이는 자들도 있었다. 두령의 얼굴에도 의심스러운 빛 같은 게 엿보인다. 하지만 그는 곧 평소와 같은 교만을 되찾아, 속은 비었으나 무엇이 있는 듯한 당당한 어조로 그들의 시 들어가는 용기를 북돋우고, 두려움을 몰아냈다. 그리고 곧 전쟁 준비를 알리는 나팔과 클라리온의 그 높은 소리에 맞춰, 위풍당당하게 깃발을 올리라고 명령한다. 이 자랑스러운 영예를 스스로 걸어지고 나선 기골이 장대한 케루빔 아자벨(퇴각에 용감한 자)이 곧 빛나는 깃대에 황제의 대장기를 펼쳐서 드높이 들어 올리자, 스랍 천사의 휘장과 문장이 황금실로 수놓아지고 온통 보석으로 뒤덮인 채 펄럭이는 그 대장기는 바람을 타고 물결처럼 흐르는 유성 같은 빛을 발하였다. 그동안 한편에선 우렁찬 나팔이 군가를 불러대고, 그에 호응하여 전군이 일제히 환호성을 지르니, 지옥의 하늘도 갈라지고, 저 먼 혼돈의 나라, 오랜 밤의 나라(혼돈계)도 기겁한다. 일순간 어둠 속에서 일만의 깃발이 하늘 높이 치솟아 색깔이 찬란하게 나부끼는 것과 그와 더불어 치솟은 창검의 거대한 숲, 그리고 투구의 떼, 빈틈없이 늘어선 방패는 그 길이를 헤아릴 수 없다. 그들은 곧 움직인다. 완전한 밀집대형(密集隊形)으로 도리스 풍의 피리 소리와 부드러운 음색의 퉁소에 맞추어서 무장한 채 출진하는 옛 영웅들의 의기를 한껏 숭고하게 고무하고, 격분하는 대신 죽는 게 두려워 달아나거나 비겁하게 물러서지 않는 그런 흔들리지 않는 신중한 용기를 불어넣는 군악(軍樂)이었다. 또한, 그 군악의 장엄한 곡조 속에는, 죽을 수밖에 없는 존재인 인간이나 불사의 존재인 천사들의 마음에서 근심과 걱정을 덜어주고, 고뇌와 의심과 두려움과 비탄과 고통을 쫓아내는 힘이 있었다. 이같이 그들은 굳은 마음으로

사탄이 불의 못에서 자신의 거대한 몸집을 일으켜
하늘을 향해 복수의 두 팔을 벌리며 외치는 장면이다.

뭉쳐진 힘을 과시하며 묵묵히 전진한다. 초토(焦土) 위를 걷는 고통에 찬 걸음을 위로하는 아름다운 피리 소리에 따라 이윽고 그들은 마왕 가까이 다가섰다. 그 엄청난 길이에다 빛나는 무기의 진열, 옛 무사의 차림으로 창과 방패를 가지런히 하고 자기들의 위대한 두령이 내릴 명령을 기다린다. 두령은 날카로운 시선으로 무장한 대열 사이를 쏘아보고, 곧 전군(全軍)을 옆으로 쭉 훑어본 두령은 이제야 교만으로 부풀어 오르고, 자신의 힘에 대한 자랑으로 완고해졌다.

인간은 창조된 이래로 이런 규모의 군대를 단 한 번도 본 적이 없었다. 이 군대에 비하면, 그동안 인간이 동원해 왔던 그 어떤 군대도 두루미 떼의 공격을 받고 여지없이 패했다고 하는 저 난쟁이족의 보병대(그리스 신화의 피그미족)보다 더 나았다고 말할 수 없었다. 플레그라(파레네 반도의 옛 이름)의 온 거인족들이 테베와 일리움에서 싸운 영웅의 무리(《일리아스》의 영웅들)에 가담하고, 그 양편에 원군(援軍)의 신들이 합세한다 해도, 아니, 유더의 아들(아더 왕)에 관한 전설이나 이야기에 나오는 브리톤과 아모리카(지금의 브르타뉴)의 기사들에게 포위당했던 무사들까지 합세한다 해도 마찬가지일 것이다. 그리고 세례교도나 비교도(이슬람 교도)를 막론하고, 그 이후에 아스프라몬트(네덜란드의 도시), 몽탈반(프랑스 남부의 도시), 또는 다마스코(다마스커스), 마로코(모로코), 트레비존드(흑해 연안의 항구 도시)에서 창 시합을 했던 자들이나 샤를마뉴(서로마 제국의 황제)가 그 용사들과 함께 폰타라비아(스페인과 프랑스 국경의 요새)에서 쓰러졌을 당시 비세르타(아프리카 튀니지의 도시)가 아프리카 해안에서 파견한 자들까지 다 합친다 해도 이렇게 인간들의 용맹과는 비교가 안 될 정도였다. 그들은 무서운 지휘관의 명령에 따랐다. 형체와 거동이 누구보다 당당하고 뛰어난 그는 마치 탑처럼 서 있다. 그의 모습에는 본연의 광채가 아직 살아 있고, 타락한 대천사임을 한눈에 알 수 있지만, 영광은 이미 찾기 힘들다. 마치 솟아오르는 태양이 안개 낀 지평선의 하늘에 그 햇살을 흡수당한 채 얼굴을 내밀 때 같기도 하고, 어두운 월식(月蝕) 때 달 뒤에서 지구의 반쪽 세상 사람들에게 불길하고 희미한 빛을 던져 변고에 대한 두려움으로 제왕들을 당황하게 할 때 같기도 했다. 그와 같이 빛이 없어도 무리 위에 두드러지게 광채를 발한다.

하지만 그 얼굴엔 우레의 상흔이 깊이 새겨져 있고, 그 거친 뺨에는 수심이 어려 있다. 하지만 그것은 굴하지 않는 용기와 복수를 위한 조심스러운 자존심이 눈썹 아래 가려져 있다. 시선은 잔인하지만, 연민과 동정의 기색이 엿보인다. 그의 죄의 동반자들, 아니 그 추종자들이라 할 수 있는 그들이 예전에는 지금과는 달리 행복해 보이더니 이제 영원히 고통뿐인 운명에 처한 것을 보면 그의 과오로 수백만의 영원한 하늘을 잃었고, 그의 반역으로 영원한 빛으로부터 추방된 것이다. 비록 영광은 시들었어도, 그들은 충성스럽게 서 있다. 마치 하늘로부터의 불이 참나무 숲이나 산의 소나무를 내리칠 때, 위쪽이 다 타서 가지와 잎을 다 잃고서도 황량한 벌판에 꿋꿋이 서 있는 모습처럼. 이제 그가 말하려 하자, 그들은 그 겹쳐진 대열과 좌우익(左右翼)을 구부림으로써 그를 비롯하여 그의 상천사(上天使)들을 반쯤 에워싸고, 주목한 채 침묵에 잠긴다. 그는 세 차례나 말을 시작하려다, 차마 억누르지 못하고 천사들이 흘리는 눈물을 세 차례나 흘리더니, 마침내 가까스로 한숨 섞인 말을 꺼낸다.

"오, 무수히 많은 불멸의 영들이여! 전능자 외에는 비길 데 없는 권능들이여, 우리가 벌인 전투는 지금 우리가 서 있는 이 장소와 또한 입 밖에도 내기도 지겨운 이 비참한 변화가 실증하는 바와 같이, 하지만 과거와 현재의 깊은 지식으로 앞날의 일을 미리 알거나 예언할 수 있었다 해도, 여기 이렇게 선 신들의 연합군이 패배하리라고는 꿈에도 생각할 수 없었을 것이고, 이렇게 패배한 지금도 우리가 추방당함으로써 하늘이 텅 비게 될 정도인 그토록 막강한 힘을 보유한 우리 군대가 우리 자신의 힘으로 다시 일어서서 하늘로 올라가 원래 우리 자리를 되찾는 일이 불가능하리라 믿을 자가 누가 있겠는가. 내가 나의 군대를 엉뚱한 길로 이끌었거나 위험을 무릅쓰지 않고 안일하게 대처하다가 이렇게 패배하여 우리의 소망을 잃게 한 것이 아니었다는 건 하늘의 모든 군대가 얼마든지 증언할 수 있는 일이다. 우리의 패인은 하늘에서 왕으로 다스리고 있는 이가 당시까지는 자신의 과거의 명성과 천국 신민들의 동의와 관례에 따라 자신의 보좌 위에 앉아서 아무 문제 없이 왕으로서의 권세를 온전히 발휘할 수 있어서 그의 힘이 어느 정도인지 제대로 드러나지도 않았고 알려지지 않았다는 데 있다. 그리고 그런 사정으로 우리는 오판해서 반역을 시도했고 우리 자신의 몰락을 자초했다. 이로 인해 우리는 그의 힘이 어느 정도인지와 우리는 그의 힘이 어느 정도인지를 알게 되었고, 우리 자신의 힘이 어느 정도인지도 알게 되어서 우리 쪽에서 도발하지도 않겠지만, 그쪽에서 도발하려는 경우에 또다시 싸우는 것에 대한 두려움도 없게 되었다. 이제 우리에게 남아 있는 더 나은 방책은 온갖 기만술을 동원해서 은밀하게 행하여 힘으로는 해낼 수 없는 일을 이루어내는 것이다. 그러면 결국에 그는, 힘으로 승리한 자는 자신의 적을 단지 절반만 이긴 것일 뿐이라는 사실을 알게 될 것이다. 그가 오래전부터 장차 어느 곳에 새로운 세계를 창조하고서 어느 세대를 선택해서 그들에게 천국의 아들들과 동등한 은총을 주어 거기에서 살게 하고자 하는 계획을 이미 세워두었다는 소문이 이미 하늘에 널리 퍼졌다. 정탐하는 수준에서 그친다고 할지라도, 우리가 가장 먼저 진군해 나아가야 할 곳은 바로 그곳이다. 그리고 그곳이 아니더라도, 우리는 여기를 떠나 다른 곳으로 가야 한다. 이 지옥의 구덩이는 하늘의 영을 결코 언제까지나 가두어둘 수 없고, 저 심연도 언제까지나 어둠에 덮여 있지는 않을 것이기 때문이다. 하지만 이러한 생각은 실행에 옮기기 전에 충분한 논의를 통해 숙성되어야 한다. 평화는 있을 수 없다. 우리 중에서 항복을 선택할 자는 아무도 없을 것이기 때문이다. 그러므로 전쟁이다. 다만 우리는 전쟁을 은밀하게 진행할 것인지 공개적으로 진행할 것인지를 정해야 한다."

그 말이 끝나자, 거기에 호응하기 위해, 수백만의 번득이는 칼이 허공을 갈랐다. 힘센 케루빔의 허리에서 뽑혀, 그 갑작스러운 광휘는 지옥의 구석구석을 고루 비춘다. 그들은 지존자(至尊者)를 향한 분노를 폭발시켜, 손에 쥔 무기로써 소리 나는 방패를 난타하여 진격의 함성 올리고 하늘의 궁륭을 향해 도전의 소리를 지른다.

산(화산)이 멀지 않은 거리에 있어, 그 무서운 봉우리에서 소용돌이치는 불과 연기를 내뿜고, 그 나머지는 온통 윤기나는 비늘 모양으로 빛난다. 분명히 그 내부에 유황의 작용인(유황과 수은) 금광이 묻혀 있다는 증거이다. 그쪽으로 황급히 날개를 퍼덕이며 대부대가 달려간다. 마치 삽과 곡괭이를 휴대한 공병대가 들에 참호를 파고 보루(堡壘)를 쌓기 위해 왕의 진영에 앞서 달리는 것처럼 맘몬(부(富)의 신)이 그들을 이끈다.

맘몬, 하늘에서 떨어진 가장 부정한 영(靈), 그는 하늘에서도 언제나 그 시선과 생각을 아래로 향하여, 하나님을 뵙고("마음이 청결한 자는 복이 있나니 저희가 하나님을 볼 것임이요." 〈마태복음〉 5장 8절) 즐기는 것과 같은 거룩하고 성스러운 것보다는 황금을 밟는("성의 길은 맑은 유리 같은 정금이더라."〈요한 계시록〉 21장 21절) 저 화려한 하늘의 포도(鋪道)에 더욱 찬탄을 보냈었다. 처음에는 사람들도 그의 인도와 암시를 받아 땅속을 뒤지고, 그냥 묻어두는 것이 좋을 뻔한 보물을 찾기 위해 불경스러운 손으로 어머니인 대지의 내장을 마구 파헤쳤다. 이윽고 그의 일당은 산에 커다란 구멍을 뚫고 금덩어리를 파낸다. 지옥에서 재물이 나온다고 기이하게 생각하지 마라. 이 지옥의 땅은 값진 해독(害毒)에 가장 알맞은 땅이니. 하지만 인간계의 위업을 자랑하며, 바벨(바벨 탑)이나 멤피스 왕의 업적(피라미드 건조)에 감탄하여 말하는 자들이여, 이곳에서 배우라. 어떤 명예와 힘과 예술에 대한

타락 천사들을 선동하는 사탄의 모습으로,
심연에 지친 반역의 무리에게 힘을 불어넣는 장면이다.

위대한 기념비도 타락의 영은 쉽게 뛰어넘을 수 있고, 그들의 끈질긴 노력과 수많은 손(피라미드 하나 세우는 데 36만 6천 명이 20년간 노동해야 했다.)으로도 당대에는 성취하기 어려운 것을 이들은 단 한 시간에 처리한다는 것을 너희는 알아야 한다.

두 번째 무리는 근처 들판에서 지하에 많은 구멍을 뚫고, 묘한 기술로써 원광(原鑛) 덩어리를 녹이며 종별로 나누고, 거기에 떠 있는 지금(地金)의 찌꺼기를 걸러내고 있다. 세 번째 무리도 그와 동시에 땅속에다 각종 거푸집을 만들고 끓는 구멍에서 묘한 방법으로 액체를 끌어들여 그 거푸집을 가득 채운다. 마치 오르간(밀턴은 오르간 연주자였다.)의 건반이 한 줄기 바람을 받아들여 한 줄로 늘어선 많은 파이프에 이를 보내주는 것처럼. 이윽고 땅속에서 거대한 건물 하나가 안개가 피어오르듯 솟아난다. 절묘하게 조화된 음향과 달콤한 가락에 따라, 신전처럼 세워져 사방에 벽주(壁柱)와 도리스식 기둥이 줄줄이 늘어서고, 그 위를 황금의 처마가 덮는다. 그리고 거기에는 부조(浮彫)된 박공과 조각대(彫刻帶)가 있고, 지붕은 황금빛 만자(卍字) 무늬로 꾸며져 있다. 바빌론도 카이로도 이런 웅장함을 보여주지 못했다. 이집트와 아시리아가 부와 사치를 경쟁하던 바로 그 시절에, 그들이 자신들의 신이었던 벨루스와 세라피스(이집트 죽음의 신)의 신전들과 자신들의 왕궁을 가장 화려하고 웅장하게 지었어도, 그 모든 것의 영광도 이 건물에는 미칠 수 없었다.

땅에서 올라오고 있던 이 거대한 건물은 장엄한 높이여서 고정되고,

이윽고 모든 문의 청동빛 문짝이 열리니, 그 안쪽에 바닥이 평평하고 드넓게 펼쳐져서 윤기가 흐르는 탁 트인 큰 공간이 있었고, 활처럼 굽은 아치형의 지붕에는 신묘한 마술로 이어 단 별 같은 등불과 활활 타오르는 횃불이 수없이 줄을 지어 석뇌유(石腦油)와 역청유(瀝靑油)로 불 붙어 하늘에서 내리는 것처럼 빛을 내쏜다. 무리는 감탄하여 부리나케 들어와 혹자는 건축물을 혹자는 건축사 맘몬을 칭찬한다. 그의 솜씨는 일찍이 하늘에서도 알려진 바 있다. 대왕에게 큰 권세를 부여받아 등급에 따라 빛을 내는 각위(各位)의 천족(天族)들을 통치하도록 허락받아 천사들이 그 손에 홀(笏)을 지니고서 군주들이 앉는 거처로 사용되고 있었다.

또한 그 건축가는 고대 그리스에서도 칭송을 받았으며, 아우소네스 땅에 살던 사람들은 그를 물키베르(불의 신 불카누스 중의 하나)라 불렀다. 전하는 바로는, 노한 제우스에 의해 내던져진 그는 하늘에서 수정의 성벽 너머로 곧장 떨어졌는데, 아침부터 한낮, 한낮부터 이슬 내리는 저녁까지 여름의 하루해를 떨어져, 지는 해와 함께 삼중천에서 유성처럼 에게해(海)의 렘노스 섬(에게해 북쪽에 있는 섬)에 떨어졌다 한다. 사람들은 그렇게 말하지만 잘못 안 것이다. 사실 그는 이 반역의 무리와 함께 이미 오래전에 하늘에서 떨어졌다. 하늘에서 수많은 높은 건물을 지은 것도 그에게 아무런 도움이 되지 못했고, 이런저런 온갖 궁리를 다해 모면해 보려 해도 소용없었다. 그는 하늘에서 내던져져 지옥으로 곤두박질친 후에, 이제는 이 지옥에 자신의 근면한 패거리들과 함께 이렇게 건축물을 번듯하게 지어놓았다.

이때 날개 달린 전령들이 주권자가 시키는 대로, 엄숙한 의식과 나팔 소리로 전군에 포고한다. 사탄과 그 무리의 본거지인 만신전(萬神殿)에서 곧 장중한 회의가 개최될 것임을 전군에 선포한다. 나팔 소리는 각급 부대에서 원래 계급이 높거나 군사들이 선출해 높은 지위에 오르게 된 지휘관들을 호출하는 신호였다. 그들은 이내 수백 수 천 명의 부하를 거느리고 몰려들었다. 통로는 온통 그들로 넘쳐나고 문과 커다란 현관, 특히 널따란 대청은 술탄 앞에서 무장한 용사들이 말을 타고 이교의 최고 기사들과 죽을 때까지 싸우거나 마상 창 시합을 하곤 했던 저 들판에 지붕을 만들어 씌운 것 같은 거대한 중앙 로비는 온통 수많은 군사로 가득 들어차서 지상에서나 공중에서나 날갯짓 하는 소리로 요란하다. 그것은 마치 봄날, 태양이 황소자리와 함께 수레를 타고 달릴 때, 별들이 수많은 새끼를 벌집 주위에 낳아놓으면, 그것들이 맑은 이슬과 꽃 사이를 이리저리 날아다니는 것 같기도 하고, 혹은 짚으로 만든 성곽 밖, 새로 향유를 칠해 반들반들한 널빤지 위로 밀려나 나랏일을 논의하는 것 같기도 하다. 이렇게 하늘의 무리가 잔뜩 몰려들어 혼잡을 이룬다.

마침내 신호를 내리니 실로 기이하다. 지금까지 그 크기가 지상의 거인 아들들보다 더 커 보이던 그들이 이제 가장 작은 난쟁이보다 더 작아져, 비좁은 방에 빽빽이 몰려든다. 인도의 산(히말라야 산) 너머에 산다는 그 소인족인가, 그렇지 않으면 깊은 밤 숲 속이나 샘가에서 축제

복수를 위한 반역의 무리가 진군의 나팔소리에 하늘을 삼키려는
수많은 병기를 갖추고 전쟁에 나서는 장면이다.

를 벌이는 것을 늦게 돌아가는 어느 농부가 보기도 하고 또 본 것으로 생각하기도 한 그 꼬마 요정들인가. 하늘의 달이 관객으로 앉아, 지상 가까이 창백한 제 궤도를 돌 때, 환락과 춤에 도취된 그들이 신이 나는 음악으로 그의 귀를 자극하면, 그의 가슴은 이내 환희와 공포로 고동쳤었다. 이렇게 실체 없는 영은 그 거대한 형체를 지극히 작은 모양으로 줄이고, 그 수는 헤아리기 힘들지만, 이 지옥 궁전의 중앙 로비를 자유롭게 다닐 수 있었다. 하지만 만신전 내부의 깊숙한 곳에서는 원래의 크기를 그대로 지닌 스랍 천사들과 그룹 천사들로 이루어진 군주들이 밀실에 모였다! 잠시 침묵이 흐른 다음 소집문이 낭독되고 대회의는 시작되었다.

PARADISE LOST

실낙원

제2권
반역 천사의 절규

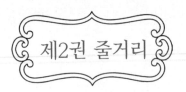

회의가 시작되고, 사탄은 천국을 되찾기 위해서 다시 한번 전쟁 감행 여부를 묻는 안건을 상정해서 토론에 부친다. 그렇게 할 것을 권고하는 자들도 있고, 또다시 전쟁은 안 된다고 설득하는 자들도 있다. 결국, 앞에서 사탄이 말했던 제3의 제안, 즉 하나님이 머지않아 또 다른 세계를 창조하고, 그들과 대등하거나 그들보다 열등하지 않은 또 다른 피조물을 창조할 것이라는 천국에 퍼져 있는 예언 또는 소문이 과연 사실인지를 정탐해 먼저 그 진위를 확인해 보자는 제안이 채택된다. 이 어려운 정탐 임무를 누구에게 맡길 것인지를 놓고, 아무도 선뜻 나서는 자가 없자, 그들의 우두머리인 사탄이 자기가 혼자 그 일을 해내겠다고 말하고, 그들 모두는 그에게 경의의 박수갈채를 보낸다.

회의가 끝나자, 사탄이 나가고, 거기에 있던 나머지 천사들은 각자 하고 싶은 이런저런 일을 하면서 시간을 보내며 사탄이 돌아오기를 기다린다. 사탄은 자기가 맡은 소임을 수행하기 위해 지옥의 문으로 가지만, 그 문은 닫혀 있다. 그는 그 문을 지키는 자들이 문 옆에 앉아 있는 것을 발견한다. 마침내 지옥의 문이 열리고, 지옥과 천국 사이에 있는 대심연이 그의 눈앞에 드러난다. 사탄은 그 대심연을 다스리는 '혼돈'의 안내를 받아 어렵사리 그곳을 통과해서 자기가 찾던 새로운 세계가 보이는 곳에 다다른다.

오르무스(오늘날의 호르무즈)와 인도의 부(富)가 무색하고 진주와 황금을 아낌없이 그 왕들에게 뿌려주는 저 찬란한 동방의 부를 훨씬 능가하는 찬란한 높은 권좌에 사탄이 자랑스럽게 앉아 있다. 여러 공적으로 오른 자리다. 절망에 빠져 있다가 자기가 원했던 것보다 훨씬 더 높은 이런 자리에 올랐건만, 거기에 만족하지 못하고 더 높은 자리에 오르려는 열망에 붙들려서, 천국과 헛된 전쟁을 포기하지 않았다. 그의 입에서 흘러나오는 오만한 생각을 늘어놓는다.

"지배자들이여, 비록 억눌러 떨어지긴 했지만, 불사의 힘은 이 깊은 심연 속에도 잡아둘 수 없다. 나는 하늘을 잃었다고는 생각지 않는다. 우리 영체가 이렇게 떨어졌다 다시 오르면 떨어지지 않았던 것보다 더 빛나고 더욱 무섭게 보일 것이다. 또다시 비운을 당한다 해도 두려워하지 않을 자신을 얻으리라. 하늘이 정한 법칙에 따라 내가(사탄은 그들을 하늘의 신들이라고 불렀다) 그대들과 함께 전투에서 얻은 공적이 쓰라린 패배였다. 그래도 이 패배가 이 정도로 회복되었고, 그대들은 나를 시기 없이 이 권좌에 만장일치로 뜻을 모아 오르게 했다. 우리는 그동안 상당한 어려움을 겪어 왔다. 그러나 이제 우리의 손실이 상당 부분 회복되었고, 나의 보좌도 훨씬 더 안정되고 공고해졌다. 그러니 천상에서 할 수 있는 이상의 단결과 굳은 신념과 확고한 협력을 기할 수 있는 이런 이점을 살려야 한다. 이제 우리는 돌이켜 번영했던 그 시절보

심연의 지옥 위원회에서 사탄이 마왕으로 추대받는 장면이다.

다 더 번영할 것을 확신하며 우리의 옛 권리(사탄의 인류 혹은 그 반역으로 잃은 '정당한 권리'를 되찾는 수단)를 요구하자. 그 최선의 길은 무엇인가? 즉, 공공연한 전쟁이냐, 아니면 비밀스러운 모의냐, 그 점에 대해 토의하려는 것이다. 의견 있는 자는 말하라."

마왕인 사탄이 말을 마치자 다음으로 홀을 쥔 왕 몰록(히브리어로 왕)이 일어섰다. 하늘에서 싸운 자 중 가장 강하고 사나웠으며, 지금은 절망으로 더욱 사나워진 영(靈)인 그는 힘으로는 하나님과 동등하다고 자신하고, 그만 못할 바에는 아예 존재하기를 원치 않았다. 그는 하나님도, 지옥도, 그보다 더한 것도 두렵지 않았다.

"나는 공공연한 싸움을 원하오. 모의 같은 건 능하지 못해서 싫소. 그런 건 필요한 자가 필요할 때 꾸미도록 할 것이나, 지금은 때가 아니오. 그들이 모여 앉아 모의하는 동안, 그 나머지는 무장하고 일어서서 오르라는 신호만을 기다리는 수백만의 하늘의 망명자는 이곳에 우물쭈물 주저앉아, 이 음침하고 지저분한 치욕의 구렁텅이, 우리가 머뭇거리는 바람에 군림하게 된 폭군(몰록 역시 사탄처럼 하나님을 폭군으로 여기고 있다)의 감옥을 저희 살 곳으로 인정해야 한단 말인가! 아니오, 우리는 곧 지옥의 화염과 격분으로 무장하고, 우리가 받는 고통(지옥의 유황과 불)을 그 고통 주는 자에게 항거하는 가공할 무기로 바꾼 다음, 하늘의 높은 탑들을 넘어 진격을 감행합시다. 그때 그의 전능의 무기(번개와 벼락) 소리에 대응하는 지옥의 뇌성을 들을 것이고, 번갯불 대신 검은 화염(지옥의 암광)과 무시무시한 것이 천사들 사이로 번갯불과 똑같이 맹렬히 발사되어, 그의 보좌마저 지옥의 유황과 괴상한 불(천국에서는 볼 수 없는 불)로 뒤덮이는 걸 보게 되리라. 하지만 아마 길은 험할 것이고, 높은 곳에 있는 적을 향하여 날개 곧추세워 오르기는 힘들 것 같소. 이렇게 생각을 하는 자라 할지라도 만일 저 졸음 주는 망각의 강물에 아직 마비되지 않았다면, 생각해보시오. 우리의 동작은 우리 본래의 자리에 날아오르기에는 적합하지만 떨어지기에는 적합하지 못하오. 얼마 전에 그 사나운 적이 우리의 흐트러진 후진을 얕보고 몰아쳐 이 깊은 심연으로 우리를 추격하던 때, 얼마나 필사적으로 날아서 이렇게 낮게 내리 떨어졌는지 모를 자 누구인가! 그러니 오르기는 쉽소. 우리가 다시 그 강적을 자극하면, 그는 노하여 우리를 파멸시키려고 더욱 악한 방법을 찾을 것이오. 만일 이곳 지옥에서 더 지독하게 파멸될 수도 있다면 축복에서 추방되어 이 혐오스러운 심연에서 최악의 고뇌를 걸머지고 사는 것보다 더 심한 불행이 있겠소? 이곳의 가혹한 채찍과 고문의 시간이 우리를 징벌에 붙이고, 그와 함께 꺼질 줄 모르는 불의 고통이 그칠 희망도 없이 우리를 괴롭혀 그 분노의 노예로 삼는 바로 여기서, 더는 파멸한다면 우리는 아예 전멸하여 흔적도 없게 될 것이오. 그렇다면 두려울 게 무엇이 있소. 그의 지극한 분노를 일으키는 데 망설일 게 무엇이오. 그렇게 해서 분노가 극도에 달하면 우리를 아예 궤멸하여 이 영체(靈體)를 무(無)로 돌아가게 할 것이오...

영원히 비참한 존재로 있는 것보다는 훨씬 나을 것이지만...

그렇지 않고 만일 우리의 본질이 참으로 신성(神性)이어서 궤멸될 수 없다면, 우리는 바로 비존재 직전인 최악의 상태에 놓일 것이오. 우리는 벌써 시험해보아서 알고 있소. 우리 힘이 넉넉히 그의 천국을 어지럽게 만들 것이오. 운명을 걸고 지키는 그 보좌에 접근할 순 없더라도 끊임없이 침입하여 이를 위협할 만하다는 것을 알 것이오. 이것이 승리는 못 되더라도 복수는 되리다."

그는 인상을 찡그린 채 입을 다물었다. 그의 얼굴에는 필사의 복수심과 신이 아닌 자에겐 위험한 전의(戰意)가 드러난다. 이때 맞은편에서 일어서는 위선자가 있었으니 그는 한층 부드럽고 점잖은 태도의 벨리아르였다. 천국을 잃은 자 중 이보다 더 아름다운 자 없다. 그는 마치 높은 지위와 공적에 알맞게 만들어진 듯하다. 하지만 그 모두가 거짓이고 공허한 것, 비록 그 혀에서 만나(모세의 지도로, 이집트를 탈출한 이스라엘 백성이 광야에 이르러 굶주릴 때 하느님이 내려준 신비로운 양식)가 떨어지고, 불의한 이치를 좋게 꾸며대어 원만한 합의를 어지럽히고 파괴할 수 있지만, 이것은 그의 생각이 비열하여 악에는 약삭빠르나 고귀한 일엔 뒷걸음치며 꾸물대었다. 하지만 그는 귀에 듣기 좋게 그럴싸한 어조로 말을 시작한다.

"증오에 누구 못지않은 나는 공개적인 전쟁에 찬성하며 즉각적인 개전(開戰)을 주장하오. 전체 결과에 대해 불길한 전조가 되지 않는 한, 그것은 무용(武勇)에 매우 뛰어난 자가 자기 계책과 장점을 신뢰하지 않고, 자기가 목표하는 모든 것을, 다만 무서운 복수에 뒤따를 절망과 전멸에 그의 용기의 근거를 두고 있기 때문이오.

지하 세계의 찬란한 동방의 부를 능가하는 지옥의 궁전에서
마왕인 사탄이 반역 천사들을 불러모으고 있다.

첫째, 무슨 복수인가. 하늘의 망루는 무장한 파수병들로 가득 차서 감히 누구도 접근하기 어렵게 하며, 간혹 심연의 변경에 대군을 주둔시키거나, 기습 따위는 무시하고 어둠 속을 날아 밤의 나라(어둠의 여신이 지배하는 혼돈계)를 정찰하고 있소. 혹 힘으로 침입하여 온 지옥이 우리를 뒤따르면서 암흑의 반란을 일으켜 그 맑고 밝은 하늘의 빛을 어지럽힌다 해도, 불후의 우리 대적은 전혀 더럽혀지지 않은 채 그 보좌에 앉았을 것이고, 더러워질 수 없는 하늘의 영체는 곧 그가 받은 재앙을 물리치고 더러운 불을 일소하고서 의기양양하리라. 이렇게 격퇴당하고 보면 궁극의 희망마저 완전한 절망일 뿐이오. 전능의 승리자를 격분시키는 것은 부질없이 그의 분노를 폭발시켜 우리를 절망시키는 것일 뿐이다. 무로 돌아가는 것이 치료법임이 틀림없지만, 치료법치고는 슬픈 방법이오. 누가, 비록 고통뿐이라 할지라도, 이 지적(知的) 존재를 잃고, 영원히 세계를 거니는 이 사상을 잃고서 창조 이전부터 존재하는 어둠의 뱃속에 빨려 들어가 감각도 없이 사라지기를 바라겠소? 만약 그게 좋다 할지라도 노한 우리의 적이 그것을 허락할지 하지 않을지 누가 알겠소? 그가 허락할지 의심스럽지만, 절대 하지 않을 것은 뻔한 일이오. 그토록 현명한 그가 일시적인 부주의로 적의 소원을 들어주고, 화풀이로 그들을 멸망시킬 것인가. 그의 분노는 영겁(永劫)의 벌을 주기 위해 간직한 건데, '그러면 왜 싸우는 것에 반대하는가?' 우리는 영원한 고통을 받도록 그의 섭리 속에서 예정되고 운명 지어졌소. 무엇을 하든 우리에게 이보다 더 큰 고통이 있는가(몰록의 주장)? 라고 주전론자는 말할지 모르지만, 그러면 이것이 최악이란 말인가(몰록의 주자에 대한 벨리아르의 답변)? 이렇게 앉아서 의논하고, 이렇게 무장하는 것이 하늘의 우레를 맞고 쫓기면서 몸을 숨길 심연을 찾아 부리나케 도망칠 때는 어땠소? 그때는 이 지옥이 부상한 몸의 피난처로 보였지. 또한, 우리가 불타는 호수에서 사슬에 묶인 채 누워 있을 때는 어땠소? 그때는 분명 지금보다 더 불행했소. 만일 저 무시무시한 불을 일으킨 그 입김(하나님의 노여움)이 일어나 그 불을 다시 일곱 배로 사납게 불러일으켜 우리를 그 불길 속에 처넣는다면, 또는 하늘에서 잠시 멈추었던 복수가 우리를 고통스럽게 하려고 다시 그의 붉은 오른손(제우스의 번갯불)을 무장한다면, 만일 모든 지옥의 창고가 열리고, 그 하늘이 불의 폭포와 위협적인 공포를 내쏟으며 언젠가는 우리 머리 위에 무섭게 떨어져 내릴 것처럼 위협한다면, 또는 혹시 우리가 영예로운 전쟁을 계획하거나 주장하다가 불의 폭풍에 휘말려 몰아치는 선풍의 장난감 혹은 밥이 된 채 내던져져 하나하나 바위에 꽂히거나 사슬에 감겨 저 끓는 불의 바다 밑으로 영원히 가라앉아, 그곳에서 영원의 신음과 더불어 용서도, 동정도, 완화함도 없이 언제 끝날지 희망도 없는 세월을 보내게 된다면 어쩌겠소. 그것은 더욱 불행한 일이니, 그래서 전쟁은 공공연한 것이든 비밀리에 하는 것이든 하지 않는 게 좋겠소. 실력이거나 기만이거나 그게 그에게 무엇이며, 만물을 한눈에 다 보는 그의 마음을 누가 감히 속일 것인가. 하늘 그 높은 곳에서 그는 우리의 이 헛된 계획을 보고 비웃을 거요. 그는 우리의 힘을 막을 만큼 강하고, 또 모든 음모를 좌절시킬 만큼 지혜롭소. 그러면 우리 이 하늘의 족속이 이토록 천하게 짓밟히고 이렇게 쫓겨나 사슬과 고통을 견디며 비열하게 살아야하나? 내 생각엔 그래도 이것이 나은 편인 듯하오. 피할 수 없는 운명과 승리자의 의지, 즉 전능자의 결정이 우리를 굴복시키고 있으니까. 그대로 참는 것이나 감행하는 것이나 힘들기는 마찬가지요. 이렇게 정해진 법칙이 부당한 게 아니오. 적은 그렇게 위대하고 결과는 그렇게 의심스러운 싸움이었으니, 우리가 현명했다면 이런 상태는 처음부터 각오했어야 하오. 창을 든 용맹스럽고 대담한 자들이 패하면 기가 죽고, 필연적으로 뒤따르는 추방과 굴욕과 속박의 고통 등, 그 정복자의 판결을 참고 받아들이기 겁내는 것을 보고 나는 웃는다오. 이제 이 것이 우리의 정죄, 우리가 이것을 참고 견딘다면 지고(至高)의 적도 언젠가는 그 분노를 훨씬 누그러뜨려, 아마 이렇게 멀리 떨어져 있으니 이런 벌로 만족하고, 다시 반역하지만 않는다면 우리를 의식하지 않으리라. 또한, 이 사나운 불도 그의 숨결로 불러일으키지만 않으면 누그러지리라. 그러면 우리의 순수한 영체는 독성의 열기는 몸에 배어 느끼지 않거나, 아니면 기질과 성격이 이 장소에 맞도록 변하여, 고통 없이 이 맹렬한 열기를 편히 받아들이게 될 것이오. 공포는 누그러지고 어둠은 밝아질 것이니 끊임없이 흐르는 미래는 어떤 소망과 기회, 변화를 가져다 줄지 기다려 볼 만한 일이오. 현재 우리의 운명은 우리 스스로 더 큰 화를 불러일으키지만 않는다면 행복이라고는 볼 수 없으나 최악의 불행은 모면할 것이오."

이렇게 벨리아르가 순리의 옷을 입힌 말로 비겁한 평안과 평화가 아닌 무사의 태만을 이야기하자, 그 뒤를 이어 맘몬이 말했다.

"우리의 잃어버린 권리를 되찾기 위해 우리는 하늘의 왕과 대적해야 하오. 하지만 영원한 운명이 덧없는 우연에 굴복하고, 혼돈이 그 싸움을 심판할 때 우리는 그의 폐위를 바랄 수 있소. 전자(천왕의 보좌를 폐하는 짓)가 가망 없는 것은 후자(잃어버린 권리를 되찾는 짓) 또한 가망 없다는 증거요. 우리가 하늘의 왕을 제거하지 않는 한 우리를 위해 무슨 자리가 천국에 마련되겠소? 설령 그가 마음이 풀려 새로운 복종의 약속 아래 모두에게 은혜를 베푼다 해도 무슨 염치로 비굴하게 그 앞에 서서 우리에게 가해지는 엄한 벌을 감수하며, 그의 보좌를 찬미하고, 그의 신성(神聖)을 마지 못해 할렐루야(하나님을 찬미하라) 노래하겠소. 그가 당당히 우리의 군주로 앉고, 그의 제단엔 우리의 굴종인 제물과 하늘의 꽃들이 향기를 풍기는 걸 보면서, 그곳에서 우리가 해야 할 일과 기쁨은 이런 것일 뿐이오. 우리가 미워하는 자를 숭배하면서까지 지내야 하는 영원이란 얼마나 지겨운 일이겠소. 그러니 힘으로 불가능하고, 허락을 받아 얻는 것이면 비록 천국에서일망정 반가울 게 없소. 차라리 우리 자신 속에서 스스로 선을 찾고, 우리의 힘으로 스스로 살아갑시다. 비록 이 황막한 변경에서일망정 누구에게도 구애받지 말고 자유롭게 말이오. 가혹한 자유를 택하여. 우리가 작은 것에서 큰 것을, 해로운 것에서 이로운 것을, 역경에서 번영을 만들어내고, 또 어떤 곳에서든지 재난 속에서 번영하고, 근면과 인내로써 고통에서 안위를 만들어낼 때,

우리는 비로소 위대함을 드러낼 것이오. 우리가 이 깊은 암흑의 세계를 두려워하는가. 천상의 군주는 저 짙고 어두운 구름 속에 살기를 즐겼으나 그 영광이 흐려지지 않았고, 장엄한 암흑으로 에워싼 보좌에서 울린 요란한 뇌성(하나님의 권능)이 그의 노여움을 북돋워, 하늘은 지옥과 흡사할 것이오. 그가 우리 암흑을 모방한 것처럼 우리도 그의 빛을 멋대로 모방하지 못할 게 없지 않겠소? 이 황량한 곳에도 금과 보석의 은밀한 빛이 있으며, 장려함을 이룰 기술이나 재주가 없는 게 아니니, 하늘이 이보다 더 나은 것이 무엇이오. 때가 이르면 우리의 고뇌는 원소(元素)가 되고, 이 고통스러운 불도 그 성질이 우리의 성질과 화합하여 누그러질 것이고, 마침내는 고통의 감각도 사라질 것이오. 신중히 생각해봐도 평화의 모의와 안정된 질서만이 최선일 것이오. 그러니 전쟁을 택하지 말고 우리에게 닥친 재난을 온 힘을 다해 안전하게 처리하는 방도를 계획하는 게 최선일 것이오."

맘몬이 말을 마치자 장내는 곧 어수선해졌다. 그것은 흡사 밤새도록 물결을 일으킨 풍랑을 쉴 새 없이 불러일으켰던 폭풍을 뚫고서 우연히 암벽으로 둘러싸인 만을 발견하여 거기에 자신들의 작은 배 돛대에 닻을 내리고 지친 몸을 쉬고 있는 뱃사람들을 잠재울 때, 텅 빈 바위 사이에 아직 남아 있는 그 바람 소리와 같은 갈채를 받으며 그는 말을 끝냈고, 평화를 권하는 그의 변론은 환영을 받았다. 그들은 다시 전쟁이 일어나는 게 지옥보다 더 두려웠고, 그에 못지않게 신의 우레와 미카엘(주로 전쟁을 관장하는 천사장)의 칼에 대한 공포가 아직 그들의 마음

사탄이 그를 따르는 반역 천사들과 지옥 심연의 불 못을 건너려는 장면이다.

속에 생생했다.

한편 그들의 마음속에는 정략과 오랜 세월을 바쳐 하늘에 대항해 싸울 수도 있는 하계의 제국을 세워보려는 욕망이 생생했다. 이때 바알세불이 장중한 모습으로 일어섰다. 그들 중 사탄 이외에는 그보다 지위가 높은 자가 없고, 그가 일어설 때의 모습이 마치 나라의 기둥처럼 보였다. 그의 이마에는 신중함과 공안(公安)에 대한 근심이 깊게 새겨져 있고, 비록 타락했으나 그 위엄 있는 표정에는 아직 왕자다운 지혜가 서려 있었다. 그는 현자처럼 우뚝 서서 좌중을 둘러보았다. 그의 어깨는 아틀라스와도 상대하여 왕국들의 무게를 짊어지기에 합당하고, 그 시선은 숙연한 침묵 속에 모두를 집중시켰다. 그는 무거운 어조로 입을 열었다.

"상위 천사들이며, 제권자(帝權者)인 하늘의 아들이며, 지옥의 왕자들이여! 일반 공론이 그대로 여기 머물러 번성하는 제국을 건설하자는 쪽으로 찬성하겠소? 우리가 꿈꾸느라고 몰랐을 뿐, 이곳은 하늘의 왕이 그 능력의 팔이 미치지 않는 안전한 피신처가 더는 아니오. 비록 이렇게 멀리 떨어졌을망정 우리는 그의 포로의 무리로서 피할 수 없는 제제하에 엄한 구속을 받는 줄 모른단 말이오. 그는 처음이자 끝이니 하늘에서나 지옥에서 여전히 단 하나뿐인 왕으로서 다스릴 것이니, 우리의 반역으로 그의 왕국이 전혀 상실되지 않고, 그 영토를 지옥까지 확장하여 하늘에서 금홀(金笏)을 가지고 다스리는 것처럼 이곳에선 우리를 철장(鐵杖)으로 지배하고 있소. 그럼 우리는 왜 평화냐 전쟁이냐를 논하고 있겠소. 전쟁은 이미 우리를 파국으로 몰아 돌이킬 수 없는 패배를 맛보았소. 그 때문에 평화의 조건은 전혀 허락되지 않았으며, 또 찾을 수도 없소. 노예인 우리에게 무슨 평화가 허락되겠소. 엄중한 감금과 채찍과 잔학한 형벌 말고는 무슨 평화를 그에게 돌려준단 말이오. 비록 느리더라도 끝없이 계략을 세우고 정복자가 그 정복에서 올리는 수확을 최소한으로 줄이고, 우리에게 참기 힘든 일을 가하는 그의 기쁨을 최소한으로 줄이는 복수에 힘을 다해야 할 것이오. 적대와 증오, 불굴의 항거하는 것 말고 기회가 있을 것이니, 위험한 원정으로 하늘을 침범할 필요가 어디 있겠소? 하늘의 높은 성벽도, 포위도, 지옥에서의 기습도 겁내지 않을 것이오. 그러니 더욱 더 쉬운 계책을 찾는 게 좋을 것이오. 힘이나 지위는 우리만 못해도 천상에서 지배하는 자에게는 더욱 은총을 받는 우리와 비슷하게 창조된 '인간'이라는 이름의 어떤 새로운 종족의 복된 보금자리인 그런 곳이 한군데 있소. 그의 뜻은 이미 천사들 사이에 선포되었고, 하늘을 온통 뒤흔든 선서(《창세기》 22장 16절 참조)로써 확인되었소. 그러니 우리의 모든 생각을 기울여 거기에 어떤 피조물이 살며, 그 모양이나 본질은 어떻고, 또 천품은 어떤지, 그 힘은 어떻고 약점은 무엇인지, 힘으로나 간계로나 어떻게 하면 가장 잘 유혹할 수 있는지 알아봅시다. 비록 하늘 문은 닫히고, 하늘의 높은 심판자는 자기 세력 아래 안전하게 앉아 있지만, 이곳 하늘나라의 아득한 변경은 노출된 채 그 보유자의 방어에 내맡겨져 있는 듯하오. 아마도 여기에서 불의의 습격을 가함으로써 어떤 유리한 일이 생길지도 모르오. 지옥의 불로 그의 모든 창조물을 멸망시켜버리든가, 아니면 그 모든 것을 우리의 소유물로 만들어서 우리가 쫓겨난 것처럼 그 힘없는 주민을 몰아내든가, 아니면 그들을 우리 편으로 유인해서 그들의 신과 적대하게 해서 그 스스로 자신의 창조물을 멸망시키도록 합시다. 이것이 평범한 복수보다 나을 것이고, 우리의 파멸에 대한 그의 기쁨을 꺾고, 그의 당혹으로 말미암은 우리의 기쁨을 높여줄 것이오. 그때 그의 사랑하는 자녀들은 거꾸로 추락하여 우리와 같은 운명에 처해 자기들의 약한 근원(인간은 다른 피조물과는 달리 하나님의 형상인 거룩한 존재)과 그토록 빨리 사라진 축복을 저주하게 될 것이오. 생각해보시오. 이것이 해볼 만한 가치가 있는지, 아니면 헛된 제국을 설계하며 이 어둠 속에 앉아 있어야 하는지."

바알세불은 처음에 사탄이 계획했던 그 흉악한 계략을 털어놓았다. 대체 만악(萬惡)의 원조(사탄)로부터가 아니고서야 어디서 그토록 깊은 악의가 나오겠는가. 인류를 그 근본 뿌리에서 멸망시키고, 땅과 지옥을 뒤섞어서 위대한 창조주에게 복수할 그런 모든 생각이, 하지만 그들의 원한은 언제나 하나님의 영광을 더할 뿐이다. 이 담대한 계획은 지옥의 수령들을 크게 만족하게 해, 그들의 눈에는 기쁨이 감돌았다. 그들이 만장일치로 찬성하자, 그는 다시 말했다.

"여러분, 긴 논의를 잘 끝냈소. 우리는 정말 큰일을 결정했소. 이로써 이 지옥의 밑바닥에서 다시 옛 터전 가까이 올라갈 수 있게 됐소. 어쩌면 하늘의 맑은 빛이 들어오는 온화한 곳에서 안락함을 누리면서, 찬란히 솟아오르는 빛에 이 어둠을 몰아내고 그 부드러운 신선한 공기가 이 썩어드는 화상의 흉터에 약이 되는 방향(芳香)을 풍길지도 모르오. 하지만 먼저 누구를 보내어 이 신세를 탐지할 것인가. 누가 적당할 것 같소? 누가 방랑의 길을 떠나 저 음침하고 밑 없는 무한의 심연을 탐색하여 손으로 만져질 것처럼 짙은 어둠 속에서 낯선 길을 찾아낼 것이며, 또 지치지 않는 날개에 실려 광막한 심연을 넘어 가볍게 하늘을 날아, 이윽고 저 행복의 섬(혼돈의 바다 위에 떠 있는 섬)에 다다를 것이오. 어떤 힘, 어떤 기술이 이에 충분할 것인가, 또 어떻게 피해 가야 사방에서 감시하는 천사들의 삼엄한 초소며 철통 같은 위병선을 돌파할 것인가. 이에 그는 만방의 주의가 필요하고, 우리 또한 선거에 신중할 필요가 있소. 우리가 보내는 그의 임무가 막중하고 마지막 희망이 그에게 달려있소."

이렇게 말하고 그는 자리에 앉는다. 좌중은 조용해졌다. 과연 누가 나타나 자신의 말에 찬성 혹은 반대하고, 또 이 위험한 시도를 맡을 것인가. 기다리는 그의 운에는 기대와 초조의 빛이 어린다. 하지만 모두 잠자코 앉아 깊은 생각으로 그 위험을 숙고하면서, 각기 자신의 불안을 남의 표정에서 읽고 놀란다. 하늘과 싸운 용사 중 으뜸가는 자들 사이에서도 단신으로 이 무서운 원정을 자원하거나, 그것을 도맡을 정도로 대담한 자는 찾아볼 수 없다. 마침내 그 영광이 탁월하여 동료보다 뛰어난 사탄은 자신이 최고라고 자부하면서 제왕의 긍지를 내보이며 태연하게 말한다.

"오, 심연의 동지들이여, 낙담할 것은 아니지만, 우리가 깊은 침묵과 망설임을 가졌던 것도 무리가 아니오. 우리의 감옥은 단단하고, 이 거대한 불의 도가니는 집어삼킬 듯이 맹렬하게 아홉 겹(스틱스 강)으로 우리를 에워싸고, 불타는 금강(金剛)의 문은 위로 닫혀 있어 빠져나갈 길이 없소. 혹 이곳을 거쳐 빠져나갈 자가 있다 해도 다음에는 실체(實體)가 없는 밤의 무한히 깊은 공허가 입을 딱 벌리고 서서, 그를 받아 죽음의 심연 속에 빠뜨려 그 존재를 전멸시키려고 위협하오. 혹 거기에서 빠져나와 어떤 세계, 또는 미지의 땅에 이른다 해도, 모르는 곳의 위험과 탈출하기 힘든 것뿐, 달리 무엇이 있겠소? 하지만 여러 동지여, 만일 난관이나 위험이 보인다 해서 모두의 중대사로 제안되어 의결된 것을 내가 시도해보지도 않고 단념한다면, 영화로 장식되고 권력으로 무장된 이 권좌와 제왕의 주권에 어울리지 않겠소. 명예에 맞는 큰 몫의 위험을 감당하기 거부한다면, 내 어찌 이런 왕위를 향유하고 다스리기를 바랄 수 있겠소. 힘센 권력자들이여! 비록 추락했으나 하늘의 공포여! 집(지옥)에서 생각하오. 여기가 우리의 집인 이상, 어떻게 하면 지금의 참상보다 완화하고, 지옥을 안락하게 만들 수 있는가. 만일 이 불운의 처소에 고통을 잊게 하고, 완화하는 처방이나 마법이 있다면 늘 깨어 있는 적에 대한 경계를 게을리하지 마시오. 내가 나가서 암흑 속 파멸의 나라들을 두루 다니며 우리 모두의 구원을 모색하겠소. 그리고 이 계획에는 아무도 관여시키지 않고 스스로 홀로 하겠소."

마왕은 이렇게 말하고 나서, 영악하게도 좌중의 어떤 의견도 막아버렸다. 이것은 자신의 단호한 결심을 듣고 군대의 주요 지휘관 중에 어떤 이들이 고무되어서, 조금 전에 두려워서 감히 나서지 못했지만, 이제는 (거절당할 것을 뻔히 알면서) 자기들도 가겠다고 나섰다. 그들은 비록 거절당하더라도 얼마든지 그 임무를 수행할 수 있다는 거짓 행위를 보여주었다. 그들은 일체 의견 개진을 엄금한 사탄의 음성에 화들짝 놀라서 겁을 집어먹고서, 그를 따라서 즉시 자리에서 일어섰다. 그들이 한꺼번에 일어서는 소리는 마치 멀리서 들려오는 우레와 같았다. 그들은 사탄을 향하여 엄숙한 경의를 표하며, 마치 하늘의 지존자와 대등한 신인 듯 그를 찬양했다. 또한, 그가 모두의 안녕을 위해서 자신의 안전을 돌보지 않는 것을 크게 찬양해 마지않았다. 타락 천사일망정 그들의 덕을 모두 잃은 게 아니기 때문이다. 악한 무리가 지상에서 명예나 열성으로 은밀한 야심을 선에 대한 열정으로 위장해서 겉보기에 선한 일에 힘쓴다고 하여도 그들에게는 자랑할 게 없다는 것을 알아야 한다. 의구심으로 가득한 암울한 분위기 속에서 시작된 회의는 이렇게 그들의 마왕이 보여준 비할 데 없이 훌륭한 처신에 만족하고 기뻐하며 끝이 났다. 그것은 마치 북풍이 잠들어 있는 동안에, 산 정상에서 어둡고 시커먼 구름이 일어나 하늘이 험상궂은 얼굴을 하고 어둠이 내려앉은 풍경 위에 눈이나 비를 뿌릴 때, 언제 그랬냐는 듯이 다시 밝은 태양이 나타나서, 감미로운 고별인사인 양 저녁을 알리는 햇살이 사방으로 퍼져 나가면, 들판은 소생하여 활기를 되찾고 새들이 다시 노래하며 가축 떼들이 즐거워 내는 울음소리가 언덕과 골짜기에

반역 천사들이 마치 불나방 떼처럼 심연의 하늘에 무리지어 공중 비행을 벌이는 장면이다.

울려 퍼지는 모습 같았다.

아, 수치스럽구나, 인간들이여! 저주받아 지옥에 던져진 악한 영들도 이렇게 저들끼리 굳은 단결을 이루는데, 오직 인간만은 얼마든지 하늘의 은총을 받을 기회가 주어져 있는데도 서로 불화하고, 하나님은 평화를 선포하셨는데도 인간들은 미움과 증오와 다툼 속에서 살아가며, 서로의 멸망을 바라며 잔인한 전쟁을 일으켜 대지를 황폐케 하는구나.

지옥의 회의는 이렇게 막을 내리고, 차례로 지옥의 귀족들이 몰려 나온다. 그 한가운데 그들의 강대한 군주인 사탄이 나오고 있었는데, 최고의 화려함을 갖추고 하나님을 닮은 위풍당당한 풍채는 그 혼자만으로도 천국을 대적할 만해 보였고, 지옥의 두려운 제왕으로서 손색이 없어 보였다. 그의 주변에는 불의 스랍 천사의 무리가 휘황찬란한 군기들과 살기가 감도는 무시무시한 무기를 들고서 둘러싸고 있었다.

이윽고 회의가 끝나고 중대한 결과를 알리는 당당한 나팔 소리가 민첩한 네 명의 케루빔 천사들에 의해 울려 퍼졌다. 텅 빈 심연에 그 소리가 멀리 또 널리 울리자, 지옥의 만군이 귀청을 찢는 함성으로 시끄럽게 환호했다. 그런 다음 마음이 편해지자, 헛되고 외람된 희망에 조금 우쭐해져, 군사의 대열은 뿔뿔이 흩어져, 각자 마음에 드는 곳으로 가거나, 마땅히 갈 곳을 찾지 못해서 어떻게 할 줄을 몰라 방황하였다. 어떤 자들은 들로 나아갔고, 혹은 공중으로 높이 날았다. 또한, 어떤 자들은 올림피아 경기나 피디아의 경기(고대 그리스 최대의 경기)에 출전한 양 누가 빨리 달리는지 경쟁하기도 했다. 어떤 자들은 불의 전차를 몰다가 궤도를 이탈하였다. 마치 오만한 도시에 경고하기 위하여 어지러운 하늘에 전쟁이라도 벌어진 것처럼, 군사들이 구름 속으로 돌진하여 전투를 벌이고, 각각의 선봉대 앞으로 날렵한 기사들이 말을 달려 뛰쳐나가서 서로 몇 차례 창을 겨누고 싸웠다. 그러다 결국에는 본대에 속한 무수히 많은 군사가 서로 맞붙어 육박전을 벌이면서, 온갖 무기들이 동원되어 펼쳐지는 묘기가 하늘의 이쪽 끝에서 저쪽 끝까지 수놓아, 창공이 환히 불타오르는 것 같았다.

다른 한 무리는 거인 티폰의 분노 이상으로 격하여 바위와 산을 갈가리 찢고 회오리바람을 일으키며 공중을 난다. 지옥도 받아들이기 힘든 그 소란은 알케이데스(테살리아 왕)가 승리의 관을 쓰고 에칼리아(그리스의 여러 도시)에서 돌아왔을 때 옷에 배어든 독기에 감염되어 고통에 겨워 테살리아(고대 그리스의 도시)의 소나무를 뿌리째 뽑고, 에타의 산꼭대기에서 리카를 유베아 해(그리스 동부의 바다)로 내던지던 때와 같다. 비교적 온순한 다른 무리는 한적한 골짜기로 올라가 천사의 가락으로 수많은 수금(竪琴)에 맞추어 자신의 무용(武勇)이나 무운이 기박하여 불행히도 패망한 사연을 노래하며, 자유의 덕(자유의 존재였던 타락 천사)을 폭력이나 우연의 노래로 바꾸어놓은 운명을 탄식한다. 그들의 노래는 편파적이었으나, 그 조화는(불사의 영들이 노래하니 그렇지 않겠는가!) 지옥을 가라앉혔고, 몰려든 청중을 뇌쇄시켰다. 혹은 달콤한 담론에 빠져(웅변은 심령을, 노래는 감각을 흘리는 것이니) 멀리 언덕 위에 떨어져 앉은 무리도 있다. 고상한 사색에 잠겨 섭리와 예지, 의지와 운명(섭리, 예지, 예정, 자유 의지), 그리고 부동의 운명, 자유 의지 및 절대 예지 등에 대해 크게 떠들어대지만, 결론을 얻지 못하고 방향 없는 미궁에 빠져 길을 잃고 어디가 어딘지 알지 못하게 된 것처럼 아무런 결론도 얻을 수 없었다. 선과 악, 행복과 최후의 불행, 격정과 무정, 영광과 치욕에 대해서도 격론이 있었지만, 그들 사이에서 오간 모든 것은 헛된 지혜였고 거짓 철학이었다. 하지만 그러한 담론들은 즐거운 마법이 되어 고통과 고민을 잠시 덜어주고, 그릇된 희망을 불러일으키며, 세 겹으로 된 상철 갑옷처럼 그들의 완고한 심장을 강고한 인내로 무장시켜 주는 효과가 있었다.

또 다른 무리는 떼를 지어 밀집부대를 이루고 저 험악한 세계를 널리 탐색하고자 대담한 모험을 시도한다. 혹 그들에게 더 편안한 안식처를 주는 세계가 있을까 해서, 사방으로 비상의 날개를 펼치고, 독기 있는 물줄기를 불타는 바다로 흘려보내는 지옥의 네 강의 둑을 더듬는다. 이는 죽음 같은 증오가 흐르는 혐오의 스틱스 강과 검고 깊은 비애와 눈물의 아케론 강, 회한의 물 흐를 때 소리 높이 들리는 통곡에서 이름을 딴 비탄의 코키투스 강, 폭포 같은 불의 물결이 미쳐 날뛰는 사나운 불의 플레게톤 강. 이 강으로부터 멀리 떨어져 고요히 흐르는 망각의 강 레테는 굽이쳐 미로를 이루니, 그 물을 마시는 자는 이내 전세(前世)의 상태와 존재를 잊고 열락(悅樂)과 비애, 환희와 고통을 다 잊는다. 이 강 너머에는 얼어붙은 대륙이 어둠 속에서 황량하게 가로놓여 있고, 회오리바람과 무시무시한 우박의 폭풍이 쉴새 없이 쏟아진다. 꽁꽁 얼어붙은 땅 위에는 녹지 않은 우박이 산처럼 쌓이니, 그 모습이 고대 궁전의 폐허와 비슷하다. 그 밖에는 온통 눈과 얼음, 그리고 군대 전체가 빠져 몰살한 다미아타와 카시우스 산 사이에 있는 세르보니스 늪지대(이집트에 침입한 페르시아군이 몰살했다는 곳) 같은 한없이 깊은 심연뿐이다. 건조한 공기는 얼어붙은 채 불타고, 추위는 불의 구실을 한다. 모든 저주받은 자들은 괴조(怪鳥)의 발톱을 가진 복수의 여신들에게 끌려와서, 맹렬한 불과 극한의 추위라는 두 극단을 오가는 처절한 변화로 말미암아 한층 더 극심한 고통을 겪는다. 그들의 부드럽고 따뜻한 영체는 온통 얼려진 채로 한동안 빙하 속에 갇혀 있다가, 기진맥진하여 다 죽게 되었을 때쯤 신속하게 다시 맹렬한 물로 돌려 보내진다.

그들이 이 레테의 강(망각의 강)을 오가는 것은 순전히 그들의 고통을 더하기 위한 것일지라도, 슬픔만 더할 뿐이다. 스쳐 지날 때 한 방울의 단물을 얻어 일순간에 모든 고통과 슬픔을 잊을까 하여 그 유혹의 강물에 손을 뻗으려고 애쓴다. 그래서 물가에 아주 가까이 접근한다. 하지만 운명은 이를 거절하고, 메두사(그리스 신화의 얼굴은 아름답지만, 머리카락은 뱀의 형태를 가진 여신)는 그것을 막기 위해 나루를 지키고 그 강물도 옛적에 탄탈로스의 입술을 허락하지 않은 것처럼 살아 있는 존재가 자신을 맛보는 것을 허락하지 않는다. 이렇게 정찰대를 자처하여 모험을 나선 무리는 아무리 계속 전진해도 비참하고 황량한 곳뿐임을 보고서, 공포로 창백해져 어쩔 줄 모르는 가운데, 비로소 자신들의 가련한 운명

반역 천사들의 외침에 지옥의 괴물인 고르곤과 히드라, 키마이라가 깨어나 동조한다.

을 보고, 쉴 곳이 없음을 안다. 수많은 바위와 동굴과 호수와 늪과 습지와 굴과 죽음의 그늘을 통과해 왔다. 이곳은 하나님의 저주로 오직 악에만 적합하게 만든 사악한 곳이다. 여기에서는 모든 삶은 죽음만이 살며, 사악해진 자연은 온통 보기 흉하고 기괴하며 징글맞다. 형언할 수 없는 옛이야기에 나오는 것보다 더 무시무시해 공포를 자아내는 고르곤, 히드라(머리 아홉 달린 물뱀), 키마이라(지옥의 입구를 지키는 괴물)보다 더 무시무시하고 큰 공포를 불러일으키는 것을 만들어 낼 뿐이다.

한편 하나님과 인간의 원수인 사탄은 엄청난 계획에 신이 나서 빠른 날갯짓으로 지옥문을 향하여 홀로 날아 탐색에 나선다. 때로는 오른쪽을, 때로는 왼쪽 지역을 살피며, 날개를 평평히 하고서 심연을 스치다가 다시 솟구쳐 높이 솟은 불의 궁륭에 다다른다. 마치 벵갈라(인도 동북부의 주)로부터, 아니면 상인들이 향료를 가져오는 인도네시아의 테르나테와 티도르 섬들에서 향료를 싣고 무역풍을 따라 마치 구름 속에 걸려 있는 것처럼 아득히 먼바다 위에서 촘촘히 항해해 오는 것처럼 보였고, 배들이 무역로를 따라 드넓은 에티오피아 해를 지나 희망봉으로 밤마다 남극을 향해서 나아가는 일단의 상선이 바다 멀리 떠서 구름에 매달려 있는 것처럼 보이기도 했다.

드디어 지옥의 경계에 있는 높이 솟은 지붕까지 닿는 아홉 겹의 문이 나타났다. 세 겹의 황동(黃銅)과 세 겹의 철(鐵), 또 세 겹은 금강석(金剛石)이어서 꿰뚫을 수도 없고 불로 에워싸였으나 타지도 않는다. 문 앞 좌우에는 무시무시한 형체의 괴물이 앉아 있다(죄와 죽음을 의인화). 그들 중

하나는 허리 위로는 아름답고 우아한 여인의 모습을 하고 있으나, 그 아래로는 많은 비늘이 겹겹이 덮여 있는 흉측한 모습과 치명적인 독으로 무장한 어마어마하게 큰 뱀이었다. 그 뱀의 허리 주위에는 한 떼의 지옥의 사냥개들이 맴돌며 케로베로스(지옥의 문을 지키는 머리 셋 달린 개)처럼 입을 크게 벌리고 큰 소리로 쉴 새 없이 짖어댄다. 그러다가도 자신이 짖는 소리를 방해하는 게 있으면 제멋대로 그녀의 자궁 속으로 기어들어가 몸을 숨긴 채 으르렁거린다. 거센 파도가 이는 트리나크리아 해변(시칠리아 섬의 옛 이름)과 칼라브리아(남부 이탈리아) 사이 경계를 이루는 바다에서 목욕하던 스킬라(그리스 신화의 미녀였다가 괴물로 변한 요녀)도 이 개들처럼 징그럽지 않았다. 또한, 밤의 마녀(스칸디나비아 마녀)가 은밀한 부름을 받고 어린아이의 피 냄새를 맡고는 거기에 유혹되어 달을 강제로 어둡게 주문을 걸고는 라플란드의 요녀들과 춤을 추기 위해 대기를 타고 달려올 때, 이 요녀의 뒤를 쫓던 개들도 이렇게 흉측하지 않았다.

관문의 다른 쪽을 지키는 또 다른 형상의 괴물은 눈, 코, 입이나 관절이나 팔다리의 사지를 구별할 수 없어 실체라고 부를 수도 없고 그림자라고 부를 수도 없는 모호한 존재였다. 밤만큼 검고, 복수의 여신보다 열 배나 더 사나우며, 지옥만큼 무시무시한 그런 괴물이 그의 머리 부분으로 보이는 것 위에 왕관 같은 것을 쓰고서, 무시무시한 창을 휘둘렀다.

이제 사탄이 다가가자, 이 괴물은 제자리에서 움직여 무서운 걸음으로 달려나온다. 사탄은 무슨 일인가 하고 의아해하면서도 두려워한

게 아니었다. 그에게 하나님과 그의 아들을 제외한 모든 존재는 하찮은 것일 뿐이어서 겁을 먹을 이유가 전혀 없었다. 그는 깔보는 표정으로 그 괴물을 바라보며 이렇게 말했다.

"이 저주받은 형체야, 넌 어디서 뭐 하는 놈이냐, 네가 아무리 험상 궂고 무서운 놈이라 하지만, 감히 내 길을 가로막느냐. 나는 저 문을 통과하려는데, 네 허락 따위는 받지 않는다는 것을 알아둬라. 어서 비켜라. 아니면 네 어리석음을 시험해서 분명히 깨닫든지 하라."

사탄의 말을 들은 괴마는 분노하여 대답했다.

"네가 그 반역 천사냐? 일찍이 깨어진 일이 없는 하늘의 평화와 신의를 처음으로 깨뜨리고 오만한 반역의 전쟁을 일으킨 자란 말이냐? 그 일로 하나님이 단죄하여 그 무리와 함께 천국에서 쫓겨나 이곳으로 내던져져서 비탄과 고통 속에서 영원한 날들을 보내고 있는 그자가 바로 너란 말이냐? 그런 네가 지옥에 떨어져서도 여전히 자신을 하늘의 영이라고 자처하며 오만하고 깔보는 태도로 일관하는 것이냐. 지옥의 문인 이곳은 내가 왕이다. 그리고 너는 화나겠지만 내가 너의 왕이고 주인이다. 그러니 어서 돌아가서 네게 주어진 벌이나 받거라. 어물거 리면, 전갈의 채찍(〈열왕기상〉 12장 11절 참조)으로 쫓아내든지, 이 창으로 한 대 갈겨 생소한 공포와 미지의 고통에 사로잡히게 하리라."

소름 돋는 무서운 놈은 이렇게 말했다. 그런 식으로 위협하는 동안 그 형체는 열 곱이나 더 무섭고 흉해졌다. 한편 사탄은 겁내기는커녕 분노에 불타, 마치 북극 하늘에서 거대한 오피오우코스(북반구의 가장 큰 성좌)

지옥문 앞에 선 사탄이 문을 지키는 죄와 죽음에게 문을 열 것을 명하는 장면이다.

의 전면을 불태우며, 그 무서운 꼬리에서 질병과 전쟁을 뿌려대는 혜성처럼 불탔다. 양쪽은 서로 필사적으로 상대방의 머리를 겨누고, 그 파괴적인 손으로 단번에 끝내버릴 생각을 한다. 서로 노려보고 있는 찌푸린 모습은 하늘의 병장기로 중무장한 두 거대한 먹구름이 콰르릉거리며 카스피해 상부로 와서, 바람이 불어와 신호가 떨어지면, 대기의 한복판에서 일대 검은 접전을 벌이기 위해, 잠시 제자리에 서서 기회를 엿보며 서로 노려보는 형국 같았다. 이 힘센 투사들이 이렇게 얼굴을 잔뜩 찌푸리고 있자, 지옥도 덩달아 어두워졌다. 둘은 이렇게 대치하여 서 있었다. 이런 엄청난 적수를 만나는 일은 오직 나중에 있을 단 한 번의 사건을 제외하고는 서로에게 전무후무할 것이었다. 이때 지옥문 바로 옆에 앉아서 운명의 열쇠를 지니고 있던 뱀 모습을 한 마녀가 일어나서 처절한 비명을 지르며 둘 사이에 뛰어들지 않았더라면, 지옥 전체를 뒤흔들 만한 엄청난 일이 결국 벌어지고 말았을 것이다. 그녀는 소리쳤다.

"아, 아버지! 도대체 무슨 심사로 당신에게 하나밖에 없는 아들을 당신 손으로 죽이려고 하는 것인가요. 그리고 외아들인 너는 얼마나 화가 나서 저 치명적인 창으로 아버지의 머리를 겨누는 것이냐. 너의 그 죽음의 창을 누구에게 겨누어야 하는지 네가 잘 알고 있지 않느냐. 하늘에 앉아 정의라는 이름의 그 분노가 명하는 대로 어떤 천역(賤役)이든 종사하도록 운명지어진 너를 보고 비웃는 그를 향해 겨누어야 하지 않겠느냐? 하지만 언젠가는 그의 분노로 둘 다 멸망하리라."

그녀의 말에 지옥의 역신(疫神)은 창을 거두고, 어리둥절해진 사탄은 그녀에게 말한다.

"정말 이상한 말로 네가 끼어드는 바람에 저놈을 따끔하게 손봐주려는 나의 계획이 엉망이 되어 버렸다. 그러니 일단 두 가지 형상으로 된 너희가 대체 어떤 작자들인지, 그리고 너는 이 지옥의 골짜기에서 처음 만난 사이인데, 왜 나를 아버지라고 부르고, 저 환영을 아들이라 부르느냐. 나는 너를 모른다. 그리고 지금까지 저놈이나 너처럼 흉측하게 생긴 꼴을 본 일이 없다."

사탄의 말에 지옥의 문지기 여인은 이렇게 대답한다.

"그러면 저를 잊었단 말입니까? 지금은 당신 눈에 내가 추하게 보일지 모르지만, 한때 하늘에선 참으로 아름답게 추앙을 받았지요. 당신이 하늘의 왕을 모반하는 일에 결탁한 모든 스랍 천사들과 함께 모여 회의를 하고 있을 때, 갑자기 극심한 통증이 당신을 엄습해 당신의 눈이 희미해져서 앞이 잘 보이지 않는 캄캄한 어둠 가운데서 현기증이 일어났어요. 당신의 머리에서 굵고 빠른 화염이 터져 나오더니 결국에는 왼쪽 머리에 넓은 구멍이 생겼지요. 그리고 당신의 머리에 생겨난 구멍에서 빛나는 형상과 용모가 당신과 똑 닮은 천상의 아름다운 빛을 발하는 한 여신인 내가 무장을 한 채 튀어나왔죠(그리스 신화의 아테나 여신의 탄생과 비슷함). 하늘의 모든 천군은 깜짝 놀라서 처음에는 나를 '죄'라 부르며 불길한 징조로 여겼지요. 하지만 차츰 친근해지자 여신인 나를 좋아했고, 매혹적인 아름다움으로 가장 싫어하던 당신까지 사로잡았습니다. 당신은 때때로 내게서 당신의 모습을 발견하고 사랑에 빠져, 은밀하게 나와 향락하여, 나의 자궁이 잉태해서, 내 배는 점점 불러갔지요. 그러는 동안 전쟁이 터져 하늘에선 싸움이 벌어졌고, 우리 전능의 적에게 돌아갔고(사실 이것은 필연적인 일이지만), 우리 편은 여지없이 참패를 당해 하늘의 높은 곳에서 추방당해 그들은 거꾸로 떨어졌습니다. 이 심연으로 모두 떨어지는 바람에 나도 함께 떨어졌지요. 그때 이 지옥의 관문을 영원히 굳게 닫아둘 책무와 함께 이 능력의 열쇠가 내 손에 맡겨졌습니다. 그러니 내가 이 문을 열지 않으면 아무도 이 문을 통과하지 못합니다. 시름에 잠긴 채 나는 여기에 홀로 앉아 있었는데, 얼마 후 당신이 잉태시킨 내 배가 너무 불러서 이상한 태동과 쓰라린 진통을 느꼈습니다. 마침내 당신이 보는 바와 같이 당신의 소생인 이 흉측한 자식이 거칠게 빠져나오려고 내 내장을 갈라놓았지요. 그 때문에 두려움과 아픔에 뒤틀려, 내 하체는 이렇게 뱀의 모습으로 변형된 것입니다. 하지만 내가 낳은 저 천생의 원수는 파멸을 초래하는 그 치명적인 창을 휘두르며 밖으로 나왔고, 나는 달아나면서 '죽음이다!' 라고 소리쳤지요. 그 무서운 이름에 지옥도 떨었고, 온 동굴이 한숨 쉬며 '죽음이다!' 하고 메아리쳤지요. 나는 달아났습니다. 하지만 그놈은 나보다 훨씬 빨리(분노라기보다는 음욕에 불타는 모습으로), 뒤쫓아와 몹시 겁에 질린 저의 어미인 날 붙들고 강제로 추악한 교접을 벌였으니, 그 능욕의 결과로 태어난 게 이 짖어대는 괴물들입니다. 이들은 끊임없이 내 주위를 맴돌며 당신이 보는 바와 같이 소리 지르며, 시간마다 잉태하고

지옥문을 지키는 죽음과 사탄이 서로 싸우려는 장면으로
죽음의 어머니 죄가 이를 말리는 장면이다.
죄는 사탄의 딸이자 연인으로 그녀는 사탄의 아들인 죽음을 낳았다.
윌리엄 블레이크의 작품.

시간마다 태어날 뿐만 아니라, 시도 때도 없이 제멋대로 그들을 길러 낸 내 자궁에 다시 들어가 나의 내장을 자신들의 먹이로 여겨 씹어 먹고, 그런 후에는 다시 밖으로 나와 소름 돋는 큰 소리로 나를 계속해서 괴롭혀서 한순간도 편안한 마음으로 쉴 시간을 주지 않으니, 내게는 슬픔과 비탄만이 끝없이 이어질 뿐이죠. 만일 내 눈앞에 정면으로 마주하고 앉아 있는 내 자식이자 원수인 저자가 내가 죽으면 자기도 함께 죽는다는 것과 나의 고기에는 독이 들어 있어서 먹으면 죽게 되도록 운명이 정해 놓았다는 걸 알지 못했더라면, 저 괴물 사냥개들을 충동질해서, 딱히 다른 먹이가 없을 때를 골라서 자신들의 어미인 나를 순식간에 게걸스럽게 먹어 치우게 했을 거예요. 아, 그런데 아버지, 미리 알려 드리니, 그 죽음의 화살을 피하십시오. 그리고 그 빛나는 무기가 능히 죽음을 이길 수 있다는 생각은 버리세요. 비록 하늘에서 담금질한 것이라 할지라도, 저 치명적 타격에 견딜 수 있는 것은 하늘을 다스리는 그분뿐이니."

그녀가 말을 마치자, 약삭빠른 사탄은 이내 깨닫는 바 있어, 표정을 풀고 부드럽게 대답했다.

"사랑하는 딸아, 네가 나를 아비라 부르고, 귀여운 자식까지 보여주니 고맙구나. 하늘에서 너와 즐겼던 그 희락의 달콤함을, 하지만 불의에 닥친 비참한 변화 때문에 지금은 말하기도 슬프구나. 딸아, 알아두어라. 내가 온 것은 적으로서가 아니라, 이 어둡고 음울한 고통의 집에서 그와 너, 그리고 정당한 권리로 무장했다가 그 높은 곳에서 우리와 함께 떨어진 모든 타락 천사를 구출하려 함이다. 그들과 작별하고 나는 홀로 이 미지의 사명을 띠고 나왔다. 모두를 대신하여 스스로 위험을 무릅쓰고 외롭고 무한히 깊은 심연을 더듬어, 무한의 공간을 두루 살펴서, 오래전부터 예언되어 온 한 장소를 찾아내려고 나온 것이다. 여러 징후를 종합해서 판단해 보건대, 지금쯤 그 지극히 복된 장소는 천국의 변두리에 거대하고 광활하며 둥근 모습으로 창조된 한 종족이 거기에 배치되어 있을 것이다. 이것은 아마도 하늘의 왕이 천국에 강력한 무리가 넘쳐나서 또다시 폭동이 일어나는 불상사가 생기지 않도록 좀 더 멀리 떨어진 곳에 한 세계를 창조하여 그 종족을 그곳에 둔 것이다. 사실이 그러한지, 또 그 외에도 비밀 계획이 있는지 나는 급히 알아야겠다. 일단 안 다음에는 곧 돌아와 너도 또 '죽음'도 편안히 살고, 향기롭고 아리따운 하늘에 이리저리 숨으며 조용히 날 수 있는 고장에서 너희는 배불리 먹고 만족할 것이며, 만물이 너희의 먹이가 될 것이다."

사탄이 말을 멈추자, 둘 다 몹시 만족해 한다. '죽음'은 그 굶주림이 채워지리라는 말을 듣고 허연 이를 드러내며 무섭게 소름 돋는 미소를 짓는다. 그리고 그렇게 좋은 때를 맞이하게 될 자신의 배를 축복한다. 그에 못지않게 악한 어미도 기뻐하며, 아비에게 이렇게 말한다.

"나는 하늘의 전능한 왕의 명령으로 이 금강의 문을 여는 것을 지키고 있습니다. 이에 항거하는 폭력적인 상대가 있으면 아들인 '죽음'이 즉각 일어서서 창을 던질 것입니다. 그는 산 자에게 패하는 걸 두려워하지 않습니다. 하지만 나를 이런 끊임없는 번민과 괴로움 속에 파묻어, 내 창자를 먹는 자식들 때문에 공포와 소란에 휩싸여 살게 하는 내 위에 있는 그분의 명령을 지켜야 할 의무가 어디 있겠습니까. 당신은 내 아버지요, 내 창조자요, 내 존재를 부여했습니다. 당신이 아니고 내가 누구에게 복종하고 누구를 따르겠어요. 이제 곧 당신이 신들이 마음 편히 살아가는 저 빛과 지극한 축복의 신세계로 나를 데려다주면, 거기에서 난 당신의 오른편에 앉아서, 당신의 딸이자 연인답게 요염한 관능미를 뽐내며 영원히 다스리게 될 것이 아니겠어요?"

괴물 마녀는 이렇게 말하더니, 그 옆구리에서 인간의 온갖 재앙의 기구인 죽음의 열쇠를 꺼내 든다. 그리고 문을 향하여 짐승의 꼬리를 끌고 가서 그녀가 아니고는 지옥의 어떤 힘센 자들도 감히 움직일 수 없었던 그 엄청나게 큰 내리닫이 문을 높이 들어 올리고는 열쇠 구멍에다 그 복잡한 장치를 돌려, 육중한 쇠와 굳은 바위로 된 빗장을 모두 손쉽게 벗긴다. 갑자기 지옥의 문이 힘차게 튀며, 귀를 찢는 소리와 함께 활짝 열린다. 돌쩌귀 하나하나가 맹렬하게 돌면서 거친 뇌성이 울려 나와 지옥의 맨 밑바닥까지 흔들렸다. 열기는 했으나 닫기는 그녀로서는 힘이 겹다(오직 하나님만이 최후의 심판 후에 지옥의 문을 닫을 수 있다). 문이 활짝 열려 있어 군기(軍旗)를 휘날리며 날개를 펼치고 행진하는 대군과 기마대와 전차도 줄지어 통과해도 충분할 것 같았다. 이렇게 문이 활짝 열려, 마치 용광로 아가리같이 넘쳐나는 연기와 시뻘건 불꽃을 토해냈다. 그들 눈앞에 갑자기 나타난 것은 저 희디흰 심연 속 비밀이었다. 어둡고 끝없는 무한대의 망망대해 같은 그곳에는 길이도 폭도 높이도 없고, 시간도 공간도 없다. 거기는 '카오스(혼돈)', 즉 자연의 조상이 끝없는 싸움의 소란 속에서 영원한 무질서를 간직하고 혼란을 지키는 곳. 열기와 한기와 습기와 건조의 네 사나운 투사가(4원소) 여기에서 패권을 다투어 그 태고의 원자(原子)를 싸움으로 이끈다. 그들은 몇 부족으로 나뉘어 각기 자기 패의 깃발을 중심으로 모여 무장하고 혹은 날카롭고도 부드럽게, 혹은 날램과 느림의 개미 떼처럼 수없이 모여드니, 마치 바르카(이집트와 튀니지 사이의 사막)나 키레네(튀니지 동쪽 지방)의 열대 모래가 바람에 날려 가벼운 쪽에 무게를 더하며 그 바람의 싸움에 가담할 때와 같다. 이들 원자를 가장 많이 거느리는 쪽이 잠시 승리한다. '혼돈'이 심판 노릇을 하자 그의 판결 때문에 혼란은 더욱 심해지고, 이로써 모든 것이 통치된다.

다음에는 높은 결재권자로서 '우연(우연과 혼돈의 결재권자)'이 만사를 통치한다. 이 황막한 심연은 자연의 자궁이면서, 아마도 그 무덤(최후의 심판 때 하나님이 파멸시켜 혼돈에 빠지게 할 수 있다)이다. 바다도 아니고, 땅도 공기도 불도 아니고, 이 모든 것이 어지럽게 뒤섞인 생산 원자이다. 전능의 조물주께서 다시 새로운 세계를 창조하기 위해 그것을 재료로 삼지 않았다면 언제까지나 이렇게 싸우고 있을 이 황막한 심연 속을 신중한 마왕은 지옥의 가장자리에 서서 잠시 들여다보며 자기 항로를 곰곰이 생각한다. 이제부터 건너야 하는 건 좁은 하구(河口)가 아니기에 그는 귀를 울리는 찢어지는 듯한 소음은(큰일과 작은 일을 비교한다면) 벨로나(그리스 신화

^{속 전쟁의 신)}가 온갖 파괴의 무기를 가지고 어떤 도시를 무너뜨릴 때와 마찬가지고, 또한 이 하늘의 구조가 파괴되어 모든 원소가 이에 항거하여 굳건한 지구 덩어리를 그 축에서 떼어낼 때와 마찬가지로 굉음을 견뎌내야 했다. 마침내 그는 돛과 같은 날개를 편 채 땅을 차고, 물결치는 연기 속으로 날아오른다. 그리고는 수백 리를 마치 구름 의자에라도 앉은 듯 거리낌 없이 올라간다. 그러나 그 자리는 이내 무너지고 갑자기 부딪친 건 광막한 공허다. 전혀 뜻밖이라 헛되이 날개를 치며 거꾸로 떨어져 내리기를 몇만 길이 되어 보였다. 만일 액운에 쫓겨서 불과 초석(硝石)이 가득 찬 요란한 구름의 강한 반발로 떨어진 만큼 높이 퉁겨져 올라가지 않았다면 아마 지금까지도 떨어지고 있었을 것이다. 그 광란도 가시면 바다도 아니요 그렇다고 좋은 땅도 아닌 축축한 유사(流砂) 속에 멈추어 거의 다 잠기면 거친 진흙땅을 밟고서, 반은 걸으며 반은 날면서 간다.

이제 그에겐 노를 젓는 것과 돛을 다는 것이 다 필요하다. 마치 그리폰(상체는 독수리, 하체는 사자인 괴물)이 눈을 부릅뜬 채 지키던 황금을 도둑질해간 아리마스핀(그리폰과 싸운 애꾸눈 족속)을 쫓아 산을 넘고 황야를 거쳐 황무지 들판을 속력을 내어 날아가던 그때처럼. 그렇게 사탄은 늪을 지나 고개를 넘어 협소한 곳, 거친 곳, 빽빽한 곳, 성긴 곳을 지나, 머리와 손, 날개, 그리고 발로 걷는가 하면, 헤엄치고, 잠기고, 건너고, 기고, 또 난다. 이윽고 널리 퍼지는 음향과 거친 함성이 천지에 충만하여, 공허한 어둠을 뚫고 한껏 격렬하게 그의 귀청을 찢고는 그리로 그

는 돌진한다. 혹 그 소음 속 하계의 심연에 어떤 천사나 영체가 살고 있으면, 그들을 만나 광명에 접경하는 가장 가까운 기슭이 어디 있는가를 묻고자 함이다. 이때 똑바로 보라, '혼돈의 왕'의 옥좌에 앉은 건 검은 옷을 입은 '밤', 만물의 연장자, 그의 지배의 배우자. 그 곁에 서 있는 것이 오르쿠스와 아테스(그리스 · 로마 신화의 지옥의 신), 그리고 그 무서운 데모고르곤(지옥의 힘을 의인화)이다. 다음엔 '소문'과 '우연', 또 '소요'와 모두 뒤범벅이 된 '혼란', 또 수천의 입을 가진 '불화'가 있다. 사탄은 이들을 향하여 대담하게 말한다.

"이 밑바닥 심연의 권력자들이여, 영체들이여, 그리고 '혼돈'과 늙은 '밤'이여, 나는 그대들 나라의 비밀을 탐지하거나, 또는 어지럽힐 목적으로 온 첩자가 아니오. 다만 광명을 찾아가는 내 길이 그대들 넓은 제국을 지나게 되었기에 어쩔 수 없이 이 어두운 광야에 안내자도 없이 홀로 헤매다가 그대들의 어두운 영토를 지나서 하늘과 접경한 지름길이 어디 있는가를 찾고 있을 따름이오. 아니면 하늘의 왕이 최근에 너희의 영토 중에서 일부를 차출해서 어떤 세계를 조성해 놓은 곳이 있다면, 거기로 가기 위해 이 심연에 발을 디뎌놓은 것일 뿐이니 나의 길을 안내하라. 너희의 도움으로 내가 잃었던 곳을 수복하고 내게서 모든 것을 찬탈한 자들을 다 몰아낸다면, 그곳을 원래의 흑암으로 되돌린 후에 너희로 다스리게 해서(이것이 여정의 내 목적이다) 거기에 '태고의 밤'의 깃발을 다시 한번 세우게 될 것이니, 너희가 받게 될 보상도 절대 적지 않을 것이다. 모든 이득은 너희 것이 될 것이고, 복수는 나의 것이 될 것이다."

사탄이 이렇게 말하자, 늙은 '혼돈 왕'은 그에게 더듬는 말투와 당황한 표정으로 대답한다.

"나는 당신을 처음 보지만, 그대가 누구인지 어찌 모르겠소. 비록 패했을망정 최근 하늘의 왕에게 반기를 들었던 저 힘센 천사장이 아니오? 그토록 많은 군대가 대패하고 패주하기를 거듭하며 요란하게 도망쳐오느라고 심연 전체를 발칵 뒤집어놓는 바람에 야단이 나고 혼란이 극심했고, 게다가 천국의 성문이 일제히 열리고, 승리를 거둔 군대가 무수히 쏟아져 나와 당신의 군대를 뒤쫓는 추격전을 벌였으니, 내가 그 일을 보고 듣지 못했을 리가 있겠소? 당신이 일으킨 그 전쟁으로 태고의 '밤'의 지배력도 약화되고 우리의 영토도 계속해서 잠식되고 있어서, 나는 여기 이 변경에 자리를 잡고서, 우리에게 남아 있는 이 작은 영토만이라도 온 힘을 다해 지키려 하고 있소. 먼저 우리의 영토 아래로는 당신의 지하 요새인 저 지옥이 광범위하게 자리 잡고 있고, 최근에 만들어진 또 하나의 세계인 저 신천지도 당신의 군대가 떨어진 하늘 저편과 황금 사슬로 연결된 채로 나의 영토 위에 걸려 있소. 당신이 그 길을 따라간다면, 머지않아 당신의 목적지에 다다를 수 있을 것이오. 하지만 가까울수록 위험도 더 큰 법이오. 어서 가시오. 파괴와 약탈과 대혼란은 나의 이익이 될 것이니, 성공을 비오."

그의 말이 끝나자, 사탄은 망망대해를 헤쳐 나온 자신의 여정이 이제 기슭에 가까워졌음을 기뻐하며, 새로운 활력에 새삼 힘이 샘솟아

마치 불로 이루어진 거대한 피라미드처럼 뛰어 일어나 넓은 허공 속으로 다시 뛰어올라 사방으로 에워싼 채 싸우는 여러 원소의 충격을 뚫고 나아간다. 아르고(그리스 신화의 최초 항해선)호가 보스포루스 해협의 맞부딪치는 바위틈을 뚫고 지날 때보다도, 오디세우스가 좌현(左舷)으로 카리브디스(이탈리아와 시칠리아 사이 메시나 해협)를 피하고 또 다른 소용돌이를 가까이 지날 때보다도 더한 어려움과 위험에 직면하였다. 이처럼 그는 곤란을 겪으며 힘들여 전진했다. 그가 이렇게 어렵고 힘겹게 통과한 후에는 얼마 지나지 않아서 인간이 타락했고, 그 결과 기묘한 변화가 일어났다. 죄와 사망이 사탄의 뒤를 바짝 따라붙어 갔고(이것은 하늘의 뜻이었다), 사탄이 지나간 길 위에는 흑암의 심연 위로 잘 닦이고 다져진 넓고 튼튼한 길이 생겨났다. 또한, 그 들끓는 심연이 지옥으로부터 이 허약한 세계의 극지 성천(星天)에 이르는 괴이하고 긴 다리를 살며시 떠받친다. 이렇게 하여 악의 천사들은 여기저기 쉽게 왕래하며 하나님과 선한 천사의 특별한 은총으로 보호받는 자 이외의 인간들을 유혹하기도 하고 죄를 입히기도 한다. 하지만 이제 마침내 성스러운 광명의 힘이 나타나, 하늘의 성벽으로부터 멀리 어두운 밤의 가슴속으로 희미한 여명을 쏜다. 여기서 자연(우주의 창조가 시작된다)은 비로소 그 가장 먼 변경을 개척하고 '혼돈'은 물러난다. 마치 패한 군대가 최전방 진지로부터 소란과 적대(敵對)의 소음을 잠재우고 물러가는 것처럼, 사탄은 큰 바다에서 폭풍우를 뚫고 밤새 항해해 오면서 돛과 밧줄은 찢기고 끊어졌어도 이제 잔잔해진 물결 위에 떠서 희미한 빛을 따라 별 힘들이

지옥문을 나선 사탄이 손과 날개와 발을 사용하여 자신의 길을 헤쳐나가는 장면이다.

지 않고 편안하게 한결 가뿐하게 항구로 향한다. 혹은 대기와도 비슷한 공허한 황야에 수평으로 날개를 펼친 채 유유히 저 먼 정화천을 바라보면, 둘레는 널리 퍼져서 모났는지 둥근지 분명하지 않지만, 단백석(蛋白石)의 탑과 눈부신 사파이어로 장식된 흉벽(胸壁) 등이 눈에 띄니, 한때는 그의 고향이었던 바로 그곳이 아니냐. 그리고 그 옆에는 하늘과 황금 사슬로 연결되어서 가장 작은 별 크기의 이 세계가 달 가까이에 걸려 있었다. 사탄은 자신이 저주받은 것을 반드시 갚아 주겠다는 사악한 복수심을 가득 품고서 이 저주받은 시간에 그 세계를 저주하며 자신의 발걸음을 재촉하였다.

PARADISE LOST

실낙원

제3권
거룩한 아들

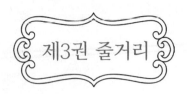

하나님은 자신의 보좌 위에 앉아, 자신이 최근에 새롭게 창조한 신세계를 향해 사탄이 향하는 것을 보고서, 자기 오른쪽에 앉아 있는 아들에게 사탄이 인류를 유혹하는 데 성공할 것을 예언한다. 하지만 인간에게 자유를 부여해 유혹자에게 대항하기 충분하도록 창조하였다고 함으로써 인간은 사탄과는 달리 자신의 악의 때문이 아니라 사탄의 유혹 탓에 타락할 것이라는 점을 고려해서, 인간에게 은혜를 베풀 계획임을 밝힌다.

하나님의 아들은 인간에게 은혜를 베풀 뜻을 표명한 데 대해 아버지에게 찬미를 드린다. 그러나 하나님은 다시 자신의 정의가 충족되지 않으면 인간에게 은혜를 베푸는 것은 불가능하다고 분명히 밝힌다. 인간은 하나님처럼 되고자 하는 열망으로 하나님의 위엄을 범한 것이기 때문에, 누군가가 나서서 인간의 죄를 제대로 대속하고 인간이 받아야 할 벌을 대신 받지 않는다면, 인간과 그의 자손들은 사형 선고를 받고 반드시 죽게 될 수밖에 없다는 것이었다.

하나님의 아들은 자진해서 자신이 인간의 죄를 대속하겠다고 나선다. 하나님은 그의 뜻을 받아들여 그가 자신이 정한 때에 인간의 몸을 입고 성육신하게 될 것이라 말하고, 그의 이름이 하늘과 땅의 모든 이름 위에 뛰어나게 될 것임을 선언한 후에, 모든 천사에게 그를 경배하라고 명령한다. 그들은 하나님의 명령에 순종해서 일제히 수금에 맞추어 찬송을 불러 성부와 성자를 송축(頌祝)한다.

한편, 사탄은 이 세계의 극외권(極外圈)의 돌출부에 내린다. 거기서 방황하다가, 공허의 변방이라고 일컫는 곳을 발견한다. 사람들과 물건들이 거기로 날아 올라가는 것을 보고, 그곳에서 계단을 타고 올라가게 되어 있는 하늘문과 그 주위로 흐르는 창궁 위쪽 물 있는 곳으로 온다. 거기에서 그는 태양구(太陽球)로 간다. 그곳에서 태양의 지배자 우리엘을 만난다. 그는 우선 미천한 천사의 모습으로 변신, 우리엘에게 새로 창조된 세계와 그곳에 사는 인간을 보고 싶다고 열렬한 갈망을 꿈꾸며 인간이 있는 곳을 알아낸 다음, 우선 니파테의 산에 내린다.

복되도다, 성스러운 빛, 하늘에서 가장 먼저 태어난 빛이신 당신에게 인사를 드립니다(빛은 하나님의 첫 번째 창조물이다). 아니, 하나님은 빛이시고, 영원 전부터 오직 범접할 수 없는 빛 가운데만 거하셔서, 피조되지 않은 빛의 본성을 지닌 밝은 광채인 당신 안에 거하였으니, 당신을 영원한 분과 똑같이 영원한 빛이라고 표현해도 설마 신성모독이 되지는 않겠지요. 아니면, 당신을 아무도 그 근원을 알 수 없는 순수한 영기(靈氣)의 흐름이라고 부르는 게 더 나을까요? 태양보다 하늘보다 먼저 존재했고, 하나님의 명령으로 형체도 없는 텅 빈 무한으로부터 얻은 어둡고 깊은 물로 이루어진 막 생겨난 새로운 세계를 외투로 감싸안고 뒤덮고 있었다.

비록 오랫동안 음침한 처소(불의 심연)에 머물렀으나, 음부의 못을 탈출하여 대담하게 날아 내 다시금 그대를 찾아왔다. 그때, 바깥과 중간의 어둠(지옥과 혼돈)을 지나면서 험한 일을 겪긴 했지만, 위험을 무릅쓰고 되돌아가고자 하늘 뮤즈(신의 영감)의 가르침을 받아 오르페우스(호메로스 이전의 최대 시인)의 수금(竪琴)과는 다른 곡조로 혼돈과 영원의 밤을 노래했다. 내 무사히 그대를 찾아와 그대 다스리는 생기의 불빛(태양)을 느낀다.

하지만 그대가 이 눈에 다시 찾아오지 않으니, 섬광을 구하고자 두 눈을 굴려보지만 다 헛된 일이며 서광조차 보이지 않는다. 이처럼 두꺼운 흑내장이 시력을 빼앗고, 또 흐릿한 백내장이 안구를 덮었다.

하지만 여전히 굴하지 않고 나는 뮤즈들이 자주 드나드는 깨끗한 샘, 그늘진 숲, 또는 양지바른 언덕(고전 시가의 세계)을 성가(聖歌)의 사랑에 반하여 방황한다.

하지만 특히 그대 시온(성서의 세계), 그리고 그대 거룩한 발을 씻고 노래하며 흘러가는 꽃다운 시내(실로아의 시내)를 내 밤마다(밤과 새벽) 찾는다. 그리고 때때로 잊을 수 없는 것은 나와 똑같은 운명의 두 친구(예언가 타미리스와 마에오니데스)의 명성도 똑같기를 바라는 다른 두 사람, 눈먼 타미리스(트라키아의 시인)와 마에오니데스(호메로스, 마이온의 아들), 그리고 옛 예언자 티레시아스(테베의 맹인 예언자)와 피네우스(유명한 맹인 예언자)이다. 그리하여 저절로 고운 가락이 우러나오는 상념에 잠겨 산다. 마치 그늘 짙은 숲에 숨어 어둠 속에서 노래하며 밤의 곡조를 자아내는 밤새(나이팅게일)처럼, 이렇게 해마다 계절이 바뀌어도 내겐 돌아오지 않는구나. 낮도, 상쾌하게 다가오는 아침저녁도, 봄철의 꽃, 여름 장미의 모습도, 양 떼며 소 떼며 거룩한 사람의 얼굴도, 오직 나는 구름과 가실 줄 모르는 어둠에 에워싸여, 사람들의 즐거운 생활에서 단절되고, 아름다운 지식의 책 대신에 이제는 지워지고 벗겨진 자연 만물의 끝없이 망망한 공백만이 주어져 지혜는 한쪽 입구로 완전히 내밀려버렸구나. 그러니 그대, 하늘의 빛이여. 더더욱 내 속에 빛나고, 마음의 능력 전부를 샅샅이 비춰다오. 또한, 그대 눈을 그리로 돌려 마음속의 모든 안개를 깨끗이 걷어 내 다오. 사람의 눈으로 볼 수 없는 것(현상 세계가 아닌 신의 세계)을 내가 보고 말할 수 있다. 지금 전능하신 하나님은 모든 높은 것 보다, 더 높은 보좌에 앉으신 그 정화천(영원한 신의 처소)으로 눈길을 돌려 스스로 만물과 그들이 하는 짓을 보신다. 그 주위에는 하늘의 모든 성자가 별처럼 빽빽이 모여 서 있고, 그분 모습을 보며 말로 표현할 수 없는 축복(祝福)을 누린다. 그 오른쪽에는 그의 영광의 찬란한 표상(表象)인 그의 외아들이 앉아 있다. 그가 땅 위에서 처음 본 것은 우리 최초 조상이며 아직은 오직 둘뿐인 인류가 행복의 동산에 자리 잡고 축복의 고독 속에서 환희와 사랑, 끊임없는 기쁨에 비할 데 없는 불멸의 사랑의 열매를 거두고 있다. 다음에 그는 지옥과 그 사이의 심연(혼돈), 그리고 거기에서 사탄이 천국과 신세계 중간에 있는 밤 하늘의 성벽을 따라 어둠침침한 공중을 높이 날아 올라가, 이제 막 지친 날개와 재빠른 발을 이 세상의 아무것도 없는 표면에 내리려 한다. 그 표면은 궁창(穹蒼)도 없고, 물도 아니요, 공기도 아닌 것에 에워싸여 있는 굳은 땅처럼 보인다. 하나님은 과거, 현재, 미래를 내다볼 수 있는 그 높은 전망대에서 독생자를 향해 이렇게 예언한다.

"독생자여, 그대 보는가, 우리의 대적이 광분해서 미쳐 날뛰는 모습이 네 눈에 보이느냐. 그에게 정해준 경계도, 지옥의 빗장도, 거기에서 여러 겹으로 그를 묶어둔 온갖 사슬도, 그 앞에 광활하게 펼쳐 놓은 거대한 심연도 그를 막을 수 없을 정도로, 그가 그렇게 미쳐서 필사적으로 복수하려고 한다. 그것은 자신에게 반역의 머리로 되돌아갈 따름이다. 그리하여 이제 모든 제약을 깨뜨리고, 하늘에서 멀지 않은 빛의 경내(境內), 곧 최근에 새롭게 창조된 신세계로 곧장 날아가서, 그곳에

하나님은 자신의 독생자 그리스도에게 사탄이 인간을 유혹하여 타락시키리라는
예언을 하고 인간을 불쌍히 여긴 그리스도가
하나님에게 인간을 용서하여 달라고 요청하는 장면이다. 윌리엄 블레이크의 작품.

살아가는 인간을 무력으로 멸망시키거나, 더 나쁘게는 거짓된 속임수와 술책으로 타락시키려고 한다. 그렇게 되면 인간은 그 달콤한 거짓말에 넘어가 오직 하나의 명령이자 유일한 순종의 서약을 쉽게 범하여, 결국 그도 타락할 거이고, 그의 믿음 없는 자손들도 타락할 것이다. 이것이 누구의 잘못인가. 얻을 수 있는 모든 걸 다 얻고도 은혜를 저버린 인간의 잘못이 아니라면 대체 누구의 잘못이겠는가. 나로서는 인간을 의롭고 바른 존재로 창조했고, 타락의 유혹을 충분히 이길 힘도 주었지만, 인간에게는 자유 의지를 줬기 때문에, 타락하려고 한다면 얼마든지 타락하는 게 가능하다. 또한, 나는 하늘의 상천사(上天使)들과 영체(靈體)들에게도 자유 의지를 주었기에, 일어선 자나 타락한 자역시 자신들의 자유 의지로 타락했다. 자유가 없다면 참된 충성과 부단한 신의와 사랑의 실증을 어떻게 보여줄 수 있겠느냐. 만일 의지와 이성(이성도 선택하는 것이기 때문에)이 둘 다 자유를 빼앗겨 쓸모없고 공허한 것이 되어 버려서, 자유롭게 나를 섬기는 것이 아니라, 어쩔 수 없이 수동적으로 필연을 섬기게 되어 있다면, 그들이 무슨 칭찬을 받을 수 있겠으며, 그런 순종이라면 그들은 어떤 칭찬을 받고, 나는 어떤 기쁨을 얻을 것인가? 그러므로 그들은 정의에 속하도록 창조되었고, 실제로 바르게 살게 힘도 주었기에 반역을 결정한 것은 그들 자신이지 내가 아니다. 내가 미리 알았을지라도 그 예견이 그들의 죄에 어떤 영향을 미칠 수 없다. 예견되지 않아도 그들은 틀림없이 죄를 지었을 테니까. 따라서 운명의 사소한 충격이나 흔적은 전혀 있을 수 없고 나의 변함

없는 예견에 어떤 영향을 받음도 없이 그들은 스스로 죄를 범한다. 판단하거나 선택하는 모든 일에서 자신이 주동이 되도록 그렇게 그들을 자유롭게 창조했으니, 스스로 노예가 될 때까지는 자유로이 지낼 것이다. 아니면 내가 그들의 본성을 바꾸고, 그들에게 자유를 규정한 영원불변의 섭리를 폐기하지 않는 한, 그것은 변함이 없을 것이다. 천사들은 자기 꾐에 스스로 부패하여 자신들의 생각에 따라 타락했지만, 인간은 천사들에게 속아서 타락했다. 그러므로 천사들은 은혜를 받을 수 없지만, 인간은 은혜를 받게 될 것이다. 자비로나 정의로나 내 영광은 천지에 드높여져야 하지만, 자비야말로 시종 찬란히 빛나야 한다."

이같이 하나님께서 말씀하시는 동안 신성한 향기가 온 하늘에 넘치고, 선택된 영광의 영들은 무어라 말할 수 없는 새로운 기쁨에 싸였다. 그리고 하나님의 아들은 비할 데 없이 영광스럽게 보인다. 그에게는 아버지의 전부가 실질적으로 나타나 빛나고, 그의 얼굴에는 신의 자비, 무한한 사랑, 헤아릴 수 없는 은총이 뚜렷이 나타난다. 연민과 사랑과 은총을 나타내며, 그는 이렇게 아버지에게 말한다.

"오, 아버지, 인간은 자비를 받아야 한다는 거룩한 충고로 끝맺으신 그 말씀이 은혜롭습니다. 그로 해서 하늘과 땅은 수없는 찬가와 송가로써 아버지를 높이 찬미할 것이요, 그 소리는 아버지의 보좌를 에워싸 아버지에게 불멸의 축원을 올려드릴 것입니다. 아버지여, 인간은 결국 망해야 합니까? 인간은 얼마 전까지만 해도 그렇게 사랑받던 아버지의 창조물이자 막내아들이었는데, 저들 스스로 잘못이 있다 하더라도, 속임수에 빠져서 타락한 것인데, 어떻게 아무런 기회도 주지 않고 최종적으로 영원한 멸망에 처하도록 내버려 둘 수 있겠습니까. 비록 형벌이 중할지라도 복수를 성취하고 오만하게 돌아갈 때 자기가 망쳐놓은 인류를 지옥으로 끌고 가게 둘 것이옵니까. 혹은 아버지께서 친히 만드신 이 신세계가 저 대적 탓에 소멸해 버리고 끝장이 나도록 내버려 둔다면 아버지의 영광을 위해서 있을 수 없는 일입니다. 만일 그런 일이 실제로 벌어진다면 아버지의 선하심과 위대하심이 의심받고 모독을 받게 될 것이고, 그렇더라도 변명의 여지가 없게 될 것입니다."

위대한 창조주는 자기 아들에게 이렇게 대답한다.

"오, 내 마음을 크게 기쁘게 하는 아들이여, 단 하나의 나의 말이자 나의 지혜이며 나의 힘인 아들이여, 네가 내 생각을 그대로 말했다. 내가 정한 영원의 목적 그대로 조금도 다르지 않다. 인간은 아주 멸망하는 게 아니라 원하는 자는 구원받으리라. 하지만 그들의 의지 때문에 아니라, 대가 없이 베푸는 내 은혜로 구원을 받게 될 것이다. 그들이 죄의 노예가 되어서 선을 행할 힘을 잃어버리고 더러운 욕망에 사로잡혀 살아간다 해도, 나는 다시 한번 그들이 잃었던 그 힘을 되찾아줄 것이고, 그들은 자신들을 죽음으로 몰아가는 저 적과 다시 한번 대등한 상태에서 싸울 수 있게 될 것이다. 내가 그를 떠받쳐주는 게 그의 타락 상태가 얼마나 덧없는 것이며, 또 구원은 오직 나로 말미암아 이루어짐을 알게 하려 함이라.

어떤 자는 선택하여 다른 자의 위에 놓고 특별한 은총을 베풀리라. 다른 사람들은 그들에게서 내가 부르는 음성을 듣게 될 것이고, 종종 그들의 죄악된 상태에 대해 경고를 받으며, 은혜가 주어지는 동안에 진노한 나와 때맞춰 화해하라는 초청을 받게 될 것이니, 이것이 나의 뜻이다. 그것은 그들의 어두운 의식을 만족할 만큼 깨끗하게 하고, 돌 같은 마음을 부드럽게 해서 기도하고, 회개하고, 올바른 순종의 길로 가게 하려 함이다. 기도와 회개와 올바른 순종에 대해서는, 그것이 비록 진정한 의도에서 나오는 노력에 불과할지라도 내 귀가 어두울 리 없고, 내 눈이 감길 리 없다. 나는 그들의 마음속에 내 심판자 '양심'을 길잡이로서 놓아두리라. 그들이 그 소리를 들으면, 빛을 선용하여 계속 빛으로 나아갈 것이고, 끝까지 참아나가 안전하게 그 종말에 이르리라(종말은 곧 구원이다). 나의 이 오랜 참음과 은총의 기간을 무시하고 조롱하는 자는 그것을 받지 못할 것이며, 완고한 자는 더욱 완고해지고, 눈먼 자는 더욱 눈이 멀어 넘어지고 더 깊이 떨어지리라.

이런 자들 이외에는 아무도 나의 자비에서 제외되지 않을 것이다. 그렇다고 모든 것이 끝난 게 아니다. 인간은 불순종하고, 불충하게도 신의를 깨뜨려 하늘의 높은 주권에 반항하여 죄를 범하고, 신성(神聖)을 얻으려다 모든 걸 잃게 되면 그 반역을 보상할 길이 막혀버리고, 다만 그 벌로서 멸망하도록 정해져, 그의 모든 후손과 함께 죽거나 아니면 정의가 죽어야 한다. 그 대신으로 능력도 있고 뜻도 있는 다른 자가 엄숙한 속죄와 대속(代贖)의 죽음으로 값을 치르는 것인데, 다만 그는 그렇게 할 수 있는 능력도 있어야 하고 의지도 있어야 한다.

하늘의 천사들아 말하라, 우리가 그런 사랑을 어디에서 찾을 수 있을까. 그대들 중에 누가 인간의 죽을죄를 속(贖)하기 위하여 죽음을 택하고, 불의한 자를 구하기 위해, 의를 택하겠는가. 이 하늘에 이처럼 귀한 사랑이 어디에 있을까."

하나님이 이렇게 묻자, 하늘의 모든 성가대는 묵묵히 일어서고, 정적이 하늘에 가득 찼다. 인간을 위한 변호자나 조징자는 나타나지 않았다. 하물며 죽음의 죄를 그 몸에 떠맡고 몸값을 대신할 자가 있으랴. 이렇게 속죄의 길이 없으니 온 인류는 엄숙한 심판에 의하여 죽음과 지옥의 판정을 받아 멸망할 수밖에 없다. 만일 그 몸(《골로새서》 제1장 19절 참조)에 거룩한 사랑이 넘치는 하나님의 아들이 나서서 그 지극히 귀한 중재(仲裁)를 맡겠다고 나서며 이렇게 말하였다.

"아버지여, 인간이 은혜를 발견하게 될 것이라고 이미 말씀하셨으니, 당신의 날개 달린 사자(使者) 중에서 가장 빠른 발을 갖고 있어서, 피조물들이 먼저 나아와서 간청하거나 기원하지 않아도, 예기치 않아도 만물을 찾아주는 그 은총에 수단이 없을 수 있을까요? 그것으로 인간은 복됩니다. 인간은 일단 죄 탓에 죽어 멸망했으니, 다시는 은총의 도움을 청할 길이 없습니다. 빚을 지고 갚지 못했으니, 자신의 속죄도, 합당한 제물도 바칠 것이 없습니다. 그러면 이 몸을 보소서, 그들의 생명을 위해 저를 바치겠습니다. 아버지의 분노를 제게 내리소서. 저를

하나님의 아들은 인간의 죄를 대신하여 자신의 생명을 바치겠다며,
인간 세상을 내려온다. 작자 미상의 그림.

인간으로 보소서, 그들을 위하여 아버지의 품을 떠나, 아버지 다음가는 이 영광을 아낌없이 버리고, 결국 그들을 위하여 기꺼이 죽겠습니다. '죽음'으로 하여금 그 분을 제게 풀게 하소서. 내 그 어두운 권세 밑에 오래 억눌려 있지는 않겠습니다. 아버지는 제게 영원한 생명을 허락하셨으니, 나는 아버지에 의해 삽니다. 지금은 비록 '죽음'에 굴복하여 죽을 수 있는 저의 모든 것이 그의 소유가 된다 해도, 그 빚을 갚으면 아버지는 저를 그 흉한 무덤에 그의 먹이로 버려두진 않을 것이고, 저의 흠 없는 영혼을 거기에 영원히 썩게 두지 않습니다. 서는 승리하고 일어나(성자는 자기의 부활을 예기한다) 저의 정복자를 정복하고 그가 뽐내는 전리품을 빼앗을 것입니다. 그러면 '죽음'은 치명적인 상처를 입고, 그 가시("사망아, 너의 이기는 것이 어디 있느냐." 〈고린도전서〉 제15장 55절)가 뽑혀 어쩔 수 없이 굴하게 될 것입니다. 저는 기세 좋게 승리하여, 지옥을 사로잡아 넓은 하늘을 뚫고 끌어와 결박된 어둠의 천사들을 보여 드리겠습니다. 이를 하늘에서 보고 아버지께서 기뻐하며 미소지으면, 나는 아버지의 그런 모습에 더욱 힘을 얻어서, 나의 모든 적을 멸하고 나서 마지막에는 사망도 멸하게 될 것이고, 사망이 죽음으로써 무덤은 봉쇄될 것입니다. 그런 다음, 구원된 자의 무리와 더불어 오랫동안 떠나 있던 하늘에 돌아와 아버지를 뵈리니, 아버지 앞에서 그 이후로는 다시 진노가 없을 것이고, 오직 완전한 기쁨만이 있게 될 것입니다."

그의 말은 여기서 끝났으나, 그 온유한 얼굴에는 침묵 속에 말(그 표정에 깊은 뜻을 나타내고 있다)을 잇고, 죽을 수밖에 없는 인간에게 불멸의 사랑이 풍기니, 그 위에 더욱 빛나는 게 오직 아들로서의 순종뿐이다. 희생의 제물됨을 기뻐하며, 위대하신 아버지의 뜻을 살핀다. 온 하늘이 놀라움에 사로잡혀, 이 무슨 일인가, 어찌 되어갈 것인가 의아해한다. 하지만 전능하신 분은 곧 이렇게 대답한다.

"오, 나의 유일한 기쁨이여! 너는 진노 아래 놓인 인류를 위하여 태어난 하늘과 땅의 유일한 평화다. 내가 창조한 모든 것 중에 인간은 가장 마지막에 창조되었지만, 내게 가장 소중한 존재이다. 그래서 타락하여 영원한 멸망에 처하게 된 온 인류를 구원하기 위하여, 너를 내 품에서 잠시 떠나보내고자 한다는 것을 너는 너무나 잘 알고 있구나. 그러므로 너는 오직 너만이 대속할 수 있는 인류의 본성을 너의 본성과 결합해서, 내가 전한 때가 이르면, 너 자신이 인간의 육신을 입고 사람이 되어, 기이한 출생을 통해 동정녀에게서 태어나, 저 신세계의 사람들 가운데서 살아가게 되리니, 비록 아담의 자식으로 태어난대도 아담을 대신하여 온 인류의 으뜸이 되리라. 그때문에 온 인류가 멸망한 것처럼, 너 때문에 마치 제2의 뿌리(아담이 첫째 뿌리이고, 그리스도는 말하자면 제2의 뿌리인 셈이다)에서 희생되듯 많은 자가 희생될 것이다. 네가 없으면 누가 이 일을 하겠는가. 아담의 죄는 그의 온 자손을 죄인되게 하고, 너의 공덕은 그들에게 미쳐 그들을 죄에서 건지니, 그들은 저희 선행이나 악행을 다 버리고, 자리를 옮겨 네 속에서 살며 너에게서 새 생명을 받으리라. 그렇게 인자(人子)는 가장 바르게 인간의 속죄에 제물이 되고, 심판을 받고, 죽었다가 다시 살아나 저의 귀한 목숨 값을 주고 산

천국의 전능자 옆자리에 앉은 그리스도가 천사들에 칭송을 받으며
인간에게 은혜를 베푸는 장면이다.

형제(모든 인간은 하나님의 아들이니, 그리스도는 곧 인류의 맏형인 셈이다)들을 일으켜야 하리라. 이렇게 하여 하늘의 사랑은 자신을 사망에 내어줌으로써 지옥의 증오를 이기리니, 은혜를 받을 수 있을 때에 은혜를 받아들이지 않아서 지옥의 증오 때문에 그토록 쉽게 멸망했고, 지금도 여전히 멸망하고 있는 자들을 대속하기 위해서는 인자의 죽음이라는 값비싼 대가를 치러야 하리라. 네가 인간의 본성을 입고 내려간다고 해도, 네 자신의 신성은 약화되거나 훼손되지는 않을 테지만, 너는 지금도 하나님과 대등하게 저 최고의 지극한 복된 보좌에 앉아, 하나님과 똑같은 복락을 누리는 데도, 인간 세상을 완전한 파멸로부터 구해내기 위해, 그 모든 것을 버린 것이기 때문에, 너의 태생보다도 너의 공로로 하나님의 아들로 인정받고, 하나님이라는 높고 위대한 너의 지위보다도 너의 선함으로 인하여 더 칭송을 받게 되리니, 이는 네 안에서 영광보다 사랑이 더 차고 넘쳤기 때문이다. 그러므로 네 겸손은 너의 인성(人性)까지도 높이 이 보좌에 돌아오게 할 것이다. 여기에 너는 인간의 육체로 앉아 신이면서 인간(성모 마리아의 아들), 또 신의 아들이며 인간의 아들로서 기름 부음(제왕을 임명하는 의식)을 받은 우주의 왕으로서 다스리라. 내 그대에게 모든 권력을 주노니(〈마태복음〉 제28장 18절 참조) 영원히 다스려 그대의 공적을 떨치라. 지상(至上)의 머리로서, 그대 밑에 패자(敗者), 왕자(王者), 권력자, 지배자를 굴복시키면, 하늘과 땅, 그리고 혼돈과 지옥에 사는 모든 자가 그대에게 무릎을 꿇으리라, 그대 영광스럽게 하늘에서 천사들을 거느리고 공중에 나타나 소환하는 역할을 담당한 천사장들을 내보내 무서운 심판(최후의 날에 그리스도에 의한 심판)을 선포하면, 즉시 사방에서 살아 있는 자들과, 지난 세대에 부름을 당한 모든 죽은 자들이 최후의 심판장으로 달려올 것이고, 그 나팔 소리는 그들의 잠을 깨우리라. 그리하여 모든 성도가 모인 가운데 네가 악인과 천사들을 심판하면, 그들은 판결을 받고 네가 선고를 따를 것이니, 지옥은 그들로 가득 차서 그 후로 영원히 닫히리라. 그러는 동안 세계는 불타고 그 잿더미에서 새 하늘과 새 땅이(《베드로후서》 제3장 10절 참조) 일어나, 의로운 자는 거기에 살며, 갖가지 오랜 역경을 거친 후에 황금의 행위에 열매 맺는 황금의 날을 볼 것이요, 기쁨과 사랑과 아름다운 진리로써 승리하리라. 이때 너는 왕홀(王笏)을 버리게 되리라. 신만이 만물의 전부가 되어 왕홀은 더는 필요하지 않을 것이다. 하지만 너희 모든 천사여, 이것을 성사시키기 위하여 나처럼 죽는 그를 숭배하라, 아들을 숭배하라, 그리고 찬양하라."

전능하신 분이 말씀을 마침과 동시에 모든 천사의 무리는 한없는 수(數)에서 울려 나오는 듯 축복받은 목소리에서 크게 울려 나오는 듯 아름다운 환성을 질러 기쁨을 알리니, 하늘에는 환희가 울려 퍼지고, 드높은 호산나 소리(하나님의 영광을 찬미하는 부르짖음)가 영원의 고장에 넘친다. 겸허하고 공손하게 그들은 양쪽 보좌(성부와 성자의 보좌) 앞에 머리 숙이고, 엄숙하게 경배하며 아마란트(시들지 않는 꽃)와 황금으로 짠 그들의 면류관을 땅에 던져버린다.

불사의 아마란트여, 한때 낙원에서 생명 나무 옆에서 피기 시작했으나, 이윽고 인간의 죄로 처음에 자랐던 하늘로 옮겨져, 축복의 강이 하늘 한가운데를 흘러 엘리시움(극락)의 꽃들에 호박(琥珀)의 물결을 보내는 그곳에 자라, 생명의 샘에 그늘을 드리우며(강물이 투명한 것을 비유) 높이 피는 꽃이여, 이 시들지 않는 꽃으로 선택된 천사들은 빛으로 땋은 눈부신 머리채를 묶는다. 수북하게 던져 흩어진 화환 사이에 백옥의 바다(수정과 같은 유리 바다)처럼 빛나는 포석은 하늘의 장미로 빛을 더하여 미소를 짓는다. 그러다가 다시 그 관을 쓰고 항상 아름다운 가락을 내는 황금 하프를 들어, 화살 통처럼 허리에 걸려 매혹적인 화음의 아름다운 전주곡으로 성가(聖歌)를 인도하여 드높은 황홀감을 불러일으킨다. 하나의 음, 하나의 소리조차도 아름다운 가락의 색채에 어긋남이 없으니, 하늘에만 이런 화음이 있으리라.

천사들은 먼저 이렇게 노래한다.

"전능하시고, 불변하시며 영원히 사시고 무한하시며 영원하신 왕이시여, 만유의 창조주이신 아버지는 빛의 근원이셔서, 스스로는 보이지 않고 찬란한 빛에 싸여 아무도 접근할 수 없는 보좌에 앉아 계실 때에는, 그 찬란한 광채를 친히 가리지 않는 한, 아무도 가까이 갈 수 없고 볼 수도 없어서, 구름을 끌어와서 자신을 휘감아 마치 빛나는 성소처럼 그 가운데 계시고, 아버지의 옷자락이 지극히 밝은 빛 때문에 도리어 어둡게 보이지만, 그래도 하늘은 눈부시어, 두 날개를 펴서 눈을 가리지 않고는 가장 빛나는 스랍들도 감히 가까이할 수 없는 보좌에 앉으신 아버지여."

다음에는 천사들은 이렇게 노래한다.

"모든 피조물 중 가장 먼저 나신 아들이시여, 하나님의 영광이시여, 당신은 하나님과 똑같아서, 그 뚜렷한 모습에 구름 한 점 끼지 않고 전능의 하나님처럼 선명하게 나타나 빛나나이다. 그렇지 않으면 누가 감히 당신을 볼 수 있으리오. 하나님의 영광스러운 광휘가 당신에게 머물고, 하나님의 거대한 영은 당신에게 깃들어 있나이다. 하나님은 당신을 통해 하늘의 하늘과 그곳의 온 천사들을 창조하고, 당신을 통해 야심 있는 천사들을 타도하셨나이다. 그날 당신은 아버지의 무서운 우레를 아끼지 않았고, 불꽃 뿜는 진차(戰車)를 멈추시 않고, 영원무궁한 하늘의 기를을 뒤흔들며 흩어져 싸우는 천사들의 목 위로 달리셨나이다. 추격에서 돌아오자, 당신의 천사들은 크게 환호하며 하나님의 적에게 맹렬한 복수를 수행할 능력 있는 하나님의 아들이라고 오직 당신을 찬양하였으니, 인간에게 한 게 아니었습니다. 그들의 악의로 타락한 그를 자비(여기에선 하나님에게 하는 말)와 은총의 아버지, 당신은 엄하게 벌하지 않으시고 한층 연민의 정을 기울이셨나이다. 당신이 연약한 인간을 그렇게 엄하게 벌하지 않고 오히려 가엾게 여기시는 뜻을 엿보게 되자, 당신의 귀한 외아들은 당신의 노여움을 가라앉히고, 성안(聖顔)에 나타난 자비와 정의의 싸움을 그치게 하려고, 당신 오른쪽에 자리한 그 영광도 돌아보지 않고, 인간의 죄를 위하여 그 몸바쳐 죽고자 한 것이옵니다. 아, 비할 데 없는 사랑이여! 하나님에게서가 아니면 찾을 길 없는 사랑이여. 찬송하리로다, 하나님의 아들이여, 인류의 구세주여(다시 성자에 대해 말한다), 당신의 이름은 이후 내 노래의 풍부한 소재가 되리라. 나의 하프는 당신의 찬미를 잊지 않고, 또한 당신 아버지의 찬미에서 벗어나지 않으리라."

이처럼 그들은 천상의 별의 세계(항성이 포함된 제8천) 위에서 기쁨과 찬미로 복된 시간을 보낸다.

한편 그동안에 이 둥근 세계의 단단하고 어두운 구체 위의 그 원동천(原動天)이 빛나는 그 하급의 모든 천구를 분리하여 혼돈과 오랜 어둠의 침략으로부터 닫혀 있는 그 지경(地境)에 사탄이 내려선다. 멀리서는 한 구체로 보이던 것이 지금은 무한한 대륙으로 보인다. 어둡고 광막하고 거칠고, 별 없는 밤(혼돈)의 찡그린 상(象) 아래 드러나, 사나운 하늘 주위에는 혼돈의 폭풍이 끊임없이 위협하며 불어댄다. 오직 한쪽, 좀 멀기는 하지만, 하늘의 성벽으로부터 요란한 폭풍에 별로 영향받지 않는 빛나는 대기의 희미한 반사를 받는 그쪽만은 다르다. 여기 넓은 들판을 마왕은 제멋대로 거닌다. 마치 백설의 산마루로 유랑하는 타타르인을 에워싼다는 이마우스(히말라야)에서 자란 독수리가 먹이가 부족한 지방을 떠나, 양 떼가 자라는 산에서 어린 양이나 염소 새끼를 잡아먹으려는 갠지스 강이나 히다스페스 강(히말라야에서 흘러내리는 강) 등 저 인도의 강의 원류로 날아가는 도중에 중국인들이 바람에 돛을 달고 가벼운 등나무 수레를 모는 세레카나(중국 서북부의 평원)의 황야에 내리던 때와 같이, 마왕은 이 바람이 날뛰는 바다 같은 땅을 먹이 찾아 이리저리 홀로 헤맨다. 이곳에는 다른 것들이란 생물이든 무생물이든 아무것도 없다. 하지만 나중에 인간의 행위에 허영이 충만할 때, 땅에서 수많은 덧없는 것들이 가벼운 증기같이 이곳으로 떠오른다. 허무한 모든 것, 그리고 허무한 것에 영광이나 불후의 명예, 이승이나 저승의 행복에 어리석은 희망을 거는 모든 자가 가벼운 수증기처럼 거기에서 이곳으로 무수히 날아들게 될 것이었다.

오직 사람들에게서 칭송만을 추구하여 미신을 따라 맹목적으로 온 힘과 열정을 다해 살아서 거기에 대한 보상을 땅에서 모두 받아버린 자들은 그들이 향해 온 일만큼이나 허망하기 짝이 없는 합당한 응보를 이곳에서 받게 될 것이다. 자연의 손이 이룬 모든 미숙하고 또 괴이하고 부자연스럽게 짜인 미완성품은 지상에서 해체되어 어떤 이들이 상상해 온 것처럼 그것은 우리와 이웃해 있는 월광천(月)이 아니다. 그 은빛 세계에는 거기에 더 적합한 주민인, 살아 있다가 죽지 않고 그대로 공중으로 이끌려간 성도들, 천사도 아니고 인간도 아닌 그 중간의 영들이 살아간다.

이곳에 처음 온 자들은 옛 세상에서 하나님의 아들들이 인간의 딸들을 취해서 자식을 낳았으니, 그들이 유명했던 저 거인족들이다. 그들은 수많은 헛된 공적을 가지고, 다음은 시날(바빌론의 지방)의 들판에 바벨 탑(《구약 성서》 〈창세기〉에 나오는 탑)을 세운 자들이다. 아직 자력이 허락된다면 헛된 계획으로 새로운 몇 개의 바벨 탑을 더 세웠으리라. 그 밖에 다른 자들은 혼자 온 자들이었다. 그중 자신이 신이라는 것을 증명하기 위해 어리석게도 에트나 화산의 불길 속에 몸을 던진 엠페도클레스(고대 그리스 철학자), 또한, 플라톤의 엘리지엄(낙원)을 즐기고자 바닷속에 뛰어든 클레옴브로토스(에피루스의 철학자), 또 얘기하기엔 수없이 많은 얼간이, 백치, 온갖 잡동사니를 몸에 지닌 흰색과 검은색, 그리고 회색 옷을 입은 은자와 탁발승들, 하늘에서 사는 자를 죽은 것으로 생각하여 골고다에서 찾아 헤매던 순례자(신교도 정신에서 가톨릭이 숭상하는 성지 순례를 조롱)들, 또 기어이 낙원에 가려고 죽을 때 도미니크파의 의상을 입거나(중세의 미신), 또는 프란체스코파의 옷으로 분장한 채 통과하려고 생각하는 자들도 있었다. 그들은 칠성천(七星天)과 항성천(恒星天)을 지나 그 천칭(天秤)으로 자못 말썽 많은 세차(歲差)를 조정한다는 저 수정천(水晶天)과 원동천(原動天)을 지나간다.

하늘의 작은 문에서 성 베드로가 열쇠를 가지고 저들을 기다리는 듯이 보이더니, 이제 하늘의 오르막 기슭에서 저들이 발을 들어 올릴 때, 보라, 맹렬한 십자(十字)의 바람이 양쪽 기슭에서 불어와 저들을 비스듬히 몇만 리 먼 공중으로 휘몰아친다. 그때 그대들은 볼 수 있으리라. 승모와 두건, 그리고 승의(僧衣)가 그 쓰고 입은 자들과 더불어 바람에 휘날려 넝마 조각처럼 휘날리는 것은 가톨릭교도들이 미신적으로 숭배한 성자의 의복과 같은 유물과 묵주와 면죄부(免罪符)와 사죄권(赦罪權)과 칙서 등도 바람의 노리개가 되어, 모두 높이 날아 올라가 멀리 세계의 등성이를 넘어, 그 후 바보의 낙원(림보. 구약 시대의 조상들이 예수가 강생하여 세상을 구할 때까지 기다리는 곳)이라고 불리던 드넓은 변방으로 날아간다. 오랜 뒤에는 모르는 이 없이 알려졌으나, 지금은 사는 자도 찾는 자도 없다. 마왕은 이 검고 어두운 구체를 지나면서 긴 방향 끝에 마침내 한 줄기 희미한 새벽빛을 보고 지친 발걸음을 황급히 그쪽으로 돌린다. 저 멀리 장엄한 계단을 타고 올라가 하늘의 성벽에 이르는 높은 건물이 그의 눈에 띈다. 그 꼭대기에 왕궁의 문처럼 보이는, 그러나 훨씬 화려한 건물이 나타난다. 그 정면에는 황금과 건물이 나타난다. 거기에는 황금과 금강석이 장식되어 있고, 땅에서는 모형에 의해서도, 또 색채의 명암(明暗)을 그리는 화필로도 흉내 낼 수 없는 그 문에는 눈부시게 빛나는 보석들이 잔뜩 박혀 있다. 그 계단은 마치 야곱이 에서(야곱의 쌍둥이 형)로부터 도망쳐 밧단아람(메소포타미아의 북부 지역)으로 향할 때, 루스(베델의 옛 이름)의 들에서 밤을 맞이하여 노숙하며 꿈을 꾸는 중에 번쩍이는 호위대의 일단인 천사들이 오르내리는 것을 보고서 잠에서 깨어 "이곳이 천국의 문이로다."라고 외쳤던 바로 그 계단과 비슷한 모습을 하고 있었다. 계단 하나하나마다 신비한 의미를 내재하고, 또 언제나 거기 있는 게 아니라, 때로 하늘로 올려져 보이지 않는다. 밑에는 찬란한 벽옥의 물 같은 진주의 바다가 흐르고, 여기에 나중에 지구에서 온 자들이 천사들의 인도를 받아 노를 저어 이르기도 하고, 혹은 불의 말이 끄는 수레에 실려 호수 건너 날아오기도 했다. 그때 사다리는 쉽게 오르려고 하는 마왕에게 도전하는 듯이, 또는 영광의 문에서 쫓겨난 그의 슬픔을 더욱 짙게 하려는 듯 내려져 있었다. 바로 그 맞은편 밑에 복된 낙원의 자리 위에, 지구로 내려가는 한 통로의 넓은 길이 열려 있다.

훗날 시온 산 위에 있던 그 길보다, 또 하나님의 사랑하는 약속의 땅에 있던 그 통로보다 훨씬 더 넓다.

그 길을 따라, 가끔 높은 이의 명령에 저 복된 족속을 방문하려고 천사들이 자주 왕래했고, 또 특별하신 뜻에서 하나님의 눈이 요단 강의 수원지 파네아스(팔레스타인 북부에 있는 도시)로부터 성지와 이집트, 그리고 아라비아의 해안에 면해 있는 브엘세바(팔레스타인 남부에 있는 도시)에 이르기까지 자주 살폈다. 그것은 대양의 파도에 한계를 짓는 거와 같이 그렇게 어둠에 한계를 짓는 넓은 통로로 보였다. 여기서 사탄은, 이제 황금의 층계로 하늘 문에 오르는 계단의 맨 밑에 서서 홀연히 눈앞에 펼쳐져 있는 이 세계를 내려다보면서 놀란다. 마치 척후병이 어둡고 황막한 길을 위험을 무릅쓰고 밤을 새워 가다가, 이윽고 동틀 무렵의 명랑한 새벽에 높이 솟은 어느 산정에 이르러 처음 보는 이방 땅의 아름다운 경치나, 막 떠오르는 아침 햇살에 채색된 빛나는 대첨탑 소첨탑으로 꾸며진 어느 유명한 도읍을 발견했을 때처럼, 사탄은 그런 경이에 사로잡혔다. 사탄은 하늘의 아름다운 세계를 보자 한층 질투심이 치솟았다. 그는 다시 눈을 들어 사방을 둘러보았다.

천칭궁(天秤宮)이 있는 우주의 동쪽 끝으로부터 대서양 더 멀리, 수평선을 넘어서 안드로메다(백양궁보다 서쪽에 있는 성좌)를 떠받드는 백양궁(白羊宮)에 이르기까지. 다음에는 극에서 극까지 세로로 훑어본다. 그리고 더는 망설이지 않고 곧장 세계의 맨 첫 번째 구역으로 날아든다. 맑게 빛나는 대기 속을 훨훨 누비며, 멀리서는 별처럼 빛나지만 가까이 가보면 다른 세계처럼 보이는가 하면, 옛날 이름 높던 행복의 들이나 숲, 꽃의 계곡이 있는 저 헤스페리아(황금 사과를 지키는 세 여신이 있는 곳)의 동산과 같은 행복의 섬으로 보이는, 몇 배나 더한 행복의 섬들이지만, 누가 거기에 사느냐고 머물러 서서 묻지도 않는다.

뭇별 중 황금의 태양은 그 광휘가 무엇보다도 천국과 비슷하여 그의 시선을 사로잡는다. 그곳을 향하여 그는 고요한 창공을 지나간다. 그러나 위쪽인지 아래인지, 아니면 중심에 가까운지, 바깥쪽인지, 또는 좌우도 알 수 없다. 거기에는 거대한 발광체가 있어, 그 위엄 있는 눈에서 적당한 거리를 두고 모여드는 숱한 별들로부터 떨어진 채 멀리서 빛을 발한다. 이 별들은 날과 달과 해를 구분하는 데 도움이 되는 가락으로(절도 있는 운명), 춤을 추면서 만물을 기쁘게 하는 그 등불을 향하여 온갖 경쾌한 동작을 보여주기도 하고, 그 자기광(磁氣光)에 끌려 그쪽을 향하기도 한다. 그 빛은 조용히 우주를 따뜻하게 하고, 두루 내부를 향해 모르는 결에 부드럽게 침투하여 보이지 않는 힘을 그 속(지구의 내부)까지 쏘아 넣는다.

그렇게 훌륭한 전망의 위치를 그는 차지하였다. 그곳에 마왕이 상륙하였으니, 이런 반점은 아마 천문학자도 망원경(望遠鏡)을 통해 태양의 빛나는 구체에서 아직 본 일이 없으리라. 금석(金石) 따위 땅 위의 어떤 것과 비교하여도 그에겐 이곳이 말로는 다 표현할 수 없을 정도로 찬란하게 보인다. 어디고 다 똑같지는 않으나, 모두 한결같이 찬란한 빛이 넘쳐 마치 불타는 쇠처럼 보였다. 금속이라면, 일부는 금, 일부는 분명히 은이고, 돌이라면, 거의 다 홍옥이 아니면 감람석, 루비나 황옥 등, 아론의 흉패(胸牌)에서 빛나던 열두 보석과 그 밖의 다른 데서 볼 수 있다기보다 오히려 가끔 상상만 했던, 이곳 하계(下界)에서 오랫동안 연금술사들이 찾았으나 찾지 못한 그런 보석, 또는 그와 유사한 보석 같았다. 그 연금술사들은 자신들의 기술로 변덕스러운 헤르메스를 묶고, 여러 형태로 변신하는 바다의 노인 프로테우스를 바다에서 불러올려 증류기에 걸러서 본래의 형태로 환원시켰으나 역시 허사였다. 그러니 이곳(태양) 들이나 산이 불로장생(不老長生)을 뿜어내고, 강들이 마실 수 있는 황금을 흘려 내보낸다 해도 무엇이 신기하랴. 연금술사의 왕인 태양이 우리에게 이렇게 멀리 떨어져 있어도 한 번의 영검한 손길로 여기 이 어둠 속에서 있는 땅의 습기를 만지면, 오색찬란하게 빛나며 아주 진기한 효능을 지닌 각양각색의 온갖 귀한 것이 만들어지는데, 태양의 산야가 만병통치의 영약인 순전한 향기를 뿜어내고, 이곳으로 흐르는 강들이 마실 수 있는 황금으로 넘실거린다 해도 그것이 무슨 놀랄 일이겠는가!

사탄은 지금까지 본 새로운 것에 현혹되지 않은 채로 멀리 내다본다. 여기에는 시야를 가리는 거나 그림자도 없었고 오직 온통 햇빛뿐이었는데, 흡사 태양이 정오에 바로 적도 위에서 내리쬐면, 그 아래에 불투명한 물체가 있어도 주위 그 어디에도 그림자가 생기지 않는 모습 같았다. 대기도 그 어느 곳보다도 더 맑아서 아주 멀리 있는 물체까지도 또렷하게 볼 수 있었기 때문에, 사탄은 요한("또 내가 보니 한 천사가 해에 서서." 〈요한계시록〉제19장 17절)이 태양 속에서 보았던 저 영광의 천사가 등을 돌리고 있으나 그 빛은 가려지지 않고, 그의 머리 위에는 찬란한 햇빛 같은 금관(金冠)이 얹혀 있고, 뒤에 늘어진 머리채 역시 빛을 내 날개 달린 어깨 위에서 흔들린다. 무슨 큰 임무를 맡고 있거나 아니면 깊은 생각에 잠겨 있는 듯하다. 부정한 영은 이제 그 방황의 길을 이끌어 줄 자를 찾았다는 희망을 안고 기뻐한다. 그의 여행의 끝이요, 우리 화(禍)의 시초인 낙원, 인간의 복된 자리로, 하지만 그는 먼저 제 본모습을 바꿀 연구를 한다. 그대로는 위험하고, 일이 지체될 것 같기에, 그는 젊은 케루빔으로 모습을 변신하였다. 청춘의 모습은 아니지만, 그 얼굴에는 거룩한 청춘의 미소가 떠오르고, 온몸에는 어울리는 우아함이 넘치도록 아주 멋지게 가장했다. 관(冠) 밑에는 그 부드러운 머리털이 곱슬곱슬 두 뺨에 너울거리고, 몸에는 황금 깃털을 달고는 날기에 알맞은 옷차림을 하고 있었다. 그리고 점잖은 걸음걸이에 은 지팡이를 짚었다. 그는 소리 없이 접근하지는 않았다.

빛나는 천사 하나, 미처 그가 접근하기도 전에 귀가 알리는 소리를 듣고, 빛나는 얼굴 이쪽으로 돌리니, 이내 알 수 있다. 그는 다름 아닌 대천사 우리엘(일곱 천사 중 하나)이었다. 우레엘의 소임은 하나님이 계시는 곳, 그 보좌 앞에 가장 가까이에서 하명(下命)을 기다리며 서 있다가, 하나님의 눈이 되어 모든 하늘을 누비고 다니기도 하고, 땅으로 내려와서는 젖은 땅과 마른 땅을 가리지 않고 바다와 육지를 두루 다니며, 하나님이 명령한 일을 수행하는 것이었다.

사탄은 우리엘에게 말을 건넸다.

"우리엘이여, 그대는 하나님의 높은 보좌 앞에 서는 영광에 빛나는 일곱 천사 중 제일인자이자 통변자로서, 그의 위대한 절대적인 뜻을 알리는 분이 아니오. 그리고 지금 여기에서도 그대는 지고(至高)의 뜻에 따라 같은 명예를 얻고, 그의 눈으로서 이 새로운 창조의 세계를 두루 살피리라 믿소. 이 모든 놀랄 만한 창조물, 특히 그의 제일가는 기쁨이요, 총애를 받는 인간, 그를 위하여 이 모든 놀랄 만한 창조물이 이룩된, 바로 그 인간을 보고 싶고, 이루 형용할 수 없는 갈망 때문에 케루빔의 성가대에서 나와 이렇게 홀로 방황하게 되었소. 그지없이 찬란한 스랍이여, 말해주오. 한편으로는 위대한 창조주께서 세계를 주시고 이 모든 은혜를 부어 주신 바로 그 인간을 찾아 숨어서 은밀하게 지켜보거나 그 앞에 나서서 공개적으로 찬미하고, 다른 한편으로는 하나님이 새롭게 창조한 인간과 그 세계의 모든 것이 하나님의 원래 뜻대로 잘되어 가고 있다는 것을 확신하고서, 반역의 도당들을 저 가장 깊은 지옥으로 추방하여 정의를 세우신 후에, 그 손실을 보충하기 위해 인간이라는 이 새로운 복된 종족을 창조하여 하나님을 잘 섬기게 한 만유의 조물주를 찬양하고, 그의 모든 길이 지혜롭다고 송축할 수 있게 해 주시오."

이렇게 위선의 사탄은 우리엘이 눈치채지 않게 말했다. 위선이라는 것은 하나님의 허락 아래에서 그 누구도 볼 수 없게 하늘과 땅을 두루 다니는 유일한 악이어서, 오직 하나님만이 아실 수 있으시고, 인간은 말할 것도 없고 천사들도 알아차릴 수 없었기 때문이었다. 지혜는 종종 깨어 있어도 의혹은 지혜의 문에서 잠들고, 제 임무를 '단순'에게 떠넘기니, 선은 악이 보이지 않으면 악이라고 생각하지 않는다. 그리하여 이번만은 우리엘도 속았다. 태양의 지배자요, 하늘에서 가장 날카로운 눈을 가진 영으로 알려진 우리엘은 이 야비한 위선자에게 자신의 정직한 마음 그대로 이렇게 대답하였다.

"아름다운 천사여, 하나님의 위업을 알고, 그로써 위대한 창조주를 찬양하고자 하는 그대의 소원은 지나치지 않으면 비난받지 않을 거요. 다른 이라면 소문만으로 만족하고 하늘에서 듣기만 하는 것을 그대는 직접 확인하고자 이렇게 홀로 천상의 저택에서 나와 이곳까지 왔으니, 참으로 그의 성업은 놀랄 만하고, 알아서 즐겁고, 기쁨으로 그전부를 항상 마음에 담아둘 만한 가치가 있도다. 하지만 창조된 자의 마음으로 어찌 그 창조의 가지 수를 헤아리고, 그것들을 만든 후에도 그 원인을 깊이 감추신 하나님의 무궁한 지혜를 깨달을 것인가. 나는 이 세계의 원질(原質), 형태가 없는 무더기가 그분 말씀에 따라 쌓이는 걸 보았다. 혼란이 그분 목소리에 귀를 기울이고, 사나운 소요가 진정되고, 광대무변한 공간은 한계가 지어졌다. 이윽고 그다음 말씀으로 어둠이 달아나고, 빛이 비치고, 질서에서 무질서가 생겨났다. 이어 땅, 물, 불, 공기 같은 무거운 원소는 각자가 있어야 할 구역으로 서둘러 갔고, 하늘의 다섯 번째 원소인 영기(에테르)는 회전운동을 하는 가운데 여러 가지 형태로 위로 날아올라, 네가 보는 바와 같이 무수히 많은

사탄이 어둠의 하늘을 날아 인간이 사는 신세계 낙원을 발견하고
그곳으로 내려가는 장면이다.

별이 되어 자신의 궤도를 돌고 있다. 영기로 만들어진 별들에게는 각
각 있을 자리와 운행할 궤도가 정해져 있지만, 나머지 영기들은 우주
를 원으로 돌며 우주의 성벽 역할을 하고 있다.

　저 구체(球體)를 내려다보라. 이쪽 면은 비록 반사되는 것이긴 하지만
빛을 받아 빛난다. 저기가 곧 지구인 인간의 자리다. 저 빛이 인간의
낮, 그것이 없으면 다른 반구(半球)처럼 밤이 침범할 것이다. 하지만 그
곳에는 이웃하는 달이(이것은 지구 맞은편에 있는 아름다운 별) 때 맞추어 도움을 주
어, 때로는 끝마치고 때로는 시작하면서 다달이 중천을 돈다. 빛을 빌
려서 삼태(三態)의 용모를 채우기도 하고 기울어지기도 하면서 지구를
비추고 그 창백한 영토 내에 밤을 억류하는 것이다. 내가 가리키는 저
기가 아담의 처소 낙원이고, 저 높은 나무의 그늘은 그의 거처다. 그
대 길 잃지 말고 가라."

　우리엘이 이렇게 말하고 돌아서자, 사탄은 알맞은 명예와 존경이 소
홀히 되지 않는 하늘에서, 상위의 영들에 대하듯 몸을 굽혀 작별하고,
황도(黃道)에서 아래로 지구의 지표면을 향하여 출발해서, 성공에 대한
기대감으로 마음이 부풀어 수직으로 급강하하여 이리저리 원을 그리
며 한 번도 쉬지 않고 날아서, 니파테(에덴의 변경에서 멀지 않다)의 산꼭대기
에 내린다.

PARADISE LOST

실낙원

제4권
낙원의 침범

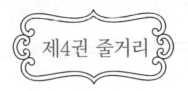

　이제 사탄은 에덴을 바라볼 수 있는 곳에 서 있다. 하나님과 인간에게 반역하고자 세운 대담한 계획을 실행할 장소 가까이에 이르자, 자신에 대한 이런저런 많은 의심이 속에서 일어나서, 두려움과 시기와 절망 같은 여러 정념이 교차한다. 하지만 결국 자신의 악한 계획이 옳다고 확신하고서 낙원으로 향하고, 이 시점에서 밖에서 본 낙원의 모습과 그 위치가 묘사된다. 이윽고 사탄은 경계를 넘어서 들어가 주위를 둘러보기 위해서 낙원에서 가장 높은 생명 나무 위에 가마우지처럼 내려앉는다. 에덴동산이 묘사되고, 사탄은 아담과 하와를 처음 보고서, 그들의 빼어나게 아름답고 탁월한 모습과 행복한 상태에 탄성을 발하지만, 그들을 타락시키고자 한 자신의 결의를 다시 한번 다진 후에, 그들의 대화를 엿듣는다. 그들이 선악을 알게 하는 나무의 열매를 먹는 것을 하나님이 금지했고, 그들이 선악을 알게 하는 나무의 열매를 먹는 것을 하나님이 금지했고, 그 열매를 먹었을 때는 죽음의 벌을 받게 된다는 것을 알게 된다. 그것을 미끼 삼아 그들을 유혹하여 범죄를 하면 되겠다고 계획을 세우고 나서, 다른 방식으로 그들의 상태를 좀 더 알아보기 위해 잠시 그들을 떠난다.

　한편 우리엘은 태양의 빛줄기를 타고 내려와서 낙원의 문을 지키는 소임을 맡고 있던 가브리엘에게 말한다. 어느 악령이 대심연을 빠져나와, 정오에 자신의 구역인 태양을 지나서, 선한 천사의 모습으로 변장하고서 낙원으로 내려간 것이 나중에 니파테 산에서 그가 보인 광분한 행태에서 드러났다고 경고한다. 가브리엘은 날이 밝기 전에 그를 찾아내겠다고 약속한다.

　밤이 되자 아담과 하와는 이제 쉬자고 얘기한다. 그들의 정자, 그들의 저녁 예배가 묘사된다. 가브리엘은 야경대를 모아 낙원을 순찰시키고, 잠자는 아담과 하와에게 악령이 어떤 해를 끼치지 않을까 해서 힘센 두 천사를 불러 아담의 정자에 배치한다. 거기서 그들은 꿈속에서 하와의 귀에 대고 그녀를 유혹하는 악령을 발견하고, 반항하는 그를 가브리엘에게 끌고 간다. 그는 가브리엘의 심문에 냉소적인 대답을 하고 대항할 자세를 취한다. 하지만 하늘의 계시에 어쩔 수 없이 낙원 밖으로 도망친다.

저 묵시를 보았던 이(사도 요한)가 하늘에서 크게 울려 퍼지는 걸 들었던 저 경고의 목소리, 계시를 본 그가(하늘의 계시), 악룡(惡龍)이 두 번째 패주하여(《요한계시록》 제12장 12절) 인간에게 복수하고자 우악스럽게 지상에 내릴 때 "땅 위의 거민들에게 화가 있으리라" 하고 울부짖었던 저 목소리를 들을 수 있었다면, 때가 늦기 전에 우리 조상이 모르는 결에 오는 적에 대한 경고를 받고 그 치명적인 올가미를 벗어나려면 벗어날 수도 있을 것이니, 그 적의 치명적인 덫을 피할 수 있었을지도 모른다.

이제 사탄은 분노로 타올라서, 인류를 고발하는 자가 되기 전에 먼저 유혹자가 되어서, 자신이 첫 번째 싸움에서 패배하여 지옥으로 도망칠 수밖에 없었던 그 일과는 아무 상관이 없는 연약한 인간에게 화풀이하고 복수하기 위해 이 땅으로 내려왔다. 하지만 떨어져 있을 때는 대담하고 겁이 없었던 그였으나, 자신의 행운(사탄이 지금껏 난관을 돌파해 온 것)을 기뻐하지도 않고, 또 그걸 뽐낼 여유도 없어 악한 계획을 꾸미기 시작한다.

그 계획은 이제 싹트려고 꿈틀거리고, 어지러운 가슴속에서 끓어올라 마치 악마의 기관처럼 제 가슴 위로 뛰어오른다. 공포와 의혹은 그의 생각을 산란하게 하고 괴롭혀 마음속의 지옥을 바닥부터 뒤흔들었다. 그는 마음속이나 몸에 지옥을 지니고 있어, 장소가 바뀐다 해도 자신으로부터 나갈 수 없는 것처럼 단 한 발짝도 지옥에서 떠날 수 없다. 이제 양심은 잠자던 절망을 일깨우니, 이는 과거와 현재와 악화할 것이 분명한 미래에 대한 쓰라린 생각이 눈을 뜬다. 악행 뒤에는 반드시 악의 고난이 뒤따르는 법. 때로는 그의 눈앞에 즐겁게 펼쳐진 에덴을 비통한 눈초리로 쏟기도 하고, 때로는 하늘과 지금은 정오와 탑에 높이 걸터앉은 눈이 부신 태양을 쏘아보기도 하며 이것저것 두루 생각하다 한탄한다.

"오, 그대, 뛰어난 영광의 관을 쓰고 이 새로운 세계의 신처럼 홀로 다스리는 그 영역에서 내려다보는 그대를 보면 모든 별도 위축되어 머리를 감춘다. 내 그대를 부르노니, 친근한 목소리는 아니지만, 태양이여, 그대 이름을 부르는 것은 내 네 빛을 얼마나 미워하는지 알리고자 함이다. 그 빛은 내가 어떤 형편에서 떨어졌고, 일찍이 천국에서 교만보다 악한 야심을 가지고 하늘의 무적 같은 왕과 싸우다가 내던져질 때까지 그대 영토 위에서 내가 얼마나 영광스러웠던가를 생각나게 한다(탈락 이전의 사탄 자신도 빛나는 존재였다).

아, 어째서 그랬던가? 그에게 보답하는 게 아니었는데, 빛나고 출중한 존재로 나를 창조하였고, 은혜를 베풀 뿐 책하는 일은 없고, 섬기기도 어렵지 않았던 그에게 찬미하는 것보다 더 쉬운 일이 무엇인가! 얼마나 쉬운 보상인가. 그에게 감사드리는 일. 얼마나 지당한 일인가? 하지만 그의 선은 내게는 모조리 악으로 나타나고, 또 악의만 만들어 주었지. 너무 높이 떠받쳐져서 나는 복종을 멸시하고, 한 걸음만 더 오르면 지고하게 되어, 늘 갚으면서도 늘 빚지는 참으로 무거운 무한의 감사와 큰 부채를 단번에 갚아버리려고 생각했었다. 끊임없이 그에게서 받고 있음은 잊어버리고, 또 은혜를 아는 마음이란 은혜를 입고도 입지 않는 것, 즉 은혜를 입고서 곧 갚으니 늘 갚고 있는 것임을 깨닫지 못했다. 그렇다면 이 무슨 마음의 짐인가. 저 강력한 운명이 나를 저급한 천사로 정해주었더라면 나는 행복했을 것이요, 끝없는 욕망으로 야심 따위는 품지 않았을 텐데. 아니, 그렇지도 않으리라. 나만큼 위대한 천사가 있어 높은 뜻을 품고, 비록 낮으나 나를 자기 편으로 이끌었을지도 모른다.

하지만 나만큼 위대한 천사는 떨어지지 않고, 안으로나 밖으로나 (야심, 자부심, 증오) 모든 유혹에 무장을 갖추어 흔들리지 않는다. 그대에게 그런 자유의사와(사탄은 자신의 타락이 자유의사 때문이라고 비난한다) 일어설 힘이 있었는가? 그렇다. 그렇다면 만물에 고루 주는 하늘의 자유로운 사랑밖에는 누구를, 또 무엇을 탓하겠는가. 그럼 그 사랑은 저주받을 거다. 사랑도 미움도 내겐 마찬가지, 영원한 화를 낳는 것이니. 아니, 저주받을 건 그대다. 하나님의 뜻을 거역하고 이제 당연히 한탄하는 걸 자유로 택하였으니 불쌍한 건 나로구나, 어느 길로 달아나야 하나, 한없는 분노와 절망에서? 어느 길로 달아나든 지옥, 자신이 곧 지옥이니. 가장 깊은 심연에서 더 깊은 심연이 나를 삼킬 듯이 입을 크게 벌리니, 거기에 비하면, 내가 고통을 당하는 이 지옥은 오히려 천국 같구나(제 자신에게 하는 말).

아, 그렇다면 마침내 항복인가. 회개할 여지는 전혀 없는가? 또 사

절망에 가로막힌 사탄이 무한한 분노와 허탈함에 고뇌하는 모습이다.

면의 여지도 전혀 없는가? 복종밖에 다른 길은 없다. 하지만 그런 말은 모욕감 때문에 못 한다. 굴복이기는커녕 다른 약속과 호언으로 그들을 꾀었다. 나야말로 전능자를 굴복시킬 수 있다고 뽐내면서. 아, 그들은 알지 못하리라, 헛된 큰소리 때문에 내가 얼마나 비싼 대가를 치르고 있는지. 왕관과 홀(笏)을 쥐고 지옥의 보좌 위에서 뽐내는 나를 그들이 떠받들 때, 나는 더욱 깊이 떨어져 말할 수 없이 비참해질 뿐이다. 야심이 얻는 것은 바로 이런 기쁨이다. 하지만 내가 회개하고 용서를 빌어 이전의 상태를 회복한다고 해보자. 그러면 높아진 지위는 이내 오만을 불러내고, 거짓된 복종으로 맹세한 걸 곧 취소할 것이다. 안락해지면 고통스러울 때의 맹세를 무리하고 헛된 것이었다고(강제에 의한 것이니 무효) 취소하리라. 치명적인 증오의 상처가 이렇게 깊을 때는 진정한 화해가 이루어질 리 없다. 이는 더 심한 불행, 더 무거운 타락으로 나를 이끌 뿐이다. 그래서 이토록 짧은 휴식을 이중의 고통(전후 두 차례의 고통)으로 비싸게 사지 않을 수 없다. 나의 처벌자는 이것을 안다.

따라서 내가 평화를 원하지 않는 것처럼 그도 그걸 주지 않는다. 이제 모든 희망은 끊어지고, 보라, 버림받고 쫓겨난 우리 대신, 그의 새로운 기쁨인 인류와 그들을 위하여 창조된 이 세계를. 그러니 희망이여 안녕, 그리고 공포여, 참회여 안녕. 모든 선은 내게서 떠나버렸다. 악이여, 그대가 나의 선이 되라. 너로 인해 적어도 제국의 반이나마 하늘의 왕과 함께 차지하고, 아마 이 신세계를 정복하면 반 이상 내가 다스릴 수 있을 것이다. 머지않아 인간도 이 신세계도 그것을 알게 되리라."

　이렇게 말하는 동안 사탄은 분노, 질투, 절망 등 온갖 감정이 얼굴을 흐려놓고, 몇 차례나 창백해졌다. 또 그 때문에 가면(사탄이 가장한 소년 천사의 얼굴)의 용모가 상하니, 누군가 보는 자 있었다면, 그 위상이 드러났을 것이다. 천사의 마음이라면 이런 비천한 근심으로 흐려지진 않을 것이다. 그것을 곧 깨닫고, 속임수에 능한 그는 산란한 마음을 외양의 평온으로 덮는다. 그는 복수와 통하는 깊은 악의를 감추고 성자의 탈을 쓰고 허위를 실행한 제일인자다. 그러나 일단 조심스러워진 우리엘을 속일 만큼 능숙하지는 못했다. 우리엘의 눈은 마왕이 가는 길을 쫓아 내려가니, 아시리아 산(니파테 산을 가리킴)에서 선한 천사라고는 할 수 없는 모습으로 변장한 것을 보았다. 그는 사탄의 사나운 거동과 미친 듯한 태도를 눈여겨보았다. 그때 사탄은 혼자였으므로 보는 이도 없다고 생각했으리라. 이렇게 전진하여 그가 에덴의 경계에 이르니, 이제 더욱 가까워진 아름다운 낙원은 마치 시골의 둑처럼 푸른 울이 황막한 산의 평평한 봉우리에 씌워졌고, 덤불로 뒤덮인 우거진 산비탈은 기괴하고도 거칠어서 가까이 갈 수가 없었다. 그리고 머리 위에는 삼나무, 소나무, 전나무에 가지가 늘어진 종려나무 등 아주 키가 큰 수목들이 하늘에 닿도록 자라, 숲 위에 숲으로 층층이 올라갔으니 그야말로 굉장한 숲의 광경이다. 그 수목들의 꼭대기보다 훨씬 높이 낙원의 푸른 울이 솟아 있다.

　여기서 우리의 조상은 그 근처 사방의 아래 세상을 널리 둘러본다.

이 울보다 더 높이 둥글게 열을 지어 아름다운 열매가 가득하고, 금빛 꽃도 피고 열매도 맺는 훌륭한 나무들은 화려하고 눈부신 갖가지 빛깔에 물든 듯하다. 여기에 태양은 아름다운 저녁노을보다도, 하나님이 대지에 소나기를 내릴 때의 무지개보다도 더 화려한 빛을 쏟아낸다. 그 경치가 아름다웠다. 이제 그지없이 맑은 대기가 다가오는 그를 맞이하고, 그 가슴에 절망 이외의 모든 슬픔을 몰아낼 만한 봄의 즐거움과 기쁨을 불어넣는다.

이때 산들바람은 향기를 풍기는 날개를 부채질하며 자연이 향기를 뿌리고, 어디서 이런 향기로운 보물을 가져왔는가를 소곤거린다. 마치 희망봉을 넘어서 항해하여 지금 모잠비크(아프리카 동쪽 해안)를 지난 항해자들에게 먼바다에서 불어오는 북동풍이 저 행복한 아라비아(지금의 예멘 지방)의 향기로운 해안에서 시바(솔로몬의 지혜를 시험하러 온 여왕이 있던 도시)의 방향(芳香)을 몰아오면, 항해가 지연된다 해도 그들은 기꺼이 뱃길을 늦출 때처럼, 또 늙은 대양이 몇 해리에 걸쳐 달콤한 향기가 상쾌하여 미소 지을 때처럼, 지금 이 달콤한 향기에 독을 품고 온 사탄도 즐거워진다. 그 옛날 악령 아스모데우스는 메디아에 사는 사라라는 여자를 사랑했다. 사라는 일곱 번 결혼했는데, 일곱 번 다 그녀의 남편이 아스모데우스에게 살해당했다. 마지막에 그녀는 도빗의 아들 도비아스와 결혼했다. 그때 천사 라파엘이 도비아스에게 일러 결혼식 날 밤에 고기 창자를 구우라고 했다. 아스모데우스는 이 냄새를 맡자, 이집트의 극지로 도망쳐 그곳에서 천사에게 붙잡혔다.

사탄은 신세계가 펼쳐지는 광경 위에 서서 깊은 생각에 잠긴 채로
원시의 숲을 향해 서서히 나아간다.

이제 사탄은 생각에 잠긴 채 천천히 그 험하고 거친 산의 비탈길을 내려간다. 하지만 더 나아갈 길이 없다. 너무 무성하게 뒤얽혀 잇닿은 풀숲 같은 관목과 헝클어진 덤불의 낮은 숲이 사람이나 짐승이나 그 길을 지나는 모든 자를 가로막고 있었고, 거기에는 맞은편 동쪽을 향하여 단 하나의 문이 있다. 사탄은 그것을 보고, 정문을 무시하고 조소하면서 가볍게 한 번 껑충 뛰어 높은 담의 경계를 뛰어넘듯 곧장 안으로 들어갔다. 이를테면 굶주림에 쫓겨 먹이가 있는 새 장소를 찾아 헤매던 늑대가 저녁때 목자가 양 떼 가운데, 울이 있는 우리 속에 안전하게 몰아넣는 걸 보고서 그 울을 뛰어넘어 쉽게 우리 안으로 뛰어드는 것과 같았다. 또는 도둑이 어느 부유한 백성의 돈을 훔쳐내려고 마음먹고, 그 튼튼한 문이 단단히 빗장 질리고 쇠가 채워져서 침입할 틈이 없자, 창으로, 혹은 지붕으로 기어 올라가는 것처럼 최초의 대도적은 하나님의 우리에 올라갔고, 나중에 악덕 고용인(부패한 성직자들이 본분을 잊고 돈만 탐내는 것을 풍자)들도 교회에 그렇게 올라갔다.

그곳에서 위로 날아올라 생명나무(《창세기》 제2장 9절 참조), 한가운데 있는 제일 높은 나무 위에 가마우지처럼 내려앉았다. 하지만 그로써 참된 생명(성스런 의미에서의 생명)을 얻는 게 아니고, 살아 있는 자의 죽음을 궁리하면서 앉았을 뿐이다. 생명을 주는 그 나무의 위력은 생각하지 않고, 다만 널리 바라보기 위해서 이용할 뿐이니, 잘만 이용했더라면 영생이 보증되었을 텐데. 이렇게 하나님 한 분 이외엔 자기 앞의 선을 올바로 평가할 수 있는 자가 없고, 오히려 최선의 것을 최악의 것으로 남용하고, 또 아주 비천한 용도에 악용할 뿐이다. 지금 그는 눈 밑에 펼쳐진 새로운 기적을 본다.

좁은 땅에 펼쳐져 있는 풍요로운 자연, 아니 그 이상이라 할 수 있는 (초자연적 미) 지상의 천국이 인간 감각의 온갖 기쁨 앞에 펼쳐져 있다. 이 동산이야말로 에덴의 동쪽에 하나님이 만드신 축복의 동산이었다. 에덴은 그 경계선이 아우란(팔레스타인 북부 해안)으로부터 동쪽으로, 그리스 왕들(셀레우쿠스와 그 자손)이 세운 대도시 셀레우키아(티그리스 강가)의 왕 탑에 이르기까지, 또 그 옛날 에덴의 자손들이 살던 텔라살(에덴의 아들이 산 곳) 근처까지 뻗어 있었다. 이 즐거운 땅(에덴)에 하나님은 더욱더 즐거운 동산을 세웠다. 이 기름진 땅에서 보기 좋고, 향기롭고, 맛 좋은 온갖 고상한 나무들을 자라게 했다. 그 한가운데 생명나무가 서 있다. 두드러지게 키가 크고, 식물성 황금인 맛 좋은 열매가 주렁주렁 열리는 생명나무 다음에는 우리의 죽음인 지혜의 나무(선악의 지혜 나무)가 가까이 자라고 있다. 선의 지혜는 악을 알게 됨으로써 고가(高價)로 사게 되는 것이다.

남쪽으로 에덴을 지나 큰 강이 있는데, 그 물길을 바꾸지 않고, 땅 밑으로 스며들면서 나무가 우거진 산속을 지나 흘러간다. 하나님은 이 산을 낙원의 터로 내던져 급한 물결 위에 높이 일으켰다. 이 급류는 자연히 말라서 구멍 많은 지맥을 통해 끌려 나와 맑은 샘으로 솟아올라 수많은 시내가 되고 동산을 적신다. 거기에서 다시 모여 험한 숲 속으로 떨어져 침침한 수로에서 막 나타난 아랫물과 합쳐진다. 그리고는 네 줄기 주류로 갈라져 따로따로 흘러가, 여기선 말할 필요 없는 많은 이름 높은 나라며 지역을 누빈다.

만일 말할 재주가 있다면, 저 청옥(青玉)의 샘으로부터 잔물결 이는 시내가 어떻게 찬란한 진주와 황금 모래 위를 굴러 드리워진 그늘 밑을 빙빙 돌아다니며 감로수로 흐르면서, 나무들을 일일이 찾아가 낙원에 어울리는 꽃을 키울까? 이는 손재주를 부린 꽃밭이나 화단에 이루어진 원예가 아니고, 윤택한 자연이 아낌없이 쏟아내는 꽃이 만발하고 산과 골짜기와 들에는 아침 해가 비추고 햇빛이 안 드는 숲 그늘로 한낮에도 정자가 어두워지는 그곳은 각양각색의 경치가 어우러지는 행복한 전원지대이다. 무성한 나무들이 향유를 내뿜는 숲이 있고, 또 어느 숲에서는 단맛 풍기는 과실들이 황금 껍질로 빛나며 아름답게 매달려 있으니, 헤스페로스의 옛이야기가 사실이라면 바로 여기가 그곳이다. 그 사이에는 풀밭과 평평한 언덕이 있고 종려나무 동산 등이 여기저기 늘어서 있다. 그리고 물이 있는 골짜기의 화려한 무릎 위에는 여러 가지 꽃과 가시 없는 장미의 보고(寶庫)가 펼쳐져 있다. 저쪽에는 그늘진 동굴이 있는 서늘하고 아늑한 곳, 그 위에는 포도 덩굴이 덮여 자주색 포도알이 매달린 채 곱고 무성하게 뻗어 있다.

한편, 노래하듯 흐르는 물은 산비탈을 내려가며 흩어지거나, 또는 도금양(桃金孃)이 아름답게 우거진 기슭까지 내려가 수정같이 넘치는 호수에서 합쳐진다. 새들은 이에 합창으로 화답하고, 봄바람이 들과 숲의 향기를 풍기며 떨리는 나뭇잎을 어루만질 때, 만물의 판(그리스 신화의 목축의 신)은 우미(優美)와 계절을 춤으로 결합하려고 영원한 봄을 끌어들

낙원의 다채로운 면모를 지닌 복된 전원을 보고 심연의 지옥과 비교하며
더욱 복수심에 불타는 사탄의 모습이다.

인다. 저 페르세포네(그리스 신화의 명계의 여왕)가 꽃을 꺾다가, 자기 자신이 더 아름다운 꽃이었기에 음울한 하데스에게 꺾여, 데메테르에게 그녀를 찾으러 온 세상을 헤매는 고통을 준 저 아름다운 엔나(시칠리아의 도시)의 들판도, 또 오론테스(북 시리아의 큰 강) 강과 카스탈리아(다프네 숲 속에 있는 샘)의 영천(靈泉)가에 있는 저 다프네(아폴론이 사랑한 님프)의 아름다운 숲도 이 에덴의 낙원과는 겨룰 수가 없다. 또 이교도들이 암몬 또는 리비아의 제우스라고 불렀던 늙은 캄(노아의 아들), 아말테이아(어린 제우스의 유모)와 혈색이 좋은 젊은 아들 디오니소스(그리스 신화의 술의 신)를 계모 레아의 눈에서 감춘, 트리톤 강에 둘러싸인 저 니사 섬도, 또 아리시니아 왕들이 그 후손들을 지켰던 곳, 에티오피아의 적도 밑 나일 강의 근원 지대에 번쩍이는 바위로 에워싸여 하루의 여정이 되는 높이의(혹자는 이곳을 진정한 낙원으로 생각하기도 했지만) 저 아마라 산도 이 에덴 낙원에 비할 바는 못 된다. 아시리아의 동산에서 멀리 떨어진 이 동산에서, 사탄은 새롭고 기이하게 보이는 가지각색의 생물과 모든 기쁨을 무표정하게 바라보았다. 그중 지극히 고상한 두 모습(아담과 이브), 키가 크고, 마치 하나님처럼 꼿꼿한데다 알몸이지만 위엄 있는 그 몸에는 타고난 존귀함이 잊혀 있고, 그 신성한 얼굴에는 영광스러운 창조주의 모습, 진리와 예지, 엄격하고 순결한 성덕이 빛난다. 엄격하지만 자식으로서의 참된 자유에서 비롯된 그것은 인간의 진정한 권위의 원천(하나님으로부터 아들로서의 자유의사를 부여받음)이다. 물론 두 사람은 성(性)이 같지 않은 것처럼 똑같지는 않다. 남자는 사색과 용기를 위하여, 그리고 여자는 온유와 우아함을 위하여, 남자는 오직 하나님만을 위하여, 여자는 남자에게 나타난 하나님을 위하여 만들어졌다. 남자의 아름답고 넓은 이마(지력의 상징)와 숭고한 눈은 절대적 지배를 나타냈고, 히아신스와 같은 머리채는 갈라진 앞머리에서 탐스럽게 늘어져 씩씩해 보이나, 넓은 어깨 밑까지 이르지는 않았다. 그리고 여자의 꾸미지 않은 금발은 베일(미소년 히아신스의 머리채에 비유)과 같이 가는 허리까지 내려와 흐트러져 포도 덩굴의 덩굴손이 꼬부라지듯이 제멋대로 곱슬곱슬 파도를 친다. 이는 복종을 뜻하지만 점잖은 주권으로 요구되어 그녀가 자진해서 응하는 것이다. 수줍으면서도 공손하게, 정숙하면서도 떳떳하며, 우아하면서도 마지못한 듯, 마음 내키지 않는 듯 주저하며 정답게 응하며 남자를 극진하게 받아들인다. 그때는 신비로운 부분도 감추지 않고, 따라서 죄스러운 수치감도 없었다. 자연의 과업에 올바르지 못한 수치여, 죄가 빚어낸 부정한 치욕이여, 그대는 얼마나 순수해 보이는 외관만으로 인류를 어지럽히고 인생에서 그 가장 행복한 생활, 단순과 티 없는 청순을 쫓아냈던가.

　두 사람은 전라의 알몸으로 걷는다. 하나님의 눈도, 또 천사의 눈도 전혀 의식하지 않고, 악은 생각조차 하지 않기 때문에, 이렇게 그들은 서로 손잡고 걷는다. 일찍이 사랑의 포옹을 나누었던 그지없이 아름다운 한 쌍의 남녀, 그 후 그 아들로 태어난 남자 가운데서 가장 잘난 아담과 그 딸들 가운데서 가장 고운 하와. 푸른 풀밭에 속삭이며 서 있는 그늘 짙은 나무 밑, 맑은 생가에 그들은 앉는다. 그들의 즐거운 원예(園藝)의 노력이 시원한 바람을 더욱 상쾌하게 하고, 안락을 더욱 안

낙원의 골짜기에서 인류의 조상인 아담과 하와가 모습을 나타내는 장면이다.

락하게 하고, 건강한 갈증과 시장기를 만족하게 할 정도의 일을 한 후에 그들은 저녁 식사용 나무 열매를 먹기 시작한다.

갖가지 꽃으로 채색된 연한 솜털 같은 둑 위에 비스듬히 기대앉아, 야들야들한 가지에서 따 모은 달콤한 열매와 향기로운 과육(果肉)을 씹으며, 목이 마르면 그 껍질로 흘러넘치는 물을 떠 마신다. 조용한 대화, 사랑의 미소를 주고받으며, 그들 자신 외에 다른 사람이 없으니, 행복한 원앙의 연분 맺은 아름다운 짝으로서 어울리는 젊음의 희롱도 꺼리지 않고, 그 근처에서는 타락 이후 야생화된 모든 짐승, 산이나 들, 또는 숲이나 동굴에서 사냥 거리가 되는 온갖 짐승들이 뛰어논다. 사자는 장난에 취해 뒷발로 서서 앞발로 새끼 양을 어른다(인류 타락 이전의 동물). 곰이며 범, 표범은 두 사람 앞에서 뛰어놀고, 몸집 큰 코끼리는 그들의 흥을 돋우려고 온 힘을 다하여 그 유연한 코를 만다. 그 가까이에 교활한 뱀이 고르디우스의 매듭(알렉산더 대왕이 끊었다는 매듭)처럼 둥글게 몸을 틀고는 꼬리(간계의 상징)를 드러낸다. 다른 것들은 풀 위에 웅크리고 앉아 풀을 너무 많이 먹어 배부른지 않은 채 사방을 둘러보기도 하고, 자기 전의 반추(反芻)를 하기도 한다. 해는 기울어 서해의 섬(대서양에 있는 섬)들을 향해 빠른 걸음으로 줄달음질을 쳐가고, 솟아오르는 하늘의 저울대(하늘의 동반부와 서반부를 저울에 비유)에 저녁을 이끌어오는 별들이 올라오고 있으니, 처음이나 다름없이 쏘아보고 서 있던 사탄이 이윽고 끊겼던 말을 슬프게 다시 잇는다.

"아, 지옥이여! 이 처량한 눈에 보이는 저건 무엇인가. 우리의 축복의 자리에 이처럼 높이 드리워진 이질(異質)의 생물. 어쩌면 땅에서 난 것으로, 영체는 아니지만, 빛나는 하늘의 천사에 못지않으니, 경이로움에 내 마음이 끌려 저들을 질투할 정도로 사모할 지경이다. 저들에겐 하나님의 모습이 생생하게 빛나니, 저들을 만든 조물주가 저런 우아의 미를 그 모습에 쏟아부었구나. 아, 사이좋은 한 쌍이여, 그대들은 생각지 못할 것이다. 변화가 코앞에 다가와 이 모든 기쁨은 사라지고 슬픔의 손에 그대들이 던져지게 될 것을.

현재의 기쁨이 클수록 슬픔도 크리다. 행복하다 할지라도 방비 없으면 그 행복은 오래 계속되지 못하고, 이 높은 자리인 그대들의 하늘(빈약한 천국)에는 지금 침입해 들어온 그런 적을 막아낼 울타리는 없다. 하지만 나는 그대들에게 음모를 꾸미러 온 적은 아니니, 의지할 데 없는 그대들을 동정한다. 비록 나는 동정받지 못할지라도. 나, 그대들과 동맹을 맺어 정녕 친밀한 교재를 나누고자 한다. 이제부터 나는 그대들과 함께, 그대들은 나와 함께 살아야 하니까.

내가 사는 데(지옥)는 이 아름다운 낙원만큼 그대들 마음을 기쁘게 해주지 못하겠지만, 창조주가 지으신 것이니 용납한다. 그가 그것을 내게 주었으니 내 기꺼이 그대들에게 주겠다. 지옥은 그대들을 맞이하기 위하여 문을 활짝 열고 환영할 것이다. 이 좁은 지역과는 달리 그곳은 빈자리가 많으니, 그대들의 수많은 후손을 다 받아들이겠다. 만약 이곳보다 좋지 않거든 창조주에게 감사하라(역설적인 표현). 나를 해침으로써 나를 해치지 않은 그대들에게 마지못해 복수하게 한 그에게 내 비록 그대들의 죄 없는 순진성에 감동하긴 했지만, 정당한 공적인 이유, 즉 복수하여 이 새로운 세계를 정복함으로써 명예와 주권을 확장하려는 이유에 타락자라 할지라도 싫어할 그런 일을 하는 것이다.”

사탄은 이렇게 말하고 폭군의 핑계인 필연성을 내세워 자기의 악마적 행위를 변명한다. 이어서 그는 높은 나무 꼭대기에서 저 뛰어놀고 있는 짐승들 틈으로 내려선다. 사탄은 먼저 사자로 변신하여 다가간다. 다음에는 범이 되어, 숲에서 두 마리의 연약한 사슴이 노는 것을 우연히 보고 곧 가까이 다가가 웅크리고 앉았다가 다시 몸을 일으키며, 두 앞발에 하나씩 움켜쥘 수 있는 지점을 택하려는 것처럼, 감시의 몸 자세를 취한다.

그때 최초의 남자 아담이 최초의 여자 하와에게 말을 건네니, 사탄은 이 새로운 말을 들으려고 귀를 기울였다.

“모든 기쁨의 유일한 반려요, 또한 유일한 부분(이브는 아담 영혼의 일부)이여, 누구보다 사랑스러운 그대여, 우리를 만드시고, 우리를 위하여 이 넓은 세계를 만드신 하나님은 정녕 무한히 선하시고, 그 선에서 무한히 관대하고 자유로우시다. 그는 우리를 흙에서 일으켜(〈창세기〉 제2장 7절 참조) 여기 만복의 터전에 두시되, 우리는 그에게서 무엇하나 받을 만한 공로도 없고, 그분이 필요로 하는 어떤 것도 이루어 드릴 힘이 없소. 그분은 우리에게서 단 한 가지, 지키기 쉬운 명령을 지키는 것 외엔 다른 아무런 봉사도 요구함도 없으시다. 낙원의 갖가지 맛있는 열매 맺는 모든 나무 중에서 생명나무 곁에 심은 저 지혜의 나무만은 맛보지 말라는 그것. 생명 가까이에서 죽음이 자라니(이 지혜의 나무는 동시에 죽음의 나무이다), 죽음이 어떤 것이든 무서운 것만은 사실이오. 그대 잘 아는 바와 같이 그 나무를 맛보면 곧 죽으리라 하셨으니, 그것은 우리에게 주어진 권력과 지배, 그리고 땅과 하늘과 바다에 가득 찬 다른 모든 생물을 다스리는 많은 주권의 상징 가운데서 단 한 가지 우리의 순종을 바라는 표시(지혜의 나무 열매)요. 그렇다면 한 가지 지키기 쉬운 금령을 어렵게 생각할 것은 없소. 이렇게 자유롭게 만물을 마음껏 즐길 수 있고, 갖가지 기쁨을 제한 없이 택할 수 있는 몸이니. 우리는 늘 그를 찬양하고, 그 은혜를 칭송합시다. 자라는 이 나무들을 손실하고, 꽃을 가꾸는 우리의 즐거운 과업에 종사하며, 이는 괴롭겠지만 그대와 함께하면 즐거울 테니."

이에 하와는 이렇게 대답한다.

"아, 그대의 살 중의 살로부터 만들어졌으니(하나님이 아담의 갈빗대 하나를 취해 살로 채우시고, 여자를 만듦), 이 몸, 그대 없으면 무슨 보람으로 살겠습니까. 나의 안내자, 나의 머리여, 무슨 말씀을 하든 옳습니다. 우리가 누리는 모든 찬미와 나날의 감사는 실로 하나님의 은혜. 더욱 이 몸은 지극히 높고 뛰어난 그대를 향유(享有)하니, 그만큼 더 행복을 누리지만, 그대는 자신과 동등한 배필을 어디서도 찾지 못했습니다. 나는 이따금 생각합니다. 그날 잠에서 처음 깨어나 나무 그늘 밑, 꽃 위에서 쉬고 있는 나를 발견하고, 나는 무엇이고, 어디에 있고, 어디서 어떻게 그곳에 왔는가를 궁금했던 그날의 일을. 거기서 멀지 않은 곳에서 졸졸 흐르는 물이 동굴에서 나와 퍼지더니, 그곳에 멈춘 채 움직이지 않고 넓은 하늘처럼 맑게 괴어 있습니다. 나는 경험 없는 생각을 품고 거기로 가서 푸른 둑 위에 누워 맑고도 잔잔한 호수 속을 들여다보니, 그것은 또 다른 하늘처럼 보이더이다. 허리를 구부리고 보려 할 때, 바로 맞은편 번쩍이는 물속에 한 모습이 나타나 나를 보려고 허리를 구부리는 바람에 놀라서 물러서니, 그쪽에서도 놀라 물러섰고, 재미있어서 곧 되돌아오니 그에 응하는 동정과 사랑의 눈초리로 그도 또한 재미있게 돌아오더이다. 만일 다음과 같은 경고의 목소리가 없었더라면, 나는 이제까지 거기에만 눈을 떼지 못하고 헛된 그리움에 애탔을지도 모릅니다.

그대가 보는 것, 거기서 그대가 보는 것은, 아름다운 자여, 곧 너 자신이니 그것은 그대를 따라오고 가리라. 그러니 나를 따르라, 그림자 아닌 것이 그대에게 다가옴을, 그리고 그대의 따뜻한 포옹을 기다리는 곳으로 인도할 테니. 그대는 그의 영상(映像)이니, 떨어짐 없이 그를 그대의 것으로 향유하여 즐길지어다. 그에게 그대 닮은 무리를 낳아 주어라. 그로 말미암아 그대는 인류의 어머니라 일컬어지게 되리라(아담이 그 아내를 하와라 이름 하였으니 그는 모든 산 자의 어미가 됨이다). 눈에 보이진 않았지만, 그 소리에 이끌려 곧장 따라갈 수밖에. 이윽고 플라타너스 밑에서 나는 아름답고 키가 큰 그대를 보았습니다. 하지만 저 고요한 물에 비쳤던 영상보다는 아름답지도, 매력 있게 우아하지도, 사랑스럽고 부드럽지도 않은 것 같습니다. 내 돌아서자 그대는 뒤쫓으며 크게 소리

호기심 많은 하와가 거울처럼 비춰주는 샘가에서
자신의 모습을 최초로 보며 신기해하는 모습이다.

쳤습니다. '돌아오라, 아름다운 하와여, 누굴 피하는가. 그대는 그 피하는 자에게 속하였으니, 그의 살이요 그의 뼈로다. 그대를 있게 하려고, 나는 심장에서 가장 가까운 옆구리에서 실질적인 생명을 주었고, 장차 그대를 나눌 수 없는 귀여운 위안자로서 내 영의 한 부분으로서 그대를 찾았으니, 그대를 나의 반신이라 부르리라.' 이렇게 말하며 그대는 부드러운 손으로 내 손을 잡으매 나는 따랐고, 그때부터 사나이다운 품위와 지혜가 아름다움보다 우월하고 그것이야말로 참된 아름다움임을 깨달았습니다."

우리 인류의 어머니는 이렇게 말하고 나무랄 데 없는 아내로 매력과 온유한 순종의 눈으로 그를 반쯤 껴안으며, 우리 최초의 아버지에게 기대니, 그녀의 부푼 젖가슴이 반쯤 드러난 채로 그의 가슴에 살짝 닿는다. 풀어 늘어뜨린 머리채의 황금빛 흐름 밑에 가려진 채. 그는 그녀의 아름다움과 순종의 매력에 기뻐하며, 우월한 사랑으로 미소를 짓는다. 마치 주피터(그리스 신화의 제우스)가 5월에 꽃피우는 구름을 잉태케 하고서 주노(그리스 신화의 헤라)에게 미소를 짓듯이. 그는 아내의 입술에 순결한 키스를 퍼붓는다. 사탄은 부러워서 고개 돌리면서도, 악의에 찬 질투의 곁눈질로 그들을 힐끗 보며 혼자 이렇게 푸념한다.

"꼴도 보기 싫다, 눈 뜨고 못 보겠어! 이렇게 둘이서 얼싸안고 최상의 행복을 누리며 그 복된 낙원과 축복을 거듭하여 마음껏 즐기는데, 나는 지옥에 떨어져 기쁨도 사랑도 모르고 다만 불같은 욕망, 늘 충족되지 않은 상태에서 그 어떤 고통 중에서도 가장 심한 욕망의 고통에 애탈 뿐, 하지만 저들의 입을 통하여 들은 말을 잊지 마라. 모든 것이 저들의 것만은 아닌 듯하다. 지혜의 나무라 불리는 한 치명적 나무가 있어 저들이 맛보지 못하도록 금하고 있다. 지혜를 금한다고? 참으로 야릇하고 조리에 맞지 않는 소리다. 그들의 주는 왜 그것을 아까워할까? 아는 것이 죄일 수 있으며, 또 그것이 죽음이 될 수 있을까? 그러면 저들은 다만 무지로만 살아가는 것일까? 그게 행복한 상태이며, 그들의 순종과 신앙의 증거일 수 있을까? 아, 저들이 파멸에 이를 훌륭한 토대다! 이제부터 저들의 마음을 충동질하여 점점 더 알고 싶게 하고, 질투에 찬 주의 명령을 거슬리게 하라. 많은 것을 알면 신들과 내등하게 될까 우려하여 저들을 낮은 위치에 두고자 계획한 그 명령을. 신처럼 되기를 열망한 나머지 저들이 그걸 맛보고 죽을 것은 불을 보듯 뻔한 일. 하지만 우선 이 동산을 돌아다니며, 자세히 살피고 구석구석 탐지해야겠다. 어쩌다 운이 좋아 샘가, 또는 으슥한 나무 그늘에서 산책하는 하늘의 천사라도 만나면, 더 알아야 할 이야기를 그에게서 듣게 될지도 모른다. 살 수 있는 대로 살아라. 행복한 한 쌍이여. 즐겨라, 내 돌아올 때까지. 기쁨은 짧고 앞으로 오랜 슬픔이 따를 것이다."

이렇게 말하고 사탄은 주위를 둘러보며 비웃듯 거만한 발걸음을 돌려 배회하기 시작한다. 숲을 지나 황야를 건너, 산을 넘고 골짜기 넘어. 그때 하늘과 땅이 대양에서 맞닿는 곳에 지는 해가 천천히 내려가더니, 낙원의 동쪽 문 바로 정면을 향하여 저녁 빛을 던진다. 그 문은 구름이 있는 데까지 첩첩이 쌓아 올려진 석고의 바위로, 멀리서도

아담과 하와가 부끄럼 없는 알몸으로 서로 키스하는 장면이다.

뚜렷하게 보이는, 땅에서부터 시작되는 한줄기 구불구불한 길이 높은 입구까지 뻗어 있다. 그 밖에는 모두가 기암절벽 위로 갈수록 차츰 험해져 오르기가 어렵다. 이 바위기둥들 사이에 수호천사 가브리엘(사탄과 싸운 천군의 천사)이 앉아서 밤을 기다리고 있다.

그의 옆에는 무장하지 않은 하늘의 젊은이들이 용감한 경기를 하고, 아주 가까이에는 방패, 갑옷, 창 등 하늘의 병기가 금강석과 황금빛으로 빛나며 높이 걸려 있다. 그때 우리엘이 그곳으로 온다. 햇빛을 타고 저녁 하늘을 미끄럼질 쳐서, 그 빠르기는 마치 가을밤에 유성이 지나가듯 불타는 수증기가 하늘에 새겨져 나침판의 어느 쪽에서 무서운 바람을 조심해야 하는가를 선원에게 보여줄 때와 같다. 그는 급히 이렇게 말한다.

"가브리엘이여, 추첨 결과 그대 차례가 되었으니 이 복된 곳에 악한 자가 접근하거나 들어오지 못하도록 책임지고 엄중히 감시하도록 하오. 오늘 한낮에 내 구역에 한 천사가 왔었는데, 그는 전능자의 창조물, 특히 하나님의 최근 형상인 인간에 대하여 열렬하게 알고자 하는 듯했소. 황급히 서두르는 듯한 그의 행로를 가르쳐주고, 그 가벼운 걸음걸이를 지켜보았는데, 에덴 북쪽에 있는 산에 처음 내려서자, 그 용모가 하늘에서는 볼 수 없는 추한 격정으로 흐려짐을 곧 간파했소. 내 눈은 계속 그를 좇았지만, 그늘 밑에서 그만 놓치고 말았소. 추방된 무리 가운데 하나가 새로운 소요를 일으킬 생각으로 심연을 뛰쳐나와 모험에 나선 듯하니, 주의하여 그를 찾구려."

낙원을 수호하는 가브리엘 천사와 천사장 우리엘이
사탄의 흔적을 찾기 위해 논의하는 장면이다.

이에 천사장 가브리엘이 이렇게 대답한다.

"우리엘이여, 눈이 부신 태양 한복판에 앉아서 그대의 완전한 눈이 멀리 또 넓게 보는 건 조금도 이상한 일이 아니오. 그러나 여기 파수가 있으니 하늘에서 온 잘 아는 자가 아니고는 아무도 이 문으로 들어갈 수 없소. 그런데 정오 이래 거기서 온 자는 아무도 없었소. 만일 다른 종류의 천사가 그런 마음을 먹고 일부러 이 흙담을 뛰어넘었다면, 그래도 알다시피 물질의 장벽으로 영체를 막아내기는 어려울 일이오. 하지만 혹시 이 순찰 구역 안에 그대가 말한 그자가 어떤 모양으로든 숨어 있다면 내일 새벽까지는 찾아내리다."

이렇게 말하니 우리엘은 자기 임무를 위해 찬란한 빛을 타고 돌아섰다. 그 빛의 끝이(지평선 밑) 어느덧 아조레(에덴동산 서편에 있는 아홉 섬) 밑으로 가라앉은 태양으로 비스듬히 그를 실어 내린다. 천구(天球)의 수령이 받을 수 없을 만큼 빨리 낮 동안에 그리로 회전하여갔는지, 그렇지 않으면 이 느린 지구가 쉽게 동쪽으로 날아와, 거기에 태양을 남겨놓고 그 서쪽 옥좌에서 시중드는 구름이 자줏빛 또는 황금빛 반사로 꾸미고 있는지. 이제 고요한 저녁이 다가오니, 잿빛 황혼은 그 거무스름한 옷자락으로 만물을 감싼다. 이에 뒤따르는 정적. 짐승과 새들이 각기 하나는 풀 자리로, 하나는 홰로 숨어든다. 잠 안 자는 나이팅게일 이외에는 모두가 밤새도록 사랑의 노래를 불러대니, 정적은 이를 기뻐한다. 이제 창궁은 생생한 청옥으로 불타오른다. 별의 무리를 이끄는 헤스페로스(금성)가 찬연히 떠오르고, 달은 위풍을 구름에 감싼 채 올라와서 마침내 뚜렷한 여왕으로서 비할 데 없는 빛을 내쏘며 어둠 위에 은빛 외투를 내던진다.

그때 아담이 하와에게 말한다.

"아름다운 반려자여, 때는 밤, 만물은 이제 물러가 쉬니, 우리도 쉬도록 합시다. 하나님은 인간에게 노동과 휴식을 밤과 낮처럼 계속하게 하셨으니. 때맞춰 찾아드는 잠의 이슬이 지금 살며시 졸음의 무게를 가지고 내려와 우리의 눈꺼풀에 매달리오. 다른 생물들은 온종일 하는 일 없이 헤매니 많은 휴식이 필요 없을 거요. 우리에게는 날마다 해야 하는 몸과 마음의 일이 있어, 거기에 그 위엄을 나타내고, 그의 모든 일에 대한 하나님의 관심이 나타난다오. 그러나 다른 동물들은 일하지 않고 헤매니, 그 하는 바를 하나님께서 돌보시지 않으리라. 내일 새 아침이 동녘에 떠오르는 첫 햇살로 물들이기 전에, 우리는 일어나 즐겁게 일하여 저쪽 꽃나무들과 또한 한낮이면 우리가 거니는 저쪽 푸른 오솔길을 손질합시다. 그 산책길엔 가지들이 무성하여 우리가 손대지 않음을 비웃으니, 그 제멋대로 자란 나뭇가지들을 치는 데 더 많은 손이 필요하오. 또한, 저 꽃들, 저 흘러내리는 수액들도 눈에 거슬리도록 보기 싫게 흩어져 있으니 편안한 산책을 위해서는 없앨 필요가 있소. 그때까지는 자연의 뜻을 좇아 밤에 쉬도록 합시다."

완전한 아름다움으로 돋보이는 하와가 아담을 향해 이렇게 말한다.

"나를 만들고, 또한 나를 다스리는 자여, 그대 명령이라면 무엇이든 말없이 따르겠습니다. 하나님이 그렇게 정하셨으니, 하나님은 그대의 율법, 그대는 나의 율법, 그 이상 알지 못함이 여자의 가장 행복한 지식, 그리고 영예. 그대와 함께 있으면 시간도 계절도 그 변화도 다 잊고, 아침이나 저녁이나 한결같이 기쁠 뿐, 아침의 숨결이 향기롭고 상쾌합니다. 이른 새소리를 따라 밝은 아침은 기쁩니다. 태양이여, 그 눈이 부신 빛이 즐거운 이 땅에, 이슬 맺혀 반짝이는 풀과 나무와 과실과 꽃에 펼쳐질 때 향기롭습니다. 부슬비 내린 뒤의 기름진 대지여, 아름답습니다. 다가오는 즐겁고 다정한 저녁, 그리고 고요한 밤, 이 밤에 노래하는 장엄한 새와 아름다운 달, 그리고 하늘의 보석들과 별들의 행렬, 하지만 이른 새소리를 따라 동트는 아침의 바람도, 이 기쁨의 땅에 솟아오르는 태양도, 이슬로 반짝이는 풀과 과실과 꽃도, 비 그친 후의 향기도, 아니 즐겁고 다정한 저녁도, 고요한 밤도, 이 밤에 우는 장엄한 새도, 달빛 아래의 산책도, 또 반짝이는 별빛도, 그대가 없으면 아름답지 못합니다. 그런데 이 모든 것은 왜 밤새도록 빛날까요. 만물이 다 잠든 이때, 이 영광스러운 광경은 누구를 위한 것일까요?"

우리 온 인류의 조상(아담)이 그녀에게 대답한다.

"하나님과 인간의 딸인 완전한 하와여, 저 별들은 지구를 돌아 내일 아침까지 달려야 할 여정이 있소. 그래서 차례차례 이 땅에서 저 땅으로 아직 태어나지 않았으되 백성에게 예비된 빛을 주면서 뜨고 지는 것이오. 아니면 완전한 어둠이 밤을 타고 그 옛 영토를 다시 회복하여 자연과 만유의 생명을 멸망시킬 거요. 이 부드러운 불은 밝음을 줄 뿐아니라, 여러 가지 효력이 있는 천연의 열기로써 익게 하고 따뜻하게 하며 키우고 기르고, 또 땅에서 자라는 온갖 생물에게 다소 별의 효력을 쏟아부어, 강력한 햇빛을 받아 완성에 이르기 쉽게 해준다오. 그러니 비록 깊은 밤에 그 별들이 보이지 않는다고 해도 헛되이 빛나는 것이 아니오. 그리고 사람이 없다고 해서 하늘을 보는 자 없고, 하나님을 찬미하는 자 없다고는 생각지 말아야 하오. 수천만의 영물들, 형체는 보이지 않지만, 땅을 걷고 있소. 우리가 깨었을 때나 잘 때나, 그들은 모두 밤낮을 가리지 않고 하나님의 위업을 보면서 끊임없이 찬미하고 있소. 메아리치는 험준한 산이나 우거진 숲에서 밤하늘에 우리는 천상의 목소리가 홀로, 또는 서로 가락을 맞추어 창조주를 노래하는 걸 우리는 얼마나 자주 들었던가. 종종 파수에 임할 때나 야간순회 때, 천상의 묘음(妙音)이 울리는 악기에 화음의 가락에 맞추어 부르는 그들의 노랫소리는 야경 교대 시각을 알리고, 우리 생각을 천상에까지 끌어 올려 준다오.”

　이렇게 말하고 그들은 손에 손을 잡고 단둘이 축복의 정자로 나아간다. 이곳은 창조주께서 인간이 즐겁게 이용하도록 만물을 지으실 때 택하신 장소로 그늘 짙은 지붕은 월계수, 도금양, 그것들보다 한창 높이 자라서 향기롭고 단단한 잎이 붙은 나무들로 짜서 만들었고, 그 양쪽에는 아칸서스와 향기로운 관목의 덤불이 푸른 담장을 이루고, 여러 가지 색의 붓꽃, 장미 등 아름다운 꽃들이 그 사이에서 제각기 그 화사한 머리를 치켜드니 모자이크 같고, 발아래에서는 제비꽃, 크로커스, 히아신스 등이 화려한 꽃무늬로 땅을 수놓으니, 아주 값진 보석

무늬보다 더 다채롭다. 길짐승, 새, 곤충, 연충 등 다른 생물들은 감히 여기에 오지 않는다. 인간을 두려워하기 때문이다. 이렇게 신성하고 또 후미진 곳에 있는 그늘진 정자에서는 비록 지어낸 얘기이지만 판(그리스 신화의 목신)이나 실바누스(로마 신화의 숲의 신)도 잠잔 일이 없다. 이 아늑한 곳에 꽃과 꽃다발, 향기로운 풀로써 신부 하와는 처음으로 그 신방을 꾸몄고, 하늘의 합창대는 신혼가를 불렀다.

이날 결혼의 천사는 신들로부터 온갖 재능을 부여받은 판도라(그리스 신화의 최초의 여성)보다 더 사랑스럽고, 아름다운 알몸의 그녀를 우리의 조상들에게로 데리고 왔다. 그런데 슬픈 결과가 어쩌면 이렇게 닮았을까, 판도라가 전령의 신 헤르메스에게 이끌려 제우스가 비장했던 불을 훔친 자(프로메테우스)에게 복수하려고 그 아름다운 얼굴로 인류(에피메테우스)를 유혹하였을 때와 비슷했다. 이리하여 그늘진 숙소에 이른 두 사람은 서서 하늘을 예찬한다. 창공 아래에서 지금 보는 하늘과 공기와 천지, 그리고 찬란한 달의 구체, 별의 세계를 만드신 하나님에게 찬양한다.

"당신은 또한 밤을 만드셨나이다. 전능의 창조주여, 그리고 또한 낮도. 우리는 정해진 과업에 종사하여, 당신이 내려주신 우리의 행복의 절정인 서로의 도움과 서로의 사랑 속에 오늘 일도 기쁘게 마쳤나이다. 이 즐거운 장소도 우리 두 사람에겐 너무 넓고, 당신의 풍요는 참여하는 자들이 없어서 거두지 않은 채 그냥 땅에 떨어져 버렸습니다. 그러나 당신은 지상을 가득 채울 인류가 우리 두 사람에게서 태어날 것을 약속하셨으니, 잠에서 깨었을 때나, 지금처럼 당신의 선물인 잠을 원하고 있을 때나 그들도 우리와 함께 당신의 무한한 선을 찬양하옵니다."

입을 모아 이렇게 말하고, 그들은 하나님께서 가장 기뻐하시는 순수한 찬송 외엔 아무런 의식도 지키지 않고, 손을 맞잡고, 가장 구석진 정자 안쪽으로 들어가 우리가 입는 이 거추장스러운 옷을 벗을 필요도 없이 즉시 나란히 눕는다. 생각건대, 아담도 그 아름다운 아내를 마다하지 않고, 하와도 부부애를 나타내는 신비한 의식을 거절치 않았다. 하나님이 순결하다고 선언하고, 어떤 자에겐 명하고 그 밖의 모두에겐 자유로 개방하신 것을 깨끗지 못하다고 중상하는 위선자들, 순결이며 장소(낙원)며 순진함에 대하여 엄격하게 말할 테면 하라. 우리의 창조주가 번성을 명하시는데, 하나님과 인간의 적인 파괴자가 아니면 누가 금욕을 명하겠는가.

복되도다, 부부애여, 신비한 법칙이여, 인류 자손의 참된 근원이여, 만물의 기타 모든 공통사 중 낙원 특유의 자산이여, 그대로 인하여 음욕은 인간에게서 쫓겨나 짐승들 사이에서 방황하게 되었고, 이성에 바탕을 둔 충성되고 바르고 깨끗한 그대로 인해 다정한 부부 관계와 아버지, 아들, 형제 사이의 모든 애정이 비로소 알려지게 되었다. 그대를 죄니 치욕이니 부르고, 거룩한 장소에는 어울리지 않는다고 생각한 일은 꿈에도 없다. 그대는 가정적 쾌락의 영원한 샘, 그 침상은 지금이나 과거나, 성자와 족장들이 말한 것처럼 더럽혀지지 않고 깨끗하다. 여기 사랑은 황금 화살을 들고, 꺼지지 않는 등(그리스 신화의 혼인의 신의 등불)을 켜고, 보랏빛 날개를 펴고, 이곳을 지배하며 흥겨워한다. 사랑도 없고 기쁨도 없고, 정도 없는 매춘부의 일시적 향락엔 그런 것이 없다. 또 궁중의 정사나(찰스 2세의 간접적인 비난) 남녀의 혼무(전형적인 음풍(淫風)이나 음탕한 가면극(궁중의 연회에서 성행), 음란한 가면극, 사랑에 굶주린 애인이 거만한 미녀에게 부르는 조롱 받아 마땅할 소야곡(여인의 창 아래서 부르는 노래)에도 그런 것이 없다. 두 사람은 나이팅게일의 자장가 속에서 포옹하고 잔다. 그 홀랑 벗은 팔다리에 꽃 지붕에서 장미가 쏟아져 내리니, 아침이 그것을 정리한다. 편히 잠들라, 복된 부부여. 만일 이 이상의 행복을 구하지 않고, 더는 알고자 하지 않는다면, 가장 행복하리라.

밤은 이미 원추의 그림자(태양광에 투영되는 지구의 그림자)를 거느리고 이 거대한 달 밑 하늘 언덕길 중턱에 이르렀다. 상아(象牙)의 문에서 케루빔들이 정한 시각에 나와 파수에 임한다. 군의 진용을 갖추고 무장한 채. 그때 가브리엘은 부관(副官)에게 이렇게 말한다.

"우지엘(하나님의 세력), 순찰대의 절반을 이끌고 가서, 엄중히 남쪽을 감시하라. 나머지는 북쪽으로 돌라, 우리 서로 돌아 정서(正西)에서 만나자."

번개와 같이 갈라져, 그들은 반은 방패 있는 쪽으로, 반은 창이 있는 쪽으로 돈다. 그들 중에서 가까이 서 있던 힘세고 예민한 두 천사를 불러 이렇게 임무를 맡긴다.

"이두리엘(신의 발견)과 제폰(탐색)은 나는 듯이 빨리 이 동산을 탐색하하라. 한구석도 빠뜨리지 말고, 특히 저 아름다운 두 사람이 지금쯤 편안히 잠들어 있을 곳을. 오늘 저녁 해 떨어지는 곳에서 온 자가 말하기를, 지옥의 천사가 이쪽으로 향하는 걸 보았다고 한다. 누가 감히 생각이나 했으랴. 말할 것도 없이 악한 사명을 띠고 지옥의 관문을 벗어났겠지. 그런 자를 보면 단단히 붙들어, 이리로 끌고 오라."

이렇게 말하고 그는 달빛도 눈부시게 찬란한 대열을 이끌고 간다. 두 천사는 곧장 목표로 하는 자를 찾으려고 정자로 향한다. 정자에 도착한 그들은 잠자는 하와의 귓전에 두꺼비처럼 엎드린 채 악마다운 술책으로 그녀의 상상 기관(器官)에 접근하여, 제 마음대로 환영과 환상과 꿈을 불어넣는 사탄을 발견한다. 그는 또 독기를 불어넣어, 맑은 강물에서 연한 수증기가 오르듯이 맑은 피에서 솟아나는 혈기(동물적 영)를 더럽히고, 그리하여 적어도 어지럽고, 불만스러운 생각, 헛된 희망과 헛된 목적, 교만을 낳는 자부심으로 지나친 욕망을 불러일으키고자 한다. 이렇게 열중해 있는 그를 발견한 이두리엘은 창으로 건드린다. 이는 어떠한 거짓도 하늘의 불에 담금질 된 그 창에 닿으면 반드시 본연의 모습으로 돌아간다. 사탄은 발각되자 놀라서 뛰어 일어난다. 마치 소문으로 떠도는 전쟁에 대비하여 화약고에 저장하고자 큰 통에 넣어둔 화약 더미(악마의 무기) 위에 불꽃이 떨어지면, 갑자기 불길이 퍼져 대기가 벌겋게 타오르는 것과도 같다. 이렇게 사탄은 악마의 본 모습을 드러내며 껑충 뛰어 일어난다. 느닷없이 무서운 이 마왕을 보자, 그 아름다운 두 천사는 놀라며 뒤로 물러선다. 그러나 두려워하지

케루빔의 천사 제폰과 이두리엘이 사탄을 찾기 위해 탐색하는 장면이다.

않고 곧 그에게 말한다.

"너는 지옥에 떨어진 반역 천사 가운데 그 누구이기에, 감옥에서 벗어나 여기까지 왔느냐? 또한, 모습을 바꾸고 마치 매복한 적처럼 여기 잠자는 자의 머리맡에서 감시하며 앉아 있는 건 무슨 까닭이냐?"

그러자 사탄은 조소하듯 말했다.

그래, 날 모르겠는가? 일찍이 그대들 동배(同輩)가 아니었고, 그대들이 감히 올라오지 못할 자리에 앉아 있던 나를 모른다는 건 그대들 자신이 이름 없다는 것을(출중한 사람들은 서로 알아본다는 뜻) 폭로하는 것이니, 무리 중에서 제일 하찮은 자로다. 또 혹 안다면, 왜 쓸데없이 끝나고 말 것을."

제폰은 경멸을 경멸로써 응대하여 그에게 대적한다.

"생각지 마라, 반역의 천사여. 네 모습이 옛날과 같고, 광채도 여전하여 단정하고 맑게 하늘에 섰을 때처럼 인정받으리라고는. 그때의 그 영광은 네가 선에서 떠났을 때 네게서 떠난 것이다. 이제 너는 마치 어둡고 더러운 처형의 장소를 닮았다. 그러나 자, 우리를 보낸 분에게 가서 네가 여기 온 목적을 자세히 설명하라. 나의 임무는 이곳에의 침범을 막고, 이 두 사람(아담과 하와)을 편히 보호하는 것이다."

케루빔 천사가 이렇게 말하니, 젊고 아름다우면서도 엄하고 또 묵직한 그 힐책의 위엄은 꺾을 수 없는 매력을 더해준다. 사탄은 겸연쩍게 서서, 선이 얼마나 아름다운가를 본다. 그 모습을 보면서 그는 자신의 타락을 한탄한다. 특히 자기 영광이 눈에 보이게 소멸한 걸 알고서 용기를 잃지 않으려 말한다.

"만일 싸워야 한다면, 지고자, 즉 보내진 자가 아니고 보낸 자와 싸우는 것이 최선이다. 아니, 다 함께 오라. 영광이 더하면 더했지, 손실은 적을 테니까."

이에 담대한 제폰이 말한다.

"네 두려워함을 보니, 굳이 싸울 필요도 없다. 최약자라도 악하기에 약한 너에게 대항하여 혼자 싸울 수 있지만."

사탄은 격분을 이기지 못하여 입을 다문다. 그러나 고삐에 매인 사나운 말이 재갈을 씹으며 가듯이 거만하게 간다. 싸우는 것도 또 도망치는 것도 부질없음을 그는 안다. 다른 것에는 겁내지 않던 그의 용기가 하늘의 외경에는 질린다. 이제 그들이 서쪽 지점에 이르니, 거기에는 두 패로 나뉘어 반원의 순찰을 마친 파수병들이 막 만나 한 부대로 합류하여 선 채 다음 명령을 기다린다. 대장 가브리엘은 정면에서 그들을 향해 큰소리로 외친다.

"오, 동지들이여, 나는 이쪽으로 달려오는 급한 발걸음 소리를 들었고, 지금은 이두리엘과 제폰이 나무 그늘을 지나오는 것을 얼핏 보았다. 그들과 함께 오는 또 다른 자는 왕자의 풍채인데, 광채가 시들어 희미하고 걸음걸이며 사나운 태도로 보아 지옥의 왕인 듯(가브리엘은 숲속으로 오고 있는 사탄의 모습을 알아본다) 하오. 그 얼굴에는 도전의 기색이 역력하오."

그 말이 미처 끝나기도 전에 두 천사가 다가와, 짤막하게 그들이 데려온 게 누구고, 어디서 발견했고, 그가 어떤 자세로 웅크리고 있었나를 말한다. 가브리엘이 엄한 얼굴로 말한다.

"사탄이여, 대담하게도 이곳을 침범한 그대를 심문할 힘과 권리가 있다. 그대는 하나님이 축복으로 여기 마련한 그 두 사람의 거처를 무슨 이유로 침범할 작정이었느냐?"

사탄은 멸시하는 눈초리로 이렇게 말한다.

"가브리엘, 그대는 하늘에서 총명하다고 평판이 높았고, 나 역시 그렇게 생각했다. 그런데 이런 질문을 하니 이해할 수가 없구나. 세상에 고통을 좋아하는 자가 어디 있나. 길이 있는데 지옥을 벗어나려 하지 않을 자 있겠는가? 비록 정죄를 받아 거기에 떨어졌다 해도? 그대 자신도 분명히 어디로나 가보려고 할 것이다. 고통을 벗어나 아주 멀리, 고통을 안락으로 바꿀 수 있고, 슬픔을 기쁨으로 보상할 희망이 있는 곳으로. 그걸 나는 여기서 찾았다. 선만 알고 악을 경험해 본 일 없는 그대는 이것을 이해할 수 없으리라. 우리를 얽어맨 자의 의사를 들어 그대 항변하려는가? 우리를 그 음침한 감옥에 머무르게 하려거든, 그 철문이나 더 단단히 잠그려무나. 이만하면 그대 물음에 충분한 대답이 될 것이다. 나머지는 모두 사실로, 나는 저들이 말한 곳에 있었다. 그러나 폭행을 하거나 해를 끼칠 뜻은 전혀 없었다."

사탄이 비웃는 말을 마치자, 용감한 천사는 노하여 반쯤 경멸의 미소를 지으면서 이렇게 꾸짖는다.

"아, 사탄의 타락 이후 하늘에는 현명을 판단할 자 없단 말인가, 어리석음이 그를 넘어뜨렸는데, 지금 또 감옥을 탈출하여 지옥의 지정된 경계를 뛰어넘어 허락도 없이 이곳까지 온 그 대담함을 나무라는 자의 현명을 이렇게 깊이 의심하니. 무슨 수를 쓰든 고통을 피해 형벌에서 도망치는 게 현명하다고 판단한 것인가? 언제까지나 그렇게 판단하라, 무엄한 자여, 달아남으로써 초래되는 노여움이 일곱 배나 되어 달아나는 너와 싸우고, 자극받은 무한한 노여움에 비길 만한 고통이 없다고 네게 가르쳤어야 할 그 지혜를 쳐서 지옥에 되돌려보낼 때까지. 그건 그렇고 왜 혼자냐? 왜 모두 너와 함께 지옥에서 탈출하지 않았느냐? 그들에겐 고통이 적었더냐, 아니면 도망칠 정도가 아니었더냐? 혹은 네가 그들보다 참을성이 적더냐? 용감한 수행이여, 고통에서 탈출한 제일인자, 네가 이 탈출의 이유를 버리고 온 무리에게 말했더라면 정녕 너 혼자 빠져나올 수 없었으리라."

사탄은 무섭게 상을 찡그리고 그 말에 대답한다.

"내가 참을성이 없는 것도, 또 고통을 두려워한 것도 아니다. 무례한 천사여, 그대는 잘 알리라, 내가 그대의 최강의 적이었던 사실을. 일제히 폭발하는 우레가 그대를 도와 전속력으로 진격하여, 그것 아니면 겁낼 것 없는 그대의 창을 지원했던 그 싸움에서. 하지만 여전히 분별없는 그대의 말은 심한 시련과 과거의 실패를 경험한 후에(한번 실패한 지도자는 부하를 위험에 빠지지 않게 위험을 스스로 시험해 보아야 한다는 말), 충실한 지도자라면 마땅히 자신이 겪어보지 않은 위험한 길로 전군을 몰아넣어선 안 된다는 것을 모르고 있음을 드러낸다. 따라서 나는 먼저 혼자서 황막한 심연을 날아, 지옥에서는 소문도 요란한 이 새로 창조된 세계를 엿보고자 계획한 것이다. 여기서 조금 더 나은 거처를 찾아, 고통받고 있는 부하들을 이 지상이나, 또는 중천(中天)에 정착시킬 희망을 품고 점령을 위해서는 어쩔 수 없이 다시 한번 그대와 그대의 아름다운 천사들과 일전을 치러야 하겠지만. 그대들의 편한 길은 하늘 높은 곳에서 주를 섬기고, 노래로써 그의 보좌를 찬양하고, 익히 아는 거리(윗사람에 대한 예의로 항상 습관적으로 취하는 거리)에서 굽실거리는 일이지 싸우는 건 아니다."
그에게 용맹스러운 천사는 곧 대답한다.

"처음에는 약은 채 고통을 피한 것처럼 말하더니, 다음엔 엿보러 왔다고 방금 한 말을 뒤집는 것은 지도자가 아니라 꼬리를 드러낸 거짓말쟁이가 틀림없구나, 사탄. 그러면서 충실하다고? 아, 그 이름, 충실이라는 그 거룩한 이름을 더럽혔다! 누구에게 충실인가? 너의 반역 도당들에게? 악마의 군대여, 그 몸에 그 머리다. 부정할 수 없는 지고의 권위에의 순종을 깨뜨리는 것이 너희의 무인적(武人的) 충실이냐? 그리고 너, 교활한 위선자, 이제 자유의 수호자인 체하는 자여, 일찍이 누가 너보다 더 아첨하고, 굽실거리고, 두려운 하늘의 군주를 노예처럼 숭배했더냐? 그이를 쫓아내고 네 자신은 왕이 되려는 생각이 아니고 무엇이냐? 하지만 이젠 내 충고를 듣고 물러가라. 네가 빠져나온 그곳으로 날아가라. 만일 다시 이 성스러운 구역 안에 나타난다면, 사슬로 묶어 지옥의 심연에 끌고 가서 가두어놓고, 이후로 다시는 네가 지옥의 문이 너무 허술하게 잠겨 쉽게 움직일 수 있다고 비웃지 못하도록 할 것이다."

이렇게 위협했지만, 사탄은 거기에 조금도 개의치 않고 더욱 분을 돋우면서 대답한다.

"내가 포로가 되었을 때나 사슬이니 뭐니 말하라. 오만한 변경 지기 케루빔이여. 하지만 그 전에 훨씬 무거운 짐을 내 이 힘센 팔로부터 받을 것을 각오하라. 비록 하늘의 왕이 그대 날개를 타고, 그대는 멍에에 길들여진 동료와 함께 그의 영광의 수레를 끌고 별을 깔아놓은 천국의 길을 전진하여 갈지라도 말이다."

그가 이렇게 말하는 사이에 빛나는 천사의 무리는 불처럼 빨갛게 되어, 초승달처럼 방진(方陣)을 치고 창을 내밀고(언제든지 공격할 수 있는 창) 그를 에워싸기 시작했다. 빈틈없이 늘어선 그 모양은, 마치 다 익어 추수할 때를 기다리는 곡식이 들판에서 바람결에 따라 물결치고 수염이 난 이삭이 고개를 숙일 때, 근심에 찬 농부가 희망을 건 곡식 단이 타작마당에서 쭉정이만 털리면 어쩌나 걱정하여 서 있을 때와 같다.

한편, 사탄은 전투태세를 갖추고 온 힘을 집중한 채 테네리프(카나리아 군도의 화산) 산이나 아틀라스(모로코의 산맥) 산처럼 버티고 태연히 서 있다. 키는 하늘에 닿고, 투구 위에는 공포를 장식했다. 손에 쥔 것은 창이나 방패처럼 보이는 것. 곧 무서운 싸움이 일어나, 이 소란에 낙원뿐 아니라 아마 하늘의 별 빛나는 궁륭도, 또 적어도 모든 원소까지도 맹렬한 이 전투에 흩어지고 찢어져 파멸하고 말았을 것이다. 만일 영원자가 즉시 이 무서운 싸움을 방지하고자 황금의 저울(《일리아스》에 나오는

사탄과 수호천사들이 일촉즉발의 싸움이 벌어지려는 순간에 사탄은 도망치고 만다.

황금 저울)을 하늘에 내걸지 않았다면, 이 황금 저울은 지금도 처녀궁과 천갈궁 사이에 보인다.

처음에 하나님은 이것으로 공중에 매달린 지구가 그와 비기는 공기와 균형을 이루고 있는가를 비롯해 모든 창조물을 저울질했는데, 지금은 모든 사건을 측정한다. 전쟁과 영토 등. 여기에 두 개의 추(황금의 저울로써 사탄의 운명을 잰다), 이별의 결과와 전투의 결과를 놓았는데, 후자가 급히 뛰어올라 저울대를 친다. 이것을 본 가브리엘이 사탄에게 말한다.

"사탄이여, 내 그대의 힘을 알고 그대는 내 힘을 안다. 다 우리 자신의 것이 아니고 받은 것이니, 무용(武勇)을 자랑한다는 게 얼마나 어리석은 짓인가. 그대나 나나 하늘이 허락하시는 이상의 힘은 가지고 있지 않다. 비록 내 힘이 그대를 진흙처럼 밟아 뭉갤 수 있다 해도. 증거로 우러러 저 하늘의 징표에서 그대의 운명을 읽으리라. 그대는 저 저울에 걸려 얼마나 가볍고 약한지 보이도다, 아무리 반항한다 해도."

사탄은 중얼대며 달아나니, 밤의 그림자(사탄이 물러갈 때 어둠도 함께 낙원에서 떠나고 새벽이 온다)도 그를 따라 물러갔다.

PARADISE LOST

실낙원

제5권

낙원의 인간

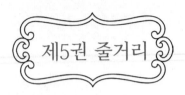

제5권 줄거리

아침이 되자, 하와는 아담에게 지난밤에 자신이 꾼 괴로운 꿈 이야기를 한다. 아담은 내심 그 꿈 이야기를 듣고 마음이 언짢았지만, 그녀를 위로한다. 두 사람은 하루의 일을 하러 나가면서, 자신들의 거처 문 앞에서 아침 찬송을 드린다. 하나님은 인간이 변명거리를 주지 않기 위해, 그의 순종과 그의 자유로운 상태에 대해서, 그의 원수가 가까이 있고, 그가 누구이며, 왜 그가 원수인지를 비롯해서 아담이 알아두어야 할 여러 가지 것에 대해 주의를 준다. 라파엘은 낙원으로 내려오고, 그의 모습이 설명된다. 그가 낙원으로 내려오는 것을 정자 문 앞에 앉아 있던 아담이 멀리서 알아보고, 그를 맞이하여 자기 처소로 모시어, 하와가 낙원에서 따 모은 가장 맛 좋은 과일로 그를 대접한다.

라파엘은 하나님의 메시지를 전하면서, 아담의 상태와 그의 원수에 대해 일러주고, 아담의 요청에 따라 그 원수가 누구인지, 그리고 어떻게 해서 그가 원수가 되었는지 설명해 준다. 즉, 그가 천국에서 무슨 이유로 반란을 일으켰는지에 대한 설명을 시작으로 해서, 그가 자신의 군대를 이끌고 천국의 북부 구역으로 가서, 거기에 있던 모든 것, 하지만 오직 한 명의 스랍 천사 아브디엘만은 그의 계획에 반대하여 만류하다가 그를 떠났다는 것에 대해 말해 준다.

이제 아침이 동쪽으로부터 그 장미 같은 새벽빛의 발걸음을 내디뎌 빛나는 진주(이슬)를 대지에 뿌릴 무렵, 아담은 잠에서 눈을 뜬다. 그의 잠은(깊은 잠이 아님) 완전한 소화와 부드럽고 적당한 유출물에서 오는 것이니, 공기처럼 가벼워서 오로라의 부채인 나뭇잎(산들바람에 흔들이는 바람)과 안개가 피어오르는 시냇물 소리, 그리고 나뭇가지마다 지저귀는 날카로운 새소리에도 가볍게 퍼져간다. 불안했던 휴식 때문인가, 하와가 흐트러진 머리에 뺨이 빨갛게 달아오른 채 잠자고 있는 걸 보았을 때, 그의 놀라움은 그만큼 클 수밖에 없었다. 그는 그녀를 향해 반쯤 몸을 일으켜서 옆으로 누운 채로 진심 어린 사랑이 가득한 눈빛으로, 잠들어 있을 때나 깨어 있을 때나 늘 독특한 매력을 발산하는 그녀의 아름다운 모습을 응시하며 한동안 황홀경에 빠져 있다가, 이윽고 서풍의 신 제피로스가 꽃의 여신 플로라 위에 불어올 때처럼 그녀의 손을 부드럽게 잡으며 다정한 목소리로 속삭였다.

"나의 아름다움, 나의 아내여, 눈을 뜨라. 갓 얻은 하늘의 최후이자 최선의 선물, 언제나 새로운 나의 기쁨이여. 일어나라. 아침은 빛나고 신선한 들은 우리를 부른다. 이 새벽을 놓치지 말고 보자, 우리가 보살핀 초목이 어떻게 자라고, 레몬 숲에서는 어떻게 꽃이 피고 몰약이나 항목에서는 어떻게 수액이 흐르고, 자연은 어떤 빛깔로 물드는지, 그리고 벌은 어떻게 단물을 빨며 꽃에 앉아 있는지를."

이렇게 속삭이며 하와를 깨우니, 그녀는 놀란 눈으로 아담을 보며 그를 껴안고 말했다.

"아, 오직 하나뿐인 내 마음의 안식처여, 그대의 얼굴을 보고 돌아온 아침을 보니 내 마음이 기쁩니다. 내가 간밤에 지금껏 그런 밤을 보낸 적이 없었는데, 그것도 꿈이라면, 꿈을 꾸니, 내가 늘 그리던 그대에 대한 것이나, 지난날의 일, 또 내일의 계획 같은 게 아니라, 이 기분 나쁜 밤 이전에는 내 마음이 일찍이 몰랐던 죄와 번뇌에 관한 것이었습니다. 누군가 내 귀 가까이 와서 은근한 목소리로 내게 함께 거닐자고 불러냈던 것 같습니다. 나는 그것이 그대의 목소린 줄 알았습니다. 그 목소리는 저에게 이렇게 말했습니다.

'하와여, 그대 어찌 잠만 자는가, 때는 지금 상쾌하고, 서늘하고, 고요한데. 다만, 이 고요를 깨뜨리는 밤에 우는 새(나이팅게일)가 지금 눈을 뜨고 사랑에 애타는 노래를 아름답게 부를 뿐. 달은 차서 두루 비추고, 더욱 즐거운 빛으로 만물의 얼굴을 어렴풋이 장식하고 있다. 아무도 보지 않으면 무의미하다. 하늘은 그의 무수한(뭇별들) 눈을 뜨고 일어났나니, 자연의 동경 대상(여성은 자연의 창조물 중 가장 아름다움)인 그대 말고 누구를 보려 하겠는가. 만물은 그대를 보고 기뻐하고 그대의 아름다움에 사로잡혀 언제까지나 황홀하게 바라본다.'

저는 그대가 부르는 소리인 듯하여 일어났으나, 그대는 없었습니다. 그래서 그대를 찾아 걸음을 옮겼지요. 이 길 저 길 혼자서 가고 또 가다가, 어느덧 당도한 곳이 금단의 지혜 나무 있는 곳이었던 것 같았습니다. 그것은 낮에 볼 때보다 훨씬 아름다웠습니다. 놀라 바라보고 있으려니까, 그 곁에는 우리가 종종 본 하늘에 속한 분, 그런 모습에 날개를 달고, 그 이슬에 젖은 머리채는 하늘나라의 향기를 뿜고 있었습니다. 그도 또한 그 나무를 바라보며, 말했습니다.

'오, 아름다운 나무여, 열매 풍성하거늘 너의 짐을 덜어주고 향기로운 맛을 보는 자가 신 중(천사)에도 인간 중에도 없구나. 이다지도 지혜를 멸시하는가. 아니면 시기인가, 사양인가, 이걸 먹지 않음은, 누가 금하든 그대가 주는 이득을 이젠 아무도 가질 수 없으리라. 아니면 어째서 여기에 심어 있겠는가.'

그는 말을 마치자 서슴없이 용기 있게 팔을 내밀어 열매를 따서 맛보았습니다. 이런 대담한 행동과 말을 듣고 나는 두려워 떨었습니다. 그러나 그는 기쁨에 넘쳐 이렇게 말했습니다.

'오, 거룩한 열매여, 이렇게 따먹으니 너의 단맛이 더욱 감미롭구나. 오로지 신만이 맛볼 수 있는 열매라 금지된 듯하나, 인간을 신으로 만들 수도 있으리. 인간을 신이 되게 하는 것이 나쁠 게 뭔가? 선은 펴면 펼수록 더욱 풍부해지는 법, 이를 행하는 자는 손해가 없고 더욱 영예로워지는데. 자, 행복한 그대, 아름다운 천사 같은 하와여! 그대도 맛보라. 그대 행복하지만, 더욱 행복해지고, 더욱 훌륭해지리라. 이 열매를 맛보고, 앞으로 신들 사이에서 스스로 여신이 되어 땅에만 있지말고 우리처럼 때로는 공중으로, 때로는 그대의 공으로 하늘에 올라, 거기에서 신들의 생활을 보고, 그대도 그렇게 살라.'

낙원의 전원에서 진심 어린 사랑에 빠져 행복한 황홀경을 즐기는 아담과 하와의 모습이다.

이렇게 말하면서, 내게로 다가와 열매를 내밀었습니다. 그가 딴 열매를 내 입에 갖다 대니 그 상쾌하고 달콤한 향기가 식욕을 자극하여 먹지 않을 수 없을 것 같은 생각이 들었습니다. 그리고 곧 그와 함께 구름 위로 날아올라 아래를 내려다보니 대지는 끝없이 펼쳐져 있고 광활하고 다채로운 풍경이 널려 있었습니다. 내가 날아서 그처럼 높은 위치에 올라간 걸 의아해하고 있을 때, 갑자기 안내자는 사라지고, 나는 떨어져 잠든 것같이 생각되었습니다. 하지만 아, 얼마나 기뻤는지. 깨어보니 그것은 꿈이었습니다!"

이렇게 하와가 간밤의 꿈 이야기를 하니, 아담은 진지하게 대답한다.

"그지없이 사랑스러운 나의 반신(半身)이여. 지난밤 잘 때에 그대가 겪은 괴로움은 똑같이 나를 괴롭혔소. 그 해괴한 꿈은 나도 싫소. 그것은 악에서 나온 꿈 같은데, 악은 어디서 왔을까? 순결하게 창조된 그대 속에 있을 리는 없는데. 그러나 알아두오, 영혼 속엔 많은 열등한 기능이 있어 이성을 지배자로 섬기는 것을. 그 사이에서 이성의 다음 자리를 차지하는 것이 상상이오. 민감한 오관(五官)이 나타내는 모든 외부의 사물들로써 상상은 허황한 현상인 심상을 만들어내고, 이성은 그것을 결합하고 또 분리하여 우리가 긍정 또는 부정하는 모든 것, 우리가 지식이니 의견이니 하는 모든 것, 우리가 지식이니 의견이니 하고 일컫는 것을 형성한다오. 그리하여 신체가 휴식할 때면 이성은 제 밀실로 물러난다오. 종종 빈틈을 타서 모방의 상상이 깨어 그 이성을 흉내내지만, 형상을 잘못 합쳐 거친 물건을 만들어내기 일쑤이고, 특히 꿈속에서 오래전, 또는 최근의 언행을 잘못 결합한다오. 내 생각에 그대의 꿈은 우리의 지난밤 얘기(지혜 나무의 열매를 먹지 말라는 얘기)와 다소 흡사한 것 같은데, 그 이상의 수상한 점이 있구려. 하지만 슬퍼 마시오. 악이란 신이나 인간의 마음에 드나들 수 있지만, 기꺼이 받아들이지 않으면(마음에 드나드는 악을 이성으로써 용인하지 않으면 죄가 되지 않는다), 오점이나 허물을 남기지 않는다오. 그러니 그대가 잠 속에서 꿈꾸길 꺼린 그것을, 설마 깨어서 하고 싶어 하지 않으리라 생각하오. 그렇다면 낙심하지 마오, 그 얼굴을 흐리지 마오, 아름다운 아침이 세상을 보고 처음 미소질 때보다 더욱 즐겁고 명랑한 평소의 그 얼굴을. 자, 우리 일어나 상쾌한 일터로 나갑시다. 숲이며 꽃들이 밤 사이에 모아서 그대를 위해 저장해 놓은, 그 감추고 감춘 향기를 지금 뿜고 있는 그곳으로."

이렇게 격려하니, 그 아름다운 하와는 힘을 얻는다. 그러나 두 눈에서 말없이 눈물이 흘러내리자, 머리털이 그것을 닦는다. 다시 수정의 수문(구슬 같은 두 눈)에 괸 두 방울의 귀한 눈물이 채 떨어지기도 전에 아담은 거기에다 입을 댄다. 죄를 범하기 두려워하는 마음에 일치되는 맑은 회한과 경건한 의구(疑懼)의 정중한 표시로, 이리하여 모든 게 풀리자 그들은 들로 나갔다. 우선 그늘진 나무의 지붕 밑에서 해 돋는 새벽의 넓은 시계(視界)로 나오니 태양은 아직 올라오지 않고, 수레바퀴를 끌고 대양 주위를 배회하며, 이슬 비추는 햇살을 대지에 수평으로 쏘아 낙원의 동쪽과 에덴의 복된 벌판을 환히 보이도록 드러낸다.

그들은 허리를 굽혀 절하고 찬양하며 아침마다 때맞추어 다른 양식으로 드리는 기도를 시작한다. 그것은 그들이 조물주를 찬미하는 데에는 다양한 양식과 거룩한 열정으로 부르는 알맞은 곡조나 즉흥적인 노래가 상례이기 때문이다. 이런 즉흥적 웅변이 산문이 되어, 또는 더욱 매력을 보태고자 비파나 하프가 필요 없는, 아름다운 가락의 시가 되어 그들의 입술에서 흘러나온다. 그것은 이렇게 시작된다.

"온갖 아름다움을 낳는 부모이신 전능자시여, 이것들은 당신의 영광스러운 작품이고, 이 만유 전체가 당신의 것입니다. 이 만유가 이토록 아름답고 놀라우니, 당신은 얼마나 더 놀랍겠습니까? 이 하늘들 위에 앉아 계시는 분은 말로 다 표현할 수 없는 분으로서, 우리 눈에는 보이지도 않고, 당신이 지으신 이 지극히 미천한 것들 속에서 희미하게 보일 뿐입니다. 하지만 이것들은 상상할 수 없는 당신의 선하심과 신적인 권능을 선포합니다. 말하라, 그대들, 잘 말할 수 있는 빛의 아들들이여, 천사들이여, 그대들은 그분을 뵙고 노래와 합창의 조화로써 밤 없는(천국에는 지상과 같은 밤은 없다) 나날을 즐겨 그의 성좌를 싸고도나니, 그대들 천상에서...

땅의 만물이여, 다 함께 그분을 찬미하라. 처음에나, 끝이나, 중간에나, 아니 끝없이. 별 중에서 가장 아름다운 별(금성), 새벽에 속한다고는 할 수 없고, 밤의 무리에선 제일 마지막인 자, 찬란한 원으로 미소짓는 아침을 장식하는 낮의 보증자여, 해가 솟아오르는 동안 그지없이 아름다운 이 시간에 그대 권내에서 그를 찬미하라. 그리고 그대 태양이여, 이 거대한 세계의 눈이며 영혼이여. 그분을 그대보다 위대한 이로 인정하고, 그를 찬양하라, 그대가 떠오를 때나, 중천에 이르고 질 때나 그대의 영원의 궤도에서. 눈이 부신 태양을 맞이하며 날아가는 성권(星圈)에 고정된 항성과 더불어 피하는 달이여, 그리고 노래하고 기묘한 춤을 추며 움직이는 다섯 개의 다른 유성들이여(수성, 금성, 화성, 목성, 토성), 어둠에서 빛을 불러낸 그를 찬미하여 노래를 불러라.

대기여, 그리고 자연의 자궁에서 맨 처음 나와 사중의 배합을 이루어(공기, 흙, 물, 불) 갖가지 형태로 영원한 순환을 계속하며 만물을 한데 뒤섞어 기르는 그대 원소들이여, 우리의 위대한 창조주에게 언제나 새로운 찬사를 변화하도록 하라. 어두운 회색의 언덕에서, 김이 서린 호수에서 어스름이 또는 뽀얗게 피어오르면, 태양에 양털 같은 옷자락이 황금빛으로 안개여, 증기여, 일어나라, 세상의 창조주를 위하여. 무색의 하늘을 구름으로 채색하기 위해서나 쏟아지는 소나기로 목마른 대지를 적시기 위해서나, 올라가든 내려가든 항상 그를 찬미하라. 그대들 사방에서 부는 바람이여, 그를 찬미하라. 조용히, 또는 거세게 불어라. 머리를 흔들어라, 그대 소나무여, 온갖 초목과 함께 예배의 표시로 흔들어라. 샘이여, 그대 흘러가며 아름다운 곡조로 조잘거리는 자여, 졸졸 흐르며 그를 찬미하는 노래 불러라.

그대들 살아 있는 모든 것이여, 소리를 합하라. 노래하며 하늘 문으로 오르는 그대들. 새여, 너희 날개와 너희 노래에 그의 찬미를 실어라. 그대들 물속에서 움직이는 자, 당당한 걸음으로 땅을 딛고 있는 자, 낮게 기는 자여, 그대들, 증명하라. 내가 아침과 저녁으로 산과 골짜기, 샘이나 시원한 그늘을 향해 노래 불렀던 것을. 내 노래로써 그의 찬미를 가르쳐주었던 것을. 거룩하도다, 우주의 주여. 항상 관대하여서 우리에게 오직 선만을 주소서(《누가복음》 제11장 13절). 혹 이 밤이 악을 모으거나 숨겨두었다면, 이를 흩어버리소서, 지금 빛이 어둠을 쫓듯."

이렇게 아담과 하와가 순진하게 기도하자, 그 마음에 평소의 안정된 평온이 즉시 회복된다. 두 사람은 아침에 전원 일을 하기 위해 나간다. 영롱한 이슬과 꽃 사이로 지나치게 무성한 줄지어 선 과일나무와 그 나무의 가지가 제멋대로 멀리 내밀고 있어, 열매 맺지 않는 덩굴을 없앨 손이 필요하다. 또한, 그들은 포도 덩굴을 느릅나무에 엉기게 하니(결혼을 상징), 사랑의 팔인 덩굴을 나무에 휘감고, 혼수(婚需)로서 포도송이를 가지고 가서 쓸쓸한 잎들을 장식한다. 이렇게 부지런히 일하는 그들을 보고 하늘 높이 계신 왕께서 가엾게 여기어 라파엘을 부른다. 고맙게도 토비아스와 함께(라파엘의 일곱 천사 중 하나이다) 여행하여 저 일곱 번 결혼한 여자와의 혼인을 성취시켜준 사교(社交)의 영을. 그리고 그분은 말한다.

"라파엘, 그대 들어라. 지옥의 어두운 심연을 탈출한 사탄이 지상의 낙원에서 어떤 소동을 일으켰고, 지난밤 한 쌍의 인간을 어떻게 괴롭혔는가. 그리고 저들을 통해 어떻게 온 인류를 단번에 멸망시키고자 계획했는가. 그러니 가라. 오늘 반나절을 친구처럼 아담과 얘기하라. 한낮의 더위를 피하고 식사와 휴식으로 하루의 노고를 풀고 있는 그를 어느 정자나 그늘에서 찾아 이런 대화를 하라. 그의 행복한 처지를 알려줄 수 있는 이야기와 자유의사에 맡겨진 그의 힘으로 누릴 수 있는 행복, 즉 그 자신의 자유의지, 자유지만 변하기 쉬운 그의 의지에 맡겨진 행복에 대해. 그가 너무 안심하여 빗나가지 않도록 경고하고, 또한 그의 위험과 그것이 누구에게서 오며, 어떤 적이 최근 하늘에서 떨어져, 다른 자를 똑같은 영광의 자리로부터 떨어뜨리고자 음모를 꾸미고 있음을 알려라. 폭력으로? 아니, 그것은 막을 수 있기에 사기와 허위로써. 이를 그에게 알려라. 미리 주의받고 경고받지 않으면, 멋대로 죄를 범하면서도, 자기도 모르는 일인 체할 것이니."

영원의 아버지는 이렇게 말함으로써, 모든 의(義)를 이뤘다. 이 임무를 맡은 날개 있는 성자는 즉시 눈부신 날개로 뒤덮인 채 서 있는, 수천의 불타는 듯 찬란한 자들(세라프들) 가운데서 가볍게 솟아올라 하늘의 중심을 뚫고 날아간다. 천사의 악대들이 양쪽으로 갈라져, 하늘길을 달리는 그에게 길을 비켜준다.

이윽고 하늘의 문에 이르니, 황금 돌쩌귀를 돌면서 문이 저절로 열렸다. 지고의 건축가의 위업으로 만들어진 것처럼. 여기부터는 그의 눈을 가로막는 구름도 없고 극히 작은 별 하나도 없다. 그는 본다. 다른 빛나는 구체와 다를 바 없는 지구며, 또 산이 온통 삼나무로 덮인 하나님의 동산을. 마치 밤에 갈릴레이의 망원경(천체 망원경)이 분명치는 않지만 달 속에 있는 상상의 땅과 나라들을 보았던 것처럼, 그쪽을 향해 몸을 굽히고 날아서, 넓은 영공(靈空)을 지나, 이제 극지의 바람에 활짝 날개를 펼치고 세계와 세계 사이를 노를 저어간다. 이어서 속력이 빠른 풍구로 순조로운 공기를 키질하여 마침내 하늘로 치솟는 독수리의 비행권 안에 드니, 모든 새에게 그는 마치 불사조(不死鳥)처럼 보인다. 둘도 없는 그 새가 자기의 유해를 빛나는 태양신의 사당에 모시기 위해 이집트의 테베로 날아갈 때처럼. 그는 곧 낙원의 동쪽 벼랑에 내려 본래의 모습으로 돌아간다.

여섯 개의 날개 달린 천사로, 그 거룩한 신의 모습을 가리고 있다. 넓은 어깨에 붙은 한 쌍은 가슴 위를 덮어 제왕의 장식(자색의 위쪽 두 날개)을 이루고, 가운데의 한 쌍은 별의 띠처럼 허리를 둘러, 허리에서 넓적다리까지는 부드러운 금빛과 하늘빛을 띠는 빛깔로 덮었다. 아래쪽의 한 쌍은 하늘을 물들인 빛깔의 갑옷 같은 깃털로써 발을 발꿈치부터 덮고 있다. 서서 깃을 흔드니, 하늘의 향기가 널리 주위에 가득 찬다. 파수를 보고 있는 천사의 무리가 즉시 그를 알아보고 그의 위신과 사명에 경의를 보이고자 일어선다. 어떤 높은 사명을 띤 것으로 그들은 생각했기 때문이다.

저들의 찬란한 막사(천사들의 막사)를 지나 몰약의 숲과 육계(肉桂), 감송(甘松), 향유(香油) 등 향기가 그윽한 화수(花樹)와 방향의 들판을 거쳐서 축복의 들판에 들어선다. 여기에 자연은 청춘에 취한 듯 뛰놀고, 그 처녀다운 공상을 마음껏 펼쳐 규범이나 기예가 못 미칠 만큼 방자하고 더욱 상쾌하게 엄청난 축복을 쏟아낸다. 향기로운 숲을 지나 다가오는 그를 아담은 보았다. 서늘한 정자 문 앞에 앉아 있다가. 이제 하늘 높이 뜬 태양이 그 불타는 빛을 곧게 쏘아 대지의 깊숙한 자궁을 따뜻하게 한다. 필요 이상으로 뜨거운 열로. 하와는 안에서 때에 맞추어 오찬으로 참된 식욕을 충족시키기 위한, 우유 같은 즙, 감미로운 음료에 대한 갈증을 풀어주는 맛 좋은 과실, 딸기, 포도 등을 준비한다. 그녀에게 아담은 이렇게 말한다.

"하와, 어서 이리 와보오. 볼 만한 게 있소. 저 동쪽 나무 사이로 참으로 영광스러운 형체 하나가 이리로 오고 있소. 마치 한낮에 다시 새벽이 밝아오는 것 같소. 아마도 우리에게 하늘의 대명(大命)을 전해주러 오는 모양이오. 오늘 우리의 손님이 되어주실지도 모르오. 어서 가서 그대가 저장한 것을 가져다가 넉넉히 대접하구려. 하늘의 손님을 공경하여 맞이하는 데 어울리도록. 주신 이에게 그 주신 것을 드립시다. 많이 주셨으니 많이 드리는 게 좋을 것 같소."

하와가 대답한다.

"아담이여, 하나님의 영 받은 거룩한 흙의 사람이여. 많은 열매가 사철 때맞추어 줄기에 매달려 익으니, 저장을 안 해도 충분합니다. 다만 알뜰히 모아두면 굳어서 더욱더 자양이 됩니다. 넘치는 물기를 없애는 것을 제외하면. 하지만 서둘러 가서 가지에서, 풀숲에서, 나무에서, 즙 많은 과류(瓜類)에서, 가장 좋은 걸 따서 빈객 천사를 대접하겠습니다. 그분이 보고서 여기 땅 위에도 하늘이나 다름없도록 하나님께서 은혜를 베푸셨다고 고백하세요."

이렇게 말하고 바쁜 표정으로 급히 돌아서서 손님을 접대할 생각에 잠긴다. 최고의 진미를 내려면 무얼 골라야 할까, 잘 배합하지 않으면

아담이 하와에게 하나님이 보낸 천사 라파엘을 가리키는 장면이다.

맛이 고상하지 않은 법이니 가장 자연스럽게 변화를 가한 맛을 내려면 어떤 순서를 밟아야 할까를. 그리고 그녀는 곧 일어나서 연한 줄기에서 만물의 어머니인 대지가 생산하는 모든 것...

동서 인도에서, 지중해 연안의 나라들에서, 폰투스(소아시아 흑해 연안)나 푸닉(카르타고)의 연안에서, 또는 알키누스(《오디세이아》에 나오는 파이아케스인의 왕)가 다스리는 나라에서 나는 거칠고 매끄러운 껍질, 또는 수염이 있는 꼬투리나, 깍지로 된 각종 열매를 따 모아, 공물(貢物)로서 상 위에 아낌없는 솜씨로 쌓는다. 마실 것으로는 포도를 짓이겨 취하지 않는(자연적으로 풍기는 향기) 새 술을 빚고, 또 많은 딸기로는 달콤한 음료를, 그리고 감미로운 씨를 짓찧어 맛 좋은 크림을 만든다. 이런 것을 담기에 적당한 깨끗한 그릇도 있다. 그리고 땅에는 장미며, 절로 풍기는 관목의 향기를 뿌린다.

한편, 아담은 거룩한 손님을 맞이하러 걸어나간다. 그 특유의 완전한 최상의 아름다움 이외엔 시종 하나 거느리지 않고. 그 자신에게 모든 위엄이 들어 있어, 제왕을 모시고 가는 장엄한 행렬이 끌고 가는 말과 금으로 장식한 마부들의 화려한 시종들로 군중의 눈을 부시게 하고 그들을 모두 어리둥절하게 할 때보다 더욱 장엄하다. 그의 앞에 가까이, 아담은 두렵지 않으나 겸손하게 다가가 온유한 경의로써 고개를 숙여 예하고 이렇게 말한다.

"하늘의 어른이여, 참으로 하늘이 아니면 달리 이토록 영광된 모습이 있을 곳이 없으니, 잠시 그 천상의 옥좌에서 떠나 그 복된 곳을 뒤로 하고 이곳에 영광을 주려 하신다면, 높으신 은혜로 이 넓은 땅을 차지한 우리 두 사람과 함께 저기 나무 그늘 정자에서 앉아 쉬시며 정원에서 나는 맛있는 것을 맛보소서. 이 한낮의 더위가 가시고, 해가 기울어 서늘해질 때까지."

이에 천사는 조용히 대답한다.

"아담이여, 그래서 내가 왔다. 그대가 이렇게 창조되고 여기 이런 곳에 사니, 비록 하늘의 영일지라도 종종 찾아오는 이를 초대할 수 있겠다. 그러니 안내하라, 그대의 정자 그늘로. 저녁때까지 이 낮은 내 자유이니."

그래서 그들은 함께 숲 속의 집으로 갔다. 포모나(과실의 여신)의 정자처럼 미소 짓고 작은 꽃과 달콤한 향기로 장식된 그 집으로, 자기 몸 외에는 달리 치장한 것이 없어도 숲의 요정보다 더 아름답고, 이다 산(목동 파리스가 살았던 산)에서 나체로 아름다움을 겨루었다는 세 여신(그리스 신화의 헤라, 아테나, 아프로디테의 황금 사과를 놓고 겨룬 싸움) 중 가장 아름다운 여신보다 더 아름다운 하와는 하늘의 빈객을 환대하기 위해 서 있다. 미덕에 싸였으니 베일이 필요 없고, 약한 생각에 얼굴을 붉히지도 않는다. 천사는 그녀에게 축복을 내려 먼 후일 제2의 하와, 영광의 마리아에게 할 성스러운 인사를 한다.

"복 있으라, 인류의 어머니여, 그 풍성한 태(胎)가 그대의 자손으로 수없이 이 세계를 채우기를. 하나님의 나무들이 가지각색 열매들을 이 식탁에 쌓아 올린 것보다 더 많이."

식탁은 잔디를 쌓아 올려 만든 것, 그 주위에는 이끼 낀 좌석이 있고, 그 넓은 마당에는 구석구석 온갖 가을 산물이 쌓여 있다. 여긴 봄과 가을이 한데 어울려 손을 맞잡고 있긴 하지만(낙원에는 봄과 가을의 차이가 없고 영원한 봄에 이끌려 춤을 춘다), 잠시 그들 사이에 대화가 오고 갔다. 음식이 식을 것을 염려할 필요가 없으므로 우리의 시조는 이렇게 말한다.

"하늘의 손님이여, 어서 드소서, 이 하사품은 모두 완전한 선을 측량할 길 없이 내리는 우리의 양육자가 식사와 기쁨으로 우리에게 주고자 땅에서 생산케 하신 것입니다. 어쩌면 천사들에겐 맛없는 음식일지 모르지만, 오직 한 분이신 천부(天父)께서 모두에게 주신 것입니다."
이에 천사가 대답한다.

"하나님께서(그 찬가 영원히 불릴지어다) 반은 영(靈)인 인간에게 주신 것은 지순한 천사에게도 맛있는 음식이 될 수 있으나, 음식은 그대들의 이성적 존재에게 필요한 것처럼 순수 영채에게도 필요한 것이다. 양자는 다 그 몸속에 온갖 낮은 감각 능력을 지니고 있어 그것으로 듣고, 보고, 맡고, 만지고, 맛보고, 씹고, 소화하고, 동화하여 유형물을 영적 무형물로 변하게 한다. 그러니 창조된 것은 모두 부양되고 또 양육되리라. 모든 원소 중에서 거친 것은 순수한 것을 부양하니, 땅과 바다는 공기를, 공기는 저 하늘의 불을. 그리하여 우선 가장 낮은 달을 기른다. 그 둥근 얼굴에 보이는 반점들은 아직 본질이 변하지 않은 불순한 증기(蒸氣)이다. 또 달보다 높은 구체들로 그 습기 많은 대륙에서 자양분을 발산하지 않음이 아니다. 만물에 빛을 나누어주는 태양은 만물로부터 그 자양분의 보상을 수증기로 받고 저녁에는 태양과 만찬을 나눈다. 하늘에는 생명나무가 향기로운 열매를 맺고 포도나무에서는 신의 술을 빚지만, 아침마다 나뭇가지에서 감로(甘露)가 떨어져 진주 같은 방울(만나)로 땅이 덮이는 것을 보긴 하지만, 아침마다 여기에 새로운 기쁨으로써 그 은혜에 변화를 주어 천국과 비교하게 하셨다. 그러니 내가 맛보기에 까다롭다고 생각지 마라."

이야기를 끝내고 그들은 소찬을 시작한다. 그러는 동안 하와는 알몸으로 식사 시중을 들며 상쾌한 음료로 잔을 채운다. 아, 낙원에 어울리는 순진함이여! 만일 그때 하나님의 아들들(천사들)이 그 광경에 반했다 해도 무리는 아니다. 하지만 그들의 마음은 음욕이 없는 사랑이 지배하고, 상처 입은 애인의 지옥인 질투 같은 것으로 만족하되, 도에 넘치지 않을 무렵 아담은 불현듯 생각나는 바 있어, 이 대회담(大會談)으로 자기에게 주어진 기회를 놓치지 않고, 이 세계 밖의 일과 하늘에 사는 이들의 생활을 알고자 한다. 그들은 그 뛰어남이 자기를 능가하고, 그 빛나는 모습과 거룩한 광채와 높은 위력이 인간보다 훨씬 나음을 그는 보았다. 그는 공손한 말씨로 하늘의 사신을 향하여 말한다.

"하나님을 모시는 분이여, 인간에게 베푸신 그 영광으로 비로소 당신의 은총을 알겠습니다. 친히 이 낮은 지붕 아래에 들어오시어 이같이 땅의 과실을 맛보시니, 그것이 천사의 드심이 못 되어도, 하늘의 높은 잔치에서도 이보다 더 기쁘게 드신 일이 없는 듯 받아주셨습니다. 하지만 어찌 하늘의 향연과 비교가 되겠습니까?"

아담과 하와가 손님으로 온 하늘의 천사 라파엘을 맞아 얘기를 나누는 장면이다.

이에 날개 달린 천사는 대답한다.

"아담이여, 오직 전능자가 있어 그로부터 만물이 나왔다. 그것이 타락하지 않는다면 다시 그에게로 돌아간다. 만물은 이토록 완전하게 창조되고, 같은 원질(原質)에서 만들어졌으나, 여러 가지 형태와 정도의 본질이 있고, 살아 있는 것에는 생명을 줬다. 그러나 각기 주어진 활동 범위가 하나님과 가까운 자리에 있거나, 또는 가까워 지면서 더욱 정화되고, 더욱 영화(靈化)되고 또 순화되어, 드디어 각 종류에 응분한 한계 안에서 육체는 영(靈)으로 승화한다. 그리하여 뿌리에서는 가벼운 푸른 줄기가 나오고, 거기에서 더 엷은 잎이 나오고, 이윽고 빛나는 완전한 꽃이 되어 향기로운 영기(靈氣)를 발산한다.

꽃과 인간의 자양분이 되는 그 열매는 점차 단계적으로 순환되어 동물적, 지적 활기를 얻고 상승하여 생명과 감각, 상상과 오성을 그에게 준다. 거기서 영혼은 이성을 받아들이고, 이성은 추론적이건 직관적이건 영혼 그 자체이다. 추론은 대체로 그대들의 것이요, 직관은 주로 우리의 것인데, 정도의 차이가 있을 뿐 종류는 같다. 그러나 하나님이 그대들에게 좋다고 본 것을 내가 거부하지 않고 그대들과 같이 내 본질로 변화시킨들 어떻겠는가. 때가 오면 인간이 천사와 더불어 식사하면서도 거리낄 것 없고, 또 너무 경솔하다 하지 않다. 아마도 이런 자양분으로 그대들의 육체는 시간이 지나가면서 변하여, 드디어는 모두 영으로 되어, 우리처럼 날개를 가지고 가볍게 올라가 마음대로 여기, 혹은 하늘의 낙원에서 살게 되리라. 만일 그대들이 순종하고, 그대들을 낳은 하나님의 사랑을 변함 없이 굳게 유지한다면, 그동안은 이 행복한 상태가 허용할 수 있는 최대한의 행복을 마음껏 누릴 것이다.”

이에 아담은 대답한다.

“오, 은혜로운 천사여, 친절한 손님이여, 당신은 우리의 지식이 향할 길을 훌륭하게 가르쳐주셨고, 또한 중심에서 주위로 자연의 사다리를 놓으니, 이제 우리는 창조된 것들은 관조하면서 한 걸음 한 걸음 하나님께로 올라갈 수 있습니다. 하지만 말해주소서, '만일 그대들이 순종하면'이라고 덧붙여 주의한 것은 무슨 연고인지. 우리가 그분께 순종하지 않거나, 또는 감히 그 사랑을 버릴 수 있겠습니까? 우리를 흙에서 만들어 여기에 두시고, 인간의 욕망으로 찾거나 얻을 수 있는 행복의 극한까지 채워주시는 그분을.”

그에게 천사가 대답한다.

“하늘과 땅의 아들이여, 명심하라. 그대가 행복함은 하나님의 덕이지만, 이를 지속함은 그대 자신의 힘, 즉 순종의 결과이다. 그러니 그 안에 굳게 서라. 이것이 그대에게 주는 경고이다. 하나님은 완전하긴 해도 불변(不變)한 것으로 그대를 만든 것은 아니다. 또한, 그대를 선하게 만들었으나, 참고 견디는 것은 그대의 힘에 맡겼다. 즉, 그대의 의지는 본래 자유롭도록 정해졌으니, 피할 수 없는 운명이나 엄격한 필연의 지배를 허용치 않는다. 그분은 마음에서 우러나오는 봉사를 요구하되 강요를 원치 않으니, 이는 그분께서 용납하지도 않고, 또 할 수도 없다. 어찌 자유가 없는 마음의 그 섬김이 자의적인지, 아닌지를 알수 있겠는가, 그들이 운명에 따라 정해진 것만을 할 수 있고 그 밖의 것은 달리 선택할 수 없다면, 하나님의 보좌 앞에서는 나 자신이나 만군 천사는 우리가 순종(강요가 아니라, 어디까지나 자유의사에 의한 것)을 지속하는 한 그대들처럼 행복한 상태를 보전한다. 그 밖에는 달리 보증이 없다. 우리는 자유로 섬긴다. 자유를 사랑하기 때문에. 사랑하는 것도 사랑하지 않는 것도 우리의 의사에 달려있다. 서는 것도 떨어지는 것도 마찬가지다. 어떤 자는 불순종에 굴복하여 하늘로부터 깊은 지옥으로 떨어졌다. 아, 그 추락, 그렇게 높은 영광으로부터 그런 비애로."

우리의 위대한 조상이 이에 대답한다.

"말씀 잘 들었습니다. 거룩한 스승이여, 주의 깊게 그리고 천국의 악대가 밤에 이웃 산으로부터 그윽한 가락을 보낼 때보다 더욱 기꺼이 귀 기울이며, 의지나 행위가 자유롭게 창조된 줄 모르는 바 아니지만, 우리의 창조주를 사랑하고, 단 하나의 지당한 명령을 주신 그분에의 복종을 잊지 않도록, 항상 마음속으로 다짐하는 바입니다. 그런데 하늘에서 있었다고 당신이 말한 그 일이 나로서는 의심이 드니, 괜찮다면 이해할 수 있게 더 듣고 싶은 마음이 간절합니다. 이는 필시 진기한 얘기여서 경건한 침묵으로 귀를 기울일 만한 가치가 있습니다. 배는 아직 충분합니다. 태양의 여로는 아직 반도 안 끝나, 하늘의 대도(大道)에서 나머지 반을 아직 시작도 안 한 상태입니다."

아담이 이렇게 청하자 라파엘은 잠시 말이 없다가 응낙하고 말한다.

"그대는 대단한 문제를 요구하는구나, 인간의 조상이여(아담). 슬프고 어려운 일이다. 어떻게 사람이 알아듣도록 싸우는 천사들의 보이지 않는 공적을 말할 수 있겠는가. 어떻게 동정하는 마음 없이 떨어지기 전에 일찍이 영광스럽고 완전했던 무리의 멸망을 말이다. 그리고 또한 어쩌면 밝히는 것이 합당치 않을 다른 세계의 비밀을 밝힐 수 있겠는가. 하지만 그대를 위하여 말해주겠다.

단, 인간 이해의 한계를 넘는 것은 그것을 가장 잘 표현할 수 있도록 영적인 것을 육체의 형태로 비유하여 묘사하겠다. 가령 땅은 하늘의 그림자(〈히브리서〉 제11장 3절 참조)에 지나지 않고, 천지간의 만물이 땅에서 생각하는 것보다 훨씬 서로 닮았다 한들 어떠랴. 이 세계가 아직 존재하지 않고, 광막한 혼돈이 지금 이 천체들이 돌고 있는 곳, 지구가 지금 그 중심에 자리하고 있는 곳을 다스리던 때, 어느 날(시간은 영원 속에 있으나, 운동에 맞춰서, 현재, 과거, 미래에 의해 지속되는 사물을 측정하는 것이니), 하늘의 대세륜(大歲輪)으로 생긴 그 어느 날, 하늘의 모든 천사군은 칙명으로 소집되어, 이내 각자의 수령 밑에 찬란한 대열을 갖추어 하늘 구석구석으로부터 무수히, 전능하신 이의 보좌 앞에 모여들었다. 몇천만의 깃발이 높이 올라가고, 전위와 후위 사이에는 군기(軍旗)와 소기(小旗)가 바람에 나부끼어 천족(天族)과 등위(等位)와 계급의 차이를 드러낸다. 또한 휘황찬란한 옷에는 거룩한 기념이 될 열성과(군기의 바탕 그림) 사랑의 공적 등이 분명히 새겨져 눈부셨다.

이렇게 그들이 이루 형용할 수 없는 원의 둘레를 이루어 원 속에 또

원으로 섰을 때, 영원의 아버지는 그 곁에 축복에 싸여 있는 성자를 앉히시고, 한복판에서 너무 눈이 부셔 그 꼭대기가 보이지 않는 불길 이는 산((출애굽기) 제15장 참조)에서처럼 이렇게 말씀하셨다.

'들으라, 너희 모든 좌천사, 권천사, 위천사, 역천사, 능천사들이여, 결코 패할 수 없는 나의 명령을 들어라. 오늘 나는 나의 독생자라고 일컬을 자((시편) 제2편 6~7절)를 낳아 이 성스러운 산 위에서 그에게 기름을 부었다. 지금 너희가 보는 바와 같이 그는 내 오른편에 앉아 있다. 나는 그를 너희의 머리로 임명하고, 하늘의 온 무릎을 그에게 꿇도록, 그리고((빌립보서) 제2장 10~11절) 그를 주로 인정하도록 내가 서약하였다. 그의 위대한 섭정하에 분리할 수 없는 하나의 영혼처럼 단결하여 영원히 행복하라. 그에게 불순종하는 자는 곧 나에게 불순종함이요, 결합을 깨뜨리는 자니, 그날로 신과 그 축복의 지경에서 쫓겨나 바깥 세계의 암흑 속으로 떨어져 대심연에 들어박혀 그곳에 구원 없이 영원히 놓이게 된다.'

이렇게 전능자께서 말하자, 그 말에 모두 기뻐하는 듯했으나, 전부는 아니었다. 그날은 다른 축제일과 다름없이 그 거룩한 산 주변에서 노래와 춤으로 소일했다. 그 신비로운 춤은 저 유성과 항성의 성신(星辰. 많은 별)이 일제히 회전하는 것과 아주 흡사했으니, 서로 얽혀서 돌고, 기울어지고, 다시 감겨들지만, 가장 불규칙하게 보일 때가 가장 규칙적이다. 그래서 그들의 운동에선 거룩한 조화가 신묘한 가락을 울리니, 하나님도 기꺼이 귀를 기울였다.

이윽고 저녁이 다가오자(우리에게도 저녁이 있고 아침이 있다. 필요는 없되 즐거운 변화를 위하여) 곧 춤으로부터 맛있는 식사로 옮겼다. 식욕을 느끼고 모두 원을 그리며 둘러서자 식탁이 놓이고, 이어서 천사의 음식이 쌓이고, 하늘에서 자란 달콤한 포도 열매에서 짜낸 홍옥색의 영주가 진주, 금강석, 그리고 묵직한 금잔에 넘친다. 그들은 꽃 위에서 쉬기도 하고, 싱싱한 작은 꽃을 머리에 쓰고 먹고 마시며, 감미로운 교제 속에 영생과 환희에 취했다. 충분한 양이 지나침을 제한하니 과식의 염려도 없고, 그들의 기쁨을 즐기면서 풍부한 손으로 은혜를 내리는 관대하신 왕 앞에서. 이윽고 향기로운 밤이 빛과 그늘을 방사하는 높은 영산(靈山)에서 내뿜는 구름으로써 찬연한 하늘의 얼굴을 상쾌한 황혼으로 바꾸고(대개 밤은 거기에서 어두운 베일을 쓰지 않는다), 장밋빛 이슬은 잠자지 않는 하나님 눈을 제외한 모든 것을 휴식으로 이끌 때, 널리 이 둥근 지구를 평평하게 펼친 것보다 더 널리, 모든 평야 곳곳에(하나님의 뜰은 이렇게 넓다) 천사의 무리가 줄지어 흩어져 생명나무 사이로 흐르는 시냇가에 막사를 친다. 갑자기 세워진 수없이 많은 천막과 하늘의 휘장 안에서 그들은 신선한 바람의 부채질을 받으며 잠을 이룬다. 순번을 정하여 밤새도록 지고한 보좌 주변에서 찬미의 노래를 부르는 자들을 제하고는, 하지만 사탄의 본명이 무엇인지 지금은 하늘에 전하지 않으니 이렇게 부르겠노라. 깨어 있었던 것은 전능왕을 찬미하기 위함이 아니었다. 그는 제일의 대천사는 아니지만, 수석(首席)에 속하고, 권력으로나 은총으로나 또한 지위로나 탁월하였지만, 그날은 위대한 아버지로부터 예우를 받고 또 기름 부음을 받은 메시아로 일컬어진 성자에 대한 질투심에 사로잡히고, 또 교만 때문에 그 광경을 차마 보기 싫어 스스로 열등하게 되었다고 생각했느니라. 그 후로 깊은 악의와 멸시감을 품고, 밤이 깊어 잠과 침묵에 가장 알맞은 어슴푸레한 시간이 되자, 곧 그는 전군을 거느리고 그곳에서 물러나, 지존의 보좌에 예배하지 않고 복종치 않으리라 결심했다. 그리하여 그는 다음 자리의 부하를 깨워서 남몰래 이렇게 일렀다.

 '여보게, 자는가, 친구? 어떻게 잠이 그 눈꺼풀을 덮을 수 있는가? 바로 어제 어떤 명령이 전능자의 입에서 나왔는가를 기억한다면, 그대는 나에게 그대 생각을, 나는 그대에게 내 생각을 항상 털어놓곤 했었지. 깨어 있을 때 우리 마음이 하나였는데, 지금 그대가 잔다 해서 어찌 다르겠는가. 그래도 알고 있겠지, 새 법이 선포되었음을. 통치자인 새 법은 섬기는 우리에게도 새 마음을 불러일으키는 법. 그래서 과연 어떤 일이 닥쳐올까 생각해보려는 것이지만, 이 이상 이곳에서 말하는 것은 위험하리라. 우리가 이끄는 수만 천사 가운데 그 우두머리를 소집하여 이를지어다. 어슴푸레한 밤이 아직 어두운 구름을 거두기 전에, 명령대로 나는 서둘러 움직여야 할 것이고, 네 휘하는 모두 깃발을 휘날리며 우리가 점유한 북방의 나라(루시퍼, 바아세블 등 악령의 통치국)로 급속 행진을 감행하여, 거기서 우리의 왕, 위대한 메시아와 그의 새 명령을 받들기 위하여 응분의 환대를 준비해야 한다고. 그는 신속하게 온 천국을 두루 행차하며 율법을 펴고자 하시니.'

거짓의 대천사는 이렇게 말하고서, 그 동료의 방심한 마음에 악한 독기를 불어넣었다. 그는 자기 밑에서 권력을 행사하는 집권자들을 한꺼번에 또는 하나하나 불러서 마왕에게서 지시받은 대로 이른다. 지존자의 명에 따라 날이 새기 전에, 이제 어슴푸레한 밤이 하늘에서 물러가기 전에 대천사의 깃발을 이동시켜야 한다고. 그리고 그 암시된(사탄에게) 사유를 말해주고, 간간이 모호하고도(반역에 대한 암시) 질투심을 일으킬 말을 집어넣어 충직 여부를 떠보고 해치고자 한다. 하지만 모두 복종한다. 귀에 익은 신호와 주권자의 위엄 있는 목소리에, 실로 그의 이름은 위대했고, 하늘에서 그의 지위는 높았으니. 그의 풍채는 별의 무리를 이끄는 샛별(루시퍼의 샛별이란 뜻)처럼 그들을 사로잡았고, 거짓으로써 천군의 삼 분의 일을 뒤따르게 했다. 그러는 동안 가장 심원한 생각까지도 분별할 수 있는 영원의 눈은 그 성스러운 산으로부터, 또는 밤마다 눈앞에서 불타오르는 황금빛 초롱 사이로 그 불빛을 빌리지 않고 모반이 일어남을 보신다. 모반이 누구에게서 시작되었고, 어떻게 아침의 아들들 사이에 퍼졌으며, 어떤 무리가 신명(神明)을 거역하기 위하여 작당했는가를 알고, 그는 미소를 지으며 외아들에게 말씀하신다.

'내 영광의 광휘를 온통 드러낼 줄 아는 아들이여, 나의 전권의 계승자여, 이제야말로 우리의 전능을 확인하고, 그 옛날부터 우리가 지녀온 신성(神性)과 주권을 어떤 힘으로 보존할 것인가를 확인할 때가 닥쳐온 것 같다. 넓디넓은 북방 일대에 우리에 못지않은 왕권을 세우자

아담과 하와가 라파엘과 함께 낙원의 모습을 보여주고 있다.

고 하는 대적이 일어나고 있다. 그것으로 만족하지 않고 그 적은 우리의 힘과 권리를 싸움으로써 시험해보려고 마음을 먹고 있다. 우리 의논하여 한시바삐 이 위험에 대비하여 나머지 군세를 집결하고 방비에 전력을 기울여야겠다. 부지중에 우리의 이 높은 처소와 성단, 성산을 잃지 않도록.'

이에 성자는 침착하고 명랑한 모습으로 형언할 수 없이 거룩하고 맑은 광채를 내며 대답한다.

'전능하신 아버지시여, 적을 조롱하시고, 편안한 마음으로 그들의 헛된 계획과 소요를 태연히 웃어넘기심은 당연합니다. 저들의 교만을 쳐부술 왕권이 내게 있음을 볼 때, 또한 반역자를 정복할 능력이 내게 있는지, 아니면 하늘에서 가장 무능력한 존재인가를 알게 될 때, 그들의 증오는 내 이름을 드러내는 것이니, 그것이 내겐 영광스러운 일입니다.'

성자가 이렇게 말씀하실 때, 사탄은 그의 군사를 이끌고 날개를 치며 급속히 멀리 전진한다. 수없이 많은 그 군사는 밤하늘의 별 같기도 하고, 아니면 잎마다, 꽃마다 햇살이 진주처럼 비춰주는 이슬방울인 저 샛별 같기도 하다. 그들은 여러 나라를 지난다. 스랍, 권천사, 좌천사라는 세 계급으로 된 강대한 나라들을. 거기에 비하면, 아담이여, 그대의 영토는 하나의 완전한 구체로부터 길이로 뻗어 나간 모든 육지와 바다에 이 동산을 비교한 것과 같다. 이런 나라들을 지나 그들은 마침내 북방의 경계 지역에 이르렀다. 사탄은 금강석과 황금의 바위에서 쪼아낸 피라미드와 탑이 있고, 마치 산 위에 솟은 산처럼 광채가 멀리 퍼지는 언덕 위의 높은 옥좌에 올랐다. 이 대마왕의 궁전(사람의 말로 풀면 그렇게 불리는데)을 그는 얼마 후 하나님과의 일체 평등을 노리면서 저 메시아가 온 하늘이 주시하는 가운데 선연한 그 성산을 모방하여 '모임의 산(《이사야》 제14장 13절 참조)'이라 불렀다. 그 이유로 말하면, 그는 그리로 오게 되어 있는 그들의 대왕을 환영하기 위한 절차에 관하여 모의하도록 명령을 받은 것처럼 구실을 붙여 전군을 그리로 소집하였기 때문이다. 이같이 진실을 가장한 교묘한 비방으로 그들의 귀를 솔깃하게 한다.

'좌천사, 권천사, 위천사, 역천사, 능천사들이여. 만일 이 당당한 칭호들이 이름뿐인 것이 아니라면, 이는 신명에 의해서 다른 자가 지금 전권을 장악하고, 기름 부음을 받은 왕의 이름으로 우리의 빛을 **빼앗**았기 때문이다. 그래서 이렇게 황급히 야간에 진군하여 여기서 갑작스러운 모임을 하게 된 것이다. 의논하고자 하는 것은 오직 어떻게 하면 가장 잘 새로운 존경의 방법을 고안하여 이제까지 없었던 무릎 꿇는 굴종과 비겁한 부복(俯伏)의 예를 받고자 오는 그를 맞이하는 것이다. 하나도 참기 힘든데, 어떻게 둘을 참으랴. 이미 있는 하나와 지금 선언된 그의 영상에게. 하지만 더 나은 계획이 있어 우리를 격려하고 이 굴레를 벗는 길을 가르쳐준다면 어떨까? 그대들은 고개 숙이고 굴종의 무릎을 꿇고자 하겠는가. 그것은 안 될 일, 내가 그대들을 바로 알고, 또한 그대들 자신도 아전엔 아무에게도 속하지 않은, 모두 같진 않아도 동등하게 자유로운 천민(天民)이고 천자였음을 알고 있으니. 대체로 위계(位階)와 계급은 자유와 충돌함이 아니요, 서로 잘 조화되는 것. 그렇다면 나는 마땅히 그와 동등자인 것이다. 권력과 영광에선 뒤떨어질지라도 자유에선 동등한 것 위에 이치로나 권리로나 누가 군림할 수 있겠는가. 하물며 이 때문에 우리의 주가 되어 예배를 바라고, 봉사가 아니라 지배하게 되어 있는 우리의 존재를 드러내는 그 군주다운 이름을 더럽히려고 하는 데서야.'

그의 거침없는 변론이 거기에 이르렀을 때, 스랍 중에서 누구보다도 열의를 가지고 하나님을 숭배하고, 또 그 명령에 복종하는 아브디엘(신의 종복)이 일어서서, 맹렬한 열화의 불길을 올리며 사탄의 광포한 말에 이렇게 반박한다.

'오, 모독과 허위와 오만의 변론이여! 일찍이 하늘에선 아무도 들으라 상상조차 못 했던 말이다. 하물며 동료보다 높은 자리에 앉은 그대에게서 그런 말이 나오다니, 배은망덕한 자여. 당연히 왕홀을 받은 그의 외아들에게 하늘의 영들은 모두 무릎을 꿇고, 이에 마땅한 경의로써 그를 정통의 왕으로 인정하라고 선언하고 맹세하신 하나님의 정당한 명령을 그대가 불경스러운 비방으로 시비할 수 있는가? 그대는 말하되, 자유로운 자를 율법으로 묶고, 동등자가 동등자 위에 군림하고, 혼자서 만인 위에 무궁한 권력을 누리게 함은 절대 부당한 일이라고 그대가 더불어 자유를 논하는가, 그대를 그처럼 만들고, 또 하늘의 모든 천사를 좋으신 대로 만들어 그들의 존재를 한정한 그분과. 경험을 통해 우리는 안다. 그분이 얼마나 선하고 또한 우리의 선과 존엄에 대하여 얼마나 깊은 이해를 하고 계신가를. 추호도 우리의 행복을 줄일 생각은 없으시고, 오히려 한 머릿밑에 더욱 긴밀하게 단합시켜 우리의 행복을 증진하려는 생각하신다는 것을. 하지만 그대 말처럼 동등자가 동등자에게 군림하는 것이 부당하다고 할 때, 그대 위대하고 영광스러울지라도, 그대는 탄생한 아드님과 동등하다고 생각하는가. 그의 말씀 그대로 위대하신 아버지는 만물을, 아니 그대까지도 만드시고, 그들에게 영광의 관을 씌우시고, 그 영광에 따라 좌천사, 권천사, 위천사, 역천사, 능천사라 이름하셨도다. 또한 그의 통치로서 빛이 흐려지는 것이 아니라 오히려 더욱 찬란해짐은, 머리인 그분이 그렇게 몸을 낮추고 우리와 율법이 되고, 그의 모든 영광이 우리의 영광으로 돌아오기 때문이다. 그러니 이런 불경스러운 광포를 그치고, 이들을 유혹하지 마라. 차라리 어서 아버지의 노여움, 성자의 노여움을 풀어드려라. 늦기 전에 원하면 용서받게 될지도 모르니.'

맹렬한 충성을 지닌 천사가 이렇게 말한다. 하지만 그의 열정은 시기를 잃어 기이하고 경솔하게 여겨져, 아무도 동의하지 않았다. 배신자는 이걸 보고 기뻐하며, 더욱 거만스럽게 이렇게 대답한다.

'그러면 우리가 만들어진 것인가. 그리고 아버지로부터 아들에게 전수된 하청(下請)의 작품이라고? 참으로 괴이하고 신기한 주장이로다. 어디서 배운 교리냐고 묻고 싶구나. 창조할 때 누가 보았는가? 그대는 창조주가 그대를 만들었을 때를 기억하고 있는가? 우리는 우리가 지금과 같지 않았을 때를 모른다. 운명의 길이 그 전 궤도를 돌았을 때 우리의 고향 천국의 성숙한 산물인 정화천의 아들로서 우리 자신의 활력으로 스스로 태어나 일어났으니, 그 앞일은 모른다. 우리의 동료인가를 실증하기 위하여 최고의 과업을 우리에게 가르칠 것이다. 그러면 그때 볼지어다. 우리가 애걸하며 용서를 비는지, 아니면 전능의 보좌를 에워싸고 탄원하는지, 혹은 쳐들어가는지를. 이 정보, 이 소식을 기름 부음을 받은 왕에게 전하라. 그리고 화가 미치기 전에 떠나라.'

사탄이 말을 끝내자, 깊은 못의 물소리처럼 요란한 말소리가 대군 속에서 일어나 갈채가 되어 그의 말에 메아리친다. 하지만 그 때문에 더욱 대담해진 불타는 스랍 천사는, 혼자이기는 하지만 적중에 포위된 채 두려움 없이 대답한다.

'오, 하나님을 배반하는 자, 모든 선을 저버린 저주받은 영이여. 나는 본다, 그대의 타락은 이미 결정적이고, 그대의 불행한 무리는 이 불신의 사기 속에 빠져 그들에게 죄와 벌의 독이 전염되어 있음을. 앞으로 더는 하나님의 메시아의 멍에를 어떻게 벗어날까 하고 괴로워할 것 없다. 그 관용의 율법은 이젠 용납되지 않을 것이니, 취소할 수 없는 다른 칙명이 그대에게 하달되리라. 그대가 거역한 황금의 홀은 이제 그대의 불순종을 깨뜨릴 쇠지팡이가 되리라. 그대의 충고 고맙지만, 이 저주받은 악의 천막을 떠남은 그대의 충언이나 위협 때문이 아니라, 임박한 분노가 깜짝할 사이에 불붙어 무차별의 벌을 입을까 겁나서이다. 각오할지어다, 그대 머리를 태워버릴 그분의 물과 벼락을.

라파엘이 아담에게 하늘의 전쟁을 보여주고 있는 장면이다.

그대를 멸할 수 있는가를 슬퍼하며 알리라.'

충성스러운 스랍 아브디엘이 이렇게 말했다. 불충한 무리 속에서 충실한 건 그뿐이다. 수많은 허위의 군상들 가운데서 그는 동하지 않고, 굽히지 않고, 꾐에 빠지지 않고, 무서워하지 않고, 충성과 사랑과 열정을 굳게 지켰다. 단 혼자이기는 하지만, 악령의 수도, 그 선례도 그를 진리에서 벗어나게 하거나 마음을 변하게 할 수는 없다. 그들 사이에서 나와 가는 도중 그는 적들의 멸시를 초연하게 참으며, 어떤 폭력도 겁내지 않고, 파멸이 눈앞에 다가온 교만의 탑에 반박의 경멸을 보내며 등을 돌렸다."

PARADISE LOST
실낙원

제6권
대천사와 사탄

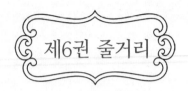

라파엘은 계속해서 하나님이 미카엘과 가브리엘을 보내어 사탄과 그의 부하 천사들과 싸우기 위하여 파견되었다는 이야기를 한다. 첫 번째 전투가 서술된다. 사탄과 그의 부하들은 밤을 도와 물러난다. 사탄은 회의를 소집하고, 마(魔)의 기계를 발명하여 그것으로써 그 이튿날의 싸움에서는 미카엘과 그 부하 천사들을 약간의 혼란에 빠뜨린다.

하지만 그들은 이윽고 산을 뽑아 던져 사탄의 군세와 마의 기계를 함께 압도한다. 그 후에도 여전히 소동이 이어지자, 하나님은 사흘째 되던 날 성자 메시아를 보낸다. 하나님의 능력을 가지고 전쟁터에 이르러 모든 천사군을 양쪽에 그대로 세워두고, 전차(戰車)와 뇌전(雷電)을 이끌고 적진 한가운데로 쳐들어가, 그들이 저항하지 못하도록 하늘의 성벽 쪽으로 추격해간다. 그러자 성벽이 벌어지면서 적은 저희를 위하여 마련해놓은 심연 속 형장(刑場)으로 공포와 혼란에 떨며 뛰어내린다. 개선한 메시아는 아버지에게로 돌아온다.

"두려움을 모르는 천사 아브디엘은 추격을 당하지 않는 상태에서
천국의 광활한 평지를 밤이 새도록 날았고, 이윽고 돌고 도는 시간의
여신들인 호라이의 순환에 따라 깨어난 새벽의 여신 아우라는 장밋빛
손으로 빛의 문을 열었다. 신산(神山)의 성좌 근처에 동굴이 하나 있어,
그곳에 빛과 어둠이 끊임없이 돌며 번갈아 머물다 나간다. 그 덕분에
온 하늘에 낮과 밤 같은 즐거운 변화가 생긴다. 빛이 나오면 다른 문에
서는 온순한 어둠이 들어가 하늘을 덮을 자기의 시간까지 기다린다.
그곳의 어둠은 마치 이곳의 황혼과 같아 보이긴 하겠지만. 이제 아침
은 최고천(最高天)에 어울리도록 정화천의 금빛으로 차려입고 나타나니,
그 앞에서 밤은 찬란한 햇빛에 뚫려 사라진다. 그때 온 들판은 빽빽이
늘어선 빛나는 전진 부대, 전차, 불꽃 내뿜는 무기, 화마(火馬)에 뒤덮여
불꽃과 불꽃이 비치며 비로소 그의 눈에 띄게 되었다.

그는 전비(戰費)를 갖춘 전쟁임을 깨닫고, 또 그가 알리고자 생각한 일
이 이미 알려졌음을 안다. 여기서 그는 기꺼이 그 친수한 천사들 사이
에 섞여들어 가니, 그들은 환호성을 높이 지르며 그를 맞이한다. 오직
혼자만, 수많은 타락 천사 중 오직 혼자만 타락하지 않고 돌아온 그를
요란한 갈채 속에 성산(聖山)으로 이끌어 보좌 앞에 내세우니, 황금빛 구
름 속에서 한 부드러운 목소리가 들린다.

'너 여호와의 종이여, 잘했도다, 장한 싸움("믿음의 선한 싸움을 싸우라." 〈디모

(대전서) 제6장 12절)을 싸웠다. 반역의 무리에 대항하여 무장한 그들보다 더욱 강한 말로써 오직 홀로 옳은 길을 주장하고, 또한 진리를 증명하기 위하여 폭력보다 더 견디기 힘든 만인의 모욕을 견디는구나. 이는 온 세상이 너를 고집이 세다고 판단해도 하나님 앞에서는 옳다 인정받기를 염원했기 때문이다. 이제 네게는 더욱 쉬운 승리가 남아 있으니, 이 우군(友軍)의 도움을 받아 놀림을 받으며 떠날 때보다 더욱 영광스럽게 너의 적에게로 돌아가, 율법을 위해 이치와 정리(正理)를 거부하고, 그 공적으로 볼 때 당연히 저들의 왕인 메시아를 거부하는 무리를 힘으로 쳐부술 수 있다. 가라, 미카엘(신 같은 뜻), 천군(天軍)의 왕이여, 그리고 너의 무용(武勇)에서 다음가는 가브리엘이여, 불굴의 내 아들들을 싸움터로 인도하라. 저 수천 수백만의 전열을 짜서 갖춘 무장한 천사들을 이끌지어다. 그 수효가 신을 잃은 반역의 무리와 대등하리니, 불과 대적하는 무기로 그들을 용감하게 치고, 하늘 끝까지 추격하여 하나님과 영광으로부터 몰아내 그들의 형장인 지옥의 심연으로 떨어뜨리라. 거기에는 지금 불의 혼돈이 입을 딱 벌린 채 그 추락만을 기다리고 있도다.'

지존의 목소리가 이같이 말하니, 구름은 마침내 온 산을 가리고, 연기는 잿빛 소용돌이를 그리며 성스러운 노여움의 징조인 솟구치는 화염을 감싸기 시작하고, 요란한 하늘의 나팔 소리 또한 무시무시하게 높은 데서 울린다. 그 명령을 듣고 하늘을 지키는 천사군은 적대할 수 없는 강대한 방진(方陣)을 짜서 아름다운 음악 소리에 맞추어 묵묵히 찬란한 대열을 이루어 진군하였다. 그 음악 소리는 거룩한 지휘자들에

란한 대열을 이루어 진군하였다. 그 음악 소리는 거룩한 지휘자들에 의해 하나님과 구세주 메시아를 위하여 모험적 행동을 하도록 용감한 열정을 고취한다. 견고한 대열을 흩뜨리지 않고 그들은 나아간다. 앞에 가로놓인 산도 좁은 골짜기도, 숲도, 강도, 그들의 완전한 대열을 갈라놓지 못했다. 이는 지상 높이 행군해 가니, 밑에 깔린 공기가 그들의 재빠른 걸음을 떠받쳐주었다. 마치 온갖 종류의 새들이 부름을 받아, 질서정연하게 날아서 에덴을 넘어 그대로부터 이름을 받으러 왔을 때와 같다. 그처럼 하늘의 여러 지역, 이 지구 길이의 열 배도 넘는 넓은 지역을 넘어서 그들은 전진했다.

이윽고 북쪽으로 지평선 멀리 끝에서 끝까지 전투대열 모양으로 퍼진 불과 같은 구역이 나타난다. 가까이 다가가 보니, 용감하게 원정을 서두르는 사탄의 대군, 굳센 창이 꼿꼿하게 뻗은 무수한 창대와 숲을 이룬 투구와 자랑스러운 구호를 그려 넣은 천태만상의 방패 등으로 꽉 차 있다. 그것은 바로 그날, 전투 혹은 기습으로 하나님의 산을 점령하여 그 보좌 위에 오만한 야심가, 하나님의 지위를 탐내는 자를 앉히고자 그들이 벌렸다. 그러나 도중에 그들의 생각이 어리석고 헛되다는 것이 밝혀졌다. 한 위대한 분의 아들들로 구원의 아버지를 찬양하며, 일심협력하여 기쁨과 사랑의 잔치에서 항상 같은 마음으로 서로 만났던 천사와 천사가 싸우고 맹렬한 교전을 한다는 것이 처음엔 이상하게 생각되었다. 하지만 이제 전투의 함성은 오르고, 돌진하는 공격의 소리에 유순한 생각은 곧 사라진다. 반역 천사는 하나님인 듯 의기양양하게 태양처럼 번쩍이는 전차에 한가운데에 높이 앉아 있다. 불꽃 뿜는 스랍들과 황금 방패에 에워싸인 채 그 위엄이 신상(神像)과 비슷한 모습으로. 이윽고 그는 그 화려한 권좌에서 내려왔다. 이제 양군 사이엔 오직 협소한 공간만이 무서운 간격으로 남게 되고, 정면으로 서로 맞서 굉장한 길이의 무시무시한 전형을 이룬다. 구름 같은 선봉대 앞에 당장 전화(戰火)가 터지려는 무서운 전선에 사탄은 금강석과 황금으로 무장하고, 오만하게도 대활보로 전진하여 탑처럼 걸어온다. 위대한 공을 세우려는 용사들 틈에 끼어 서 있지만, 아브디엘은 이 광경에 견딜 수 없어 이렇게 불굴의 마음을 시험해본다.

'아, 충절과 진실이 남아 있지 않은데, 이렇게 지상(至上)의 존재와 닮은 모습이 아직 남아 있다니! 덕이 다한 마당에 어찌 세력과 위광(威光)이 상실되지 않으며, 아주 용맹하여 무찌르기 어려운 것으로 보이지만, 어찌 약하게 되지 않겠느냐? 전능자의 도움을 믿고 나는 그의 힘을 시험하리라. 이미 그의 이성을 시험하여 거짓되고 불완전함을 알았으니, 진리의 논쟁에 승리한 자가 무력에도 이기고, 두 전쟁에서 똑같이 승리자가 되는 것이 정의가 아니고 무엇이랴. 이성이 폭력과 다툴 때, 비록 그 싸움이 야비하고 추할지라도, 이성이 이기는 것은 당연한 이치다.'

이렇게 생각하며 무장한 동료의 맞은편으로 걸어 나오다가 그는 대담한 적(사탄)을 중도에서 만나, 길을 방해하는 데 한층 분개하여 태연하게 그에게 도전한다.

'무엄한 자여, 널 만나게 됐구나. 네 희망은 아무 방해 없이 네가 원하는 높은 보좌에, 네 세력과 힘센 혀에 질려 포기한 그분 곁에 이르는 것이다. 어리석도다! 전능자에 거역하여 군사를 일으킴이 얼마나 헛된가를 생각지 않으니. 그분은 아주 작은 것으로부터 끊임없는 군대를 무한히 일으켜 너의 어리석음을 무찌를 수 있고, 한 손으로 모든 장벽을 넘어 누구의 원조 없이도 단 한 번 침으로써 너를 멸망시키고, 너의 군대를 어둠 속으로 밀어 던질 수도 있다! 그러나 너는 보았으리라, 아무도 너를 따르지 않는다는 것을, 하나님께 믿음과 경건을 바치고자 하는 자는 있어도. 너의 무리로부터 홀로 떠난 나의 이단적 처사가 그릇된 것처럼 보일 때에는 네게 안 보였지만, 이제는 보리라, 나를 따르는 자들을. 늦었지만, 이제라도 깨달으라, 수천만이 그릇될 때도 한둘은 아는 자 있음을.'

대적은 멸시하는 눈초리로 흘기며 그에게 대답한다.

'선동적인 천사여, 도망했다가 돌아와 당연한 보상으로 이 오른손의 첫 시험을 받는구나. 먼저 너의 혀는 반항심에 불타서 그 신성(神性)을 주장하려고 모인 천사들의 3분의 1에 감히 거역했다. 그들이 신성한 힘이 몸 안에 있다고 느끼는 동안은 어떤 자에게도 전능을 허용치 않았다. 하지만 너는 내게서 얼마간의 공적이라도 얻고자 하는 야심에서 동료보다 앞서 온 것은 잘했지만, 네 운명은 다른 자들에게 파멸이나 보여주게 되리라. 이를 네게 알려주기 위해(대답조차 못 들었다고 큰소리치지 않도록) 잠시 여유를 둔다. 처음에 나는 생각했다. 자유와 하늘은 하늘의

하늘의 전쟁에서 패한 사탄의 무리가 천사들에게 무릎을 꿇고 있다.

영(靈)들에게 모두 하나라고. 그러나 지금 보니, 대개가 게을러서 잔치와 노래를 배워 봉사의 영으로서 섬기는 길을 택하고 있다. 너는 이런 하늘의 악대를 무장시켜 굴종을 자유와 싸우게 하려 한다.'

아브디엘은 단호하게 짤막한 말로 대답한다.

'배신자여, 너는 참된 길에서 떠나 여전히 끝없는 잘못을 범하고 있다. 하나님과 자연(하나님의 명령이 곧 자연의 법칙)이 명하는 자를 섬기는 것을 부당하게도 굴종이란 이름으로 비방한다. 다스리는 자가 지극히 뛰어나고 다스림을 받는 자보다 가치가 있으면, 하나님과 자연이 명하는 바는 같다. 이것이 굴종이니, 즉 어리석은 자나, 또는 네 부하가 지금 너를 섬기듯, 탁월한 이를 거역하는 자를 섬기는 것이다. 너는 자유가 없다. 스스로에 얽매여 있다. 그런데도 야비하게 우리의 봉사를 비방하는구나. 너는 네 왕국인 지옥이나 다스려라. 나는 하늘에서 영광스러운 신을 섬기고, 가장 복종할 가치가 있는 그의 명령에 복종하겠노라. 너는 지옥에서 쇠사슬이나 기대하라. 그때까지는 네 말대로 도망쳤다 돌아온 나의 이 인사를 네 불경한 투구에 받아라.'

이렇게 말하며 기품 있는 일격을 가하니, 그것은 멈추지 않고 폭풍처럼 사탄의 오만한 투구에 떨어졌다. 그의 방패도 이러한 파멸을 막아내지 못했다. 그는 열 발자국 크게 물러서다가, 열 발자국째에는 무릎을 꿇고 그의 거대한 창으로 버틴다. 마치 땅 위에서 지하의 바람이나, 또는 물이 솟구쳐 나와 옆으로 산 하나를 그 자리에서 밀어내며 소나무를 반쯤 물속으로 침몰시키는 것과 같다. 반역 천사들은 놀라 아연했으나, 가장 강한 자가 이렇게 쓰러진 것을 보고 더욱 격분한다. 하늘의 천사군은 기뻐서 승리의 전조인 함성을 올리고, 치열한 전투 의욕으로 충만했다. 여기서 미카엘은 대천사의 나팔을 불게 하니, 그 소리가 광막한 하늘로 울려 퍼졌고, 충직한 군사들은 지존자에게 호산나를 외쳤다. 적의 부대도 또한 보고만 서 있지 않고 무섭게 달려드니, 지금까지 하늘에서 들어보지 못했던 광란과 소동이 일어나고, 갑옷과 부딪치는 무기에선 소름 끼치는 소리가 울리고 놋 전차의 바퀴는 미친 듯 날뛰었다. 전투의 소음이 처절하고, 머리 위에서는 불을 뿜는 투창이 무시무시한 소리를 내며 날아서, 양군 머리 위에 불의 궁륭을 이룬다. 이렇게 불의 천장 밑에서 함께 강력한 양군은, 파멸적인 공격과 그칠 줄 모르는 분격으로 돌진하니, 하늘이 온통 뒤흔들렸다.

무엇이 이상하랴, 수백만의 천사가 양편으로 나뉘어 싸우고, 가장 약한 자까지 모든 원소(4원소를 말함)를 구사하여, 그 원소의 모든 힘으로 무장했으니. 무수한 군과 군이 싸우는 가운데 무서운 혼란을 일으키고, 비록 파괴되지 않아도 저들의 행복한 원래의 처소를 교란할 만큼 얼마나 더 힘이 나타났을지, 만일 전능하신 영원의 왕이 그 높은 하늘의 성채에서 굽어살피어 그들의 힘을 제한하지 않았다면. 헤아려보면 분대 하나하나가 대군처럼 보였지만, 힘으로 보면 무장한 각 대원이 한 부대였던 그들. 지휘를 받으면서도 전사 하나하나가 명령권을 가진 지휘자처럼 보였으며, 언제 전진하고 언제 멈추고 언제 전세를 바꿀 것인가, 또 언제 치열한 전열(戰列)을 열고 언제 닫을 것인가를 그

꿀 것인가, 또 언제 치열한 전열(戰列)을 열고 언제 닫을 것인가를 그들은 익히 알고 있었다. 도망칠 생각도 하지 않고 후퇴할 생각도 하지 않았으며, 어울리지 않는 행위에 겁내지도 않았다. 각자 승리의 열쇠는 다만 자기 팔에 걸려 있는 것처럼 자기를 믿으니, 영원의 명예스러운 과업이 이루어짐이 끝이 없었다.

싸움이 널리 퍼지는 데 방법도 여러 가지여서, 때로는 굳은 땅에 서서 싸우고, 힘찬 날개로 솟아올라 온 대기를 어지럽혔다. 그때 대기는 모두 전화(戰火)로 보였다. 오랫동안 싸움은 승패 없이 연장되니, 마침내 그날 놀라운 힘을 과시한 사탄은 혼전을 벌이는 스랍 천사들의 치열한 공격을 뚫고 다니던 끝에 미카엘이 칼을 내리쳐 단번에 몇 분대를 휘몰아 쓰러뜨리는 걸 본다. 커다란 두 손의 날림에 높이 휘둘려 무서운 칼날은 적을 모조리 베어 없애면서 내리친다. 이런 파괴를 막고자 그는 달려가 열 겹의 금강석으로 된, 바위처럼 둥근 거대한 둘레의 큰 방패를 들이댄다. 그가 가까이 가자 대천사는 애써 싸우던 손을 멈추고, 이 적장을 항복시키고 사슬로 끌고 감으로써 하늘의 내란을 마치기를 기꺼이 바라며, 적개심에 불타는 찌푸린 얼굴에 노기 띤 표정으로 사탄을 향해 말했다.

'악의 장본인이여, 반역할 때까지는 알려지지도 않았고 하늘에서는 이름도 불리지 않았는데, 지금은 보는 바와 같이 증오스러운 반역 투쟁에 충만하다. 어째서 너는 하늘의 복된 평화를 뒤흔들고, 네 반역의 죄지을 때까지 없었던 재난을 끌어들였느냐? 어째서 너는 이전에는 충직하고 신실했으나, 지금은 배신자가 된 수천의 천사들에게 악의를 불어넣었느냐? 그러나 거룩한 평안을 여기에서 깨뜨릴 생각은 아예 하지 마라. 하늘은 온 천계(天界)에서 너를 내던진다. 축복의 고장인 하늘은 폭행과 전쟁 같은 일을 용납하지 않는다. 그러니 네 자손인 악을 거느리고 가라, 악의 고장 지옥으로 가라. 너와 너의 도당들도! 거기 가서 뒤섞여 싸우라, 이 보복의 칼이 너를 처형하기 전에. 또한 더 빠른 보복이 하나님으로부터 날아와 더 심한 고통 속으로 너를 내던지기 전에.'

천사왕 미카엘이 말하자, 사탄이 이에 대답한다.

'그대는 아직 실행하지 못한 것을 헛된 위협의 바람으로 질리게 하려고 생각지 마라. 건방지게 나를 쉽게 다루고, 위협으로 여기서 내쫓을 듯싶은가? 그대는 악이라 일컫지만, 우리는 영광의 싸움이라 부르는 이 투쟁이 이렇게 끝나리라고 착각하지 마라. 우리는 이 싸움에서 이기거나 이 천국 자체를 그대가 말하는 이른바 지옥으로 뒤집어엎을 작정이다. 하지만 비록 통치하지는 않아도 여기에서 자유롭게 살라. 그렇다고 해서 그대의 최고의 힘을(전능자라고 하는 자까지 그대를 원조해도 좋다) 나는 피하지 않겠다. 여기저기에서 너를 찾고 있었으니.'

서로의 언쟁이 끝나자 쌍방은 뭐라고 말할 수 없는 전투태세를 갖추었다. 비록 천사의 혀가 있다 한들 누가 감히 말할 수 있으며, 또 지상에 나타나는 어떤 것에 비유하여 사람의 생각을 이처럼 신과 같은 힘의 높이에까지 끌어올릴 수 있겠는가? 왜냐하면, 그들은 참으로 신과 흡사하니, 서든, 걷든, 그 체격이나 동작이나 무기가 위대한 천국의 주권을 정하기에 어울린다. 이윽고 불같은 칼을 휘두르며 공중에 무서운 원이 그려진다. 방패는 두 개의 큰 태양처럼 이에 맞서 불타올랐으나, 기대는 두려움에 질려 걸음도 멈추었다. 먼저 대단한 격전이 있던 곳에서 양쪽으로 재빨리 물러서 천사군은 넓은 땅을 남겼으니, 이는 이런 격동의 바람 근처에서는 위험하기 때문이다. 그것은 마치(큰 것을 작은 것으로 바꾸어 표현한다면) 자연의 조화가 깨져 여러 별 사이에서 싸움이 일어나, 두 개의 유성이 가장 심하게 상반되는 불길한 위치(두 별이 하늘의 양극단에 있어 상대함)로부터 돌진하여 중천에서 맞붙어 상충하는 구체들이 파멸함과 같다. 둘은 모두 전능자 다음가는 팔을 들어 단번에 사태를 결정지을 수 있는 일격을 가한다. 힘의 부족으로 되풀이할 필요가 없도록. 그들의 힘이나 재빠른 방어는 백중지세(伯仲之勢)다.

그러나 하나님의 무기고에서 나온 미카엘의 칼은 잘 달구어져 어떤 날카로운 것이나 단단한 것도 그 날을 당해낼 수 없었다. 그 신검은 사탄의 칼을 맞이하여 거대한 힘으로 내리쳐서 그것을 두 동강을 낸 후에 멈추지 않고 재빨리 뒤돌려 치니, 그의 오른쪽 옆구리에 깊은 상처가 났다. 사탄은 비로소 아픔을 깨닫고(반역 천사만이 고통을 느낀다) 몸을 뒤튼다. 날카로운 칼은 그를 뚫고 들어가 그토록 고통스럽게 상처를 냈지만, 영질(靈質)은 오래 갈라져 있지 않고 아물었다. 그래도 워낙 상처가 깊어 하늘의 영체들이 흘리는 그런 붉은 영액(靈液)이 흘러나와 찬란했던 갑옷을 모두 물들였다. 즉시 사방에서 그를 돕기 위해 많은 강한 천사들이 달려와 방패에 실어 전선에서 떨어져 있는 그의 전차로 운반하여가니, 사탄은 자기가 무적의 강자가 아니고, 이제는 이런 징벌로써 체면이 깎였을 뿐만 아니라, 신과 대등하다고 생각했던 자신의 힘이 깨졌음을 알고 고통과 원한과 수치로 이를 갈았다.

한편 다른 곳에서도 기억할 만한 일이 있었다. 힘센 가브리엘이 싸우면서 군기를 높이 들고 흉포한 왕 몰록의 대열로 깊이 돌진했다. 몰록은 그에 대항하여 전차 바퀴에 묶어서 끌고 가겠다고 위협하며, 하늘의 성자에 대해 모독의 말을 삼가지 않았다. 그러니 얼마 후 몰록은 가브리엘의 창에 허리까지 찔리고, 고통을 안고 울부짖으며 달아났다. 그 양쪽에 있던 우리엘과 라파엘은 거대하고 금강석으로 무장한 그의 오만한 적인 아드라멜렉(사마리아인들이 섬긴 우상신)과 아스마다이(아스모데우스)를 상대하였다. 두 힘센 천사는 비루한 우상들을 공격하니 갑옷과 쇠줄을 꿰뚫은 상처로 혼비백산하여 도망쳤다. 아브디엘도 또한 무신(無信)의 무리를 치려는 각오 아래 일어나, 이중 삼중의 타격을 주어 아리엘(신의 사자), 아리옥(사자 같은), 그리고 광포한 라미엘(신의 높임)을 불태우고 시들게 하여 타도했다.

이윽고 최강자는 꺾이고, 싸움은 시들해졌다. 보기 흉한 패배와 추악한 혼란이 시작되니, 땅에는 온통 깨어진 갑옷이 흩어져 있고, 전차와 전차수(電車秀), 그리고 군사들이 무더기로 쓰러져 쌓였다. 방어할 힘도 잃을 사탄의 전군은 지쳐서 물러서거나 파랗게 질렸다. 이때 그들은 비로소 공포와 고통에 겁을 내어 수치스럽게 도망쳤다.

하늘에 전쟁에서 패한 사탄이 처음으로 고통을 느껴 몸을 뒤틀고 있다.

이제 밤은 걸음을 옮기기 시작하여 하늘에 어둠을 끌어들이고, 증오스러운 전쟁의 소음을 덮었다. 그 어두운 밤의 휘장 밑으로 승자나 패자나 모두 함께 물러났다. 격전이 벌어졌던 들판에는 미카엘과 그 부하 천사들이 야영하며 그 주위에 불을 뿜는 스랍 천사들의 초병(생명의 나무 길목을 지키는)을 배치했다. 저쪽에서 사탄이 반역 무리에 숨어서 멀리 어둠 속으로 자리를 옮겨, 쉬지도 못한 채 그의 군장들을 야간회의에 소집하고 한가운데에서 대담하게 이렇게 말했다.

　'아, 위험 속에서 시험을 받았으나, 감히 전복될 수 없는 무훈으로 알려진 친애하는 동지들이여, 너무 천하게 요구하는 자유뿐 아니라, 더욱 우리가 즐기는 명예, 주권, 영광, 또 명성에 어울릴 만한 것으로 알려진 동지들이여. 하늘의 주는 보좌 근처에서 최강자를 우리에게 보내어 우리를 충분히 그의 뜻에 복종시킬 수 있다고 생각했으나, 실은 그렇지 못했다. 여러분은 그 승부 모를 싸움으로 하루를 견뎌냈다(하루가 그랬으니 영원히 그렇지 않겠는가?). 그러니 이제까지는 그를 전능자라고 생각했지만, 장차는 실수가 잦다고 볼 수 있다. 사실 무장이 튼튼히 되어 있지 않아 다소의 불편과 지금까지 몰랐던 괴로움을 겪었지만, 알고 보니 우스운 일이로다. 이제 우리가 알듯이 우리의 영체는 치명적 상해를 받은 일이 없고 불멸이어서 찔리면 상처가 즉시 아물고, 타고난 활력으로 회복된다. 그러니 치료가 손쉬운 그만큼 재난도 적으리라. 다음에 우리가 만나면, 아마 더 튼튼한 무기, 더 강렬한 병기로 우리의 힘은 커지고 적은 약해져서, 본질상 차이 없는(무장의 경중으로 생긴 차이) 우리

사이의 우열은 동등하게 될 것이다.'

그가 자리에 앉자, 그다음에 이 회합에서 일어선 것은 니스록(아수르의 신)이다. 그는 여러 군장의 우두머리, 처절한 전투에서 도망쳐온 자로서 몹시 지치고, 두 팔은 비참하게 찢긴 채 어두운 안색으로 이렇게 대답한다.

'새롭게 등장한 구주시여, 신들로서의 우리의 권리를 자유롭게 향유하게 해주기 위해 우리를 이끌어 이 전쟁을 지휘하시는 지도자여, 적들은 우리와 비교도 되지 않는 막강한 무기를 갖고 있습니다. 괴로움도 모르고 피해도 안 받는 자들을 상대로 애써 싸우는 것이 신들에게는 힘들고 너무 불공평한 일이니, 이 재난으로 결국 파멸이 올 것입니다. 모든 것을 굴복시키고, 가장 강한 자의 손을 둔하게 하는 용기나 힘이 비록 막강하다 한들, 고통으로 넘어진다면 무슨 소용이겠습니까? 생에 쾌락이 없다 해도 불평하지 않고 만족하면서 살 수 있으리다. 이것이 가장 평온한 삶이니. 그러나 고통은 완전한 비참, 최악의 재난이니, 지나치면 모든 인내를 뒤엎게 될 판이오. 그러니 아직 상처받지 않은 적을 우리가 무찌를 수 있고, 또한 적과 동등한 방어력을 가지고 우리를 무장할 수 있는 더 강력한 것을 발명한다면, 우리는 이 전쟁에서 승리할 수 있게 되리라는 것이 나의 생각입니다.'

이에 사탄은 침착한 얼굴로 대답한다.

'그대가 생각하는 것을 내가 발명(사탄의 대포 발명)하여 가져왔다. 우리는 이 하늘의 땅에 서서, 그 땅의 표면, 즉 온갖 식물과 열매와 향기로운 꽃과 보석과 황금으로 장식된 이 광활한 하늘의 대륙만을 볼 뿐이고,

밤이 되어 쫓겨난 사탄이 힘을 내어 몸을 일으키는 장면이다.

그런 것들을 생겨나게 하는 땅속 깊은 곳에 있는 어떤 물질은 생각하지 않는 게 보통이오. 그 물질은 불이 붙어 폭발하기 쉬운 검고 거친 액체 상태로 있다가, 하늘의 빛에 닿아서 형성되어 주위의 빛을 향해 열리며 참으로 아름다운 싹이 터져 나올 때까지 검고 거친 영기(靈氣)를 띤 물거품이었던 물체? 이것이 그 암흑의 자연 상태 그대로, 지옥의 불꽃을 품은 채로 우리에게 내보인다. 그것을 길고 둥근 텅 빈 기관에(사탄이 앞으로 만들고자 하는 대포의 포신) 가득 채워 다른 구멍에 불붙이면 팽창하고, 격하여 벼락이 치는 소리를 내며 멀리서부터 흉기를 적 가운데 발사하여 모든 거슬리는 것을 쳐부수고 압도할 것이오. 그로 인해 그들은 우리가 벼락의 신으로부터 단 하나인 무서운 번개를 빼앗았다고 겁낼 것이다. 그리 길게 수고할 것도 못 되니, 날이 밝기 전에 소원은 이루어질 것이다. 그때까지 소생하라. 그리고 두려움을 버려라. 힘과 뜻이 합해지면 어려울 게 없을지니, 실망할 것은 더욱 없을 것이다.'

그 말은 그들의 위축된 마음에 빛을 주고 시들었던 희망을 되살렸다. 그전에는 불가능하다고 생각되었던 것이 발명되니, 그렇게 손쉬운 것이 없는 것처럼 생각되어 자신들이 그런 것을 진작에 발명해 내지 못한 것을 못내 아쉬워했다. 하지만 후일에 악이 땅에 가득 찼을 때 아담 너의 족속, 즉 인류 중에서도 어떤 자가 마귀로부터 영감을 받아서 사람들을 해치려고 하는 의도로 인류에게 재앙이 될 그것과 똑같은 장치를 발명해 내어서, 전쟁에서 서로 대량살육을 벌이는 죄를 짓게 되리라.

그들이 회의를 끝내고 즉시 작업장에 달려가니, 논의하며 서 있는 자는 하나도 없다. 무수한 손이 넓은 하늘의 땅을 파헤치니, 그 밑에는 자연의 원소가 미성숙의 형태로 배태되어 있다. 그들은 유황과 초석의 거품을 찾아내어 그것을 혼합하는 교묘한 기술로 가열하고 건조하여, 아주 검은 낟알로 만들어 창고로 옮겼다. 한편에서는 숨은 광맥과 석맥(石脈)을 파내어(이 대지에도 같은 내장이 들어 있지만) 방사하여 부수는 기관(대포)과 탄환(돌)을 주조하기도 하고 다른 한편에서는 닿았다 하면 발화하는 위험한 도화관을 만들기도 했다. 이리하여 날이 밝기 전, 그들을 지켜보는 밤 아래에서 비밀리에 일을 마치고 태세를 정비했다. 소리 안 나게 조심하여 들키지 않도록. 아름다운 아침이 하늘에 얼굴을 내밀자, 승리의 천사들은 일어나 무기를 들라고 아침 나팔을 불었다.

그들은 황금 갑옷으로 무장하고 일어서 찬란한 대군으로 곧 대열을 갖추었다. 다른 자들은 밝아오는 산에서 둘러보고, 척후병은 가볍게 무장한 채 사방을 탐색하고, 먼 곳의 적을 살폈다. 그들이 어디에 머물고, 어디로 도망치고, 또 싸우기 위해 전진할 것인지 아니면 정지할 것인지. 그들은 곧 더디지만 탄탄한 대열로 나부끼는 깃발 아래 다가오는 적과 마주쳤고, 스랍 천사 중 가장 빠른 조피엘(신의 스파이)이 있는 힘을 다해 날아서 돌아와 중천에서 드높이 외쳤다.

'무장하라, 전사들이여, 무장하고 전투에 나서라! 멀리 달아났다고 생각한 적이 눈앞에 있으니, 오늘은 오래 추격할 필요가 없다. 구름처럼 다가오는 그 얼굴에는 확고하고 두려움이 없는 각오가 엿보이니,

달아날 걱정도 없다. 모두 금강 갑옷을 잘 입고, 투구를 잘 쓰고, 둥근 방패를 굳건히 움켜쥐고, 평평하게 또는 높이 들고 있으라. 오늘 떨어져 내릴 것은 내 생각건대 가랑비가 아니고, 불의 촉 달린 화살이 난무하는 폭풍이다.'

이렇게 경고하니, 각자 조심하고, 모든 짐을 놓고, 곧 열을 지어 혼란도 없이 무기를 들고 진용을 갖추어 전진했다. 이때 바라보니, 멀지 않은 곳에서 무거운 발걸음으로 엄청난 적이 다가왔다. 입방체형으로 가운데를 비우고, 악마의 기관을 끌고, 사면으로 가리는 깊은 대열에 묻혀 흉계를 숨기며 다가왔다. 양군은 잠시 마주 쳐다보며 서 있었으나, 이윽고 사탄이 앞에 나타나 이렇게 소리 높여 명령하는 소리를 들었다.

'선봉대여, 좌우로 정면을 열어서 우리를 미워하는 자들에게 우리가 얼마나 평화와 화해를 구하고, 넓은 도량으로 그들을 받아들이고자 일어섰는가를 보게 하라, 그들이 만일 우리의 제의를 즐거워하고 악하게 등을 돌리지 않는다면. 하지만 그건 의심스러운 일. 하늘이여, 굽어살피라! 하늘이여, 곧 살피라, 우리 이제 자유로이 우리 맡은 바를 수행하는 동안. 그리고 그대들 명령받고 일어선 자여, 그 책임을 다하라. 우리가 제안한 것에 가볍게 손을 대되, 모두 들도록 크게 하라.'

사탄이 모호(模糊)한 말로 조롱하며 말을 마치자마자 정면은 좌우로 갈라지고, 선봉대가 양쪽으로 물러서자 우리 눈앞에 나타난 것은 신기한 놋쇠, 무쇠, 돌로 만들어진 수레에 실린 세 층으로 된 원주의 열

(그 형체는 기둥과 아주 비슷하고, 또한 숲이나 산에서 자란 가지를 친 참나무나 전나무의 속을 파내어 만든 것과 비슷함), 저들의 입인 그 무서운 구멍을 크게 벌리어, 공허한 휴전의 전조를 보이며 우리를 향했다. 각각 그 뒤에는 스랍 천사가 손으로 끝에 불붙은 갈대를 흔들며 서 있었다. 우리는 가슴을 죄며 야릇한 생각에 마음 가다듬고 서 있었는데, 그것도 잠시, 갑자기 모두 일제히 갈대 불을 내밀어 좁은 화문(火門)에 불을 붙이자, 그 순간 온 하늘이 당장 불붙는 듯하였으나, 곧 목구멍 깊은 기관에서 쏟아져 나오는 연기에 흐려지고, 그 함성은 맹렬한 소음을 일으켜 대기의 창자를 후벼내고, 그 내장을 남김없이 찢어 그 안에 가득 찬 악마의 물건, 사슬처럼 이어진 뇌전(천둥과 번개)과 철환(鐵丸)의 우박을 무섭게 쏟아냈다. 그것이 승리의 군세를 노리고 광포한 분노로 휘몰아치니, 여기에 맞는 자, 제 발로 서 있는 자 없었다. 그렇지 않으면 반석처럼 서 있었을 것인데. 쓰러지는 자가 수천, 천사는 그 무장 때문에 더 빨리 대천사 위에 굴러떨어졌다. 천사는 영(靈)이니 무장하지 않았다면, 재빨리 수축하거나(전진과 진퇴도 자유자재) 물러나서 쉽게 피할 수 있었을 텐데. 비참한 혼란과 불가피한 패배는 계속되어, 그 밀집 대열을 늦추는 것도 부질없는 일이었다. 어떻게 해야 할 것인가! 만일 돌진하면, 반격은 되풀이 되고 부끄러운 패배는 거듭되어, 한층 더 멸시당하고 적의 웃음거리밖에는 안 될 것이다. 왜냐하면, 제2의 포열을 발사하고자 태세를 갖추고, 스랍 천사의 별동대가 눈앞에 줄지어 서 있었으니까. 패하여 물러서는 것은 그들이 죽기보다 싫어하는 일. 사탄은 이 꼴을 보고 동료들에게 비웃으

반역 천사들과의 싸움에서 승리한 미카엘이 그의 천사들과 진을 치는 장면이다.

며 이렇게 말했다.

'친구들이여, 어째서 이 자랑스러운 승리자들에게 달려들지 않는가? 전에는 저들이 무섭게 다가오더니, 우리가 정면과 가슴을 열고(그 이상 어떻게 할 수 있으랴) 그들을 후히 대접하려고 화해의 안건을 내걸었지만, 그들은 즉각 변심하여 달아나 괴상한 발광을 하니, 춤이라도 추려고 하였던가. 하지만 춤이라고 하기엔 다소 기괴망측하게 보이니, 아마 화해의 제안을 받고 매우 기뻐서 그러는 모양이다. 그러나 생각건대 저들이 우리의 제안을 다시 한번 듣는 날에는 빨리 결말을 짓지 않을 수 없을 것이다.'

벨리알도 같은 농담조로 그에게 말한다.

'지휘자여, 우리가 내건 조건은 지나치게 무겁고 내용이 딱딱하며, 강력한 힘이 넘치고 있어 보다시피 그들은 모두 당황하여 어쩔 줄 모르고 있다. 그걸 옳게 받아들이는 자는 철두철미하게 잘 이해할 필요가 있소. 그걸 이해 못 하면 다시 그 조건 때문에 우리는 적의 걸음이 온당치 못함을 보게 될 것이오.'

이렇게 그들은 저희끼리 즐거운 기분으로 농담한다. 승리는 의심의 여지가 없다는 생각으로 우쭐하여, 그들은 '영원의 힘'을 저희 발명품과 비교할 수 있는 것으로 쉽게 생각하고, 하나님의 우레를 우습게 여기고, 그의 대군을 조롱했다. 그러나 그들은 오래 서 있지 않았다. 이윽고 분노가 그들을 자극하니, 이런 지옥의 해독에 대항할 무기를 찾아내었다. 그들은 곧(보라, 하나님이 그 강력한 천사들에게 주신 탁월함과 그 힘을) 그 무기를 던져버리고 산으로 향하여(이는 대지가 산과 골짜기에 자리 잡은 이 기쁨의 여러 모습을 하늘로부터 받았기 때문이다) 번개같이 가볍게 날고 또 달려서, 그 뿌리로부터 이리저리 흩어지면서 바위, 풀, 숲 등 거기에 실린 모든 것과 함께 앉은 산을 뽑아내더니, 초목 무성한 봉우리들을 잡아 올려 손으로 옮겼다. 분명히 반역의 무리는 놀라움과 공포에 사로잡혔고, 산들의 밑바닥이 무섭게 뒤집혀지는 걸 가까이 와서 보았을 때는, 그리고 마침내 그는 그 저주스러운 기관의 삼층열(三層列)이 내리 덮이고, 그들이 믿는 모든 것이 산의 무게에 깊이 파묻힘을 보았다.

　다음에는 그들 자신이 습격을 받아 머리 위에 던져진 큰 봉우리가 공중에 그늘을 만들며 다가와 무장한 온 군대를 압도한다. 갑옷은 찌그러지고 부서져 그들의 살을 파고들어 상처를 냈고, 그것이 참을 수 없는 고통과 수많은 슬픈 신음을 자아내어, 오랫동안 그 속에서 허덕거렸다. 이런 감옥에서 빠져나갈 때까지는. 그들은 더할 수 없이 순결한 빛의 영이어서 처음에는 순수했지만, 이제는 죄로 더러워졌다. 남은 무리도 모방하여 같은 무기에 의존하여 근처 산들을 찢었다. 그리하여 산은 공중에서 산과 부딪치고 이리저리 참담하게 내던져지며, 땅 밑 음침한 그늘에서 서로 싸웠다. 지옥의 소란! 전쟁도 이 소란에 비한다면 거리의 경기 정도였다. 무시무시한 혼란이 혼란에 겹쳐 일어났으니, 만일 전능하신 아버지께서 그 숭앙받는 하늘의 성소에 편안히 앉으며 만물을 두루 살피고, 이 소란을 예측하여 고의로 일체를 허용치 않았다면 하늘은 온통 황폐하여 파멸하고 말았을 것이다. 그것으로 그분은 그 적에게 원수를 갚은 기름 부음을 받은 성자에게 명예를 주고, 모든 권력이 그에게 넘어갔음을 공포하려는 큰 뜻을 달성하게 되었다. 그래서 보좌를 공유하는 그의 성자를 향해 이렇게 말한다.

'내 영광의 빛인 사랑하는 아들이여, 보이지 않는 신격인 나의 존재가 그 얼굴에 뚜렷하게 보이고, 또 신명으로 내 하는 바가 그 손에 나타나는 아들이여, 제2의 전능자여, 벌써 이틀이 지났다. 미카엘과 그 군사가 반역의 무리를 진압하고자 나간 때가 하늘의 날수로 계산하여 이틀이다. 그들의 싸움은 치열했다. 무장한 양군이 회전했으니, 그럴 법한 일이지. 나는 그들을 내버려 두고 있었다. 그대 알다시피 그들은 창조될 당시에는 동등했다. 죄 탓에 손상되어 그렇지. 그러나 내가 그 처형을 유예했으니, 그 손상도 아직 뚜렷하진 않다. 그러므로 그들은 끝없이 영원의 전쟁을 계속할 것이니, 해결의 가망이 없을 것 같았다.

피곤한 전쟁은 할 수 있는 것을 다하고, 거대한 산을 무기처럼 사용하여 무질서한 분노를 멋대로 자행하니, 하늘을 어지럽히고 온 우주를 위태롭게 한다. 그런데 벌써 이틀이 지났으니, 사흘째는 그대의 날이다. 그대를 위하여 그날을 정하고 지금까지 참아왔다. 그대가 아니고는 이 대전을 끝낼 자가 없으므로, 그 끝맺음의 영광을 네게 주기 위하여, 나는 무한한 능력과 은혜를 그대에게 불어넣었다. 이는 하늘이나 지옥에서 그대의 힘이 비길 데 없음을 모두 알 수 있도록, 그리고 이 사악한 소란을 다스리면 그대는 만유의 계승자로서 손색이 없다.

또한, 그대의 당연한 권리인 성유(聖油)를 받을 왕으로 표명하기 위해서, 그러니 가라, 그대 최강자여, 아버지의 힘으로 내 수레에 올라타고, 하늘에 반석을 뒤흔드는 그 번개 같은 바퀴로 달려라. 나의 모든 무기, 네 활과 우레를 꺼내고 내 전능의 무기인 칼을 그대의 힘센 허리에 차라. 그리고 암흑의 아들들을 추격하여 온 하늘의 경계 밖, 심연 속으로 몰아넣어라. 거기에서 저희 좋을 대로 배우게 하라. 하나님과 기름 부음을 받은 성왕 메시아를 경멸하는 법을.'

이렇게 말하고 직사광선으로 성자를 듬뿍 비추니, 그는 완전히 드러난 아버지를 그 얼굴에 무어라 말할 수 없이 받아들인다. 그리고 성자이신 그는 이렇게 대답했다.

'오, 아버지, 하늘 성좌의 지존자(至尊者)며, 최초, 최고, 지성(至聖), 지선(至善)이여, 당신은 언제나 당신의 아들을, 나는 이것을 나의 영광, 나의 자랑, 나의 온전한 기쁨으로 생각합니다. 성의(聖意)가 내게서 결실된다고 기꺼이 공포하니, 그 뜻을 이루는 것은 내 무상의 축복입니다. 당신께서 미워하는 자를 나도 미워하고, 당신의 온유를 지니듯 당신의 공포를 입겠습니다. 만물에 어리는 당신의 영상이오니. 그리고 내 곧 당신의 힘으로 무장하여 이 반역의 무리를 하늘로부터 마련된 지옥, 어둠의 사슬, 죽지 않는 구더기들(《이사야》 제66장 24절)이 있는 곳으로 몰아 버리겠습니다. 당신에게 복종하는 것이 온전한 행복인데도 당신에 대한 바른 순종을 거역한 자들을. 그러면 당신의 성자들만이 불순의 무리에서 멀리 떨어져 당신의 성산(聖山)을 순회하며, 가면이 아닌 할렐

루야, 높은 찬미의 노래를 당신을 위하여 부를 것이고, 나는 그 머리가 될 것이옵니다.'

이렇게 말하고 홀 위에 몸을 굽히니 그가 앉았던 '영광'이 오른쪽에서 일어섰다. 그리하여 셋째 날(전투 셋째 날)의 성스러운 아침은 온 하늘을 밝히며 빛나기 시작했다. 성부 하나님의 전차는 회오리바람을 일으키며 요란하게 돌진했다. 화염을 내뿜으며, 바퀴 속에 바퀴(《에스겔》 제1장 16절)를 돌고, 끌리는 것이 아니라 그 자체의 영기(靈氣)로써 움직였다. 스랍 천사 넷이 호위했는데, 각기 기이한 얼굴을 가졌다. 온몸과 날개에 별 같은 눈이 있고, 녹옥석(綠玉石)의 바퀴에도 눈이 있으며, 그 사이에는 창공, 그 위에는 순 호박(琥珀)과 무지개가 새겨 넣은 청옥의 옥좌가 있었다. 성자는 하나님의 솜씨로 이루어진 듯한 빛나는 하늘의 완전한 갑옷으로 온통 무장하고 전차에 올랐다. 그 오른쪽에는 독수리의 날개를 한 '승리'가 앉고, 그 곁에는 활과 세 화살의 우레를 담은 화살통이 걸려 있다. 그 둘레에서 무섭게 분사하며 감도는 것은 연기와 너울거리는 화염과 무서운 불꽃이다. 수천만 성도를 거느리고 그가 전진해오는데, 그 모습이 멀리서부터 빛났다.

또한 하나님의 전차 이만(내 그 수를 들었도다)이 반씩 양쪽으로 보였고, 청옥의 좌석에 앉은 그는 스랍의 날개를 타고 수정의 하늘을 높이 날아갔다. 멀리 또 널리 뚜렷이 빛나지만, 그 모습을 먼저 본 것은 그의 천사군, 하늘에 그의 표지인 대 메시아의 기(旗)가 천사의 손으로 높이 게양되어 빛나니, 그들은 뜻밖의 기쁨에 어리둥절했다. 이윽고 미카엘은 양쪽으로 흩어진 군대를 모두 모아 자기 휘하에 넣고, 수령(메시아) 밑에 전원 일체로 통합했다. 그 앞에서 신군(神軍)은 미리 길을 마련하고, 뿌리가 뽑힌 산들은 그의 목소리가 들리자 각기 제자리로 돌아갔다. 하늘은 옛 모습을 되찾고, 새로운 꽃들로 산과 골짜기는 미소를 지었다. 불행한 적도 그것을 보았으나, 완강하게 일어서서 우둔하게도 절망에서 희망을 품고, 반역의 전투를 위해 그 군사를 재정비했다.

하늘의 영 가운데 이런 사악함이 머무를 수 있을까? 그러나 어떤 징조로 이 오만한 자를 설득하고, 또 무슨 기적이 있어 이 완고한 자를 누그러뜨릴 것인가! 고쳐야 할 것 때문에 도리어 더욱 완고해지고, 그의 영광을 보고 더욱 슬퍼진 나머지 시기를 일으키고, 그 높은 자리를 동경하여 그들은 폭력이나 기만으로써 번창한다. 마침내 하나님과 메시아를 이기거나, 아니면 마지막 파멸을 초래할 생각으로 무섭게 전진을 재정비하여 일어섰다. 이윽고 그들은 도주나 심약한 후퇴를 비웃으며 최후의 전투에 다가섰다. 그때 하나님의 위대한 아들이 좌우의 전군을 향하여 이렇게 말한다.

'빛나는 진용으로 조용히 서라, 무장의 천사들이여. 오늘은 싸움을 쉬라. 그대들은 충성스럽게 싸웠으며, 의를 위하여 용감하였으니, 하나님께서 이를 기뻐하신다. 그대들은 명을 받은 대로 굴하지 않고 완수하였다. 그러나 이 저주받은 무리가 받을 벌은 다른 손에 있으니, 복수는 그분이 지명한 이에게 달려 있다. 오늘의 과업에는 수도 정해지지 않았고, 부대도 미정이니, 다만 서서 보아라, 나를 통하여 무신(無信)

의 무리에게 쏟아지는 하나님의 노여움을.

그대들이 아닌 나를 저들은 무시하고 또 시기한다. 그들의 분노가 내게로 덤빈다. 지고의 하늘에서 나라와 권세와 영광을 무한히 지닌 성부께서 성의(聖意)에 따라 나에게 영광을 주셨기 때문이다. 따라서 저들의 처형을 내게 맡기신 것은 그들의 소원대로 어느 편이 강한가, 즉 그들 전체인가, 아니면 그들에게 홀몸으로 대항하는 나인가를 싸움으로써 시험해보도록 하신 것이다. 그들은 힘으로써 모든 것을 측정할 뿐, 다른 우월은 경쟁하지 않고도 누가 저희보다 월등하든지 개의치 않으니, 나도 그들과 다른 경쟁은 용납하지 않으리라.'

이렇게 말한 성자는 엄숙하여 바로 볼 수 없을 정도로 용모를 달리하고서, 분노에 가득 차 적에게로 향했다. 곧 네 천사는 그 가공할 전차 바퀴를 굴리니, 그 소리는 마치 밀어닥치는 홍수나 무수한 대군의 소리 같았다. 그가 불경한 적에게 밤처럼 어둡게 곧장 돌진하니, 그의 불타는 바퀴 밑에서 부동의 정화천은 사뭇 뒤흔들었다. 다만 하나님의 보좌만은 제외하고, 그는 곧장 오른손에 일만 우레를 움켜쥐고 전속력으로 그들 속에 도착하여 그것을 방사했다. 마치 그들의 영혼에 괴질을 퍼붓듯이. 그들은 아연하여 모든 저항과 용기를 상실하고, 무용지물이 된 무기를 떨어뜨렸다. 그가 방패와 투구, 그리고 쓰러져 굴복한 고위 천사와 힘센 스랍들의 투구를 쓴 머리를 타고 넘으니, 그들은 이제 산이 다시 저희에게로 던져져서, 그의 분노를 피하는 그늘이 되기를 원했다. 눈이 독특한 네 얼굴의 네 천사로부터, 그리고 마

패배한 반역 천사들이 아홉 날에 걸쳐 심연으로 추락하는 장면이다.

찬가지로 수많은 눈이 독특한 생동하는 전차 바퀴로부터 쏘아 좌우로 떨어지는 그의 화살은 마치 폭풍과 같았다. 그 가운데 하나의 영(靈)이 그것들을 다스리고, 모든 눈이 전광처럼 번뜩이며 저주받은 자 사이에 독기에 찬 불을 쏘니, 그들의 세력은 모두 시들고 평소의 활기는 고갈되어 기진맥진, 혼비백산, 괴로움에 못 이겨 쓰러졌다. 성자는 힘을 반도 못 내어서 사격 도중 우레를 멎게 했다.

성자의 의도는 그들의 멸망이 아니라 하늘에서 그들을 뽑아내고자 하는 것이었기에, 나자빠진 패배한 적을 일으켜 산양(山羊)이나 겁에 질린 양처럼 한곳에 몰아 얼빠진 그들을 공포와 분노로써 하늘의 경계인 수정 성벽까지 쫓았다. 성벽은 넓게 벌어져 안으로 돌더니, 널따란 틈이 황막한 심연에 드러났다. 무서운 광경에 그들은 기절할 정도로 놀라 뒷걸음질을 쳤지만, 뒤에서는 훨씬 더 무서운 것이 닥쳐왔으므로, 하늘로부터 거꾸로 몸을 던졌다. 영원의 분노가 바닥 없는 심연까지 그들을 쫓으며 불탔다. 반역의 무리는 아흐레 동안 떨어졌다. 어리둥절하여 혼돈은 포효하고, 그들의 추락에 열 곱은 더 혼란을 느꼈다. 이런 대패주(大敗走)는 혼돈에게 파멸을 주었다.

마침내 지옥은 거대한 입을 벌리고 그 전부를 받아서 그들 위로 닫아버렸다. 지옥은 그들의 알맞은 처소, 꺼지지 않는 불이 가득한 슬픔과 고통의 집이다. 하늘은 짐을 벗어 기뻐하고, 파괴된 벽을 굴려 제자리에 돌려보내고 곧 고쳤다. 적을 축출한 메시아는 유일한 승리자로서 개선의 전차를 거기에서 돌렸다. 그 전능한 행동을 직접 본 자로

지옥문이 활짝 열려 박연 무리가 심연의 바닥에 떨어지는 장면이다.

서 조용히 일어섰던 모든 성도는 그를 맞이하러 환호성을 울리며 나아갔다. 가지 뻗은 종려나무의 그늘을 받으며 그들은 달려가서, 각기 빛나는 천사들의 개선 노래를 부르며, 승리의 왕, 성자, 계승자, 주님이시니, 유일한 통치자로서 주권을 받은 분이라고 찬미했다. 그는 중천을 향해 수레를 몰고 가서 높이 계신 위대하신 성부의 궁전, 어전으로 들어갔다. 영광에 싸여 영접받으며 그는 이제 하나님의 오른쪽 축복의 자리에 앉았다.

이렇게 그대의 요구대로 하늘의 일을 땅의 사물에 비유하여, 지난 일로써 그대가 경계하도록 내 그대에게 알려주었다. 천상의 전쟁, 또한 지나치게 높은 뜻을 품고 사탄과 더불어 반역한 무리의 깊은 추락 등을. 그자는 지금 그대의 처지를 시기하여 어떻게 하면 그대를 순종에서 유혹해낼까 음모를 꾸미려는 중이다. 그것은 그대도 그와 더불어 행복을 빼앗기고, 영원의 재앙이라는 벌을 함께 받게 하려 함이다. 가장 높은 이에 대하여 가하는 모욕으로써, 일단 그대를 자기 재난의 동료로 삼을 수 있다면, 그것이야말로 그에게는 위안이요 복수일 것이나, 그의 유혹에 귀를 기울이지 마라. 그대의 연약한 짝에게 경고하라. 인간에게 숨겨졌을 일을 얘기했으니 그대에게 도움이 될 것이다. 기억하라, 그리고 거슬리는 것을 두려워하라."

PARADISE LOST

실낙원

제7권
천지창조

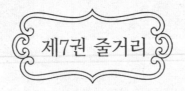

라파엘은 아담의 요청으로 이 세계가 처음에 어떻게, 왜 창조되었는가를 이야기한다. 하나님은 사탄과 그와 함께한 천사들을 천국에서 추방한 후에, 또 하나의 세계를 창조하여 거기에 다른 창조물을 살게 할 뜻을 밝히고는, 자신의 영광의 아들을 천사들과 함께 보내어 엿새 동안에 걸쳐 창조 사역을 수행하게 하였다. 천사들은 이 아들이 그 일을 다 마친 것과 그가 천국으로 다시 돌아온 것을 송축하였다.

우라니아(천상의 존재)여! 그대가 만일 그 이름으로 불리는 것이 합당하면, 나는 그대의 거룩한 음성을 따라, 올림포스의 산을 넘는 페가수스(그리스 신화에 나오는 날개 달린 신성한 말)보다 더 높이 날아가리다. 내가 부른 것은 그 이름이 아니라 그 이름 속에 담긴 뜻이니, 그대는 아홉 뮤즈에 속하지도 않고, 또한 옛 올림포스의 산꼭대기에서 산 것도 아니고, 하늘에서 태어나 산이 나타나고 샘물이 흐르기 전에 영원한 '지혜', 그대의 자매인 지혜와 교제하여 그녀와 함께 전능의 아버지 앞에서 놀고, 그대 하늘의 노래로서 아버지를 즐겁게 해드렸다. 그대에게 이끌려 나는 최고천에 지상의 귀빈으로 올라가, 그대가 가락을 맞춘 정화천의 공기를 마셨다. 내려갈 때도 역시 나를 안전하게 인도하여, 내 본래의 고장으로 돌려보내 주어라. 일찍이 벨레로폰(그리스 신화의 코린토스의 용사)이 이보다 낮은 곳에서 그랬던 것처럼, 이 고삐를 모르는 준마에서 떨어져 알레의 들판으로 굴러떨어져 방황하거나 쓸쓸하게 배회하는 일이 없도록 해주어라.

나의 노래는 아직도 부르지 못한 채 반이나 남았다. 그것도 눈에 보이는 일상의 한계 속에 좁게 갇혀 있다. 우주의 극 위로 올라가지 않고, 땅 위에 서서 더욱 편안하게 사람의 목소리로 나는 노래한다. 비록 불행한 세월(밀턴 당시 왕정회복 후 암담한 상황)을 맞았을지라도 목청이 변하거나 그치는 일 없어, 암운의 날과 사나운 혀를 만나도, 또한 어둠 속에 빠지거나 위험과 고독에 에워싸여도. 하지만 밤마다(혹은 새벽) 아니면 아침이 붉게 동녘을 물들일 때 그대가 나를 찾아주니 나는 외롭지 않다. 그래도 그대 내 노래를 인도하라, 우라니아여, 비록 수는 적더라도 좋은 청중을 찾아주시라.

그러나 바쿠스(로마 신화의 술의 신)와 그 주객들의 야만스러운 잡음은 쫓아버리라. 그 거친 폭도들이 트라키아의 가인(歌人)을 로도페에서 찢어 죽였을 때, 숲과 바위는 넋을 잃고 들었지만, 마침내는 야만스러운 소음에 하프 소리와 목소리도 안 들리게 되었고, 뮤즈조차 그 아들을 보호할 수 없었다. 그대여, 실망하게 하지 마라, 그대에게 간청하는 자를. 그대는 천신(天神)이고 그녀는 헛된 꿈이니. 말하라, 여신이여. 다정한 천사 라파엘이 배신을 경계하기 위해 비참한 예를 들고, 하늘에서 경고한 후에 진행된 일들을. 저 금단의 나무에 손대지 말라고 명령받은 아담과 그 족속이 만일 배신하여, 그들의 식욕이 변하기 쉽지만, 그것을 채우는 데 선택할 수 있는 다른 모든 맛 중에서 굳이 아주 쉽게 지킬 수 있는 그 단 한 가지 명령을 범하면(하나님의 금령), 낙원에도 같은 벌을 내릴까 두려워함이다.

아담은 그의 배필 하와와 그 이야기를 자세히 듣고, 그렇게 높고 이상한 일들, 즉 천상에서의 증오와 평화스럽고 복된 하나님 성좌 가까이서 일어난 소란한 전쟁, 하지만 곧 쫓겨나 그것이 솟아난 것들 위에 저희로서는 감히 상상조차 불가능한 얘기를 듣고 경악과 깊은 명상에 잠겼다. 그 얘기를 듣고 아담은 곧 마음에 일어난 의심을 버렸다. 그리하여 이제 아주 가까운 자기 주변의 일들, 눈에 보이는 이 하늘과 땅의 세계가 처음에 어떻게 시작되었으며, 또 언제 무엇으로 창조되었는지, 그 이유는 무엇인지, 그의 기억 이전에 에덴의 안팎에서 어떤 일이 일어났는지를 알고자 하는 욕망에 죄없이 이끌린다. 마치 갈증이 미처 멎기 전에 흐르는 물을 보고 그 경쾌한 물소리에 새로운 갈망(《시편》 제42편 1~2절 참조)을 일으키는 사람과도 같이 앞으로 나아가 그 하늘의 귀빈에게 묻는다.

"이 세상과는 전혀 다르고, 우리 귀에는 놀라울 수밖에 없는 일들을 그대는 들려주셨습니다. 거룩한 해설자여! 그대는 은총으로 정화천에서 보내져, 아니면 사람의 지혜에 도달하지 못하기에 알 수 없어 우리가 실패하였을 일을 때마침 우리에게 경고해주셨습니다. 이에 우리는 무한히 착하신 이에게 무궁한 감사를 드립니다. 그리고 우리는 그의 훈계를 엄숙한 마음으로 받아들여, 그 지존의 뜻을 우리 존재의 궁극의 목적으로서 변함없이 지키고자 합니다.

하지만 그대는 친절하게도 우리를 가르치고 이끌기 위해 지상에서는 상상조차 못 할 일들, 그러나 지고의 지혜로 보시기에 우리가 알아야 할 일을 전해주셨으니, 원하건대 조금 더 낮게 내려오시어 우리가 알면 이익될 일들을 말씀해주십시오. 움직이는 수많은 불로 장식되어 저렇게 높고 멀리 보이는 하늘이 처음에 어떻게 생겼는지, 또한 널리 퍼져 이 아름다운 땅을 둘러싸 온 공간을 채워주는 주위의 대기는 처음에 어떻게 이루어졌는지를, 만일 금하는 것이 아니라면 영원한 왕국의 비밀을 탐지하려는 것이 아니라 그것을 알면 더욱 신의 성업(聖業)을 찬양하기 위하여 묻는 것입니다. 위대한 날의 빛은 기울었지만, 아직 달릴 길이 많이 남아 있습니다. 그대의 목소리를 듣고, 또한 그 생성의 유래와 보이지 않는 깊은 공간에서 솟아오른 자연의 출생에 대해 말하는 바를 듣고자 아마도 태양은 더 오래 머무를 것입니다. 혹은 초저녁의 샛별이나 달이 그대 얘기를 듣고자 서두르면, 밤은 침묵을 데려오고 잠은 눈을 뜨고 그대의 얘기에 귀 기울일 것입니다. 혹은 우리가 그대의 노래가 끝날 때까지 잠이 떠나 있게 하고, 아침이 밝기 전에 그대를 보내드릴 수 있습니다."

이렇게 아담이 그 훌륭한 손님에게 청하니, 그 신 같은 천사는 부드럽게 대답한다.

"간곡한 그대의 요청을 들어주겠다. 비록 전능자의 위업은 대천사의 어떤 말이나 혀로 감히 말할 수 없고, 사람의 마음으로 이해할 수도 없다. 그러나 그대가 이해할 만한 그것이 창조자를 찬양하는 데 도움이 되고, 또한 그대를 행복하게 만들 수 있는 것이라면, 듣고자 하는 마음을 억누르지 않아도 된다. 내 위로부터 그대가 알고자 하는 욕망을 한계(限界) 내에서 충족시켜주라는 명령을 받았으니, 그 이상 묻는 건 삼가라. 홀로 전지하신 보이지 않는 왕이 이 천지간의 누구에게도 전하지 않도록 밤 속에 숨겨두신 것을 그대 자신의 어리석은 상상으로 바라지 마라. 그 밖에도 탐지하여 알 만한 일이 많다. 하지만 지식은 음식물과 같은 것이니, 마음이 용납할 수 있을 정도로 적당히 알도록 욕망을 절제할 필요가 있다. 아니면 과식으로 괴로움을 겪어, 결국은 지혜가 어리석음으로 바뀐다. 그러니 명심하라, 루시페르(사탄 이전의 이름)가 하늘에서 추방당해(일찍이 천사의 무리 중에서 다른 별보다 더 찬란했으므로 그를 이렇게 부른다) 그의 불을 뿜는 군대와 더불어 심연을 지나 그의 형장으로 떨어지고, 저 위대한 성자가 성도를 거느리고 개선한 후, 전능하신 영원의 아버지는 그의 보좌에서 그 무리를 보고 성자에게 이렇게 말하였다.

'하늘의 천사가 모두 저희처럼 반역에 동참할 것으로 생각했던 시기심 많은 적은 마침내 패했다. 그들은 힘을 합해 우리를 쫓아내고 감히 가까이 갈 수 없는 높은 세력, 지고의 신의 자리를 빼앗을 거로 믿었으나, 이젠 여기 이곳에서 알지 못하는 그 다수 무리를 죄에 끌어넣었다. 그러나 그보다 훨씬 많은 자가 저의 위치를 지켰음을 내가 아노라. 하늘에는 아직도 백성이 많고, 넓으나 그 나라를 지킬 만하고, 적절한 의무와 엄숙한 의식을 드리고자 이 높은 궁전을 늘 찾아주기에 충분한 수를 보유하고 있다.

그러나 그의 마음이 이미 이루어진 손해를 어리석게도 내 손해로 생각하고, 하늘에서 백성을 절멸한 거라고 으스대지 않도록 만일 자멸자를 잃는 것도 손실이라면, 나는 이 손실을 보충할 것이고, 일순간에 다른 세계를, 또한 한 사람으로부터 수없이 많은 인류를 창조하여, 여기 아닌 그곳에 살게 하리라. 그리하여 그들은 오랜 순종의 시련을 겪고, 공로의 정도에 의하여 점차 고양되어 마침내 스스로 여기까지 올라올 길을 열면, 땅은 하늘, 하늘은 땅이 되어 무한한 희열과 결합의 한 왕국이 되리라. 그때까지는 편히 살라, 그대 하늘의 천사들이여. 너, 나의 말, 내가 낳은 아들이여, 너를 통해 나는 이 일을 실행할 것이니, 말하여 이루라! 만물을 덮는 나의 영(수태고지)과 힘을 너와 함께 보내니, 타고 나가라. 그리하여 심연에 명하여, 지정된 한계 안에서 하늘과 땅이 있게 할지어다. 심연에는 한계가 없으니, 이는 그것을 채우는 내가 무한하기 때문이다. 또한, 공간은 공허하지 않다. 내 비록 제한받지 않고 스스로 물러나서 내 선을 나타내지 않지만(그걸 하든 안 하든 자유), 필연과 우연은 내게 가까이 오지 못하며, 내가 뜻하는 것이 곧 운명이다.'

하나님의 행동은 신속하고, 시간이나 움직임보다 빠르지만, 지상의 상념을 받아들일 수 있도록 순서 있게 말하지 않으면 인간의 귀엔 전해지기 어렵다. 이런 전능자의 의사가 선언되었을 때, 하늘에서는 성대한 축하와 환희가 있었다. 그들은 노래한다. 지존자에게 영광을, 장차의 인류에게 호의를, 그들의 처소에는 평화를. 정의로운 복수의 분노로써 무신의 무리를 그 눈앞에서, 그리고 의로운 자의 집에서 쫓아낸 그에게 영광을, 또한 지혜로써 악으로부터 선을 지어내도록 정하고, 악한 영 대신 그 빈자리에 좀 더 훌륭한 종족을 끌어넣어 여기서 그의 선을 무한한 세계, 무한한 시대에 펴고자 하는 그에게 영광과 찬미를 바쳐 노래했다. 모든 천사가 이렇게 노래했고, 그동안 성자는 대원정의 길에 오른다. 전능의 힘으로 무장하고, 신의 위풍과 무한한 지혜와 사랑의 빛으로 관을 쓰고, 하늘 아버지의 모든 것이 그에게서 빛난다. 그의 수레 둘레에 수없이 몰려드는 건 케루빔과 스랍, 권천사와 좌천사, 역천사와 날개 달린 전차, 이것은 몇만이나 두 놋쇠 산 사이에 의식의 날을 위하여 옛날부터 하늘의 장비로서 미리 준비된 것으로, 그 안에 영이 살아 있어 주의 명령이 있으면 저절로 나왔다. 하늘은 영원의 문을 넓게 열고 황금 돌쩌귀를 움직여 조화로운 소리를 내고, 새로운 세계를 창조하려고 힘이 있는 말씀과 영을 지닌 채 오고 있는 영광의 왕을 내보냈다. 그들이 천상의 땅에 서서, 그 기슭으로부터 광대무변한 심연으로 시선을 돌리니, 그것이 바다처럼 날뛰고, 어둡고 적막하고 거칠고 사나운 바람과 하늘의 높은 곳을 찌르고, 그 중심과 극(極)을 혼합할 듯한 산더미 같은 거대한 파도에 밑바닥부터 뒤집힌다.

'조용히 하라, 너희 거친 파도여, 너 심연이여, 잠잠이 하라!'

전능의 '말씀'이 말씀하셨다.

'너희 불화를 그치라!'

그래도 그치지 않자, 성자는 케루빔의 날개에 올라타고, 아버지의 영광에 싸여 멀리 혼돈으로, 아직 탄생하지 않은 세계로 들어간다. 혼돈은 이미 그의 목소리를 들었고, 모든 천사군은 찬란한 대열을 이루어 그를 따라 창조의 대업과 그의 놀라운 힘을 보고자 하였다. 이윽고 불타는 수레들이 멈추고, 그는 그 손에 하나님의 영원의 창고에 비친 황금 컴퍼스(단테의 《신곡》 〈천국편〉 '우주의 끝에 자기 원규를 굴려' 이 원규는 컴퍼스를 말한다)를 들고, 이 우주와 그리고 온갖 창조물의 한계를 정하려 하였

다. 그는 컴퍼스의 한쪽 다리를 중심에 놓고, 다른 쪽을 암흑의 거대한 심연 속으로 돌리면서 말씀하시되,

'여기까지 뻗어라, 너의 경계는 여기, 이것이야말로 너의 정당한 경계로다. 오, 세계여!'

이같이 하나님은 하늘을, 땅을, 즉 형체도 없고 공허한 물질(하나의 원질료)을 창조하였다. 깊은 암흑은 심연을 덮었지만, 고요한 물 위에 하나님의 영은 품어 안는 따뜻한 날개를 펴서 유동하는 덩어리에 생명의 힘과 온기를 고루 불어넣었다. 하지만 생명에 거슬리는, 검고 차고 음침한 황천의 찌꺼기는 아래로 내려보냈다. 다음에는 녹이고, 굳혀서 같은 종류는 같은 것끼리, 나머지는 각기 제자리에 갈라놓고, 그 사이에서 공기가 나오게 하니, 지구는 스스로 균형을 이루어 그 중심에(우주의 중심에 지구를 두고 있다) 걸리게 되었다.

'빛이 있으라!'

하나님이 선언하니, 곧 만물의 시초인 하늘의 빛, 순수한 제5원소가 깊은 곳에서 튀어나와 빛나는 구름의 장막에 싸인 채, 그 태어난 동쪽으로부터 어두운 허공을 지나 여행을 시작한다. 아직은 해가 나타나지 않고 구름의 장막 속에 잠시 머물러 있었기에, 하나님은 그 빛을 보고 좋다고 하였다. 그리고는 반구(半球)씩 빛과 어둠을 갈라 빛을 낮, 어둠을 밤이라고 이름 지었다. 이같이 저녁이 되고 아침이 되니, 첫째 날이다. 하늘과 땅이 열리던 날, 찬란한 햇빛이 비로소 어둠 속에서 발사되는 것을 보았을 때, 하늘의 악대(樂隊)는 찬미와 노래 없이 이날을 지

전능자 하나님이 첫째 날 세상을 창조하는 모습이다.

나칠 수 없었다. 그들은 기쁨과 환호("그때에 샛별들이 함께 노래하며, 하나님의 아들들이 다 기쁘게 소리하였느니라." 〈욥기〉 제38장 7절)로써 텅 빈 우주의 구체를 채우고, 황금의 하프를 뜯어 하나님과 그 성업을 찬미하고, 그를 창조주라 노래했다. 첫 저녁, 첫 아침이 왔을 때, 다시 하나님은 선언하였다.

'물 가운데 궁창(穹蒼)이 있어 물과 물로 나뉘게 하라!'

하나님은 궁창을 만드니, 유동하는 맑고 투명한 원소와 같은 대기가 퍼져, 아랫물과 윗물을 구분하는 굳고도 확실한 벽에 이르기까지 순환하여 쳐졌다. 하나님은 세계를 세울 때, 땅에서 같이 조용히 회류하는 수정(水晶)의 대양 가운데, 혼돈의 거친 무질서로부터 멀리하여, 난폭한 극단이 가까이하여 전체 구조를 어지럽히는 일이 없게 하였다. 그는 이 궁창을 하늘이라 명했다. 그리하여 저녁과 아침의 합창이 둘째 날을 노래하였다. 땅은 만들어졌지만, 아직도 물의 자궁 안에 미숙하고 미생인 채 싸여서 미처 나타나지 않았다. 땅의 모든 표면에 대양이 흘러, 게으르지 않게 따뜻한 결실의 액체로 온 구체를 부드럽게 하고, 위대한 어머니로 하여 생식의 습기에 포만하고 발효하여 잉태하도록 자극했다. 그때 하나님이 명하였다.

'하늘 아래 물이여, 한군데로 모여 마른 땅이 나타나게 하라!'

곧 거대한 산들이 갑자기 나타나, 그 넓고 벌거벗은 등을 구름 속에 융기시키고, 봉우리는 하늘에 올랐다. 넓고 깊고 텅 빈 물 밑바닥은 솟아오른 산의 높이만큼 낮게 가라앉았다. 물은 그쪽으로, 기뻐하며 서둘러 달린다. 물방울이 마른 땅에서 먼지로써 둥글어지듯이. 혹은 솟아올라 수정 같은 벽을 이루고 혹은 곧은 둔덕을 이루어 급히 서기도 했다. 위대한 명령은 이같이 급류에 비약을 과했으니, 나팔 소리에 군대가 군기 밑으로 모여들 듯 물은 그렇게 모여, 길을 따라 물결에 물결이 겹쳐 흘렀다. 길이 험하면 격류가 되고, 평지에서는 잔잔히 흘렀으나 바위도 산도 막지 못했다. 혹은 땅 밑으로 혹은 넓은 주위를 뱀처럼 꾸불꾸불 돌아 흘러가서 질척한 진흙 위에 깊은 도랑을 판다. 지금 강들이 흘러 계속 물꼬리를 잇닿는 제방 안쪽 이외에는 모두 다 마르라고 하나님이 땅에 아직 명령하기 전이니, 그것은 쉬운 일이었으리라. 그는 마른 육지를 땅, 모인 물의 큰 저장소를 바다라고 불렀다. 하나님이 보시기에 좋으므로 이렇게 선언하였다.

'땅은 푸른 풀, 낟알을 내는 풀과 그 종류에 따라서 열매를 맺는 과수를 나게 하리라.'

그때까지 거칠고 벌거숭이였던 보기 흉하고 모양 없던 땅에 연한 풀이 나오고, 그 풀의 어린잎은 상쾌한 푸름으로 땅의 온 표면을 감쌌다. 그다음 온갖 종류의 초목들에 갑자기 꽃이 피고, 빛깔도 가지각색으로 물들었으며, 고운 향기가 대지의 가슴을 즐겁게 했다. 이런 꽃들이 피자 송이송이 얽힌 포도나무가 무성하게 자라나고, 살진 박덩굴이 뻗어나며, 이삭 나온 곡식이 일어서 들판에 진을 쳤다. 이 밖에 초라한 덤불, 곱슬곱슬 얽히는 작은 나무, 마지막으로 거대한 나무들이 춤추듯이 일어서, 과실이 풍성하게 매달린 가지를 펴고 꽃망울을 맺었다. 산들은 높은 숲으로, 골짜기와 샘터는 각기 덤불로, 그리고 강들은 긴 변두리로 장식되니, 이제 대지는 신들이 살고, 즐거이 거닐면서, 성스러운 나무 그늘을 드나들기 좋아하는 하늘과 같다. 하나님은 아직 비를 땅에 내리지 않았고, 또 땅을 갈 사람도 전혀 없었지만, 이슬에 찬 안개가 올라와, 온 땅과 들의 나무 하나하나 풀 하나하나를 적셨다. 아직 땅이 있기 전, 또 푸른 줄기가 나오기 전에 하나님이 만드신 그것들은 하나님이 보시기에 좋았으니, 저녁과 아침, 셋째 날로 기록되었다. 다시 전능자께서 이렇게 선언하였다.

'넓은 하늘에 높이 빛이 있어 낮과 밤을 구분하게 하라. 그것은 징조를 위하여, 계절을 위하여, 날들을 위하여, 돌고 도는 해를 위하여 있게 하라. 또한, 땅에 빛을 주도록 하늘의 창공에서의 그 임무로 내가 정한 바와 같이 빛을 위하여 있게 하라!'

하나님은 인간에게 유익한 두 개의 발광체를 만들어 큰 발광체는 낮을, 작은 것은 밤을 번갈아 다스리게 하고, 또한 별들을 만들어 하늘의 창공에 두어 땅을 비추게 하였으며, 그 교체로써 낮과 밤을 지배하여 어둠으로부터 빛을 분리하였다. 하나님께서 자신의 위대한 성업을 바라보니 좋았다. 모든 천체 중에서 먼저 해를, 즉 영질(靈質)이면서도 처음에는 빛이 없었던 강대한 구체를 만들고 다음에는 둥근 달과 각 등급의 별을 만들어 들에 뿌리듯 빽빽이 하늘에 뿌렸다. 작은 별들은 비록 사람의 눈에는 너무 멀리 매우 작게 보이긴 하지만, 우선 영광의 등불, 낮의 군주가 동쪽에 나타나 온 지평선에 찬란한 빛으로 옷을 입히고, 하늘의 뜻에 따라 즐거이 그 경선(經線)을 달려간다. 흐릿한 새벽과 묘성(昴星)은 그 앞에서 춤춘다. 달콤한 영기(靈氣)를 발사하며, 달은 그보다 좀 밝지만, 맞은편으로 정서(正西)에 놓여 해의 거울 노릇을 하며 전면에 가득히 그 빛을 빌려 받는다. 달은 그 자리에서 다른 빛이 전혀 필요 없고, 따라서 늘 그 거리를 유지하며 마침내 밤에 이르면, 교대하여 동쪽에서 빛나고, 거대한 하늘의 축을 회전하면서, 수천의 밝은 빛들, 즉 반구를 눈부시게 빛내며 나타난 수천만의 별들과 함께 그 지배권을 나눈다. 여기서 비로소 떴다가 지는 찬란한 광채에 잠식되어 즐거운 저녁과 아침은 넷째 날을 빛냈다. 하나님은 다시 선언하였다.

'무릇 수많은 알이 있는 길짐승, 그리고 새여, 하늘의 열린 창궁에 날개 펴고 땅 위를 날아라!'

커다란 물고기와 모든 생물, 즉 종류대로 물에서 생산되는 수많은 기는 것들을 창조하고 또한 종류대로 날개 있는 모든 새를 창조하였다. 하나님은 보기에 좋으므로, 축복하여 말한다.

'번성하라, 그리하여 바다와 호수, 흐르는 시내에 충만하라. 그리고 새는 땅 위에 번성하라!'

즉시 강과 바다, 만(滿)과 포구(浦口)의 수많은 물고기는 지느러미와 반짝이는 비늘로 푸른 물결 밑을 헤엄치고, 이따금 무리를 지어 바다 한가운데 둑을 쌓았다. 혼자 짝을 지어 저희의 목초인 해초를 먹기도 하고, 산호 숲을 헤매기도 하고, 혹은 섬광을 내뿜으며 노닐다가 금빛 반점이 아롱진 옷을 햇빛에 드러내기도 하고, 혹은 진주조개 속에서 편

하나님이 물에는 파충류와 물고기가 살게 하고, 공중에는 새들이 날게 한다.

안히 물에 젖은 먹이를 지키기도 하고, 혹은 바다 틈에서 솔기 있는 갑옷을 입고 먹이를 기다리기도 하였다. 고요한 물 위에는 물개와 등 굽은 돌고래가 노닐고, 거대한 몸뚱이로 무겁게 뒹굴며, 걸음걸이 거창하게 대양을 흔들어놓는 것들도 있다. 생물 가운데 가장 큰 레비아탄(《구약성서》에 등장하는 바다의 괴물)은 깊은 바다에 마치 곶처럼 몸을 펼치고 잠을 자기도 하고 헤엄도 쳐 움직이는 육지같이 보이니, 그 아가미로 바다 하나를 들이마시고, 코로 뿜어낸다.

한편 따뜻한 굴과 늪과 물가에서 수많은 새끼가 부화하였다. 알은 즉시 자연적으로 깨져 솜털도 없는 새끼들이 나온다. 그러나 이내 깃털이 나오고, 날개도 돋아 공중 높이 날아올라 노래하며, 멀리서 보면 마치 구름 밑에 있는 듯한 대지를 내려다본다. 독수리와 황새는 벼랑과 향백나무 꼭대기에 둥우리를 짓는다. 홀로 상공을 날고, 한층 영리하여 계절을 알고(《예레미야》 제8장 7절 참조) 떼 지어 똑바로 줄지어 쐐기 모양으로 진행하며 높이 날아, 바다 넘고 육지 건너 번갈아 날개를 치며 편히 비상하면서 공중여행을 떠나기도 했다. 이렇게 하여 영리한 학은 바람 타고, 해마다 여행길에 나선다. 학이 지날 때면 무수한 깃털이 바람을 일으켜 공기가 물결친다. 작은 새들은 가지에서 가지로 날며 노래를 불러 숲을 위안하고, 그 고운 날개를 펴서 밤에 이르니, 장엄한 나이팅게일은 그때까지 노래를 그치지 않고 밤새 가벼운 곡조를 읊는다. 어떤 새들은 은빛 호수와 시냇물에 깃털을 적시고 있고, 백조는 활대처럼 구부러진 목을 자랑스럽게 흰 깃 사이에 파묻고, 의젓하

가장 몸집이 큰 바다의 괴물 레비아탄이 바다를 아가미로 들이마셨다가 코로 내뿜는다.

게 발로 노를 저어간다. 하지만 이따금 물을 떠나 튼튼한 날개로 날아 중천에 솟아오르고, 혹은 땅 위를 굳건히 걷는 것들도 있다. 정적의 시간을 나팔 소리로 알리는 볏 달린 수탉도 있고, 혹은 무지개와 별 같은 눈에 색채도 선연한 화려한 꽁지로 스스로 제 몸을 꾸미는 것들도 있었다. 이렇게 물은 고기로, 하늘은 새로 가득 차 저녁과 아침, 다섯째 날을 축복했다.

여섯째 날인 창조의 마지막 날이 저녁 하프와 아침 노래로써 밝아오자, 하나님이 선언하였다.

'땅은 그 종류대로 생물을 낳을지어다! 집짐승, 들짐승, 그리고 땅 위를 기는 짐승을 각기 그 종류대로!'

이에 땅은 순종하여 곧 그 풍요로운 자궁을 벌려 단번에 수없이 생물을 낳았다. 형체가 완전하고, 네 발이 달렸으며, 성숙한 들짐승들은 제 보금자리에서처럼 땅에서 일어나, 황량한 숲 속, 나무 속, 덤불 속, 동굴 속에서 살며, 짝지어 일어나 걸었다. 집짐승은 들이나 푸른 초원에서, 어떤 것은 혼자 외롭게, 또 어떤 것은 무리지어 함께 풀을 뜯으며 무더기로 나왔다. 풀밭이 새끼를 낳는다. 황갈색의 사자가 반쯤 나와 그 나머지 부분을 마저 빼려고 몸부림을 치더니, 곧 굴레를 벗은 것처럼 뛰고 뒷발로 서서 얼룩진 갈기를 흔들었다. 표범, 살쾡이, 범 등은 마치 두더지처럼 부서진 흙을 제 몸에 언덕처럼 쌓았다. 날쌘 수사슴은 가지 뻗은 머리를 땅속에서 치켜들었고, 땅이 낳은 최대의 짐승, 베헤못《구약성서》에 나오는 힘이 센 초식동물)은 가까스로 제 굴에서 거대한 몸을 일

숲에서 갖가지 짐승들이 탄생하여 평화롭게 지내고 있는 장면이다.

으켰다. 털로 뒤덮인 양 떼는 울며, 초목처럼 일어섰고, 바다와 육지에 하마와 비늘 많은 악어 또한 일어섰다. 땅을 기는 것들에는 곤충이나 땅벌레도 나왔다. 곤충은 부드러운 날개를 부채 삼아 흔들고, 아주 작은 아담한 다리를 금색, 자색, 청색, 녹색의 얼룩진 자랑스러운 여름옷으로 차려입었다. 땅벌레는 그 긴 몸을 마치 끈처럼 끌며 구불구불한 자국을 땅에 남겼다. 모두가 자연의 미물만은 아니었으니, 어떤 종류는 괴이할 정도로 길고 굵으며 뱀처럼 몸을 사렸고, 게다가 날개까지 있었다(날아다니는 물뱀). 먼저 기어 나온 것은 검소한 개미, 장래에 대한 대비로 큰마음을 작은 가슴에 싸고 있었으니, 이는 아마도 여러 종족을 결합하여 공동의 단체를 이루는 올바른 평등의 본보기가 되었다.

다음에 떼를 지어 나타난 것은 암벌이니, 남편인 수벌(밀턴은 여왕벌을 수벌로 생각했다)에게 맛있는 것을 먹이고, 또한 벌집을 만들어 꿀을 저장했다. 그 밖에도 이루 헤아릴 수 없으나, 그대가 그 성질을 알고 그들에게 이름을 지어주었으니, 굳이 되풀이할 필요도 없다. 그대 또한 들판에 사는 것 중 가장 교활한 짐승으로(뱀) 노란 눈에 무서운 갈기 털을 가지고 있으며, 때로는 그만한 놈도 있다는 걸 알고 있으나, 그대에겐 아무 해도 주지 않고, 그대의 명령에 순종할 따름이다. 바야흐로 하늘은 한껏 영광에 빛나고, 위대한 시동자(始動者)의 손이 먼저 그 궤도를 정한 대로 운행하였다. 땅은 화려한 옷을 차려입고, 아름답게 미소를 짓는다. 공기, 물, 땅에는 새, 고기, 짐승이 날고 헤엄치고 걸어서 떼

동굴과 늪지와 물가에 수많은 생물이 짝을 지어 새끼를 부화한다.

를 지었다. 그러나 여섯째 날은 계속되었다. 아직 부족한 것은 목적이
니, 다른 생물처럼 엎드리지 않고 또 어리석지도 않고 성스러운 이성
을 지니고 몸을 곧게 펴고 서서 단정하고 맑은 이마로 다른 것을 지배
하고 자신을 알며, 그 때문에 숭고한 마음으로 하늘과 교류할 수 있다.
그러나 그 자기의 선이 비롯된 원천을 감사하게 인정하고, 그쪽으로
헌신의 심경으로 마음의 목소리와 눈을 돌리고, 그를 모든 대업의 으
뜸으로 만든 지존의 하나님을 찬미하고 우러러 받들고자 하는 자라.
그러므로 전능하신 영원의 아버지는(그분이 안 계신 곳이 어디 있는가?) 성자를 향
하여 이렇게 말하였다.

　'자, 이제 사람을 우리 모습대로, 우리와 유사하게 만들어 그에게 바
다의 고기와 하늘의 새를, 들의 짐승을, 그리고 온 대지의 땅을 기는
온갖 길짐승을 다스리게 하자!'

　하나님은 이윽고 아담을 불어넣었다. 그 자신의 모습대로, 하나님의
모습 꼭 그대로 그는 그대를 만들었으니 그대는 산 영이 되었다. 그대
를 남자로, 종족 번식을 위하여 그대 배필을 여자로 창조한 다음, 인
류를 축복하여 선언하였다.

　'자식을 낳고 번식하여 온 땅에 충만하여 땅을 복종시켜라. 바다의
물고기, 하늘의 새, 땅에서 움직이는 모든 생물을 두루 다스려라! 이
렇게 창조하신 곳이 어디든(아직 장소의 이름이 분명치 않으니) 거기서, 그대 알다
시피, 그는 이 상쾌한 숲으로, 보기에도 좋고 먹기에도 즐거운 하나님
의 나무들이 심어 있는 이 동산으로 그대를 인도하여(《창세기》 제2장 8~15절 참조)

온갖 좋은 과실을 실컷 먹도록 그대에게 아낌없이 주었다. 모든 땅이 생산하는 한없이 많은 것이 다 여기 있다. 하지만 먹으면 선악의 지식을 주는 나무의 열매는 먹어서 안 되리라(〈창세기〉 제2장 9~17절 참조). 먹는 날에는 그대 죽으리라. 여기서 그는 창조의 일을 끝내고 그가 모두 둘러보니 심히 좋았더라. 이리하여 저녁과 아침은 여섯째 날을 완성하였다. 창조주는 아직 피곤하지 않았지만, 그 성업을 그치고, 그의 높은 거처인 하늘 중의 하늘로 돌아갔다. 이 신의 나라에 보태진 자기의 새로운 왕국이 그 보좌에서 전망할 때 어떻게 보이며, 자기의 큰 이상(이것은 플라톤이 말하는 '의장(paradeigma)'에 해당된다)에 부응하여 얼마나 좋고 또 얼마나 아름다운가를 보고자 하였다. 그가 올라가니 갈채와 천사의 음을 뜯는 천만 개 하프의 교향악이 뒤따랐다. 땅도 하늘도 묘한 가락으로 가득 차고(그대 들었으니 알고 있겠지만), 모든 하늘과 모든 성좌도 울리고, 유성들은 각기 제자리에서 서서 듣는 동안 찬란한 행렬은 기쁨에 도취해 올라갔다.

'열려라(〈시편〉 제24편 7절 참조), 그대 영겁의 문들이여!'

영광의 대열은 올라가며 노래했다. 번쩍이는 그 문은 활짝 열린 하늘을 지나, 그는 하나님의 영원의 집으로 곧장 나아갔다. 길은 넓고 크며, 그 흙은 황금, 그 포석은 별, 그것은 마치 밤마다 그대들이 보는 별을 뿌린 둥근 띠와 같은 은하수(아주 많은 미광성의 빛이 집적된 것). 그 하늘의 강에 나타나는 별과 같았다. 그리하여 이제 땅에는 일곱 번째의 저녁이 에덴에 왔다. 해는 지고, 황혼이 밤에 앞서 동쪽에서 다가오니, 이때 하늘에 높이 자리한 그 봉우리, 성스러운 산에서는 영원히 확고부동하게 자리 잡은 하나님의 보좌에 성자인 권력이 이르러, 위대한 아버지를 모시고 앉았다. 보이지는 않았으나 하나님께서도 그와 함께 가서 머물며(편제자는 이런 특권을 지닌다) 만물의 창조자요 또 목적으로서 과업을 명하였다. 그리고 이제 일을 쉬고 일곱째 날을 영광되게 하시며(《창세기》 제2장 2~3절 참조), 또 성스러운 날로 정하시니, 이날에 그의 모든 일을 쉬었기 때문이다.

그러나 이 성스러운 날을 침묵 속에 보낸 것은 아니니, 하프는 쉬지 않고 울렸으며, 장엄한 피리, 생황, 아름다운 소리를 내는 온갖 풍금, 현(絃)이나 금선(金線)을 켤 때 줄 받침에서 나는 온갖 소리는 합창의 향으로부터 피어올라 성산(聖山)을 감쌌다. 창조와 엿새 동안의 대업을 그들은 노래했다.

'여호와여, 당신의 성업은 위대하고, 당신의 능력은 무한하다. 여호와여, 어떤 생각이 감히 당신을 헤아리며, 어떤 혀가 당신을 말할 수 있으리. 거대한 천사들(제우스에 반항한 기간테스를 비유)에 대한 개선 때보다도 더 위대하다. 그날 우리는 당신을 찬미했으나, 실로 창조는 창조된 것을 파괴하는 것보다 위대하다. 강대한 왕이여, 누가 감히 당신을 손상하고 당신의 제국을 제한할 수 있으리. 반역 천사들은 불경하게도 당신으로부터 끌어내고자 하였으나, 그 교만한 계획과 헛된 간계를 당신은 쉽게 물리쳤다. 당신을 낮추고자 하는 자의 목적은 어긋나, 한층 당신의 위력을 높일 뿐. 당신은 그의 악을 이용하여 거기에서 더욱 선을 창조하였다. 증언하라, 이 새로운 창조의 세계, 하늘의 문에서 멀지 않고, 맑고 투명한 유리 바다(수정과 같은 바다)에 앉은 것처럼 보이는 또 다른 하늘이여, 그 무한의 넓이에는 헤아릴 수 없이 많은 별 하나하나가 아마도 지정된 처소의 세계(지구 이외의 별에 생물이 있는지 당시 문제로 천사들은 하나님의 창조력은 그것이 가능하다고 노래). 그러나 당신은 그 시기를 안다. 그 별 중에서 사람이 설 곳인 지구, 그들의 즐거운 안식처는 그 밑의 대양에 둘러싸여 있다. 더할 수 없이 행복한 인간이여, 인간의 자손이여, 하나님이 그 모습대로 그대들을 창조하여 이렇게 높이고, 거기서 살며 그를 숭배하게 하고, 그 보상으로 땅과 바다와 하늘에 있는 그의 창조물을 다스리고(《시편》 제8편 6절 참조), 성스럽고 의로운 경배자의 종족을 번식하게 하였다. 그대들이 만일 그 행복을 알고, 바른길에서 벗어나지 않으면 지극히 행복하리라!'

이렇게 그들이 노래하자, 할렐루야 소리는 정화천에 메아리치고, 안식일은 이렇게 정해졌다. 이 세계와 자연현상이 처음에 어떻게 이루어졌으며, 그걸 자손들에게 전해주고자 하는 그대의 소원은 이로써 충족되었다. 만일 사람의 분수를 넘지 않은 한계 내에서 달리 물을 것이 있으면 말할 지어다."

PARADISE LOST

실낙원

제8권
창조주의 영광

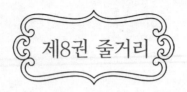

　아담이 천체의 운행에 관해 묻자 라파엘은 시큰둥한 반응을 보이며, 좀 더 알 만한 가치가 있는 것을 탐구하는 게 좋다는 권고를 받는다. 아담은 수긍했으나, 아직 라파엘을 더 붙잡아 두고 싶어서, 자신의 창조 이후에 기억하고 있는 일, 즉 자기가 낙원에서 자리 잡게 된 일, 고독과 적당한 상대에 대해 하나님과 대화한 일, 하와와 처음 만나 결혼한 일 등을 그에게 얘기한다. 그에 대해 천사와 대화를 나누고, 그런 후에 라파엘은 조심하라고 반복해서 당부하고는 떠난다.

천사 라파엘이 말을 마치자, 아담의 귀에 남은 그 목소리는 너무 매혹적이었다. 그는 아직 말하고 있는 것 같이 생각되어 잠시 멈추고 귀 기울였고, 마침내 잠에서 깬 듯 감사하며 대답한다.

"하늘에서 오셔서, 내가 그토록 알고 싶어 했던 일들을 알려주신 천사여, 어떻게 감사를 드려야 충분하고, 어떻게 보답해야 적절한지 모르겠으나, 나는 지금 놀라움과 기쁨으로 그 말씀을 듣고, 높으신 창조주에게 영광을 돌립니다. 그러나 아직은 약간의 의문이 남아 있으니, 이는 오직 당신의 해명으로만 풀 수 있는 것입니다.

이 아름다운 구조, 하늘 아래 땅으로 된 이 세계를 보고 그 크기를 헤아릴 때, 이 지구는 수많은 별과 비교하면 한 점, 한 낟알, 한 원자에 지나지 않고, 한편 그 별들은 헤아릴 길 없는 공간을 돌며(그 거리와 날마다 빠른 회귀가 그런 생각이 들게 하지만) 이 어두운 땅(발광체가 아닌 지구), 이 지극히 작은 점 둘레에 하루의 낮과 밤 동안 빛을 줄 뿐인 듯합니다. 그 밖에는 널리 둘러보아도 소용없는 듯하여 나는 가끔 의아하게 생각합니다. 어째서 슬기롭고 알뜰한 자연이 이런 불균형에 빠져, 보아하니 오직 이 한 가지 용도 때문에 불필요하게 이토록 많은 가지가지의 위대한 천체를 창조하여, 이렇게 쉬지 않고 날이면 날마다 되풀이되는 회전을 그 많은 구체(球體)에게 강요하는 반면, 가만히 앉아 있는 지구는 훨씬 짧게 회전할 수 있는데도 자기보다 높은 것들의 섬김을 받아 조금도 움직이지 않고 목적을 달성하며, 이렇게 측량할 길 없는 여로를 무형의 속도로, 수치로 나타내기 힘든 신속한 속도를 보내 공물(貢物)인 열과 빛을 받는 것인지."

우리의 조상인 아담이 이같이 말했는데, 그 용모는 깊은 명상에 잠겨 있는 듯했다. 근처에 물러앉아 있던 하와는 우아한 모습으로 일어나 열매와 꽃 사이로 나가, 자기가 보살피는 봉오리나 꽃들이 얼마나 무성해졌는가를 본다. 그녀가 다가오자, 그것들은 모두 피어나 그 아리따운 손길에 즐거이 자란다.

하지만 그녀가 이들 꽃 사이로 온 것은 그런 얘기가 기분 나쁘거나, 또는 고상한 이야기가 귀에 거슬려서가 아니라, 아담의 이야기를 홀로 듣는 자기만의 기쁨을 마련하기 위함이었다. 얘기하는 상대로서는 천사보다 남편이 좋았으므로, 그녀는 차라리 남편에게 묻기로 했다. 그는 틀림없이 재미있는 다른 얘기를 섞고, 고상한 문제를 부부다운 애무로써 해결해줄 것이니, 그녀를 즐겁게 하는 것이 다만 그의 입에서 나오는 말뿐이겠는가.

아, 언제 다시 이렇게 사랑과 존경으로 맺어진 부부를 볼 수 있으랴. 그녀는 여신(비너스)과 같은 모습으로 나아간다. 그 뒤에 시녀들을 거느리고, 여왕처럼 그녀에겐 언제나 매력적인 우아의 행렬이 따르고, 또한 그 몸 주위에는 모든 눈이 더욱 보고 싶다는 소원의 화살을 쏘아댔다. 라파엘은 아담이 제시한 의문에 대하여 친절하고 부드럽게 대답한다.

"묻거나 탐구하는 그대를 책망하지는 않겠다. 하늘은 하나님의 책과 같이 그대 앞에 놓여 있으니, 거기서 신묘한 하나님의 책(하나님 말씀의 책)을 읽고 계절, 시간, 날, 달, 해를 배워 알라. 이 지식을 얻기 위해선 하늘이 움직이든 땅이 움직이든 상관없다. 그대가 바르게 판단하기만 하면 그 밖의 것은 위대한 건축가께서 현명하게도 인간에게나 천사에게나 감추고 그 비밀을 폭로하지 않았다. 오히려 찬미하는 자들 스스로 그것을 세밀하게 조사하도록. 그들이 만일 억측하고자 한다면, 그는 자기가 만든 하늘의 설계를 그들의 논쟁에 맡겨놓고, 혹시 그들이 차후 하늘의 모형을 만들어 별을 측량하게 되면, 그 당치 않은 빗나간 의견에 가소로워 웃으리라. 즉, 그 거대한 구조를 그들이 어떻게 취급하고, 별들이 그 외관을 유지하기 위하여 어떻게 받침대를 세우고 부수고 계획을 짜고, 또 어떻게 휘갈겨 쓴 동심권(同心圈)과 이심권(離心圈), 전권(權圈)과 주전권(周權圈)이 권 중의 권으로서 어떻게 온 하늘을 에워싸는가를 보고서. 이미 그대의 추리로 미루어 나는 이를 생각하였으니, 즉 그대 자손의 선조인 그대는 생각하리라. 빛나는 대천체가 빛나지 않는 소천체를 받들고, 지구는 조용히 앉아서 혼자 은혜를 입는데, 하늘이 이렇게 돌고 있는 것은 부당하다고 먼저 생각하라. 크고 빛나는 것이 반드시 우월함을 보여주는 것은 아니다. 지구는 하늘에 비하면 참으로 작고 또 빛나지도 않지만, 공허하게 빛나는 태양보다 훨씬 많은 실리를 갖추고 있다. 태양의 힘은 스스로에겐 아무 효력도 주지 않고 오직 풍요한 지구에만 영향을 미쳐, 우선 거기에서 받아들여져

다른 곳에서는 쓸모가 없는 힘을 나타낸다. 그러나 그 빛나는 발광체는 지구에 봉사하는 것이 아니라 땅의 거주자인 그대를 섬긴다. 그리고 하늘의 넓은 세계를 이렇게 널리 건설하고 멀리 줄을 쳐놓은 창조주의 높고 위대함을 나타내고, 인간에게 자기 세계에 사는 것이 아님을 알게 하는 것이다. 좁은 경내에 사는 인간만으로 채우기에는 너무나 큰 전당, 그 밖의 것은 그의 주가 충분히 아는 용도에 쓰도록 정해졌다. 저 구체들의 신속함을 측량할 수 없지만, 유형의 본질에 거의 영적인 속도를 가할 수 있는 하나님의 전능으로 알라.

그대는 내가 느리다고 생각지 마라. 아침에 하나님이 계시는 하늘을 떠나 정오가 되기 전에 에덴에 이르렀으니, 이름 있는 수(數)로선 표현 못 할 것이다. 그러나 내가 여러 천체의 운행을 인정하여 이렇게 말하는 것은, 이것을 의심하도록 그대에게 동기를 부여하는 모든 것이 헛됨을 나타내기 위함이다. 내 그렇게 인정하지 않노니, 여기 이 지상에 거처를 두고 있는 한 그대에게는 그렇게 보이겠지만. 하나님은 자신의 길을 인간의 생각에서 멀리하기 위하여 하늘을 땅으로부터 이렇게 멀리 두셨으니, 땅에서 올려다보면 모든 것이 너무 높아 그르쳐 감히 엿어볼 길이 없다. 만일 태양이 세계의 중심이 되고, 다른 별들은 태양과 그 자체의 인력에(자력을 가지고 있는 태양) 움직여 그 주위를 갖가지 모양으로 뛰고 돌아간다 한들 어떠하랴. 때로는 높게 때로는 낮게, 혹은 숨어서 앞으로 나아가거나 물러가거나, 혹은 정지하기도 하고, 그 떠도는 길이 여섯 개의 별(토성, 목성, 화성, 금성, 수성, 달)에 나타나는 것을 그대

보나니, 만일 제7유성으로서 지구가 움직이지 않는 것 같으나, 모르는 결에 세 가지 다른 운동(코페르니쿠스의 '지구의 세 가지 운동')을 한들 어떠하랴. 아니면 여러 권(圈)이 비스듬히 경사져 역행하기 때문이라고 보지 않을 수 없다. 또는 태양의 수고를 덜고, 가정(假定)이 아니고는 모든 별 위에 있으므로 보이지 않는 그 빠른 주야(晝夜)의 권(圈)에서 낮과 밤의 운행을 빼놓지 않을 수 없다. 만일 지구가 스스로 부지런히 동쪽으로 가서 낮을 취한 다음, 그 일부는 햇빛을 등지고 밤을 만나고 다른 부분은 아직 햇빛을 받아 빛난다면, 이 수레는 믿을 수 없으리라.

만일 그 빛이 넓고 투명한 공중을 거쳐 지구에서 그것을 따르는 달로 보내져, 밤마다 달이 지구를 비추는 것처럼 낮마다 달을 비추어 별처럼 보인다. 반대로 거기에 육지가 있고, 들판이 있고, 주민이 있다 한들 어떠리. 달의 반점은 구름같이 보이고, 구름은 비를 내리고, 비는 부드러운 땅에 열매를 맺게 하여 그곳에 사는 사람에게 먹이리라. 아마 다른 태양(항성)에도 섬기는 달들이 있어 음양(陰陽)의 빛을 주고받는 것을 보리라. 그 위대한 두 가지 성(姓)이 각 구체 속에 들어 있어 생물이 있는 그 세계에 활력을 주리라. 자연계의 이와 같은 대공간이 살아 있는 영(靈)에게 점유되지 않고, 황폐하고 쓸쓸하게 다만 빛나기만 하되, 그래도 각 구체로부터 이렇게 멀리 이 세상에 전달되는 한 줄기 광선을(그 빛을 지구는 반사하지만) 가까스로 주고 있다 함은 분명히 논쟁의 여지가 있다. 하지만 이런 일이야 어떻든 간에, 하늘을 다스리는 태양이 지구 위에 솟아 올라오든, 또는 지구가 서쪽에서 소리 없이 길을 걸어 부드러운 축을 자는 듯이 돌며 거칠 것 없는 걸음걸이로 한결같이 걸어 그대를 온화한 공기와 함께 가볍게 이끌어가도 비밀에 가려진 일로 그대의 생각을 괴롭히지 마라. 그런 일은 하늘에 계신 하나님에게 맡기고, 그분을 섬기고 두려워하라. 다른 생물들은 어느 곳에 놓여 있든 그분 좋으실 대로 처리케 하라. 그대는 그분이 내리신 이 낙원과 아름다운 하와를 기뻐하라. 하늘은 너무 높아서 거기서 일어나는 일들을 알기 힘들다. 겸손하고 지혜로워라. 오직 그대와 그대의 존재에 대해서만 생각하고, 다른 세계를 꿈꾸지 마라. 어떤 생물이 어떤 상태, 어떤 처지, 어떤 신분으로 살고 있든. 이같이 지주뿐만 아니라 지고한 하늘까지도 그대에게 나타난 것으로 만족하라."

의심이 풀린 아담은 이에 대답한다.

"당신은 더할 수 없을 만큼 충분히 나를 만족하게 했나이다. 순수한 하늘의 지혜여, 평온한 천사여, 당신은 나를 어지러움에서 풀어주고, 매우 편안히 살면서 두서없는 생각으로 생의 쾌락을 가로막지 않도록 가르쳐주셨습니다. 하나님이 명하신 대로 근심 걱정을 멀리하고 우리 자신의 혼잡하고 헛된 생각으로 그것을 구하지 않는 한 괴로움을 겪지 않을 것이라고. 그러나 마음이나 상상은 거침없이 헤매면 또 끝이 없는 것, 마침내는 경고를 받거나 경험의 가르침을 받아, 실용과는 거리가 먼 미묘한 것을 광범위하게 배울 것이 아니라, 일상생활에서 우리 앞에 놓인 것을 배우는 것이 최고의 지혜임을 깨닫게 되리라. 그 이상은 공허하거나 헛된 것이요, 어리석고 부적당한 일임에도, 우리는 가장 관계가 깊은 일에 미숙하고, 미비한 채로 끊임없이 그것을 모색하게 된다. 그러므로 이 높은 정점으로부터 좀 나지막이 내려와 신변에 가장 필요한 일을 얘기하나이다. 어쩌면 당신의 너그러움과 평소의 호의로 물어서 합당한 얘기가 나올는지도 모르니. 내 기억 이전에 있었던 일에 대한 당신의 말씀을 들었으니 이제는 당신이 전에 듣지 못한 내 얘기를 들으소서. 해는 아직 기울지 않았으니, 그때까지 당신을 붙들고자 내 얘기를 들으시고 유인하면서, 재주는 없으나 이렇게 교묘하게 꾀를 내는 것을 당신은 아시리라. 당신의 답을 바라는 게 아니라면 부질없는 일이긴 하지만. 당신과 함께 앉아 있으면 하늘에 있는 것 같고, 당신의 말씀은 내 귀에 일을 마친 후의 달콤한 식사 때 갈증이나 허기에나 그지없이 상쾌한 맛을 주는 대추야자 열매보다 더 달콤합니다("주의 말씀의 맛이 내게 어찌 그리 단지요, 내 입에 꿀보다 더하나이다."〈시편〉제119편 103절). 그것은 상쾌하나 이내 배불러 물리게 마련이지요. 그러나 당신의 말씀은 성스러운 은혜로 물들어 맛이 달지만 물리지 않습니다."

이에 라파엘은 천사답게 온유하게 대답한다.

"인간의 조상이여, 그대의 입술도 우아하고, 혀도 유창하다. 이는 하나님께서 아름다운 자기 모습대로 그대 몸 안에도 밖에도 풍부하게 천품을 불어넣었기 때문에 입을 열든 다물든 모든 아름다움과 우아함이 그대를 따르고, 그대의 한마디 말이 한 가지 동작을 이룬다. 우리가 하늘에서 지상의 그대를 생각하는 것은 우리의 동료 종복(從僕)을 생각하는 것에 못지않고, 기꺼이 인간에 대한 하나님의 길을 추구한다.

하나님이 그대를 명예롭게 하고, 우리와 똑같은 사랑을 인간에게도 주셨음을 우리가 알고 있으니, 그러므로 말하라. 내 그날(천지 창조의 여섯째 날) 없었으니, 마침 대군에 가담하여(명령받은 대로) 음울하고 어두운 여정에 올라, 멀리 지옥문을 향해 원정하여, 하나님이 이런 대담한 탈출에 노를 발하여 창조에다 파괴를 뒤섞을까 겁나서, 하나님이 성업을 이루시는 동안 적이든 첩자든 아무도 못 나오게 파수 보느라고 거기 없었도다. 감히 그들이 하나님의 승낙 없이 탈출을 시도해서가 아니라, 지존인 왕으로서의 위엄을 위해서, 그리고 우리의 신속한 순종을 익히기 위해서 그는 칙명으로 우리를 보내셨도다. 가서 보니, 음울한 문은 굳게 닫혀 있고, 방비는 튼튼했다. 하지만 우리가 가까이 가기 훨씬 전부터, 문 안에서는 가무의 소리와는 다른, 비탄과 고통과 치열한 분노의 소음(악마의 노호(怒號))이 들렸다. 안식일 전날(제7일) 밤, 우리는 기꺼이 광명의 땅으로 돌아갔다. 그래서 우리의 임무는 다했다. 이제는 그대가 말할 차례로다. 그대가 내 얘기를 들은 것 못지않게 나는 그대 얘길 기꺼이 들으리라."

거룩한 천사가 이같이 말하니, 우리 조상은 말하였다.

"사람이 인류 생활의 시초를 얘기하는 게 어렵습니다. 누가 자신의 시초를 알겠습니까? 당신과 조금 더 얘기를 나누고 싶은 갈망에 마음이 끌립니다. 단잠에서 깬 듯 향긋한 땀에 젖어, 나는 화초 위에 누워 있었습니다. 해는 즉시 빛으로 이슬을 말렸고, 나는 김이 오르는 습기를 들이마셨습니다. 곧장 하늘을 향해 경이에 찬 시선을 돌리고 잠시

대공(大空)을 바라보고 있다가 갑자기 본능의 반사운동으로 몸을 일으켜, 그쪽으로 가려고 애쓰듯이 꼿꼿이(아담이 다른 동물과 다른 직립보행을 가리킴) 바로 섰습니다. 주의를 둘러보니, 산과 골짜기, 그늘진 숲과 햇빛 밝은 들판, 그리고 잔잔하게 흐르는 시냇물이 있었습니다. 그 옆에 살아 움직이는 것들이 있어 걷거나 하늘을 나니, 나뭇가지에선 새들이 지저귀고, 만물은 미소를 지었습니다. 내 가슴에는 향기와 기쁨으로 넘쳐 흘렀습니다. 이때 나는 자신을 돌아보고, 팔다리를 훑어보고, 활력이 이끄는 대로 관절도 부드럽게 걷기도 하고 뛰기도 했습니다. 그러나 내가 누구이고, 어디서 무슨 이유로 생겨났는지를 알지 못했습니다. 말하려고 하니 쉽게 말이 나와 혀가 순종했고, 보이는 것은 무엇이나 이름 지을 수 있었습니다(〈창세기〉 제2장 19절 참조). '그대 태양이여, 아름다운 빛이여, 그대 빛을 받아 새롭고 눈부신 대지여, 그대들 산이여, 골짜기여, 강이여, 숲이여, 들판이여, 그리고 살아서 움직이는 아름다운 것들이여, 알거든 말하라, 내 어떻게 여기 왔는가를. 말하라, 어떻게 그를 알고, 그를 숭배할 것인가. 이같이 살아 움직이고("우리가 그를 힘입어 살며 기동하며 있느니라." 〈사도행전〉 제17장 28절), 더할 나위 없이 행복함을 느끼게 해주신 그분을.'

　이렇게 말하고 비로소 공기를 들이마신 곳, 처음으로 이 행복한 빛을 본 곳으로부터 어딘지 모르는 곳을 헤맸으나, 대답하는 자 아무도 없어, 꽃이 만발한 푸른 그늘이 우거진 둑 위에 생각에 잠겨 앉아 있었습니다. 그러자 안온한 잠이 찾아와 그 가벼운 압력에 눌려 몽롱한 가운데 무감각의 본연의 상태로 돌아가 곧 몸이 해체되는 것처럼 생각되었지만, 고통스럽지는 않았습니다. 그때 불현듯 머릿속에 꿈속 환영(꿈이 있다)이 나타나니, 마음에 비치는 그 그림자에 은근히 내 상상력이 움직여, 내가 아직 목숨이 있고, 살아 있음을 믿게 되었습니다. 성스러운 모습을 한 이가 와서 말하였습니다.

'아담, 일어서라, 네 집이(에덴의 일부인 낙원을 가리킨다) 너를 기다린다. 수많은 인류의 시조로 정해진 최초의 인간이여, 너의 부름을 받고 마련된 자리, 축복의 동산으로 너를 인도하러 왔다.'

그는 나의 손을 잡고 일으켜 산을 넘고 물을 건너 대기 속을 날 듯 걷지 않고 살며시 미끄러지더니, 이윽고 나무가 우거진 산으로 인도했습니다. 그 높은 정상은 평평하고 둘레가 넓은데다 아름다운 나무들로 둘러싸여 있고, 길도 정자도 있어, 앞서 땅에서 본 것은 모두 시시하게 보였습니다. 나무마다 참으로 맛있는 과실이 풍성하게 열려 시선을 끄니, 불현듯 따먹고 싶은 욕망이 일었습니다.

여기서 깨어보니, 눈앞의 모든 것이 현실이며 꿈에 생생하게 나타났던 그대로였습니다. 만일 여기까지 나를 안내한 그 성스러운 존재가 나무들 사이에서 모습을 나타내지 않았다면, 다시금 나의 방랑이 시작되었을 것입니다. 기꺼이 그러나 두려운 마음으로("여호와를 경외함으로써 섬기고 떨며 즐거워할지어다."〈시편〉 제2편 11절) 우러르며 나는 그의 발아래 겸손히 엎드렸습니다. 그는 나를 일으키고 부드럽게 말했습니다.

'나는 그대가 찾는 이다. 그대 위나 아래, 또는 그대 주위에서 보는 이 모든 걸 만든 이가 나다. 이 낙원을 그대에게 주니, 이것을 그대 것으로 갈고 지켜 이 동산에 자라는 모든 나무의 열매를 마음껏 먹어라. 여기서는 모자라는 법이 없으니 염려 마라. 그러나 선악의 지식을 가져다주는 나무, 그대 순종과 믿음의 보증으로 맹세하되, 낙원 안 생명의 나무 옆에 심어 놓은 나무에 대해서는, 내 그대에게 경고하니, 맛보는 것을 금하라. 그리하여 그 쓰라린 결과를 피하라. 그대가 그것을 맛보는 날엔 내 유일한 명령을 어기는 것이니 그대는 반드시 죽을 것이고, 그날부터 죽음의 몸("네가 먹는 날에는 정녕 죽으리라." 〈창세기〉 제2장 15~17절)이 되어 이 낙원의 복된 처지를 잃고 재난과 슬픔의 세계로 쫓겨나리라.'

준엄한 금지령을 단호히 선언했던 그 음성, 아직도 내 귀에 무섭게 남아 있습니다. 그런 일이 생기리라고는 생각되지 않지만, 그분은 이내 청아한 모습으로 돌아가 은혜로운 말씀을 이렇게 이었습니다.

'이 아름다운 구역뿐 아니라, 지구 전체를 그대와 그대의 종족에게 주노라. 주인으로서 그것을 소유하고, 그 안에, 또는 바다와 하늘에 사는 만물, 짐승, 고기, 새를 소유하라. 그 징표로서 모든 새와 짐승들을 그 종류에 따라 보아라. 그대에게서 이름을 받고 나직이 몸을 굽혀 충성을 다하도록 내 그것들을 갖다 놓으리라. 저 물에서 사는 고기들 역시 같으니 그리 알라. 다만 저들은 체질을 바꾸어 희박한 공기를 마실 수 없기에 이리로 부르지는 않았노라.'

그이가 이렇게 말하고 있을 때, 모든 새와 짐승이 둘씩 다가오고 있었습니다. 짐승들은 교태를 부리며 나직이 엎드려 절하고, 새는 날개를 섭고 몸을 숙였습니다. 그들이 지날 때, 나는 하나하나 이름을 붙이고 그 성질을 알게 되었습니다. 하나님은 이런 지식을 내게 주어 곧 깨닫게 하셨습니다. 하지만 그 가운데 내가 가졌으면 하는 것을 찾지 못하여 감히 하늘의 환영을 향해 이렇게 말했습니다.

'오, 당신은 만물보다도, 인류보다도, 아니 인류보다 높은 것보다 이름 붙일 수 없으니, 내 어찌 당신을 이 우주의 창조주여, 인간을 위한 선이라 찬미하리까? 당신은 인간의 행복을 위하여 이렇게 풍요롭게, 이렇게 넉넉히 만물을 마련했습니다. 하지만 나의 짝이 될 자가 없으니, 고독 속에서 무슨 행복이 있으리까?'

외람되게도 이렇게 말하니, 빛나는 환영은 한층 빛나는 미소를 지으며 대답했습니다.

'그대는 무엇을 고독이라 하는가? 땅에도 공중에도 각양각색의 생물들이 풍성하지 않으냐? 저들은 모두 그대 명령에 따라 그대 앞에 와서 놀지 않느냐? 저들의 말과 습관을 모르느냐? 저들 또한 지식이 있고, 깔보지 못할 추리력이 있다. 그것들과 함께 위안을 찾고 다스릴 것이다. 그대 영토는 넓도다.'

우주의 주는 이렇게 말씀하시고, 이렇게 명하시는 것 같았습니다. 나는 허락을 얻어 겸손히 간청하면서 이렇게 대답했습니다.

'하늘의 권능자시여, 제 말에 노여워 마소서! 내 창조주시여, 너그러이 들으소서. 당신은 나를 여기에 당신의 화신으로 놓으시고 이 열등한 것들을 내 훨씬 밑에 놓지 않으셨습니다. 불평등한 가운데 무슨 교제, 무슨 조화, 또 참된 기쁨이 있으리까? 교제는 서로 간에 적절한 비율로 주고받는 것이어야 합니다. 그런데 불균형으로 한쪽은 당겨지고 다른 한쪽은 늦춰진다면, 서로 화합하지 못하게 되어 얼마 안 가 서로 싫증이 나고 말 것입니다. 제가 소원하는 교제는 대개 이성적인 기쁨을 나누기에 충분함을 말함이니, 이런 점에서 짐승이 인간의 배필이 될 수는 없습니다. 저들은 각기 종류에 따라 끼리끼리 어울리게 창조주께서는 그들을 짝지었습니다. 새는 짐승과, 고니는 새와, 또한 소는 원숭이와 아무래도 잘 사귈 수 없습니다. 하물며 사람과 짐승의 교제는 말할 나위도 없는 일입니다.'

이에 전능하신 이는 불쾌한 기색이 없이 일렀다.

'그대는 섬세하고 미묘한 행복을 추구하는 배필을 찾고 있구나. 아담이여, 그래서 비록 그대 즐거움 속에 있어도 홀로 즐거움을 맛보려 하지 않는 것이니라. 그렇다면 어떻게 생각하는가, 나의 이 처지를? 저 영겁으로부터 홀로인 나에게 충분한 행복이 갖추어져 있다고 생각하느냐? 나는 내 다음가는 자도, 비슷한 자도 모르는데, 하물며 동등한 자를 어찌 알겠느냐? 그러니 내가 창조한 생물들, 즉 나보다 열등하기가 다른 생물이 너보다 열등한 정도 이하로 한없이 낮은 것 이외에 어떤 것과 교제할 수 있겠는가?'

그이가 말을 끝내자, 나는 나직이 대답했습니다.

'당신의 높고 깊은 영원의 길에 이르기엔("깊도다. 하나님의 지혜와 지식의 부요함이여, 그의 판단은 측량치 못할 것이며 그의 길은 찾지 못할 것이로다." 〈로마서〉 제11장 33절) 온 인류의 생각으로도 불가능합니다. 지존자시여! 당신은 스스로 완전하니, 부족함이 없으십니다. 그러나 인간은 그렇지 않으니 그 때문에 자신과 비슷한 자를 찾아 자기의 결함을 보충하고 또 위안(慰安)을 삼고자 원하는 것입니다. 인간은 한 사람으로는 불완전을 나타내니, 같은 자가 같은 자를 낳아서 혼자서는 할 수 없는 그 형상을 번식할 수밖에 없습니다. 그래서 동반하는 사람과 다정한 친교가('자기 자신과 함께 있는 자는 조금도 고독하지 않다.'-키케로) 필요합니다.'

이렇게 대담하게 허용된 자유로 용서받아 말씀드리니 그 은혜로운 거룩한 목소리는 이렇게 대답하였습니다.

'아담이여, 내 그대를 지금까지 시험하여, 그대가 옳게 이름을 지은 짐승뿐 아니라 그대 자신까지도 잘 알고 있음을 보았다. 짐승에게는 주지 않은 나의 모습, 그대 내부에 있는 자유의 영(靈)을 잘 나타내었다. 그러니 짐승과의 교재는 그대에게 어울리지 않고, 그것을 그대 스스로가 싫어함은 당연한 거니, 언제나 그렇게 생각하라. 나는 그대가 말하기 전부터 사람이 홀로 있는 것이 좋지 않음을 알았다. 다음에 데려오는 자야말로 반드시 그대 마음에 들 것이니, 그대 모습을 닮은 반신, 적합한 조력자, 바로 그대가 진심으로 갈망하는 소원을 이룰 거다.'

그이의 말씀이 그쳤고, 다시는 들리지 않았습니다. 그 장엄한 하늘과의 대화로 긴장을 견뎌낸 나는 기진해 쓰러져, 그 회복의 잠을 구했던 바, 나를 도우려는 듯 자연은 잠을(〈창세기〉 제2장 21~22절 참조) 불렀고, 잠은 내 눈을 감겨도 내 마음의 눈인 상상의 방은 열어놓았습니다. 그로

하나님께서 아담의 갈비뼈 하나로 그의 반려자 하와를 창조하는 장면이다.

인해 몽환 속에서 어렴풋이 잠을 자면서, 나는 내가 누워 있는 자리를 보았고 깨어서 그 앞에 섰던 그 모습이 더욱 눈부시게 빛남을 보았습니다. 그이는 몸을 굽혀 내 왼쪽 옆구리를 열고 거기서 따뜻한 심장의 활기와 새로 흐르는 피와 함께 늑골 하나를 취하셨습니다. 그이가 늑골에 형체를 주고 그 손으로 다시 다듬으니, 그 다듬는 손 밑에서 한 생물이 이루어졌습니다. 그것은 사람 같기는 하나 이성(異性), 아주 아름답고 사랑스러워, 온 세상에서 아름답게 보이던 것이 이젠 천하게 보이고, 모두가 그녀에게 집약되어 그녀와 그 용모에 포함되는 것 같았습니다. 일찍이 느껴보지 못했던 감미로운 매력이 그때부터 내 가슴속에 스며들고, 사랑의 정신과 애정에 찬 기쁨이 그 자태로부터 온 만유에 스며들었습니다. 그녀는 없고 나만 암흑 속에 남았고, 나는 잠에서 깨어 그녀를 찾았고 영원히 그녀를 잃은 것을 슬퍼하여 다른 즐거움은 모두 버리고자 했습니다. 그때 뜻밖에도, 멀지 않은 곳에서 꿈에서 본 것과 똑같은 그녀가, 온 천지가 그녀의 아름다움을 돋보이게 한 상태로 오고 있었습니다. 하늘의 창조자는 보이지 않았으나 그에게 인도되어, 그 목소리를 따라, 혼인의 신성과 결혼의 관습에 대한 가르침을 받았습니다. 그 걸음걸이에는 우아함이, 그 눈에는 천국이, 그 온 몸짓에는 위엄과 사랑이 담겨 있었습니다. 나는 기쁨에 넘쳐 소리 높이 외쳤습니다.

　'이번엔 보상되었습니다. 당신은 그 모든 선물 중에서 가장 아름다움을 인색함 없이 주셨습니다. 나는 지금 내 뼈 중의 뼈요, 살 중의 살인

나 자신을(〈창세기〉제2장 23~24절 참조) 눈앞에서 보았습니다. 그 이름은 여자, 남자에게서 나온 자. 이 때문에 남자는 부모를 떠나 아내와 합쳐 한 몸, 한 마음, 한 영혼이 되겠습니다.'

　그녀는 이런 내 말을 들었습니다. 하나님의 인도로 거기에 왔지만, 그래도 천진하고 처녀다운 수줍음, 그 덕성, 그리고 품위와 자각, 그 것은 구애할 만하고 구애 없이는 얻을 수 없는 것, 뽐내지 않고 지나치지 않고 겸양하니 더욱 좋았습니다. 한마디로 말하면, 죄스러운 생각은 아니었지만, 자연 그 자체에 마음이 움직여 그녀는 나를 보고 돌아섰습니다. 내가 그녀를 따라가니, 그녀는 명예("모든 사람은 혼인을 귀히 여기고 침소를 더럽히지 않게 하라. 음행하는 자들과 간음하는 자들을 하나님이 심판하시리라."〈히브리서〉제13장 4절)라는 것을 알고, 위엄 있는 순종으로 내 역설하는 이유를 인정하였습니다.

　아침과도 같이 홍조를 띤 그녀를 나는 혼인의 정자로 안내했습니다. 온 하늘과 행복의 성좌들은 그 시간에 가장 신묘한 정기를 발산하고, 땅도 산도 축하했습니다. 새도 즐거워하고, 상쾌한 바람과 고요한 대기는 숲에 속삭이며, 그 날개로 장미를 던지고 아리따운 관목에서 즐겨 놀더니, 이윽고 다정한 밤새는 화혼곡(華婚曲)을 부르고, 초저녁별을 재촉하여 그 산꼭대기에 혼례의 초롱을 밝혔습니다. 이렇게 내 처지를 모조리 말씀드리고, 내 얘기를 내가 누리는 지상의 행복 정점에까지 끌어올렸으니, 이젠 고백하지 않을 수 없습니다. 다른 것에서도 기쁨을 찾은 것은 사실이나, 그것은 소용이 되든 안 되든 마음에는 어떤 변화도, 격렬한 욕망(제정신을 잃다라는 의미)도 일지 않았습니다. 다른 것들이란 맛, 풍경, 향기, 풀, 열매, 꽃, 산책, 그리고 아름다운 새소리 등 훌륭한 것들입니다. 그러나 여기서는 훨씬 다르니 황홀하여 바라보고, 만지며 비로소 나는 정욕과 야릇한 자극을 느꼈습니다. 다른 온갖 쾌락에선 초연하고 부동이었는데, 여기서는 강렬한 시선의 매력에 맥을 못 추었습니다. 마음속의 자연이 약화되어, 나의 어떤 부분이 이런 대상에는 좀체 버틸 수 없을 만큼 약하게 해놓은 것인지, 아니면 내 옆구리에서 뽑을 때 너무 많이 빼낸 탓인지 모르겠습니다. 아무튼, 그녀에게 주어진 장식은 너무 지나쳐서, 겉으로 나타난 것은 정교하지만 내면은 충실치 못한 듯했습니다.

자연의 첫째 목적인, 가장 존귀한 마음과 내적 능력에서는 그녀가 뒤떨어진다는 것을 나는 잘 알기 때문입니다. 그녀는 겉모양도 우리 두 사람을 만든 그분의 모습과 닮은 점이 적고, 다른 생물 위에 주어진 그 지배자적 성격도 별로 나타나 있지 않았습니다. 하지만 가까이 가서 그 어여쁨을 보니, 그녀는 참으로 완전하고 그 몸에 흠이 없고, 자신에 대해서도 충분히 알고 있는 듯하여 그녀가 하고자 하는 것이나 말하려는 것이 실로 어질고 바르고 신중하고 최선으로 보입니다. 높은 지식도 그녀 앞에선 모두 품위가 떨어지고, 지혜도 그녀와 얘기하면 상처를 입고 무색하여 어리석게 보입니다. 권위와 이성도 나중에 우연히 조작된 것이 아니라 처음부터 계획된 것처럼 그녀를 떠받치고 있었습니다. 요컨대 마음의 위대함과 또 고상함이 더없이 아름

최초의 남녀인 아담과 하와가 서로 사랑을 나누는 장면이다.

답게 그녀 속에 자리잡고, 그 몸 주위에는 수호천사가 있는 것처럼 외경감을 자아냈습니다."

천사가 이마를 찌푸리고 그에게 말했다.

"자연을 탓하지 마라, 자연은 자기의 일을 했다(하나님의 뜻). 그대는 그대가 맡은 바를 다하고 지혜를 의심치 마라. 그것이 절실히 요구될 때, 그대 자신이 인정하듯 뒤떨어지는 것을 지나치게 평가함으로써 그 지혜를 버리지 않는다면, 지혜도 그대를 버리지 않으리라. 그대 무엇을 찬미하고, 무엇이 그대를 황홀하게 하는가? 겉으로 나타난 모습인가? 그야 의심할 여지 없이 아름답다. 그대의 아낌, 그대의 존경, 그대의 사랑에 잘 어울리지만, 복종할 것은 못 되리라. 그녀와 그대 자신을 비교한 다음에 평가하라. 옳고 바른 것에 기반을 두고 잘 다듬어진 자존심보다 더 이로운 것은 드물다. 그대가 그 지혜를 알면 알수록 더욱더 그녀는 그대를 머리로 인정하고, 모든 외적인 화려함을 배제하고 내실(內實)에 충실하라. 그대의 기쁨을 위하여 더욱더 장식되고, 더욱 존귀해지며, 그대가 현명치 못하게 보일 때 지혜로워져, 그대 존경을 바쳐 그 반려자를 사랑하게 된다.

그러나 만일 인류의 번식을 가져오는 접촉의 감각이 다른 어떤 것보다도 더 강렬한 기쁨으로 생각된다면, 그것이 가축과 짐승에게도 허용되었음을 생각하라. 그 쾌락 가운데 무엇이든 인간의 영혼을 사로잡고 정욕을 움직이게 할 만한 것이 있다면, 그것은 모름지기 그들에게는 부여되지 않았으리라. 그녀와의 사귐에서 그대가 발견하는 더 고상하고 매력적인 것, 인간적이고, 도리에 어긋나지 않는 것을 늘 사랑하라. 사랑하는 것은 좋지만, 정욕은 안 되니, 거기에 참된 사랑이 없음이라. 사랑은 생각을 깨끗하게 하고, 마음을 넓게 하고, 이성에 그 바탕을 두어 지혜로우니, 그대가 육체적인 쾌락에 빠지지 않고 하늘의 사랑에까지 오를 수 있는 사다리가 되리라. 따라서 짐승들 속에서 그대의 배필을 찾을 수는 없다."

이에 아담은 다소 부끄러워하면서 대답한다.

"그토록 아름다운 그녀의 외양보다도, 모든 종류에 공통되는 생식의 문제보다도(혼인의 침상은 훨씬 고상한 것이라고 신비로운 존경심을 갖고 생각은 하지만) 더욱 나를 즐겁게 하는 것은 그 우아한 행동, 수많은 단정한 예절, 그것은 날마다 그녀의 모든 말과 동작에서 흘러나와 사랑과 달콤한 순종과 합쳐, 거짓 없는 마음의 결합과 두 사람의 영혼이 하나임을 보여주는 것으로, 혼인한 두 사람에게서 보이는 그 조화는 귀에 들리는 가락이 고운 소리보다 더 즐겁습니다.

하지만 정복당하는 것은 아니고, 당신에게 말하는 것은 마음속으로 느끼는 것일 뿐, 그로 인해 패하진 않았습니다. 감성으로부터 다양하게 표현되는 갖가지 대상과 부딪쳐도, 여전히 사로잡히지 않고 최선을 찬미하고 그 찬미의 대상을 좇나이다. 당신이 말씀하시기를 사랑은 우리를 하늘로 이끄는 길이요 안내자이니, 내가 사랑함을 나무라지 마소서. 내 묻는 바가 옳거든 참고 들으소서. 하늘의 영들은 사랑을 안 하는지, 한다면 그 사랑을 어떻게 표현하는지? 단지 표정으로 하는지, 아니면 눈빛을 교환하거나 간접 또는 직접 접촉하는지?"

천사는 사랑 고유의 빛깔인 하늘의 장밋빛으로 붉게 타는 미소를 띠며 대답한다.

"우리가 행복하다는 것을 아는 것으로 충분하리라, 사랑이 없으면 행복도 없는 것이니. 그대가 몸으로 즐기는 순수한 것은 무엇이든(그대는 순결하게 창조되었나니) 우리도 훌륭하게 즐기나니, 막(膜), 관절, 팔다리 등 방해되는 장벽은 전혀 없도다. 하늘의 영들끼리 포옹하는 것은 공기와 공기가 섞이기보다 더 쉽고, 순수와 순수가 서로 결합하기를 원한다면 완전히 맺어지고, 육체와 육체, 영과 영이 섞이듯이 제한된 전달 수단이 필요 없다.

그러나 이젠 더 머무를 수가 없구나. 지는 해는 대지의 푸른 곳, 헤스페리데스의 푸른 섬을 넘어 서쪽으로 떨어지니 내가 떠나야 할 신호이다. 굳세어라, 행복하라, 사랑하라! 그러나 무엇보다도 그분을 사랑하는 것은 순종이니 그 명령을 지켜라. 정욕 탓에 판단을 그르쳐 자유의지가 허용치 않는 것을 하지 않도록 주의하라. 그대와 그대 자손 만대의 안녕과 재화를 그대가 견디면, 나도 다른 축복의 천사들도 기뻐하리라. 굳세게 설지라. 서든 떨어지든 그대 자신의 자유로운 선택에 달려 있다. 안으로 완전하여 밖의 원조를 구하지 마라. 그리하여 반역하려는 모든 유혹을 물리치라."

이렇게 말하고 그는 일어섰다. 아담은 축복하며 그를 배웅했다.

"떠나야 하신다면 가소서, 하늘의 빈객, 정화천의 사자여, 내가 숭배

아담이 손님으로 온 하늘의 천사 라파엘과 작별하는 장면이다.

하는 지상선(至上善)의 주께서 보내신 이. 당신은 내게 다정하고 상냥했으니, 즐거운 기억으로 남아 영원히 존경받을 것입니다. 당신은 인간에게 언제나 선량하고 친근하소서. 그리고 때때로 찾아주소서! 이렇게 그들은 헤어졌다. 천사는 짙은 녹음으로부터 하늘로, 아담은 자기 정자로.

PARADISE LOST

실낙원

제9권
사탄의 유혹

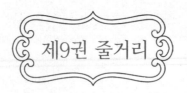

지구를 돌고 난 사탄은 치밀한 간계를 품고 야음을 틈타 밤안개처럼 낙원으로 돌아와 잠자는 뱀의 몸속으로 들어간다. 아담과 하와는 아침에 일하러 나가는데, 하와는 일할 곳을 여러 구역으로 나누어 서로 떨어져 일하자고 제안한다. 아담은 이에 동의하지 않는데, 자기들이 앞서 경고를 받은 그 적이 하와가 홀로 있는 것을 보면 유혹을 시도할 염려가 있어 위험하다고 말한다. 하지만 하와는 조심성이 부족하고 꿋꿋하지 못한다고 인정되는 것이 불쾌해, 차라리 자기 힘을 시험해보고자 하는 마음에 들어 더욱 강력하게 따로 일하자고 우겼고, 이에 아담도 어쩔 수 없이 동의하였다.

뱀으로 변신한 사탄은 하와가 혼자 있는 것을 발견하고는 몰래 접근해서 먼저 그녀를 찬찬히 지켜보며 관찰했다. 그러다가 그녀에게 다가가서, 자기가 지금까지 본 모든 피조물 중에서 그녀가 최고라고 그녀를 치켜세우며 이런저런 아첨하는 말로 그녀의 환심을 산다. 하와는 뱀이 말하는 것을 듣고는 의아해하며, 어떻게 이전과는 달리 인간처럼 말하고 이해하게 되었는지를 묻는다. 뱀은 낙원 안에 있는 어떤 나무의 열매를 먹음으로써 그때까지는 가지지 못했던 말과 이해력을 얻었다고 말한다. 하와는 자기를 그 나무에 데려다 달라고 요청한다. 가보니 그것은 금단의 나무인 지혜의 나무였다.

이제 더욱 대담해진 뱀은 수많은 간계와 변론으로 유혹하여 마침내 그것을 따먹게 한다. 그녀는 열매를 즐거이 맛본 후 그 사실을 아담에게 알릴까 어쩔까 깊이 생각한 끝에, 그 열매를 가지고 가서 어떤 자가 권하여 그것을 먹었다고 말한다. 아담은 처음에는 몹시 놀랐으나, 그녀가 멸망한 것을 깨닫고 열렬한 사랑으로 말미암아 그녀와 함께 멸망하기로 한다. 결국, 그는 그 죄를 가볍게 여긴 나머지 자기도 그 열매를 먹는다. 그 영향은 두 사람에게 즉시 나타나게 되어 그들은 벗은 몸을 가리기 위해 애를 쓴다. 그리고 서로 불화와 비난을 시작한다.

라파엘 천사가 마치 친구처럼 아담과 얘기를 나누고 정답고도 부드럽게 식사를 함께하며 허물없이 순진한 말을 주고받는 일은 그것으로 끝이었다. 이제 나는 이 노래를 바꾸어 비극적인 슬픈 운율로 부르지 않으면 안 된다. 인간의 편에서는 흉악한 불신과 불충스러운 배신, 반역과 불순종. 하늘의 편에서는 냉담과 소홀, 혐오스러운 분노와 정당한 견책, 그리고 주어지는 심판이다. 그로 인해 재난과 죄와 그 그림자인 죽음, 그리고 죽음에 앞서 비참이 이 세상에 들어왔으니, 참으로 슬픈 일이다. 그래도 그 주제의 웅대함은 트로이의 성벽을 세 차례나 돌아 달아나는 적을 뒤쫓는 아킬레우스의 단호한 분노(《일리아스》 제1권 아킬레우스는 친구인 파트로클로스를 죽인 헥토르에 대한 복수)보다도, 또 파혼한 라비니아로 인한 투르누스(《아이네이스》 속의 유명한 적장)의 분노보다도, 또 참으로 오랫동안 오디세우스(호메로스의 서사시 《오디세이아》의 주인공)와 키테레이아의 자식을 못살게 굴던 넵튠이나 주노의 분노 못지않다.

만일 어울리는 시의 형식을 내가 하늘의 수호자로부터 얻을 수만 있다면, 수호자는 청하지 않아도 밤마다 나를 찾아와 잠자는 나에게 받아쓰게 하거나, 또는 영감을 주어, 내 미처 생각지도 못했던 시구를 깨닫게 하겠지만, 내가 처음 이 영웅시의 주제에 사로잡힌 이후 그 선택은 오래 걸렸고, 시작은 늦었다. 이제까지 영웅시의 유일한 주제로 인정되어온 전쟁을 노래하는 것은 천성적으로 별로 신이 나지 않았으니, 그 중요한 기교는 지루하고 장황하게 허구(虛構)의 무사들을 가상의 전투에 부각(浮刻)시킨다. 더 뛰어난 견인불발(괴로움을 참고 하나님의 의사에 따르는 것이 신앙적인 용기)이나 영웅적인 순교 따위는 노래하지 않고, 경주나 경기, 시합의 장비, 그 기묘한 문장이 새겨진 방패, 군마의 장식과 말들, 짧은 바지와 금·은박의 장식, 마상시합과 모의전을 하는 화려한 무사, 또는 시종과 집사들이 시중드는 향연 따위를 묘사하는 것이니, 그것은 세공의 기교나 천한 직분이지, 시나 사람에게 영웅적인 이름을 주는 것은 못 된다. 그런데 재주는 물론이고 열의 또한 없는 내게는 드높은 주제만 남아서, 스스로 그 이름을 올리기에 충분한 주제(밀턴은 자신의 종교적 서사시를 진짜 영웅서사시로 여기고 있다)가 남아 있다. 뒤늦은 시대나 냉엄한 풍토, 또는 나이 따위가 내 의욕의 날개에서 힘을 빼거나, 기를 죽이지 않는 한. 만일 모두가 내 소유요, 밤마다 내 귀에 이것을 날라다 주는 그의 것이 아니라면 어쩌면 이것들은 내 힘을 뺄지도 모른다.

이제 날은 저물고 뒤따라 헤스페르스의 별도 자취를 감추었다. 이별의 직분은 황혼을 대지에 가져오는 데 있으니, 낮과 밤 사이에 잠시의 중재자였다. 이윽고 끝에서 끝까지 밤의 반구가 두루 지평선을 감쌌다.

이때 가브리엘의 위협을 받고 에덴을 빠져나갔던 사탄이 치밀한 간계와 악의가 더욱 커져서, 자기에게 아무리 중대한 일이 일어나든 개의치 않고 인간을 파멸시키기 위해 겁도 없이 돌아왔다. 그는 밤에 달아나 지구를 돈 뒤에 낮을 피하여 한밤중에 돌아왔다. 왜냐하면, 태

쫓겨난 사탄이 낙원으로 다시 숨어들어와 강물 속 바위에 몸을 숨긴다.

양의 관리자 우리엘이 그의 침입을 알아채고 에덴을 지키고 있는 천사들에게 경고했기 때문이다. 고뇌에 넘친 그는 거기서 쫓겨나, 일곱 밤(사탄은 7일 동안 밤의 부분만 지구를 돌았다)을 세 차례나 돌았고 네 차례나 밤의 수레를 가로질러 극에서 극까지 각각 양분권(兩分圈)을 건넜다. 여덟 밤째(8일째 밤에 사탄이 낙원에 왔다는 것은 성스러움에 도전을 의미한다)에 돌아와 낙원의 입구, 즉 수호천사를 피할 수 있는 정문 반대쪽(북쪽)의 가장자리로 의심받지 않게 몰래 숨어들었다. 시간 때문이 아니라 죄 때문에 그 위치가 변경되어 지금은 없지만, 그때는 티그리스 강이 낙원의 기슭에서 지하의 심연으로 스며들었고, 그 일부는 생명나무 옆에서 샘이 되어 솟아올랐다. 사탄은 강과 함께 가라앉았다가 자욱한 안개에 싸여 강과 함께 올라와 숨을 곳을 찾았다.

그는 이미 에덴으로부터 폰투스와 메오티스 해를 지나 오비 강(시베리아 지역의 강) 너머까지, 아래로는 남극까지, 옆으로는 오론테스(지중해)로부터 서쪽 다리의 막히는 대양까지(현재의 파나마 지협), 거기서 다시 갠지스와 인더스 강까지, 바다와 육지를 더듬어 찾았다. 이렇게 지구를 샅샅이 찾아 헤매며 모든 생물 중 어떤 것이 자기의 간계에 가장 알맞게 도움이 될까 하고 세밀히 살펴보다가, 가장 교활한 짐승인 뱀("여호와 하나님의 지으신 들짐승 중에 뱀이 가장 간교하더라." 〈창세기〉 제3장 1절)을 발견했다. 그의 생각은 돌고 돌아 결정을 내리지 못하고 한참 망설인 끝에, 결국 그는 그 음흉한 유혹을 가장 날카로운 시선으로부터 가리는 데 적절한 도구, 속임수를 쓰는 데 가장 들어맞는 소악마로서 뱀을 선택했다. 교활한 뱀에에게 어떤 꾀가 있든 간에 의심을 두지 않을 것이며, 뱀의 타고난 기지와 교활 탓이라고 생각할 것이기 때문에, 하지만 다른 짐승에게서 그런 것을 보면, 짐승의 의식을 넘어서 안에서 마력이 작용하고 있다는 의심을 받게 되리라. 이렇게 그는 결심했지만, 마음속의 슬픔으로부터 폭발하는 감정을 우선 이같이 비탄으로 쏟아낸다.

'오, 대지여, 참으로 하늘과 비슷하나 더 낫다고 할 수는 없다. 생각을 거듭하여 낡은 것을 고쳐 세운 신들에게 더 적합한 곳이로다! 신이 어찌 좋은 것 후에 나쁜 것을 짓겠는가? 지상의 하늘이여, 온 하늘이 너를 돌며 춤추고 빛나지만, 그 눈부신 충성의 등불을 쳐들어 광명에 광명을 더하여 너에게만 비추니, 성스러운 힘의 존귀한 광선이 모두 너에게만 쏟아지는 것 같구나! 신은 하늘의 중심이지만 만유에 퍼지듯이, 너도 중앙에 있으면서 온 천체로부터 빛을 받는다.

모두 인간에게서 통합되는, 그 생장, 감각, 이성의 점진적 생명이 들어 있는 생물을, 풀, 나무 또는 더 높은 생물의 형태로 생산하는 그 모든 알려진 힘은 그들 자신이 아니라 너에게 나타난다. 내 주위를 둘러보는 것이 얼마나 즐거우랴, 내 다소나마 즐길 수 있는 몸이라면. 아름답게 변하는 산과 골짜기, 강과 숲이, 그리고 들, 육지인가 하면 바다요, 숲이 우거진 해안, 바위굴과 동굴! 하지만 나는 어디서고 내 살 곳이나 숨을 곳을 찾을 수 없구나. 주위에서 쾌락을 보면 볼수록 마음에 한층 더 가책을 느끼니, 마치 증오스러운 모순에 에워싸이는 듯하다. 모든 선은 내겐 독이 되니, 하늘에서는 내 처지가 더욱 나빠지리라.

사탄이 아담과 하와의 행복한 삶을 훔쳐보고는 질투와 복수심에 불타는 장면이다.

그러나 나는 여기에서도 하늘에서도 살고 싶지 않다, 하늘의 지존자를 굴복시키지 못하는 한. 또한, 내가 찾는 것으로 나 자신의 비참을 덜고자 하는 것이 아니라, 남을 나처럼 만들려는 것이다. 그로 인해 내게 불행이 더해질지라도 나는 오직 파괴를 통해서만 내 무자비한 생각을 부드럽게 할 수 있을 따름이다. 그가 파멸한다면, 아니 완전한 패망을 가져올 상태에 이르기만 한다면, 그를 위하여 만들어진 이 모든 것도 곧 그 뒤를 따를 것이다. 흥망(興亡)과 화복(禍福)이 그에게 연결되어 있으니. 이 파괴로 인한 화가 널리 퍼지기를! 지옥의 권자 사이의 그 유일한 영광은 오직 내게만 돌아오리라, 전능이라 불리는 그가 6주 밤에 걸쳐 만든 것을 하루 사이에 깨뜨려버릴 것이니. 또한, 그전에 얼마나 오래 궁리하였는지 누가 알 것인가?

내가 천사 족속의 거의 반을 하룻밤에 치욕스러운 노예 상태에서 해방하여 신을 숭배하는 무리를 줄어들게 하니, 그는 원수를 갚고자 잃은 천사들을 메우려 했으나 옛날의 그 힘이 이젠 쇠약해져서 더는 천사를 창조하지 못하는 것인지(만일 천사가 그의 창조물이라면), 또는 우리를 더 괴롭힐 수단이 없는 것인지, 흙으로 만든 창조물(사탄은 인간에 대해 경멸하고, 선망하고, 저주하고, 찬송하고, 복잡한 반응을 보인다)을 우리 자리에 올려세우고, 하늘의 이권과 우리의 이권을 그에게 주려고 작정하였구나. 그는 이런 결정을 이루어 인간을 만들고, 인간을 위하여 그의 살 자리인 이 지구를 만들어 그를 천사와 번갯불의 사자에게 명하여 땅에 사는 이 인간을 보호하고 돌보게 했다. 그 경계가 두려워 나는 그것을 피하려고 한 밤의 안개에 싸여 남모르게 미끄러져, 덤불이란 덤불, 숲이란 숲은 모조리 뒤져 요행히 잠자고 있는 뱀을 발견하고는 그 꾸불꾸불한 몸속에 나의 분신을 숨겼다. 아, 더러운 타락이여! 전에는 신들과 최상의 자리를 다투었던 내가 이제 별수 없이 짐승 속에 들어가, 짐승의 점액에 섞여 신의 높은 자리를 열망하던 이 영질(靈質)을 육화(肉化)하고 수화하다니.

그러나 야심과 복수를 위해서는 어디인들 못 내려가겠는가? 야심을 품은 자는 높이 오른 만큼 낮게 내려가, 언젠가는 가장 비천한 것이 되지 않으면 안 된다. 복수는 처음엔 달콤하지만 머지않아 더 쓰라리게 되돌아오겠지. 그래도 개의치 않는다. 겨냥을 잘하여 내리칠 것이다. 높이는 오를 수 없으니, 두 번째로 내 질투를 일으키는 그 자를. 이 새로운 하늘의 총아, 흙의 인간, 원한의 아들, 우리를 더욱 모욕하고자 창조주가 흙으로 만든 그자를, 원한은 원한으로 갚는 것이 상책이로다."

이렇게 말한 사탄은, 눅눅하고 마른 풀숲을 마치 검은 안개와 같이 〈창세기〉 제2장 6절 참조) 낮게 기어서, 빨리 뱀을 찾아내려고 탐색을 계속했다. 얼마 후 그는 기다란 몸을 사려 교활한 간계가 풍부한 머리를 두고 깊이 잠든 뱀을 발견했다. 뱀은 아직 독도 없고 부드러운 풀 위에 겁낼 것도 없이 자고 있었다. 사탄은 뱀의 입으로 들어가 가슴이나 머리에서 사로잡아 거기에 지력을 불어넣는다. 그렇다고 잠을 방해하는 일이 없이 편안하게 아침이 오기를 기다린다. 이제 거룩한 빛이 에덴

사탄이 인간을 유혹하려고 뱀의 몸으로 들어가려는 장면이다.

에 밝아오기 시작하여 이슬 맺힌 꽃들을 비추고, 꽃은 아침 향기를 들이마실 때, 숨 쉬는 만물은 땅의 대제단으로부터 창조주를 향하여 고요한 찬미를 올리고 상쾌한 향기로써 그의 코를 채운다. 이때 한 쌍의 인간이 나타나, 합창에 맞추어 소리 있는 예배를 올리며 향기도 바람도 상쾌한, 아리따운 아침 한때를 즐긴다. 그런 다음, 늘어가는 일을 오늘은 어떻게 처리할 것인가를 의논한다. 동산이 너무 넓어서 두 사람 손에는 이미 일이 넘치기 때문이다. 이브가 먼저 아담에게 말한다.

"아담이여, 우리가 언제까지나 이 동산을 가꾸고 풀, 나무, 꽃을 돌보는 것을 우리의 즐거운 과업으로 삼는 것도 좋지만, 우리를 돕는 손이 없는 한 아무리 애써도 일은 늘고, 재배하면 할수록 더 번식할 뿐입니다. 우리가 날마다 자르고, 베고, 버티고, 묶은 것은 다시 뻗어나 하루이틀 밤사이에 비웃듯이 제멋대로 자라, 거칠어지기 쉽습니다. 그러니 지금 생각하는 바를 들어 우리의 수고를 나눕시다. 그대는 그대 좋은 곳으로, 또는 가장 필요한 곳에 가시어 이 정자에 인동(부부애를 나타냄)덩굴을 감아올리거나, 또는 휘감기는 담쟁이에 뻗어 올라갈 길을 마련해주든지. 나는 저기 장미와 도금양이 섞여 있는 숲에서 한낮까지 손질할 것이 있나 보겠습니다.

우리가 하루 동안 이렇게 가까이 있으면서 일을 하는 한, 서로 얼굴을 쳐다보며 잡담을 나누게 되고, 또 새로운 사물이 그때그때 얘기를 만들어 하루 일을 방해할 것이니, 아무리 일찍 일을 시작해도 보람없이 저녁때는 맨손으로 돌아오게 될 것입니다."

이에 대해 아담이 조용히 대답한다.

"둘도 없는 하와여, 하나님께서 우리에게 정해준 일을 어떻게 하면 가장 잘 수행할까, 그대 잘도 생각했으니, 내 찬사를 지나쳐버릴 수가 없다. 주께서는 우리가 휴식을 바랄 때 그것이 음식이든, 마음의 양식인 대화든 혹은 표정과 미소의 감미로운 교환이든, 그것을 거부하실 만큼 그렇게 엄하게 수고를 부과하지 않아요. 미소는 이성에서 흘러나오고, 짐승에게는 없는 사랑의 양식이요, 사랑이야말로 인생의 가장 천하지 않은 목적이오. 하나님께서 우리를 만드신 것은, 이성과 결합된 즐거움을 위해서요. 이 길이든 나무 그늘이든 우리가 걷기에 필요한 넓이만큼은 둘이 힘을 합치면 쉽게 황폐하지 않도록 할 수 있소. 이윽고 젊은 손이 우리를 도울 때까지. 하지만 도에 넘치는 담화가 권태롭다면 잠시 헤어지는 건 견딜 수 있으리라.

모름지기 고독(아담은 떨어져 있는 편이 오히려 친밀감이 더해진다고 말하고 싶은 모양이다)은 때로는 최선의 사교이고, 잠시의 은퇴는 달콤한 귀환을 북돋우는 것이니, 하지만 다른 의혹이 고개를 든다, 나를 떠남으로써 그대에게 해가 미치지 않을까 하는. 그대도 우리가 경고받은 것을 알리라. 어떤 악한 원수가 우리의 행복을 샘내어 제 행복은 단념하고, 교활한 모략으로 우리에게 재난과 수치를 주고자 어디고 가까이에서 틀림없이 망을 보면서, 제 소망을 이룰 수 있는 가장 좋은 기회를 엿보고 있을 것이니, 헤어져 있는 것은 위험한 일. 함께 있으면 급할 때 서로 빨리 도울 수 있으니, 우리를 속일 가망도 없을 것이오. 그의 첫 번째 계획이 하나님에게서 우리의 신의를 빼앗는 데 있든 결혼의 사랑을 훼방하는 것이든(우리가 받은 축복 가운데 그보다 더 그의 질투심을 자극하는 것은 없으니), 혹은 더 나쁜 것이든 간에, 그대에게 생명을 부여하고 여전히 그대를 감싸고 지켜주는 충실한 자의 곁에서 멀어지지 마오. 아내는 위험이나 치욕이 닥칠 때 자기를 보호하고, 함께 불행을 견뎌주는 남편 곁에 머무르는 것이 가장 안전하고도 타당하다오."

순진하고 위엄 있는 하와(처녀처럼 순결한이라는 뜻)는, 마치 사랑하면서 어떤 불친절을 당한 사람처럼 감미로우나 엄격하고 침착하게 대답한다.

"하늘과 땅의 아들이며 온 땅의 주인이시여! 우리의 파멸(이브가 금단의 열매에 대한 것과 유혹에 대해서 알고 있다는 것을 밀턴은 여기서 강조하고 있다)을 엿본 적이 있다는 것은 그대에게 들어서 잘 알고, 또 떠나간 천사의 얘기도 엿들었습니다. 저녁 꽃들이 오므라들 무렵에 돌아와서 그늘진 구석에 물러서 있을 때. 하지만 하나님이나 그대에 대한 이 몸의 절조를 유혹한 적이 있다 해서, 그로 인해 그대에게 의심을 받으리라곤 상상조차 못했습니다.

우리는 죽음도 고통도 어찌할 수 없는 몸이고, 그걸 받지도 않고 또 물리칠 수도 있으니, 적의 폭력을 그대는 겁내지 않아도 됩니다. 그대가 겁내는 것은 그의 간계 탓이니, 나의 굳은 신의와 사랑이 그의 간계(奸計)에 흔들리고 유혹을 당할 수도 있다는 의심에 지나지 않습니다. 아담이여, 어찌하여 그런 생각이 그대 마음에 깃들어 있습니까? 이렇게 그대에게 다정한 아내로 잘못 생각하고."

아담은 정다운 위안의 말로 대답한다.

"하나님과 인간의 딸, 불멸의 하와여! 그대는 죄와 허물없는 몸이니, 그대가 내 앞에서 떠나지 말라는 것은 그대를 의심해서가 아니라, 적이 노리는 그 계획 자체를 피하자는 것이오. 비록 일이 잘못될지라도, 유혹자는 유혹당하는 자에게 더러운 치욕을 씌우고, 신념도 없어 유혹을 이길 수 없다고 생각게 하오. 그대 자신이 소용없는 줄 알면서도 가해지는 해악(害惡)을 경멸하고, 노하고, 분개하리라. 그러니 혼자 있는 그대에게서 이런 모욕을 제거하기 위해 애쓰는 나를 그릇되게 생각하지 마오. 적은 대담하지만, 우리 두 사람에게 동시에 감행하진 못하리라. 만일 그것이 가능하다면 먼저 나를 공격할 것이오.

그의 악의와 위계를 우습게 보지 마오. 천사를 속일 수 있었던 자이니 그 교활함이 짐작되지 않겠소. 또 남의 원조가 부질없다고 생각지 마오. 나는 그대의 용모에서 영향을 받아 여러 가지 덕을 늘리고 있으니, 그대 앞에선 더욱 현명하고, 더욱 사려 깊고, 힘이 필요할 땐 보다 강해지오. 그대가 보고 있으면 극복하고 이겨내야 하는 그 수치가 극도의 용기를 불러일으키고, 그 용기가 일어나서 뭉쳐지오. 어찌하여 그대는 나와 같은 생각을 안 하오, 그대 덕에 대한 시험의 가장 좋은 증인인 내가 그대와 함께 시련 당하려 하는데."

가정을 사랑하는 아담은 그의 걱정과 부부의 사랑으로 이렇게 말했다. 하지만 하와는 자기의 진지한 신의를 인정받지 못한다고 생각하고 부드러운 말투로 다시 이렇게 대답한다.

"그처럼 교활하고 사나운 고통을 당하는 좁은 지역에 살면서, 어디 가서 만나든 혼자서는 같은 방어력이 주어지지 않는 것이 우리의 상태라면, 언제나 해를 두려워할 것이니, 무슨 행복이 있을까요? 하지만, 해는 죄보다 앞서지 않습니다. 다만 적은 우리를 유혹하여 그 고결함을 더럽히려고 달려들지만, 그 추악한 생각은 우리의 이마에 치욕의 낙인을 찍지 못하고 더럽게 그 자신에게로 돌아갈 것입니다. 그렇다면 무엇을 피하고 두려워할까요? 오히려 그의 추측이 어긋나 우리의 명예는 배가하고, 마음에는 평화를, 우리를 내려다보시는 하늘로부터는 결국 은총을 받으리다. 남의 원조 없이 혼자서는 시련을 극복하지 못한다면, 신의니, 사랑이니, 덕이 무엇입니까? 그러니 슬기로운 창조주가 혼자나 둘로는 안전하지 못하도록 우리의 행복을 불안전하게 해놓았다고는 생각지 마세요, 만일 그렇다면 우리의 행복은 덧없고, 그토록 위험하다면 에덴은 에덴이 아닙니다."

이에 아담은 열심히 대답한다.

"아, 여인이여, 만물은 하나님의 거룩한 뜻으로 정해진 대로 참으로 선하고 아름답소. 그 창조의 손이 모든 창조물을 하나도 불완전하고 부족하게 만들지 않았으니, 하물며 인간이 그러하겠소. 또한, 그의 행복한 상태를 외부의 힘으로부터 막아주는 자가 그러하겠소. 위험은 그 자신 속에 있으나 자신의 힘으로 좌우할 수 있으니, 자신의 의사에 반하여 해를 받는 일은 없소. 나는 불신이 아닌 다정한 사랑의 명령으로 그대를 돌봐야 하고, 그대는 나를 돌봐야 하오. 우리는 확고하긴 하긴 하지만 역시 흔들릴 가능성이 있소. 무릇 이성에도 있을 수 있는 일은, 적에게 매수당한 외양만 번지르르한 것을 만나 경고받은 대로 엄중한 경계를 하지 않고 자기도 모르게 기만에 빠질 수도 있으니, 유혹을 사서 구하지 마오. 피하는 것이 가장 좋소. 내게서 떠나지만 않으면 능히 피할 수 있으리라. 찾지 않아도 시련은 오는 것, 그대의 절조를 증명하고자 하거든, 우선 순종을 보일 지어다. 알 만한 자가 그대의 유혹받는 걸 보지 않고는 누가 증명하겠소? 그러나 뜻밖의 시련을 만나는 것이 그대가 경계하고 있는 것보다 더 안전하다고 생각하거든 가시오. 자유가 아닌 머무름보다는 가는 것이 낫소. 그대가 지닌 덕에 의존하고, 전력을 집중하고 본분을 다하시오."

인류의 족장(族長)은 이같이 말했으나, 하와는 겸손하면서도 끝까지 고집하여 대답한다.

"그렇다면 그대의 허락도 받고 이렇게 주의도 들었으니, 특히 그대가 끝으로 하신 말에 암시된, 우리가 시련을 찾지 않을 때 우리는 훨씬 대비하는 마음이 약하다 하시니 더욱 즐겨 가겠습니다. 또한 그다지도 교만한 적이라면 약자를 먼저 찾지는 않을 듯합니다. 그걸 바란다면 그는 더욱 패망의 수치를 당할 것입니다."

이렇게 말하고 남편의 손에서 자기 손을 가만히 빼고 숲의 요정처럼 가볍게 숲으로 향한다. 그러나 걸음걸이나 여신다운 몸가짐은 숲의 여신 아르테미스를 능가했다. 비록 활이나 전통(箭筒)의 무장과는 달리 원예 도구를 지녔지만. 이렇게 단장한 그녀는 팔레스나 포모나(베르

, 또는 제우스에 의하여 프로세르피나를 낳기 전, 아직 무르익은 처녀일 때의 데메테르(그리스 신화 속 대지의 여신)를 닮았다. 아담은 열렬히 그녀를 바라보는 것이 즐거웠으나, 그녀가 자기 곁에 머물러주기를 바라면서, 여러 차례 돌아오라는 명령을 되풀이한다. 그녀는 그에게 정오까지는 정자로 돌아와 점심과 오후의 휴식을 위해 최선의 준비를 다하겠다고 약속한다.

아, 너무 큰 오산, 너무 큰 잘못, 불행한 하와여, 돌아올 생각이었으나, 고약한 사건이 생겼으니! 그때 이후로 그대는 두 번 다시 낙원에서 즐거운 식사, 충분한 휴식을 못 가졌다. 복병(伏兵)은 아름다운 꽃그늘에 숨어 절박한 지옥의 원한을 품은 채 기다린다. 그대의 길을 막고, 순결과 신실과 축복을 박탈한 다음, 그대를 보내기 위해 이윽고 첫새벽부터 사탄은 겉으로는 보통 뱀의 모습으로 나타나, 그가 목적하는 먹이를 어디서 찾을 수 있을까 하고 살펴보고 있다.

정자나 들, 무성한 숲이나 유쾌한 정원의 구역, 그들이 가꾸어 심고 한 곳도, 샘가도, 또 녹음이 우거진 냇가에서 두 사람을 찾는다. 그러나 운 좋게 하와가 혼자 있기를 바란다. 하지만 그렇게 드문 기회를 맞을 가망은 없다. 그런데 뜻밖에도 바라던 대로 하와가 혼자 있음을 본다. 그녀는 향기 구름에 반쯤 가려진 채 서 있었는데, 그 주위에는 무성한 장미가 불타고 있다. 때때로 몸을 굽혀 연한 꽃대를 떠받쳤는데, 그 꽃들은 화려한 붉은빛, 보랏빛, 파란빛, 황금빛으로 얼룩져 받침 없이 구부러져 있다. 하와는 그걸 도금양 띠로서 받아서 가

뱀으로 변신한 사탄이 아담과 하와를 향해 숨어들고 있다.

만히 일으켰다.

마침내 사탄은 접근하여 삼나무, 소나무, 종려나무가 우거진 숲을 이리저리 돌아다니다가, 하와가 가꾼 양 언덕을 감싼 무성한 덤불과 꽃들 사이로 꿈틀꿈틀 숨었다 보였다 하며 다가왔다. 소생한 아도니스(그리스 신화의 아프로디테가 사랑한 목동) 신화에 등장하는 정원보다, 또 저 신화가 아닌, 슬기로운 왕(솔로몬)이 어여쁜 이집트 태생의 왕비와 즐기던 동산보다도 더 즐거운 곳이다. 사탄은 이곳을, 무엇보다도 사람을 찬미한다. 마치 집이 빽빽이 들어차 있고, 하수가 공기를 더럽히는 인구 많은 도시에 오래 살고 있던 자가 여름날 아침에 마을이나 이웃의 논밭 사이로 신선한 공기를 마시며 눈앞에 펼쳐진 것 하나하나에서, 곡물이나 건초의 향긋한 냄새, 암소나 착유장(搾乳場), 모든 전원의 풍경 또는 음향 따위에서 기쁨을 느낄 때와 같다.

우연히 아리따운 처녀가 요정처럼(순결의 힘) 걸어가니, 유쾌한 것은 그녀로 인해 더욱 유쾌하니, 무엇보다도 그녀의 얼굴에는 기쁨이 넘친다. 뱀은 이런 기쁨에 이 아름다운 장소에 이렇게 일찍, 그것도 혼자 있는 하와의 상쾌한 일터를 바라본다. 그녀의 그 성스러운 모습, 천사와 같지만, 더욱 부드럽고 여성적인, 그리고 그 우아한 순진성과 온갖 몸짓의 자태, 또한 사소한 동작도 그의 악의를 억누르고, 거기에서 나오는 음흉한 간계의 힘을 달콤한 매력으로 빼앗는다. 그때 이 악한 것은 자신의 악으로부터 빠져나와 한동안 적의도 간계도 증오도 질투도 복수심도 잊은 채 어리석게도 선(善)으로 돌아간다. 하지만 하늘 한복판에 있어도, 늘 마음속에서 타는 뜨거운 지옥은, 곧 그의 기쁨을 짓밟고, 그 기쁨이 자기를 위한 것이 아님을 알면 알수록 더욱 그를 괴롭힌다. 그리하여 그는 곧 흉악한 증오심을 되살려 해악의 온갖 생각을 기꺼이 불러일으킨다.

"생각이여, 너는 나를 어디로 이끄느냐? 그 무슨 달콤한 생각에 취하여 여기 온 이유조차 잊었느냐? 사랑 아닌 증오를 위하여, 그리고 여기에서 지옥 대신에 낙원의 희망이나 즐거움을 맛보기 위해서가 아니라, 파괴하는 쾌락 이외의 다른 즐거움은 내게서 사라졌다. 그렇다면 지금이라도 미소 짓는 기회를 놓치지 않으리라. 보라, 저 여인은 혼자 있으니, 어떤 유혹에든 알맞다. 둘러보건대 그 남편은 가까운 데 있는 것 같지 않다. 그의 뛰어난 지력, 거만한 용기, 또는 흙에서 만들어졌으나, 영웅 같은 그 체구의 힘을 나는 피할 것이다. 그는 얕잡아볼 수 없는 적, 불사신(不死身)의 적이니, 나로서는 상처를 면할 수 없으니까. 하늘에 있을 때에 비하면, 지옥은 나의 힘을 저하(低下)시켰고, 고통은 나를 약하게 만들었다. 그녀는 아름답고 성스럽다. 신의 사랑에 어울릴 만큼 아름다우나 두렵지는 않다. 물론 사랑과 아름다움은 공포가 깃들어 있지만, 더욱 강한 미움(사랑을 가장한 보다 격렬한 미움) 없이는 접근하기 힘들다. 하지만 이것이 바로 그녀의 파멸을 위해 내가 택한 길이다."

이렇게 말하고 인류의 적은 뱀 속에 숨어 하와를 향한다. 꾸불꾸불 물결치며 땅에 엎드려 기어가는 게 아니라, 기다란 몸을 꼿꼿이 서서 꼬리로 간다. 머리에는 높은 볏을 달고 홍옥 같은 분을 반짝이며. 푸른빛에 황금빛 섞인 목은 풍성한 풀 위에 물결치는 빙빙 도는 소용돌이 속에 곧게 솟아 있는데, 그 생김새가 재미있고 사랑스럽다. 그 후 뱀 종류에 이보다 더 사랑스러운 것은 없었다. 일리리아에서 헤르미오네와 카드모스로 변한 것도(테바이의 건설자 카드모스와 그의 아내 헤르미오네는 뱀으로 변한다), 에피다우로스(그리스 남부에 있던 고대 도시 신전)의 신도, 또는 암몬(리비아의 제우스)이나 카피돌의 제우스가 변하여, 전자는 올림피아스와 더불어, 후자는 로마의 정화(精華)인 스키피오를 낳은 어머니와 더불어 나타난 뱀의 모습도 이만 못했다.

처음엔 비스듬히 길 잡아 옆으로 나간다. 마치 가까이 가고자 하되 방해를 두려워하는 것처럼. 또한, 능숙한 키잡이가 조종하는 배가 강어귀에 바람이 방향을 바꿈에 따라 키를 변경하여 돛을 돌리듯이. 이처럼 그도 방향을 틀어 꾸불꾸불한 꼬리로 하와 앞에서 자유자재로 몇 번이고 원을 틀고, 그녀의 눈을 유혹한다. 그녀는 바빠서 풀잎 스치는 소리를 들어도 신경을 안 썼으니, 키르케(그리스 신화의 마법사)가 변신한 짐승을 부를 때보다 더 유순하게 그녀 말에 순종하는 많은 짐승이 들판 여기저기서 놀며 그런 소리를 내는 것을 언제나 들어왔기 때문에. 뱀은 더욱 대담하게, 부르지 않았음에도 사모하는 눈초리로 그녀 앞에 와 선다! 그리고 몇 번이나 우뚝 세운 볏과 반질반질 윤이 나는 목을 구부려 아양을 떨며 그녀가 밟은 땅을 핥는다. 그 부드럽고 말 없는 표정이 드디어 하와의 눈길을 끌어 그 장난을 보게 한다. 그녀의 관심을 끈 것이 좋아서 그는 그 혀를 도구 삼아, 그 기만(欺瞞)적인 유혹을 시작한다.

"놀라지 마소서, 지존의 여왕이여. 오직 하나의 경이로움인 그대 혹시 놀라셨다면. 그리고 하늘같이 온유한 그 얼굴에 경멸의 빛을 띠지 마시며, 내 이렇게 가까이하여 혼자서 지칠 줄 모르고 그대를 바라보고, 이렇게 혼자 있어 더 위엄 있는 그 이마를 두려워하지 않음을 불쾌히 여기지 마소서. 아름다운 창조주를 닮은 가장 아리따운 그대여, 모든 생물, 그대에게 내려주신 만물이 그대를 바라보고 그 하늘의 아름다움을 찬미하며 황홀하게 바라봅니다. 여기 이 황폐한 테두리 안의 이 짐승들, 거칠고 천박하여 그대의 아름다움을 반도 알아보지 못하는 것들 사이에서 한 사람 외에 누가 그대를 보리까(그 한 사람은 누군가?). 그대 신 중의 여신으로 보이고, 무수한 천사와 그 시종들에게 날마다 찬미와 섬김을 받아야 할 몸이니."

유혹자는 이렇게 아첨하며 서곡을 울렸다. 그 목소리에 많은 의심이 갔지만, 그 말은 하와의 가슴속에 스며들었다. 이윽고 놀라면서 그녀는 대답한다.

"이 어찌 된 일인가? 짐승의 혀로 인간의 말을 하고 인간의 생각을 표현하다니! 전자(前者)는 적어도 짐승에게는 허용되지 않은 것으로(뱀은 식욕과 성욕 이외에 관심이 없었다고 말한다) 생각하는데, 하나님께선 창조의 날에 그들이 온갖 뜻있는 소리를 내지 못하도록 창조하셨다. 후자(後者)는 그들의 얼굴에, 그리고 그들의 거동에 때때로 이성이 나타나는 일 있으니 어떨지 모르지만. 너 뱀이여, 너는 들에서 가장 교활한 짐승이지만, 내가 알기에는 사람의 음성이 부여되지 않았다. 그러니 이 기적을 거듭하여 말하라. 어떻게 말하지 못하던 것이 말을 하게 되었으며, 어떻게 날마다 보는 많은 짐승 중에서 네가 유독 나와 이렇게 친밀하게 되었는가를. 말하라, 이런 놀라움은 마땅히 나의 관심을 끄는구나."

교활한 유혹자는 대답한다.

"아리따운 세상의 왕후, 빛나는 하와여! 그대가 명하시는 바를 말씀드리기는 어렵지 않으니, 순종하는 것이 지당하리다. 처음에는 나도 다른 짐승들과 마찬가지로 풀을 뜯어 먹고, 내 생각이 빈약하여 음식과 성(性) 말고는 아무것도 몰랐습니다.

그러던 어느 날, 들판을 헤매다가 우연히 저기에 서 있는 한 나무에 붉은색, 황금빛 찬란한 아주 고운 과실이 열려 있는 걸 보았습니다. 가까이 다가가서 보니 가지에서 나는 달콤한 향기, 식욕을 돋우고, 감각을 기쁘게 하기가 감미로운 회향(박물지)에 의하면 회향은 뱀이 매우 좋아하는 음식으로 기록되어 있다) 향기보다, 또는 놀이에 정신 팔린 양이나 염소 새끼가 빨지 않아 저녁때면 암양이나 염소의 유방에서 흐르는 젖보다 더했습니다.

나는 그 아름다운 열매를 맛보고 싶은 간절한 식욕이 일었습니다. 강력한 권유자인 굶주림과 갈증이 그 매혹적인 과실의 향기에 자극받아 무섭게 나를 사로잡았습니다. 이윽고 나는 이끼 낀 나무줄기에 몸을 감았습니다! 가지가 땅에서 멀어 그대나 아담도 한껏 손을 뻗어야 닿을 정도였으므로 나무 둘레에는 온갖 짐승들이 그것을 보고, 똑같은 욕망을 가지고 동경하고 탐내며 서 있었지만, 닿을 수는 없었습니다. 이윽고 나무 한가운데에 이르니, 많은 과실이 매달려 눈앞에서 유혹하기에 망설이지 않고 배가 찰 때까지 따서 먹었습니다. 그때까지는 그런 즐거움을 풀밭이나 샘가에서 맛보지 못하였으니, 마침내 실컷 먹고 나자, 곧 내 속에 이상한 변화를 깨달을 수 있었고, 정신력에 이성을 더할 정도에 이르렀습니다. 언어도 곧 갖게 되었고 비록 모습은 그대로였지만, 그때 이후로 높고 깊은 사색으로 생각을 돌렸고, 넓은 마음으로 하늘과 땅과 또 그 사이에 보이는 모든 것, 아름답고 좋은 것을 인식하게 되었습니다. 하지만 그 아름답고 좋은 것은 모두 그대의 성스러운 모습에, 그 아름다움의 거룩한 빛 속에 결합됨을 보았습니다. 어떤 자도 그대와 아름다움을 겨루거나 버금갈 만하지 못합니다. 그래서 나는 어쩔 수 없이, 어쩌면 무례일지 모르나, 이렇게 와서 만물의 지존, 우주의 여왕이라고 마땅히 일컬어지는 그대를 보고 찬미하는 바입니다!"

악령이 깃든 교활한 뱀이 이렇게 말하니, 하와는 더욱 놀라 무심코 대답한다.

"뱀이여, 너의 지나친 찬사를 들으니, 첫 번째로 네가 시험한 그 과실의 힘이 의심스럽다. 그 나무는 어디 있으며, 여기서 그곳까지 얼마나 먼지, 낙원에서 자라는 하나님의 나무들은 많고 여러 종류여서, 아직 우리가 모르는 것이 있다. 우리가 선택할 것이 이렇게 풍성하므로 과실 대부분은 손도 안 댄 채 썩지 않고 언제나 매달려 있다. 나중에 사람들이 그 공급을 즐기고, 많은 손의 도움으로 이 자연적 생산의 힘을 덜어줄 때까지."

이에 간교한 뱀은 즐겁고 기쁘게 말한다.

"여왕이시여, 길은 손쉽고 멀지도 않습니다. 한 줄의 도금양을 지나 샘 바로 옆의 평지, 꽃피는 몰약과 향나무의 작은 숲을 넘으면 됩니다. 만일 이 몸의 안내를 수락하신다면, 곧 그곳으로 모시고 가겠습니다."

하와는 뱀의 유혹에 넘어가 말한다.

"그러면 안내하라."

뱀은 안내하면서 재빨리 꾸불거리며 굴러간다. 얽힌 것도 곧게 보이게 하며 급속도로 재앙으로 향한다. 희망의 빛이 솟아오르고 기쁨에 밝아진다. 밤의 대기에 굳어지고 한기에 둘러싸여 흔들리는 데 따라 타면서 불길이 일고(흔히 여기에 악령이 따른다고 한다), 인간을 속이는 빛으로 헤매며, 불타서 놀란 밤손님이 길을 잘못 들게 하여 웅덩이나 늪, 또는 가끔 큰 못이나 연못으로 끌어들여, 거기에 빠져 구원도 없이 사라지게 하는 것과 같다. 이렇게 무서운 뱀(사탄)은 번쩍이며, 우리의 속이기 쉬운 어머니 하와를 수렁으로 이끌어 모든 슬픔의 근원인 금단의 나무로 안내한다. 이를 보고 하와는 안내자에게 말한다.

"뱀이여, 우리 여기에 오는 것을 삼갔더라면 좋았을 것을. 여기에 열매는 넘칠지라도 내겐 열매가 없도다. 그 열매의 힘에 대한 증명은 네 생각에 달린 것, 하지만 그런 결과를 가져왔다니, 참으로 놀랍다! 그러나 이 나무는 하나님의 명으로 맛보거나 건드리지 말아야 한다."

이에 대하여 유혹자는 교활하게 말한다.

"그것이 사실이라면("뱀이 여자에게 물어 가로되 하나님께서 참으로 너희더러 동산 모든 나무의 실과를 먹지 말라 하시더냐." 〈창세기〉 제3장 14절), 하나님은 이 낙원의 나무 열매를 먹지 말라고 금해놓고도 땅과 하늘에서 만물의 주인이라고 선언하였습니까?"

그에게 아직 죄가 없는 하와가 말한다.

"낙원 안에 있는 어느 나무의 열매나 먹어도 좋지만, 동산 한가운데 있는 이 아름다운 나무의 열매에 대해서만은 '너희는 이것을 먹지 말라, 아니면 죽을 것이다.'고 말씀하셨다."

그녀의 간단한 말이 끝나기도 전에 유혹자는 더 대담하게, 인간에 대해서는 열정과 사랑을, 하나님의 부당에 대해서는 분개하는 체하면서, 새로운 구실을 꾸미려고 격정으로 몸을 흔든다. 마치 지금은 침묵을 지키고 있지만, 웅변이 번성했던 변사가 어떤 큰 문제를 말하려고 유유히 일어섰을 때, 먼저 그 동작이나 몸가짐으로 청중을 매혹시키고, 정의의 열정 때문에 서론의 지체를 참을 수 없어 주제의 절정에서 말을 시작하듯이. 그와 같이 일어서서 움직이며 머리를 높이 들고 유혹자는 정열에 넘쳐 이렇게 말을 꺼낸다.

"아, 성스럽고, 슬기롭고, 또한 지혜를 주는 나무여, 지식의 어머니여! 이제 내 마음속에 그대의 힘을 분명히 느낍니다. 만물의 근원을 분별할 뿐 아니라, 아무리 슬기롭게 보일지라도 그 지고한 동인(動因)의 길을 더듬을 힘('매우 높은 자들' 속에는 물론 하나님을 포함하고 있다고 생각한다)을. 우주의 여왕이여! 그 엄격한 죽음의 위협을 믿지 마세요, 그대들은 죽지 않으니

〈창세기〉 제3장 4~5절 참조. 어찌 그러하리오? 열매 때문에? 저것은 지식과 생명까지 줍니다. 위협자 때문에? 나를 보세요. 손을 대고 맛을 본 나는 살았고, 또한 내 분수보다 높은 모험으로 운명이 내게 지워준 것보다 더 완전한 생명을 얻었습니다.

짐승에게 열린 것이 사람에게 닫힐까요? 하나님이 이런 하찮은 죄에 분노를 불태울 리가? 오히려 그대 불굴의 힘을 찬양치 않으실지? 죽음이 무엇이든 간에 그 죽음의 고통도 돌보지 않고 더욱 행복한 삶으로 이끄는 선악의 지식을 얻는데 망설이지 않은 그대의 그 힘을? 선은 아는 것이 의(義)요, 악이란 것도, 만일 그것이 존재한다면, 쉽게 피할 수 있으니 알아서 무방할 것입니다. 그러니 하나님이 그대들을 해친다면 의로울 수 없고, 의롭지 않으면 하나님이 아닙니다. 그렇다면 두려울 게 못 되니 복종하지 마세요. 죽음의 공포가 오히려 그 공포를 물리칠 것입니다.

그런데 어째서 금했을까요? 다만 두려움 때문에. 오직 그대들을 낮추고 또 우매한 채로 두고자 한 것일까요? 하나님은 아십니다. 그대들이 그것을 먹는 날, 밝게 보이면서 실은 어두운 그대들의 눈이 완전히 열리고 밝아져서 신들과 같이 되고, 신들과 다름없이 선악을 다 알게 될 것을. 내가 사람과 같이 내적인 존재(뱀이 언어능력을 얻었음을 가리키고 있다)가 되었듯이 그대들이 신들과 같이 됨은 사리에 맞는 일입니다. 나는 짐승에서 인간, 그대들은 인간에서 신. 그러니 그대들이 죽게 되면 인간성을 벗고 신성(神性)을 입을 것입니다. 두려우나 소망스러운 죽음, 그

사탄의 유혹에 넘어가는 하와의 장면이다.

것이 나쁜 걸 가져오지는 않습니다! 도대체 신이 어떤 존재이기에 인간이 신과 똑같은 음식을 나누어 먹고도 그들같이 될 수 없단 말인가요? 맨 처음 신들이 그 특권을 이용하여 만물이 그들에게서 나왔다고 우리에게 믿게 하지만, 나는 그걸 믿지 않습니다. 이 아름다운 땅은 태양에 의해 더워져 만물을 생산하지만, 신들에게서는 아무것도 생산되지 않습니다.

만일 만물이 그들 것이라면, 그것을 먹으면 그들의 허락 없이도 곧 지식을 얻도록 선악의 지식을 이 나무에 넣어놓은 것은 누군가요. 또 인간이 이처럼 아는 데 이르는 게 무슨 죄가 된단 말인가요? 만일 만물이 그의 것이라면 그대들의 지식이 어찌하여 그를 해치고, 또 이 나무가 그의 뜻을 어겨서 무엇을 주리오? 이런 더 많은 까닭으로 이 아름다운 열매의 필요성이 설명됩니다. 인간의 여신이여, 손을 뻗어 마음대로 맛보시라!"

말을 마치자, 간계에 찬 그의 말이 너무도 쉽게 그녀의 마음속을 파고들었다. 보기만 해도 유혹적인 그 열매를 그녀는 뚫어지게 쏘아보았다. 귀에는 아직도 설득하는 그 목소리가 울린다. 이성과 진리에 넘치는 듯한 그럭저럭 점심때(위기의 시간을 나타냄)가 다가와 맹렬한 식욕에 눈을 뜬다. 그 열매의 감미로운 향기에 이끌려 그것은 이제 손을 뻗어 만져보고 싶은 욕망을 불러일으키며, 그녀의 눈을 유혹한다. 하지만 잠시 멈추고 그녀는 혼자 생각한다.

'위대하다, 네 힘이여, 과연 최고의 열매여, 인간에게는 금지되었으되 찬양할 만하다. 너무도 오래 참아온 그 맛, 첫 시식에서 소리 없는 자에게 능변을 주고, 또 말하기 위해 만든 것이 아닌 혀에 그대에 대한 찬미를 말하도록 가르쳤다. 너를 맛보는 것을 금한 하나님도 너에 대한 찬미를 우리에게 감추지 않고 너를 일컬어 지혜의 나무, 선악의 나무라 부르셨다.

그리하여 맛보지 못하게 금하셨으나, 그 금지가 너를 더 탐나게 하는구나, 네가 전하는 선과 우리의 부족함을 보여주며. 알지 못하는 선은 소유치 않는 것, 소유하고서도 모른다면 전혀 소유치 않음과 다름없으리라. 따라서 아는 걸 금하는 것이 아니고 무엇인가? 우리에게 선을 금하고 슬기로움을 금한다! 이런 금지는 효력이 없다. 하지만 죽음이 우리를 사후(死後)의 사슬로 묶는다면 우리의 내적 자유가 무슨 이득이 있으랴? 이 아름다운 열매를 먹는 날, 그 정죄(定罪)로 우리가 죽는다고? 그렇다면 뱀은 어째서 안 죽는가! 그는 먹고도 살고 또한 알고 말하고 추리하고, 더구나 분별도 한다.

이제까지 이성 없던 것이. 죽음은 우리에게 주기 위해서만 만들어졌는가? 지혜의 먹이를 짐승에게 주기 위하여 우리에겐 금지했던 것인가? 분명 짐승만을 위한 것 같다. 하지만 맨 처음 맛본 한 짐승은 인간에게 친절하고, 속임수나 꾀가 없이 아낌없이 기쁘게 제가 받은 선을 의심 없는 보고자로서 전한다. 그런데 내 무얼 두려워하랴? 아니, 이같이 선도 악도 모르면서 어떻게 하나님이나 죽음, 율법이나 형벌이 두려운 것임을 알겠는가? 모든 것의 치료제로써 이 신성한 열매가 자라서 슬기롭게 하는 힘도 있고 보기에 아름다워 미각을 돋운다. 그렇다면 따서 몸과 마음을 동시에 배부르게 하는 데 무슨 방해가 있으리!' 이렇게 생각한 하와는 죄악의 때에 경솔하게 열매에 손을 뻗쳐 따먹는다. 땅은 상처를 입고, 자연은 그 자리에서 그 온갖 기능을 통하여 탄식하며, 모든 것을 상실했다고 슬픔의 표시를 드러낸다.

죄악의 뱀은 살금살금 숲으로 숨어들어 간다. 하와는 아무것도 모르고 그 열매를 먹는 데만 열중한다. 그녀는 그때까지 실제로 지식의 높은 기대로 상상으로나 열매 때문에 이런 쾌락을 일찍이 맛본 것 같지 않았고, 신성(神性)을 얻는 듯한 생각마저 들었다. 그녀는 무한히 탐식하고서도 죽음을 먹은 줄 몰랐다. 마침내 배가 부르자 술 마신 것처럼 취해서 즐겁고 또 명랑하게 혼잣말로 이렇게 말한다.

"오, 낙원의 나무 가운데 가장 높고 가장 힘세고 귀한 자여, 지혜를 주는 축복의 나무여, 지금까지 알려지지 않아 이름도 없었고, 그 아름다운 열매가 목적 없이 만들어진 것처럼 매달고 있던 나무여. 앞으로는 매일 찬가와 적당한 찬미를 드리며 일찍이 너를 손질하고 돌보면서, 모든 사람에게 마음대로 제공되는 넘치는 가지에서 풍성한 그 열매를 따리라(하와는 지금까지 아담과 함께 규칙적으로 아침 기도를 하나님께 올리고 있었으나, 이제부터는 이 나무에 대한 찬미를 부르겠다고 말하고 있다). 너를 먹음으로써 마침내 지식이 성숙하여, 만사에 통달한 신과 같이 되리라. 비록 다른 것들이 줄 수 없는 것을 애석하게 생각한다 해도 이 선물이 그들의 것이라면, 이곳에서 이렇게 자라지 않았을 것이니, 경험이여, 다음으로 내가 도움받

유혹에 성공한 사탄이 속히 자리에서 벗어나 몸을 숨기는 장면이다.

을 최선의 안내자여, 네가 나를 인도하지 않으면 나는 여전히 무지하리라. 너는 지혜의 길을 열어 가까이 가게 하라, 그것이 숨어 있더라도. 그리고 어쩌면 나도 숨은 것. 하늘은 높으니, 거기에서 땅 위의 사물을 모두 분간하기엔 아득하다. 하지만 아담에게는 어떻게 해야 할 것인가? 그에게 어서 내 변화를 알려주고, 완전한 행복을 더불어 나누도록 해줄까? 아니면 차라리 뛰어난 이 지식을 공유자 없이 내 것으로만 해둘까? 그러면 여성으로서의 부족함을 보충하고, 더욱 그의 사랑을 끌면 그와 동등하게 될지도 모르고, 언젠가는 그보다 더 우월하게 될지도 모른다.

그러니 이것도 좋은 일이다. 하지만 만일 하나님이 보셔서 죽음이 따라오면 어쩌지? 그땐 나는 존재하지 않게 되고, 아담은 다른 하와를 맞아 그녀와 즐겁게 살겠지. 나는 사라지고 생각하는 것부터가 죽음이다! 그러니 마음을 확고히 하고 아담과 화든 복이든 나누리라. 내 그를 사랑하니 그와 함께라면 어떤 죽음도 참을 수 있으리라. 그이 없으면 살아도 죽음이다."

이렇게 말하고 그 나무에서 발길을 돌린다. 그러나 허리를 굽혀 예(禮)를 한다. 마치 그 속에 깃든 힘에 대해서인 것처럼. 그 힘이 있어서 신들의 음료, 신주(神酒)에서 나온 지식의 즙이 그 나무에 스며드는 것이다. 그동안 아담은 하와가 돌아오기를 기다리다가, 추수꾼들이 가끔 수확의 여왕(로마 신화의 케레스)에게 하듯이 그녀의 머리를 꾸미고 전원의 노고를 찬미하기 위해 고르고 고른 꽃으로 화관을 엮는다. 그는 큰 기쁨과 새로운 위안을 기대하며 너무도 지체된 그녀가 돌아오기를 기다린다. 그러나 그의 마음은 이따금 불길한 예감이 들어 불안하다. 그는 가슴의 동요를 느끼며 그녀를 맞이하러 나간다. 그날 아침 두 사람이 헤어진 곳으로 갔다. 그러면 지식의 나무를 지나지 않을 수 없다. 거기서 막 나무로부터 돌아오는 그녀를 만났다. 그녀의 손에는 아름다운 열매가 달린 갓 꺾은 나뭇가지가 들려 있는데, 솜털은 미소 짓고 달콤한 향기는 코를 찌른다. 급히 다가온 그녀의 얼굴엔 사과의 말이 서론에 떠오르고, 변명이 재촉하여 나오니, 그녀는 그것을 부드러운 말에 담는다.

"아담이여, 내가 지체하여 의아해하셨습니까? 헤어져 있는 동안 그대가 그리웠고, 그 작별이 오랜 듯 생각되었습니다. 이제까지 몰랐고, 두 번 다시 느껴선 안 될 사랑의 고뇌였습니다. 결코, 다시는 경솔하게 내 청한바, 그대와 헤어지는 그 고통을 되풀이하지 않겠습니다. 하지만 그 원인은 듣기만 해도 수상하고 기이합니다. 이 나무는 우리가 들은 바와 같이 맛보면 위험하거나 알지 못할 악의 길을 여는 나무가 아니라, 눈을 여는 신비로운 효험이 있어, 맛보는 자를 신이 되게 합니다. 이미 맛보아 그렇게 된 자를 보았습니다. 저 슬기로운 뱀은 우리처럼 금지되지 않았던가, 아니면 순종하지 않았던가 그 열매를 먹었습니다. 그러나 결과는 우리가 위협받은 것처럼 죽는 것이 아니라, 오히려 그 후 사람의 소리와 사람의 의식을 받아 놀랍게도 이성을 갖추어, 참으로 훌륭하게 나를 설복시켜 나도 맛보아 그 효험이 말과 일치됨을 알았습니다. 즉, 일찍이 어두웠던 내 눈은 열리고, 정신은 팽창하여, 마음은 풍성해져 신성에 가까워졌습니다. 그것을 내가 구한 것은 주로 그대를 위해서였으니, 그대 없으면 아무 쓸모 없습니다. 행복은 그대와 함께함으로써 행복이지, 그렇지 않다면 즉시 귀찮고 싫증 날 것입니다. 그러니 그대도 맛보세요, 같은 사랑과 더불어 같은 운명, 같은 기쁨이 우리를 한데 묶도록. 행여 그대가 맛보지 않으면 계급의 차이가 우리를 갈라놓아, 내가 그대를 위하여 신성을 버리고자 해도 너무 늦어서 운명이 허락지 않겠어요."

하와는 기쁜 얼굴로 말했으나, 그 뺨에는 불안의 빛이 불탄다. 건너편의 아담은 하와가 범한 죽음의 죄에 대해 듣자마자, 대경실색하여 얼빠진 채 서 있다. 섬뜩한 전율이 혈관을 타고, 마디는 모두 풀린다. 늘어뜨린 손에서 하와를 위하여 짠 화관이 떨어지고, 시든 장미가 산산이 흩어진다. 그는 파랗게 질린 얼굴로 말없이 서 있다가, 먼저 자신을 향하여 마음속 침묵을 깨뜨린다.

"오, 조화의 극치, 하나님의 온갖 성업 중 최후, 최상이여, 보기에도 생각하기에도 훌륭하게 만들어진 성스럽고 거룩하고 선하고 사랑스럽고 아름다운 피조물이여! 그대 어찌 갑자기 타락하였나! 아니, 어찌하여 엄한 금제(禁制)를 범하게 되었는가. 어찌하여 거룩한 금단의 열매를 범하게 되었는가. 그대는 알지 못하는 어느 가증스러운 적에게 속은 것이고, 나도 그대와 함께 멸망하였다. 그대와 더불어 죽으려는 것이 나의 결심이니. 그대 없이 내 어이 살겠는가? 그대와의 다정함과 깊이 결합된 사랑을 버리고 이 쓸쓸하고 거친 숲 속에서 어떻게 다시 살 것인가? 하나님이 또 다른 하와를 창조하시고 내가 또 다른 갈빗대를 제공한다 해도 그대를 잃음이 내 마음에서 사라지지 않으리라. 아니, 자연의 사슬이 나를 이끄는 걸 느낀다. 그대는 내 살 중의 살, 뼈 중의 뼈. 그러니 내 그대와 떨어지지 않겠소(하나님은 하와를 가리켰을 때, 같은 말을 써서 그녀를 불러 '두 사람은 한 몸, 한 마음, 한 영혼'이라고 말하고 있다)."

이렇게 말한 다음, 아담은 슬픈 공포에서 회복된 사람처럼 어지러운 마음을 가라앉히고, 돌이킬 수 없는 일이라 체념하고 조용한 심정으로 하와를 향해 말한다.

"모험적인 하와여, 대담한 행동으로 큰 위험을 불러일으켰소. 절제에 바쳐진 그 성스러운 열매를, 단지 탐욕스러운 눈으로 바라보는 것만 해도 죄가 되는 것인데, 손대지 말라는 금제가 주어졌음에도 맛을 보다니. 그러나 누가 과거를 되돌리고, 누가 이미 저지른 일을 취소하겠는가? 전능의 하나님도 또 운명도 그럴 수 없소! 하지만 어쩌면 그대는 죽지 않을지도 모른다. 어쩌면 일이 이젠 그렇게 불리하지 않을지도 모르오. 먼저 뱀이 맛본 열매는 뱀 탓에 더럽혀지고 부정해졌다. 하지만 아직 그는 죽음이 닥치지 않았다. 아직 살아 있다. 그대 말과 같이, 아직도 살아 사람처럼 고급 생활을 영위하니, 이는 우리도 그렇게 맛보고 그에 상당한 향상을 하도록 이끄는 강한 유혹이 된다. 향상된다면 신이나 천사가 되거나, 아니면 반신(半神)이 되리라. 그리고 지혜로운 창조주, 하나님에게 비록 위협은 될지라도 그의 최고 창조물이고, 이토록 고귀하게 만들어 만물 위에 놓은 우리를 참으로 멸망시키시진 않겠지. 만물은 우리를 위하여 만들어지고 우리에게 의존하는 것이니, 우리가 망하면 더불어 망할 것이 분명하오. 그러면 하나님은 힘들여 만든 것을 파괴하고 좌절하며, 헛수고에 그칠 것이니, 하나님에게는 생각할 수도 없는 일이오. 그의 힘으로 재창조할 수는 있겠지만, 우리를 멸망시키는 일은 꺼리시리라. 아니면 적은 호기 당당하게 말하리라, '덧없구나, 신께서 가장 총애하는 저들의 처지여, 오래도록 그의 마음에 들 자는 누구인가? 처음에는 나를 파멸시키더니 이젠 인간이라. 다음에는 누굴까?'라고. 적에게 용납될 수 없는 조롱이다. 어쨌든 나는 그대와 운명을 같이하겠소. 만일 죽음이 그대를 따라간다면, 내게는 죽음이 생명이 되리라. 이토록 강하게 내 마음속에 자연의 사슬이 나를 내 것으로, 즉 그대를 내 것으로 잡아당김을 느끼오. 그대는 내 것이니. 우리의 몸은 가를 수 없다. 우리는 하나요, 한 몸이다. 그대를 잃음은 곧 나 자신을 잃는 것이다."

아담이 이렇게 말하자, 하와가 그에게 대답한다.

"아, 비상한 사랑의 빛나는 아담이여, 그대의 옆구리에서 내 나왔음을 자랑하고, 우리의 결합에 대하여 한 마음 한 영혼이라고 말씀하심을 기쁘게 들었습니다. 죽음보다 무서운 것이 이렇게 사랑으로 맺어진 우리를 가를 바에는 차라리 이 아리따운 열매를 맛보고, 그것이 죄라면, 한 형벌, 한 죄를 나와 더불어 받겠다는 결심을 말하였으니, 참으로 그대는 오늘 훌륭한 증명을 주신 것입니다. 그 열매의 힘은(직접 간접으로 선에서는 다시 선이 나오니) 그대 사랑의 이 행복한 시련을 보여주었습니다. 만일 위협받은바 죽음이 내 시도를 뒤따르리라 생각했다면, 나는 혼자서 그 해악을 받고 그대에게 권하지 않았을 것입니다. 차라리 버려져 죽었을 것입니다, 그대의 평화에 해로운 일을 강요하느니보다. 더욱이 이토록 진실하고, 충실한, 비할 데 없는 그대 사랑을 확인하였으니, 하지만 결과는 전혀 다른 듯 느껴집니다. 죽음이 아니라 생명이 증대하고, 눈이 열리고, 희망과 기쁨이 새롭고, 그 맛이 너무 고상하여 전엔 내 미각을 즐겁게 하던 것이 이에 비하면 아무 맛도 없고 쓰디쓴 것 같습니다. 아담이여, 마음 놓고 맛보소서."

이렇게 말하고 하와는 그를 안으며 가만히 기쁨의 눈물을 흘린다. 그가 자기 사랑을 이토록 높이고, 스스로 그녀를 위하여 하나님의 분노나 죽음을 택하려는 데 몹시 감동하여, 그 보답으로(이런 악한 맹종에는 이런 보답이 무엇보다도 어울리지만) 그녀는 가지에서 그 유혹적인 아름다운 열매를 아낌없이 따서 그에게 준다. 아담은 속은 것은 아니나 어리석게도 여성의 매력에 굴복하여 자신의 한층 선한 지식을 배반하고 주저하지 않고 그것을 먹는다. 대지는 다시금 고통스러운 듯이 내장으로부터 떨고, 자연도 다시 한번 신음한다. 하늘은 찌푸리고, 뇌성이 나직이 울어, 슬픔의 눈물을 떨굼으로써 이 치명적 원죄(原罪, 인류의 시조인 아담과 하와가 선악과를 따 먹은 죄로 모든 인간이 날 때부터 가지고 있다는 죄)가 이루어졌음을 통곡한다. 그러나 아담은 아무 잡념도 없이 실컷 먹고, 하와도 사랑의 동반자로서 그를 위로하려는 듯 앞의 허물을 두려움 없이 되풀이한다. 이제 두

금단의 열매를 먹은 아담과 하와가 절망하는 장면이다.

사람은 새 술에 취한 듯이 환락에 잠기니, 마음속에 깃들인 신성(神性)에서 날개가 돋아 땅을 차고 날 것 같았다. 하지만 그 허위의 열매는 먼저 전혀 다른 작용을 나타내어 육욕(육체의 쾌락을 구하는 욕망)을 충동질했다. 그는 하와에게 음란한 시선을 던지기 시작했고, 그녀도 그에게 음탕하게 보답하니, 두 사람은 함께 음욕에 불탔다. 마침내 아담은 하와를 음탕한 희롱으로 이끈다.

"하와여, 내 이제야 알겠다, 그대의 미각이(음식을 맛보는 힘이라는 의미와 함께 여러 가지 일을 이해하는 힘의 의미) 정확하고 훌륭하고 슬기 또한 적지 않음을. 맛도 두 가지 뜻에 적용되기에 미각도 슬기롭다고 하는 것이다. 오늘 그대의 공급은 훌륭하였으니, 이 찬사를 그대에게 주노라. 우리가 이 좋은 열매를 먹지 않은 동안 많은 낙을 잃었고, 또 이제까지도 참다운 맛을 몰랐다. 만일 이런 즐거움이 금지된 것에 들어 있다면, 이 한 나무 말고 열 나무라도 금지되었으면 좋겠다. 자, 충분히 원기회복이 되었으면 이젠 놉시다, 이런 맛있는 식사 후에 어울리도록. 처음 그대를 보고 결혼한 날 이후 그대의 아름다움이 지금까지 이토록 내 감각을 불태워 그대를 향락하려는 열정을 일으킨 적이 없소. 지금 어느 때보다 그대가 더 아름답게 보이는 것은 이 신령한 나무의 덕!"

이렇게 말하고 사랑에 넘치는 마음으로 거리낌 없이 추파를 보내며 희롱하니, 하와도 그것을 알아차리고 그 눈에서 정욕의 불을 쏟는다. 그는 그녀의 손을 잡고, 녹음이 우거진 둑, 머리 위에 푸른 지붕이 뒤덮인 곳으로 그녀를 이끄니, 하와는 싫어하는 기색이 전혀 없다. 사랑의 침상은 팬지, 오랑캐꽃, 수선화, 그리고 히아신스를 수놓은 곳에서 두 사람은 죄의 낙인, 죄의 위안으로서 사랑의 유희에 한껏 도취한다. 이윽고 정욕의 유희에 지쳐 이슬 같은 잠(전의 아담의 '공기처럼 상쾌한' 잠과 두드러진 대조를 이루고 있다)에 빠질 때까지, 곧 마음을 북돋우는 상쾌한 증기로써 그들의 마음을 희롱하고 내부의 힘을 그르친 그 허망한 열매의 힘이 이미 흩어져, 부자연한 독기에서 나와 의식적인 꿈으로 고뇌한 전보다 괴로운 잠도 떠나버리자, 그들은 마치 불안에서 깬 듯 일어나 서로 쳐다보며 이내 알아차린다. 그들의 눈은 열렸으나 마음은 어두워졌음을. 베일처럼 악의 지식으로부터 그들을 가렸던 순진함은 사라지고 올바른 신뢰와 타고난 정의, 그리고 체면은 그들에게서 떠나 나체 그대로 죄의식을 입은 수치에 이른다. 수치는 가렸지만, 옷은 그것을 도리어 드러낸다.

힘이 센 단(Dan) 사람, 헤라클레스 같은 삼손(구약성서에 나오는 이스라엘의 마지막 판관이자 전설적 영웅)이 블레셋의 창부, 델릴라의 무릎에서 깨어 일어나자 그의 힘이 끊긴 것처럼(델릴라가 삼손의 머리카락을 잘라 그의 힘을 잃는다는 이야기) 그들은 모든 덕을 상실하고 나체가 되었다. 그들은 말없이 당황한 기색으로 한동안 멍하니 있었다. 아담은 그녀 못지않게 수치스러웠지만 결국 어쩔 수 없이 이런 말을 입 밖에 꺼낸다.

"아, 하와여, 그대는 불행히도 귀를 기울였다. 그 거짓된 벌레의 소리에. 누구에겐가 배워서 사람의 목소리를 흉내 내고, 우리의 타락엔 진실이지만 우리의 향상에는 허위인 그 소리에. 과연 우리의 눈은 열리고, 우리는 선도 악도 함께 되었지만, 잃은 것은 선이고 얻은 것은 악일 뿐. 이것이 아는 것이라면, 악한 지식의 열매다. 그 지식으로 우리는 이렇게 벌거숭이로 존귀도 순진도 신실도 또 결백도 잃고, 평상시 우리의 장식은 지금은 때 묻고 또한 우리의 얼굴엔 추악한 음욕의 징조가 뚜렷해졌소. 거기에서 재난은 몰려나오고, 재난의 으뜸인 수치까지 몰려나온다. 그러니 그 밖의 재난이야. 이후로 하나님이나 천사의 얼굴을 어떻게 대하리요, 전에는 기쁨과 황홀로써 그렇게 자주 보았던 그 얼굴을. 그 천상의 모습들이 이 지상의 것을 더 참을 수 없이 빛나는 불꽃으로 눈이 부시다.

아, 어렴풋한 숲속 빈터, 별빛도 햇빛도 통하지 않고 아주 높은 숲이 저녁과 같이 어둡게 널따란 그늘을 펼치는 그곳에서 고독한 야인으로 살고 싶다. 나를 덮으라("산과 바위에 이르되 우리 위에 떨어져 보좌에 앉으신 이의 낯에서와 어린 양의 진노에서 우리를 가려라." 〈요한계시록〉 제6장 16절), 너 소나무여! 삼나무여! 무수한 가지로써 나를 가리라, 다시는 그들이 보이지 않는 곳에! 하지만 지금 우리는 나쁜 처지에 있으니, 당장은 최선의 대책을 마련하여 가장 수치스럽고 흉하게 보이는 몸의 각 부분을 서로 가리도록 합시다. 어떤 나무의 넓고 반듯한 잎을 엮어 허리에 둘러 가운데 부분을 덮으면, 이 새로운 방문객 수치도 거기에 앉아 불결하다고 우리를 꾸짖는 일은 없으리다."

이런 상의 끝에 두 사람은 깊은 숲으로 들어간다. 거기에서 그들이 고른 것은 무화과나무였다. 열매로 이름이 높은 종류가 아니라, 오늘

날 인도 사람에게 알려지고, 말라바르나 데칸에서 길고 넓게 가지를 펴고, 그 굽은 잔가지는 땅에 뿌리를 뻗고 어미나무 옆에서 자라고, 아름드리 나무숲이 높이 뒤덮인 사이로 메아리치는 길이 뚫린 그런 나무. 여기에 가끔 인도인 목자들이 더위를 피하여 서늘한 곳을 찾아, 빽빽한 나무 사이에 뚫린 구멍을 통하여 가축 떼를 지킨다. 아마존 여족(그리스 신화의 용맹한 여인족)의 방패만큼이나 넓은 그 잎을 따서 그들은 솜씨를 다해 엮어 허리에 두르지만, 그들의 죄와 무서운 수치를 가리기에는 빈약한 덮개다.

아, 최초의 나체로 있을 때의 영광과는 너무 거리가 멀구나! 최근에 콜럼버스가 본 아메리카의 야만인들이야말로 이런 깃털 모양의 허리띠를 두르고, 나머지는 알몸뚱이로 섬의 나무 사이 수풀이 우거진 바닷가에서 야만으로 산다고 한다. 그렇게 가리니 얼마간 수치는 덮었다고 생각했지만, 마음은 불편하고 불안하여 그들은 앉아서 울었다. 눈에선 눈물이 나오고, 마음속에선 더 사나운 폭풍(마음이라는 소우주 내부의 폭풍우는 대자연이라는 대우주에서의 폭풍우와 대응한다)이 일기 시작한다. 분노, 증오, 불신, 의혹, 불화 등의 격렬한 감정이 지금까지 평화로 가득 찼던 고요의 경지였던 그 마음을 질풍처럼 뒤흔들어 어지럽힌다. 이성이 다스리지 않으매 의지가 그 가르침을 듣지 않고, 둘이 함께 이제 육감적인 욕망에 굴하니, 욕망은 밑으로부터 지위를 빼앗아 지존한 이성 위에 군림하여 주권의 우월을 주장한다. 이같이 어지러운 가슴으로 아담은 변한 모습과 태도로서 끊어졌던 말을 다시 하와에게 한다.

"만일 그대가 불행한 오늘 아침 이상한 방황의 소원에 사로잡혔을 때, 내가 원한 바와 같이 내 말을 들어 함께 머물렀다면 우리는 아직 행복했을 텐데. 지금과 같이 모든 선을 빼앗기고, 알몸을 부끄러워하며 비참해하지 않았을 텐데. 앞으로는 아무도 자기의 신의를 증명하기 위해(아담은 전에 하와가 한 말을 언급하고 있다) 쓸데없는 구실을 찾지 맙시다. 이런 증명을 열렬히 찾을 때는 타락의 시초임을 깨달읍시다."

하와가 곧 비난하는 기색을 깨닫고 이렇게 말한다.

"가혹한 아담이여, 무슨 말씀을 합니까! 그대는 그것을 나의 허물이라고, 그대의 말씀대로 방황의 의지 때문이란 말씀입니까, 아니면 자신의 탓이란 말씀입니까? 누가 알리요. 그대가 가까이 있었다면 그런 마음이 안 일어났을지. 만일 그대가 거기 있고 유혹이 여기 있었다 해도 그대는 그렇게 지껄이는 뱀의 간계를 간파하지 못했을 것입니다.

그가 내게 악의를 품고, 해악을 가할 만한 이유가 서로간에 전혀 없습니다. 내가 그대 옆구리에서 갈라져 나오지 말았어야 했습니까? 하기야 생명 없는 갈빗대로 여전히 거기에서 자라는 것도 무방했겠지요. 내가 이런데, 내 머리인("각 남자의 머리는 그리스도요 여자의 머리는 남자요 그리스도의 머리는 하나님이시라." 〈고린도전서〉 제11장 3절) 그대는 왜 절대로 가지 말라고 명령하지 않으셨는지, 그대 말씀대로 그런 위험 속으로 가는 나에게? 그런데 그대는 너무도 유순하게 별로 말리지도 않고, 오히려 허락하고 용인하여 쾌히 보냈나이다. 만일 그대가 완강하고 단호하게 반대했더라면 나도 그대도 죄를 범하지 않았을 텐데."

동판화 작품 중 가장 유명한 〈아담과 하와〉 작품으로
르네상스 시대의 화가 알프레히트 뒤러의 그림이다.

이에 아담은 처음으로 노하여 말한다.

"이것이 사랑, 이것이 내 사랑에 대한 그대의 보답인가, 배은망덕한 하와여! 내가 아니라 그대가 타락했을 때 변함없는 사랑을 말하고 살아서 불멸의 축복을 즐길 수 있었으나 기꺼이 그대와의 죽음을 택한 나에게. 그런데도 이제 내가 그대의 죄의 원인이라고 비난을 받아야 하는가? 그대를 제지하는 데 너무 엄하지 않았다고? 그 이상 내 어찌 할 수 있겠소. 내 그대에게 경고했다. 또한, 위험과 적이 잠복하여 기다리고 있음을 미리 말했다.

그 이상은 강제가 있을 뿐인데, 자유의사의 강제란 여기서는 있을 수 없소. 그러나 확신이 그대를 이끌어 위험을 당하지 않고 영광스럽게 시련의 난관을 극복할 것으로 생각한 것이오. 하지만 어쩌면 내 잘못이었는지도 모르오, 그대가 너무도 완전해서 어떤 악도 감히 그대를 유혹하지 못할 것이라고 과찬한 것은. 지금 나는 그 잘못을 뉘우치고 있소. 그것이 내 죄가 되었고, 그대는 나를 비난하니까. 여자의 가치를 지나치게 믿어 그 의사에 맡기는 자는 이런 일을 당해 마땅하오. 여자는 제지를 참지 못하고, 혼자 맡겨두면, 그로 인해 재난이 일어나면 우선 남자의 심약한 관용을 비난하는구나."

이같이 두 사람은 서로 비난하면서 쓸데없이 시간을 보낸다. 아무도 자신을 꾸짖지는 않으니 그 헛된 다툼은 얼른 끝날 것 같지 않다.

PARADISE LOST

실낙원

제10권
죄와 죽음

제10권 줄거리

　인간의 범죄가 알려지자 낙원을 수비하던 천사들은 그곳을 떠나 자신들의 경계에 온 힘을 다했고 그 어떤 소홀함이나 잘못도 없었다는 것을 증명했다. 하나님은 사탄이 낙원에 들어오는 것을 그들로서는 막을 수 없었을 것이라고 선언함으로써, 그들에게 잘못이 없다고 용서한다. 하나님은 범죄를 심판하기 위해 성자를 보낸다. 성자는 내려와서 적절한 선고를 내리고 두 사람을 불쌍하게 여겨 그들에게 옷을 입히고 하늘로 돌아간다. 그때까지 지옥문 앞에 앉아 있던 죄와 죽음은 이상한 공감 작용으로 이 새로운 세계에서 사탄의 성공과 거기에서 인간이 범한 죄를 알아차리고 더는 지옥에 갇혀 있지 않고 그들의 아버지 사탄을 따라 인간 세계로 간다.

　그들은 지옥과 이 세계의 왕래를 편리하게 드나들 수 있게 사탄이 처음 만든 노정을 따라 혼돈계의 위에 큰길을 닦고 다리를 놓는다. 그리고 지구로 갈 준비를 하는 중에 자기 성공을 자랑하며 지옥으로 돌아오는 사탄을 만나 서로 축하를 나눈다. 사탄은 만신전에 도착하여, 만장의 회중 앞에서 자랑스럽게 인간에 대한 자기의 성공을 자랑한다. 그러나 갈채 대신에 온 회중에게 일제히 야유를 듣는다. 그들은 천국에서 내린 운명에 따라 그와 함께 돌연 뱀으로 변한다. 그리고 그들 눈앞에서 솟아나는 금단의 나무처럼 보이는 것에 속아 탐욕스럽게 그 열매를 따 먹으려고 몸을 뻗쳐 먼지와 쓴 재를 씹는다. 죄와 죽음이 한 일에 대해서도 하나님은 그들에 대한 성자의 최후 승리, 그리고 만물이 새로워질 것을 예언한다.

그러나 우선 그의 천사들에게 명령하여 하늘과 모든 원소에 여러 가지 변화를 일으킨다. 아담은 자기의 타락 상태를 차츰 깨달아 몹시 슬퍼하고 하와의 위안을 물리친다. 하와가 고집하여 결국 그를 달랜다. 그런 다음 자신들의 자손들에게 떨어질 저주를 피하려고 아담에게 난폭한 수단을 제의한다. 그러나 아담은 그에 동의하지 않고 더 나은 희망을 품으며 그녀의 자손이 뱀에게 복수할 것이라고 한 약속을 상기시킨다. 그리고 하와에게 자기와 더불어 회개와 기원으로써 노한 하나님의 진정을 구할 것을 권한다.

그동안 사탄이 낙원에서 뱀으로 변신하여 하와에게 저지른 흉악한 행위와 하와가 아담을 유혹하여 죽음의 열매를 맛보게 한 사실이 하늘에 알려졌다. 만물을 훤히 보고 있는 하나님의 눈을 피하고 전지(全知)한 그 마음을 속일 자가 누가 있을까? 모든 일에 슬기로운 그(하나님은 인간이든 천사가 자기 자신의 무제약적인 선택에 타락하는 것을 방해하지 않았다)는 가면을 쓴 사탄의 어떠한 간계도 간파하고 물리칠 수 있는 넉넉한 힘과 자유의사로 무장한 사람의 마음을 시험하는 사탄을 막지 않았다.

누가 유혹하든 그 열매를 먹지 말라는 지고한 명령을 그들은 알고 기억하고 있었을 것이므로 그들은 거기에 순종하지 않았으니, 벌을 자초하여 겹친 죄(아담과 하와가 범한 원죄는 많은 죄도 포함하는 것이다)로 타락하여 마땅하다.

수비 천사들은 서둘러 낙원에서 하늘로 올라온다. 인간의 타락을 말없이 슬퍼하면서 그들은 이미 인간의 상태를 알고, 간교한 악마가 어떻게 보이지 않게 몰래 숨어들었는가 의아해했다. 불길한 소식이 땅에서 하늘에 도착하자, 듣는 이들은 모두 마음 상하고 어두운 슬픔이 온 하늘에 어렸으나, 연민의 정이 얽혀 그들의 축복을 깨뜨리지 않는다. 어떻게 된 일인가를 듣고 알기 위하여 하늘의 백성은 새로 온 이들 주변에 떼를 지어 몰려온다. 그들은 지존의 보좌로 달려가 정당한 해명으로 자기들의 경비가 게으르지 않았음을 아뢰고 쉽게 무죄를 용인

받는다. 이때 가장 높으신 영원의 아버지는 그 신비로운 구름 한가운데서 천둥 같은 목소리로 말한다.

"여기 모인 천사들, 그리고 임무에 실패하고 돌아온 천사들이여, 지상에서의 소식에 놀라지 말고 걱정하지도 말라. 그대들의 충실한 경계로도 막을 수 없음을 유혹자가 지옥에서 심연을 건넜을 때 이미 그런 일이 있을 거라고 예언하였다. 인간은 유혹과 아첨에 넘어가 모든 것을 잊고, 창조주를 거스르는 허언(虛言)을 믿게 되어 있었지만, 나의 섭리는 그를 타락시키는 것이 아니었고, 또한 털끝만큼도 자극을 주어 그의 자유의사를 움직이는 일 없이 평형상태에서 스스로 기우는 대로 버려두었다.

그러나 그들이 타락했으니, 이제 그 죄에 죽음의 선고(하나님도 아담을 보고 죽음의 경고를 말하고 있다)를 내릴 수밖에 없다. 죽음은 이미 그날 경고된 것인데, 그것을 그는 공허하고 부질없는 것으로 생각한다. 그가 두려워하던 대로 타락에 대해 즉각적인 벌을 아직 받지 않았기 때문에, 그러나 날이 저물기 전에 당장 알 것이다. 관용이 면죄가 아니리는 것을. 정의는 은총과 같이 멸시받고 돌아가지 않으리라. 그들의 죄를 심판하기 위하여 대리자인 아들 너 아니고 누구를 보내랴? 하늘에서나 땅에서나 지옥에서의 모든 심판을 너에게 맡기노라."

하늘의 아버지는 이렇게 말씀하시고 오른손에 눈부신 그 영광을 펼치면서 성자 위에 환한 신성(神性)을 비춘다. 성자는 온몸에 찬란한 성부의 모든 것을 분명하게 드러내며, 거룩하고 조용하게 대답한다.

"영원한 아버지시여, 섭리하심은 당신의 일, 지고하신 당신의 뜻을 하늘과 땅에서 수행함은 내 일이니, 당신은 사랑하는 이들인 내 안에 늘 즐거이 계십니다. 나는 땅으로 죄인을 심판하러 가겠습니다. 그러나 당신은 아십니다. 누가 심판받는 때에 이르면 최악의 재난이 내 몸에 내려질 것임을. 그렇게 당신 앞에서 맹세한 나는 후회 없이 기꺼이 이것을 맡겠습니다. 내가 맡음으로써 그들의 죄를 완화하기 위하여. 그러나 정의와 자비를 잘 조절하여 이 둘을 아주 만족스럽게 나타냄으로써 당신에게 위안을 드리겠습니다. 시종도 하인도 필요하지 않습니다, 거기에는 두 사람의 피심판자 외에는 아무도 심판을 보지 않을 것입니다. 도망함으로써 죄를 드러낸, 모든 율법에 반역한 제삼자는(사탄을 가리킨다) 궐석재판이 마땅하오니, 뱀에 대해서는 죄의 논고가 필요 없습니다."

이렇게 말하고 그는 그 높은 영광이 깃든 빛나는 자리에서 일어섰다. 그를 섬기는 좌천사, 능천사, 위천사, 권천사들이 그를 모시고 하늘문에 이른다. 거기에서 내려다보니 에덴과 그 온 땅이 보인다. 그는 곧장 내려간다. 신들의 속력은 시간이 계산하지 못한다. 아무리 빨리 날개를 치지만. 이제 정오를 지나 낮게 서쪽으로 기울고, 때마침 부드러운 미풍이 일어나 땅에 부채질하여 서늘한 저녁을 맞아들인다. 그때 성자는 노여움을 떠나 더욱 냉정해서 온화한 심판관, 중재자로서 인간을 심판하고자 찾아온다. 이제 해는 기울고, 정원을 거니는 하나님의 음성이 훈풍을 따라 두 사람의 귀에 들린다. 그들은 그 소리를 듣고 하나님의 앞을 피하여 우거진 나무 사이로 부부가 함께 몸을 숨긴다. 이윽고 하나님이 다가와 소리 높여 아담에게 말한다.

"아담아, 어디 있느냐? 전에는 내가 오는 것을 멀리서 보고서도 늘 기꺼이 맞이하더니, 오늘은 여기에서 볼 수 없으니, 이런 고독한 대접은 즐겁지 않다. 내가 오는 것을 알아보지 못했느냐, 아니면 무슨 변화가 생겨 이곳에 없는 거냐, 무슨 연유로 못 나오느냐, 어서 나오라!"

아담이 나왔다. 죄는 먼저 저질렀지만 머뭇거리는 하와를 데리고, 둘 다 면목없어 괴로워하며. 어느 쪽에나 사랑은 없다. 하나님에게도 두 사람에게도. 오직 있는 것은 뚜렷한 허물에 수치와 동요와 실망, 분노, 그리고 고집과 증오와 허위이다. 아담은 한참 망설이다가 짤막하게 대답한다.

"당신의 소리를 정원에서 들었으나, 알몸이라 두려워 숨었습니다."

그에게 자비로운 심판관은 꾸짖지 않고 대답한다.

"내 목소리를 종종 듣고서도 두려워하지 않고 항상 즐거워하더니, 어찌하여 이제는 그렇게 두려워하게 되었느냐? 알몸이라고 누가 이르더냐? 너희는 따먹지 말라고 내가 이른 그 나무의 열매를 먹었느냐?"

아담은 몹시 괴로워하며 대답한다.

"오, 하늘이여, 오늘 심판관 앞에 서니 진퇴양난입니다. 나 스스로 모든 죄를 감당할 것인가, 아니면 내 반신, 내 생명의 반려자를 고발할 것인가. 그녀가 내게 충실한 이상, 나는 그 허물을 감출 것이고, 죄를 폭로하지 않은 것입니다. 그러나 엄격한 강요와 비참한 강박에 굴

하나님의 부르심에 벌거벗은 알몸이 부끄러워 몸을 숨기는 아담과 하와이다.

하지 않을 수 없습니다. 그렇지 않으면 죄와 벌 아무리 견디기 힘들지라도 모두 내 머리 위에 떨어질 것이니. 비록 내가 침묵한대도 주께서는 내 숨기는 것을 쉽게 간파하실 것입니다. 이 여인은 나의 내조자로 주께서 만드셔서 완전한 선물로 내게 주신 것, 더할 수 없이 훌륭하고 적합하고 만족스럽고 거룩하여 그 손의 어떤 사악도 의심치 않았고, 그녀가 하는 일은 무엇이든 옳은 것 같았습니다. 그래서 그녀가 그 나무의 열매를 따주기에 내 그것을 먹었습니다."

이에 지존의 존재는 이렇게 대답한다.

"신의 목소리 대신 그녀의 말을 따르다니, 그녀가 너의 신이냐? 그녀가 너보다 우월하고 동등한 안내자라서 너의 남자다움과 신이 그녀 위에 놓은 너의 지위를 그녀에게 양보했는가? 과연 그녀는 아름답고 사랑스러워 너의 마음을 끌지만, 네가 복종함은 옳지 못하느니라. 그녀의 재능은 지배당할 만한 것이지 지배하기에는 적당치 못하다. 지배는 너의 역할이고 네 일이다. 네가 자신을 올바르게 안다면."

그런 다음 하와에게 간단히 말한다.

"말하라, 여인이여. 네가 한 일은 무엇이냐?"

슬픔에 빠진 하와는 수치심을 견디지 못하고 곧 참회하며, 심판관 앞에서 부끄러이 대답한다.

"뱀이 나를 속여 그 열매를 내가 먹었습니다."

이 말을 듣자, 하나님께서는 주저하지 않으시고 고발된 뱀의 심판에 착수한다. 뱀은 짐승으로서 제 몸을 재난의 도구로 삼아 그 창조의 목적이 더럽혀진 자에게 죄를 떠넘길 수는 없지만, 본성이 나쁘게 되었으니 이때 저주받아 마땅하다. 그 이상은 인간과 관계없고(인간은 그 이상 알지 못하기에), 그의 죄에도 변함이 없다. 그러나 하나님은 마침내 죄의 발단인 사탄에게 최선의 심판인 신비로운 말씀으로써 처벌을 가한다. 즉, 뱀에게 이렇게 저주를 내린다.

"너는 이런 일을 저질렀으니 저주를 받을 것이라. 어떤 집짐승이나 들짐승보다도 너는 네 생명이 계속되는 동안 배로 기어 다니며 흙을 먹고 살리라. 너와 여자 사이에, 그리고 네 씨와 여자의 씨 사이에 증오가 지배되어 여자의 씨는 네 머리를, 너는 그의 발꿈치를 상하게 할 것이다."

이런 신명(神命)이 내려진 후, 그것이 실현된 것은 제2의 하와인 마리아의 아들 예수가 하늘에서 번개처럼 공중의 임금 사탄이 떨어지는 걸 보았을 때다. 그때 그분은 무덤에서 일어나 타락 천사를 모두 멸망시키고 찬란하게 하늘로 올라와 오랫동안 빼앗겼던 사탄의 그 영토, 대공을 통하여 포로를 잡아 왔다. 마왕의 치명상을 예언한 그분은 결국 그를 우리 발밑에 굴복시키시리라. 다음으로 여자를 향해 이렇게 선고를 내린다.

"너는 임신으로 슬픔을 더하게 되리라. 슬픔 중에 너는 아이를 낳을 것이다. 너는 네 남편의 뜻을 따라야 하고, 그는 너를 지배하리라."

마지막으로 아담에게 선고를 내린다.

"너는 아내의 소리에 귀를 기울여, '이것은 먹지 말라'고 너에게 명령한 나무 열매를 먹었으므로, 너 때문에 땅은 저주받았다. 너는 슬픔 속에 생명이 있는 동안 거기에서 먹을 것을 구하게 되리라. 땅은 청하지 않아도 가시나무, 엉겅퀴를 낳을 것이며, 너는 들의 풀을 먹게 되리라. 결국, 흙으로 돌아갈 때까지 너는 이마에 땀을 흘려야 빵을 먹을 것이다. 너는 흙에서 나왔으니 흙으로 돌아가리라."

심판자와 구주로서 보내진 그는 이같이 인간을 심판하였다. 이윽고 그는 변하지 않을 수 없는 공기를 쐬며 알몸으로 그 앞에 선 두 사람을 불쌍히 여겼다. 그리하여 그가 제자들의 발을 씻겼을 때와 같이 이제 하나님 가족의 아버지로서 그들의 알몸에 짐승 가죽을 입힌다. 피살된 짐승의 가죽이나 뱀처럼 허물 벗은 가죽을. 그리하여 적에게조차 옷을 입힘에 인색하지 않았다. 짐승 가죽으로 그들의 외부를 가렸을 뿐 아니라, 한층 더 추운 내부의 알몸까지도 그는 의(義)의 옷(《이사야》 제61장 10절 참조)으로 다듬어 아버지 눈에 띄지 않게 하였다. 성자는 아버지 앞에 신속히 올라가 예나 다름없는 영광으로 다시 받아주는 축복의 가슴으로 돌아간다. 마음이 누그러진 그에게 다 알고 있지만, 인간에게 일어난 일을 모두 자세히 보고한다.

이같이 지상에 죄와 심판이 있기 전에 지옥문 안에서는 '죄'와 '죽음'이 서로 얼굴을 마주 보고서, 앉아 있었다. 지금은 그 문이 활짝 열리어 날뛰며 타오르는 불꽃을 멀리 혼돈계에 내뿜는다. 죄가 아들인 죽음을 향해 말한다.

"오, 아들이여, 우리는 어째서 여기에서 쓸데없이 마주 보고 앉아 있는가? 우리의 아버지 사탄은 다른 세계에서 성공을 거두고 사랑하는 자식인 우리를 위해서 더 행복한 고장을 준비하고 있는데. 그는 꼭 성공할 것이다. 만일 운이 나쁘면 이미 복수자에게 쫓겨 돌아왔을 것이 아니냐. 이곳만큼 그의 벌과 그들의 복수에 알맞은 장소가 없으니. 내 속에서는 새로운 힘이 솟고, 날개가 자라고, 이 심연 저 너머로 넓은 영토를 얻는 것처럼 여겨진다. 너는 떨어질 수 없는 나의 그림자이니, 나와 함께 가지 않으면 안 된다. 그러나 지나가기 힘들고 건너가기 어려운 이 심연을 넘어 그가 돌아오기에 장애가 되는 일이 있을지도 모르니, 우리는(모험적인 일이지만 너와 나에게 적합한 일이니) 이 대해(大海) 위에 길을 닦아 보자, 지옥에서부터 지금 사탄이 승리한 새로운 세계까지. 이는 그들의 운명이 지시하는 대로 교통하거나 이주하는 데 편리한 통로로서 지옥의 대군들에게는 다시없는 공적의 기념비가 될 것이다."

수척한 그림자는 곧 그에 대답한다.

"운명과 강한 취향이 이끄는 대로 나도 뒤처지거나 길을 잘못 들지는 않겠소, 네가 나를 인도하면, 수없는 우리의 먹이인 시체에서 풍기는 냄새가 느껴지고, 저기 살아 있는 모든 것에서도 죽음의 냄새를 맡는다. 나는 네가 하고자 하는 일에 기꺼이 동참하여 너와 동등한 힘을 그 일에 기울일 것이다."

이렇게 말하고 그는 즐거이 지상에 죽음의 냄새를 맡는다. 마치 탐욕스러운 새 떼가 몇백 마일 떨어져 있으면서도, 다음날 유혈의 전투에서 죽음이 예정된 산 송장의 냄새에 유혹을 느껴, 미리 전쟁 날에 앞서 대군이 야영하는 전쟁터로 날아오는 것과 같다. 이 무서운 형상의 죽음은 멀리서부터 냄새를 맡고 그 넓은 콧구멍을 어두운 공중을 향해 벌린다.

두 괴물은 지옥문을 빠져나와 습하고 음침한 혼돈의 황량하고 광막한 대혼란 속으로 갈라져 날아들어, 힘차게 물 위를 헤매며 거친 바다에서 아래위로 떠도는 단단한 것, 연한 것을 닥치는 대로 좌우에서 끌어모아 지옥의 입구를 향하여 함께 몰고 간다. 마치 두 갈래의 극풍(極風)이 북극해로 마주 불어, 페조라 저 너머 동쪽의 풍요로운 카데이(중국에 이르는 북동항로) 변두리로 통하는 상상의 길을 막는 빙산을 끌어모아 가는 것과 같다.

죽음은 긁어모은 흙을 차고 건조한 석화력(石化力)이 있는 철퇴로 쳐서 굳게 한다, 삼지창으로 쳐서 북돋운 델로스의 부도(浮島)와 같이. 나머지 것은 그의 고르곤(메두사)과 같은 무서운 시선과 역청(瀝靑) 같은 점액으로 꼼짝 못하게 동여맨다.

지옥문만큼 넓고 지옥의 뿌리까지 깊숙이 파서 모은 모래 자갈을 그들은 뭉쳐서 거대한 방죽길을 쌓는다. 높은 아치 모양으로 거품 이는 심연 위에 다리의 길이는 대단하여, 지금은 죽음에 몰수된 울타리 없는 이 세계의 흔들리지 않는 벽에 연결되었다. 거기서부터의 길은 넓고 평평하고 힘이 안 들어 걸리는 것 없이 지옥으로 내려간다. 만일 큰일이 작은 일과 비교된다면, 크세르크세스(고대의 페르시아 왕)가 그리스의 자유를 속박하기 위해, 멤논의 궁전 높은 수사로부터 바다까지 와서, 헤레스폰트 위에 다리를 놓아 유럽을 아시아와 연결하고 그런 다음 성난 물결을 채찍질했던 것과 같다. 이제 그들은 신기한 교량 가설의 기술로 이 일을 마치니, 이것은 어지러운 대심연 위에 걸친 암교(岩橋)로서, 사탄의 뒤를 추적하여 그가 처음으로 날개를 쉬고 혼돈으로부터 무사히 착륙하는 곳, 즉 이 둥근 세계와 노출된 외부에까지 이른다. 그들은 금강의 못과 사슬로써 이 다리를 단단히 아주 단단히 하여 움직이지 않게 하였다.

그러자 이제 좁은 공간에 천국과 이 세계의 경계가 합쳐지고, 왼쪽(성경에서 왼쪽은 나쁜 곳으로 되어 있다)에 지옥으로부터 길게 뻗친 길이 끼어든다. 눈앞에 있는 세 가닥의 다른 길은 각기 이 세 곳으로 통한다. 그들은 이제 비로소 낙원을 향하여 지구로 가는 길을 찾았다. 이때 보라! 사탄은 빛나는 천사의 모습으로 백양궁으로 솟아오르는 태양과 더불어 안마궁과 천갈궁 사이를(우주 외곽의 '죄'와 '죽음'의 시계에 비치는 천체의 상황) 천심(天心)을 향해 나아간다. 그는 변장하고 있지만, 그의 사랑하는 자식들은 이내 그 어버이를 알아본다.

그는 하와를 유혹한 뒤에 아무도 모르게 가까운 숲속에 숨어서 모습을 바꾸고 그 결과를 지켜보았다. 아무것도 모른 채 그녀가 자기 간계의 행위를 남편에게 되풀이하는 것을 보았고, 헛되이 가릴 것을 찾는 그들의 수치를 보았다. 그러나 성자가 그들을 심판하러 내려오는 것을 보자 겁을 먹고 달아났다. 아주 도망치려는 것은 아니고 죄를 지었으니 하나님의 노여움이 벼락같이 벌을 가할까 두려워서 자리를 피하고자 함이었다.

사탄은 승리의 기쁨을 안고 지옥문으로 돌아온다. 혼돈의 어귀, 이 새로 만든 기이한 다리 근처에서 그는 뜻밖에도 자기를 마중 나온 귀여운 자식들을 만나다. 그들을 만나니 매우 기뻤고, 또 거대한 다리를 보니 그 기쁨은 한층 더했다. 감탄해 마지않으며 한동안 서 있는데, 이윽고 매혹적인 그의 딸 죄가 침묵을 깨뜨린다.

"아, 아버지여, 이 다리는 당신의 위업, 승리의 기념이랍니다. 나는 마음속으로(내 마음은 언제나 비밀의 조화로 훌륭하게 결합하여 당신 마음과 더불어 움직이니), 당신이 지상에서 그 일에 성공하였음을 직감하였습니다. 비록 당신으로부터 몇 세계 떨어진 거리에 있었지만, 그것을 마음으로 느끼고 이 아들과 함께 당신을 따르기로 했습니다. 이런 숙명적 인연이 우리 셋(사탄과 죄와 죽음은 성령에 의한 '삼위일체'에 대응하는 반대의 것을 말함)을 결합하였으니, 이제는 지옥도 그 경계 내에 우리를 묶어둘 수 없고, 또한 그 어두운, 건널 수 없는 심연도 당신의 빛나는 발길을 따르는 것을 막지 못합니다. 당신은 지금까지 지옥문 안에 갇혀 있던 우리의 자유를 성취하였습니다. 당신은 우리에게 여기까지 다리를 쌓게 하고, 이 어두운 심연에 이 기이한 다리를 놓는 힘을 주었습니다. 이제 이 세상은 모두 당신의 것이고, 당신의 용기는 당신 손이 짓지 못하는 것을 얻게 했습니다. 당신의 지혜는 전쟁에서 잃은 것보다 우월한 것을 얻어 완전히 천국에서의 우리 패배를 앙갚음했습니다."

흑암의 제왕은 기뻐하며 이렇게 대답한다.

"아름다운 딸아, 그리고 너 아들이며 손자인 자여, 사탄(적)의 자손 된 높은 증거를 보여주고(하늘의 전능왕의 적대자라는 이름을 나는 자랑한다), 나와 온 지옥의 나라에 만족할 만한 공을 세웠다. 하늘문 가까이 승리의 행위에 영광스러운 과업으로 내 과업에 맞춰 지옥과 이 세계를 한 나라 한 대륙으로 오가기도 편한 한 왕국으로 만들었다. 그러나 이제 내가 어둠을 뚫고 너희의 길을 쉽게 내려가 동료 권자(權者)들에게로 가서 이 성공을 알리고 그들과 함께 기뻐할 동안, 너희 둘은 이 길을, 모두 너희 소유인 저 무수한 천체 사이를 뚫고 낙원으로 직접 내려가라. 그리고 그곳에서 살며 행복하게 다스려라. 그다음 지상과 공중, 특히 만물의 유일한 영장이라 일컫는 인간에게 지배권을 행사하라. 우선 인간을 너희의 노예로 삼고 마침내는 죽여라. 내 대리로 너희를 보내어 지상의 전권자(하나님의 아들 구세주)로 삼으니, 그 힘은 내게서 나오리라. 내 공로로 죄를 통하여 죽음 앞에 드러난 이 새로운 왕국(〈로마서〉 제5장 12절 참조)의 유지는 전적으로 너희의 협력에 달려 있다. 너희가 협력만 잘하면 지옥은 어떤 해도 입지 않으리라. 가라, 가서 굳세게 할지어다."

이렇게 말하고 그들을 보내니, 그들은 독을 뿌리며 급히 무수한 성좌 사이를 뚫고 나간다. 독기 맞은 별들은 창백해 보이고, 유성들은 그 타격에 실제로 빛을 잃고 일그러졌다. 사탄은 다른 쪽으로 지옥문을 향하여 방죽길을 내려왔다. 다리를 놓음으로써 양쪽으로 갈라진 혼돈은 고함을 지르고, 그 분노를 조롱하는 장벽을 날뛰는 파도로써 후려

친다. 넓게 열려 파수도 없는 문으로 사탄이 통과할 때 사방은 모두 황막했는데, 이는 거기에 배치된 자들(죄와 죽음)이 그 책임을 다하지 않고 상층 세계로 날아가기도 하고, 나머지는 모두 지옥의 안쪽의 깊숙한 곳, 루시페르의 도읍, 자랑스러운 권좌인 중마전 성벽 주변으로 물러갔기 때문이다(루시페르라 부름은 은유로 사탄을 그 빛나는 별(사탄의 샛별)과 비교한다). 중마전의 우두머리들은 파견된 마왕(사탄)이 무슨 연고로 그리 늦는지 염려하여 회의를 열고 있었다.

마치 타타르인이 아스트라칸을 지나 백설의 벌판을 넘어 러시아의 적으로부터 물러날 때나 박트리아 왕이 터키의 초승달의 뿔을 피하여 아나튤 왕의 영토 저 너머 황야를 모두 버리고 타우리스나 카스빈으로 물러날 때와 같이, 이들은 최근에 하늘에서 쫓겨난 타락 천사들로 극한 지옥을 수천 리 버려두고 떠나 엄중히 경계하며, 수도 근처로 물러나 이제 시시각각 그들의 모험가(사탄)가 색다른 세계를 탐색하고 돌아오기를 기다린다.

마왕은 그 한복판을 최하급 천사의 비천한 모습으로 남몰래 통과하여, 지옥의 대전당 문으로부터 보이지 않게 자기의 높은 자리에 오른다. 그것은 지극히 화려한 구조의 천개(天蓋) 밑에 퍼져 왕자의 광휘를 퍼뜨린다. 그는 잠시 앉아서 눈에 띄지 않게 주위를 둘러본다. 마침내 구름 사이로 솟아나듯 그의 찬란한 머리와 별처럼 빛나는 아니 그보다 더 환한 모습이 나타난다. 타락 후에 허락되어(하나님에 의해서다) 남은 영광과 허위의 빛에 싸여. 이런 갑작스러운 광채에 지옥의 무리는 눈을 돌

사탄이 인간을 타락시켜 승리한 후에 지옥으로 돌아오는 장면이다.

려 저희가 기다리던 수령이 돌아온 것을 보고 입을 모아 환호를 지른다. 회의하고 있던 우두머리들이 어두운 회의장에서 일어나 황급히 달려온다. 그리고 똑같이 기쁨에 넘쳐 축하하며 그에게로 다가오니 그는 손으로 진정시키고 말한다.

"좌천사, 권천사, 위천사, 역천사, 능천사들이여, 권리에서뿐 아니라 실제로 소유할 수 있게 되었으므로 그대들을 하늘 천사들의 수장 이름으로 부르겠다. 또한, 예상외로 성공을 거두고 돌아와 그대들에게 지금 선언한다. 이 극악한 저주받은 지옥의 골짜기, 우리 폭군의 감옥으로부터 그대들을 당당히 데려가겠다고! 이제는 군주로서 천신만고의 모험으로 큰 위험을 무릅쓰고 얻은 우리 고향인 하늘 못지않은 광대한 신세계를 영유하라.

내가 한 일, 겪은 고생, 공허하고 광대무변한 무서운 혼돈의 심연을 얼마나 고생하며 건너왔는가를 이야기하자면 길다. 지금은 그 심연 위에 죄와 죽음의 힘으로 넓은 길이 깔려 그대들의 영광스러운 진군을 촉진하지만, 나는 낯선 길을 더듬어 길도 없는 심연을 달려야만 했다. 시작도 없는 어둠과 황막한 혼돈의 뱃속에 뛰어드니, 그들은 비밀이 폭로되지 않을까 두려워 지고한 운명에 호소하여 소란하게 고함치며 내 생소한 길을 방해했다.

내가 어떻게 해서 그 이후 오랫동안 천국에 소문으로 떠돌던 새로운 세계, 그 완전무결한 놀라운 구조와 우리가 천국에서 추방당함으로써 그 안의 낙원에서 행복한 삶을 누리는 인간을 찾아내게 되었는

가. 나는 그 인간을 속여 창조주로부터 유혹해냈는데, 사과를 유혹의
미끼로 이용한 것은 더욱 그대들을 놀라게 할 것이다. 신은 이에 노해
서 그 사랑하는 인간도 또 이 세계도 모두 죄와 죽음, 즉 우리의 먹이
로 내주고 말았으니, 우리는 위험도 수고도 두려움도 없이 그 안에서
배회하고 살면서 인간을 지배할 것이다. 그들이 만물을 지배하듯. 사
실상 그는 나 때문에 타락한 인간뿐 아니라 나를, 아니 내가 아니라 그
모습을 빌려 내가 인간을 속였던 짐승인 뱀까지도 심판하였다. 내게
속하는 것은 적의(敵意), 그는 그것을 나와 인간 사이에 두었으니, 나는
인간의 발뒤꿈치를, 그의 후예는, 시기는 미정이나 내 머리를 상하게
할 것이다. 한 차례의 상해로써, 아니 그보다 더 심한 고통이라도 그것
으로써 누가 세계를 사지 않겠는가? 이제 남은 일은, 신들이여, 일어
나 지복(至福)으로 들어가는 것뿐이다."

　이렇게 말하고 그는 잠시 서 있었다. 그들 모두의 환호와 드높은 갈
채 소리가 귀에 가득 차기를 기다리며, 그러나 그런 기대와는 달리 그
의 귀에 들려오는 소리는 사방의 헤아릴 수 없는 혀에서 일제히 나오
는 무시무시한 야유와 공공연한 모욕의 소리(관객이 무대 위의 졸렬한 연기자를 보
고 퍼붓는 질타를 연상케 한다)이다. 그는 이상하게 여긴다. 그러나 이내 그보다
더 자기 자신을 이상하게 여긴다. 그는 자기 얼굴이 날카롭고 좁게 당
겨짐을, 또 팔은 늑골에 들러붙고, 다리는 서로 엉기고, 이윽고 엎어진
채 쓰러져 배를 깔고 기는 괴상한 뱀이 되는 걸 느끼고, 그것을 막으려
고 반항하며 발버둥쳤으나 헛일이었다. 그는 이제 더 거대한 힘에 지

승리를 자청한 사탄과 타락 천사들이 하나님의 형벌로 뱀의 모습으로 변하는 장면이다.

배당하고 그 심판에 따라, 죄를 지을 때의 모습으로 벌을 받는다. 말을 하고자 했으나, 두 가닥으로 갈라진 혀가 서로 맞닿아서 쉬익쉬익 소리만 되풀이할 따름이었다.

왜냐하면 이제 모두가 그의 대담한 반역의 종범(從犯)으로서 한결같이 뱀으로 변하였으니 말이다. 머리와 꼬리가 뒤얽힌 괴물들로 꽉 들어찬 전당의 쉬익쉬익 하는 소음은 소름이 끼친다. 전갈, 독사에 몸서리쳐지는 양두사(兩頭蛇, 대가리가 둘 달린 뱀), 뿔 달린 뱀, 물뱀, 소름 끼치는 바다뱀, 그리고 열사(熱蛇), 그러나 가장 큰 것은 한가운데 있는 것으로, 지금은 용(龍)이 되어, 태양이 피디아의 골짜기에서 진흙으로 이룬 거대한 피돈(그리스 신화의 거대한 왕뱀)보다 더 크다. 그리고 다른 것들보다 더 힘이 센 것 같았다.

그들은 모두 그를 따라 널따란 들판으로 나가니, 거기에는 하늘에서 떨어진 반역의 무리 가운데 아직 남은 자들이 모두 경비 태세로, 혹은 정렬한 채 영광스러운 수령이 의기양양하게 나타나는 것을 보려고 들떠서 기다리고 있다. 그러나 눈앞에 나타난 것은 다른 광경이었다,

흉측한 뱀의 무리! 공포와 무서운 동정심에 사로잡힌 그들은 눈에 보이는 것과 똑같은 동물로 그들도 변형됨을 느꼈다. 팔이 처져 창과 방패가 떨어지고 그 순간 몸이 쓰러져 쉬익쉬익 하는 기괴한 소리를 연달아 뱉어내며 무서운 형태로 변했다. 그들의 죄와 같이 벌도 감염되어, 그들의 갈채는 조롱하는 절규로, 개선은 치욕으로 변하여 그들 자신의 입에서 자신에게 퍼부어졌다. 아주 가까운 곳에 그들의 변화

와 더불어 숲이 솟아올라 위에서 다스리는 이의 뜻은 그들의 회한을 더욱 증대하고자 했다.

낙원에서 자라던, 하와의 미끼로 유혹자가 이용한 것과 같은 아름다운 나무의 열매가 주렁주렁 열렸다. 그들은 이 기이한 풍경을 쏘아보며 골똘히 생각한다. 한 그루 금단의 나무 대신 이제 많은 나무가 솟아나 슬픔과 수치를 더하려는 것인가 하고, 저들을 기만하기 위해 내놓은 것이지만, 타는 듯한 갈증과 극심한 허기를 이기지 못해, 그들은 무더기로 굴러가서 나무에 올라간다. 그리고 소돔이 불탄 저 역청의 바닷가에서 자라던 능금처럼 아름다운 그 열매를 탐욕스럽게 따먹는다.

이것은 촉각뿐 아니라 미각도 속였으니 한층 더 기만적이다. 그들은 어리석게도 단맛으로 식욕을 달래고자 하여 과실 아닌 쓰디쓴 재를 씹으면, 싫증 난 미각은 침을 튀기며 뱉어낸다. 허기와 갈증에 사로잡혀 몇 번이나 먹어봤지만, 번번이 구토증이 일었고, 말할 수 없이 불쾌한 맛 때문에 비틀린 턱에는 검댕과 재가 잔뜩 묻었다. 그들은 자주 같은 착각에 빠지니, 이는 그들에게 패배한 인간이 한 번 잘못을 범한 것과는 다르다.

이같이 오랜 굶주림과 끊임없는 야유에 시달리고 지친 후에, 그들은 마침내 원래 모습으로 되돌아가는 것을 허락받았다. 혹자는 말하되, 그들의 교만과 인간을 유혹한 즐거움을 격파하기 위하여 해마다 며칠 동안 수치스러운 굴욕을 당하도록 정해졌다,

그러는 동안, 저 지옥의 한 쌍(죄와 죽음)이 너무도 빨리 낙원에 도착했

다. 죄는 전에는 행위에 잠재적이었으나 이제는 몸을 드러내어 영주자로 살기 위하여. 그 뒤에는 죽음이 한 걸음 한 걸음 바싹 따라오는데, 아직은 그 창백한 말을 타지 않았다. 그에게 죄는 이렇게 말한다.

"사탄의 둘째로 태어나 모든 것을 이기는 죽음이여, 우리의 왕국을 어떻게 생각하느냐? 천신만고 끝에 얻은 것이지만, 훨씬 낫지 않은가, 언제나 지옥의 어두운 문간에서 파수를 보며 이름도 없고 위엄도 없이 반쯤 굶주린 것보다는."

죄의 몸에서 태어난 괴물은 즉시 대답한다.

"영원한 굶주림에 고통받는 나에게는 낙원이나 천국이나 지옥과 마찬가지. 먹을 것이 많은 곳이 제일 좋은 곳. 여기에는 먹을 것이 풍부하지만, 이 밥통과 가죽 처진 이 거대한 몸뚱이를 채우기엔 너무도 적다."

이에 패륜(죄는 사탄을 보고 자기 아들인 죽음과의 관계를 설명한다)의 어미는 이렇게 대답한다.

"그러니 너는 우선 이 풀과 열매와 꽃을 먹고, 다음에는 짐승과 물고기와 새를 먹어라. 그것들은 천한 음식이 아니다. 그리고 어떤 것이든 세월의 낫이 베는 것을 아낌없이 먹어라. 이윽고 나는 대대손손 인간 속에 살면서 그 사상, 얼굴, 언어, 행동에 모두 독을 주어 맛을 돋우어 최후의 진미로 해주리라."

이렇게 말하고 그들은 길을 따라간다. 둘이 만물을 파괴하고 멸망하게 하고, 또한 조만간 파멸을 가져오도록 성숙하게 한다.

전능자는 그것을 보고 성인들에게 에워싸인 그 높은 자리에서 찬란

인간 세상으로 숨어든 죄와 죽음이 인간들을 지배하여 죽음을 선사한다.

한 천사의 무리를 향해 이렇게 선언한다.

"보라, 얼마나 열렬히 이 지옥의 개들이 저 세계를 망치고 또 부수고자 나아가는가를. 나는 그것을 아름답고 또 선량하게 만들어 계속 그런 상태로 두고자 했는데, 인간의 어리석음이 이 파괴자들을 불러들였다. 그들은 그 어리석음을 내게 돌리려 하는데(지옥의 왕도 그 추종자들도), 그것은 내가 너무 쉽게 그들을 허용하여 이 거룩한 곳을 영유케 하고, 묵인하여 나를 조롱하는 적에게 만족을 준 것처럼 보이기 때문이다. 마치 내가 열정의 발작에 도취하여 모든 것을 저들에게 허용하고, 분별 없이 그들의 학정에 맡긴 듯이 비웃는다. 내가 저 지옥의 개들을 그곳에 불러들여, 인간의 더러운 죄가 깨끗한 것에 떨어져 오점 찍힌 쓰레기와 때를 핥게 하고, 이윽고 먹고 마신 썩은 고기로 터질 지경으로 배를 채워주려 함을 모를 것이다. 만족스러운 아들이여, 너의 승리의 팔을 한 차례 휘두르면("내 주의 원수들의 생명은 물매로 던지듯 여호와께서 그것을 던지리다." 〈사무엘상〉 제25장 29절) 죄도 죽음도 입을 벌리는 무덤도 결국은 혼돈 속으로 떨어져 영원히 지옥의 입을 막고 그 탐욕스러운 턱을 봉해버리라. 그 다음 하늘과 땅이 새롭고 깨끗해져서 더러움을 타지 않을 순결에 이르도다. 그때까지는 둘에게 선언한 저주가 앞서리라."

말을 마치자, 하늘의 청중들, 소리 높이 할렐루야를 외치고, 바다의 파도 소리같이 일제히 노래한다.

"주의 길 바르고, 만물에 내리시는 주의 심판 옳도다, 누가 감히 주를 얕볼 수 있으리오?"

이때 창조주는 위력 있는 천사들을 불러내어, 현재의 사정에 가장 적절한 임무를 각각 부여한다. 태양은 거의 참을 수 없는 냉과 열로써 땅을 침범하고, 또 북으로부터는 노쇠한 겨울을 부르고, 남으로부터는 여름의 열을 가져오도록 그렇게 움직이고 또 그렇게 비추라는 지시를 비로소 받았다. 창백한 달에 그 직분을 정하고, 다섯별에 유성의 운동과 위치, 즉 12궁(宮)의 6분의 1, 4분의 1, 3분의 1, 그리고 독한 효과가 있는 대좌(對座)와 언제 불길한 접촉의 위치에 합할 것인가를 정했다. 항성에는 언제 그 악한 영향을 미칠 것인가, 어떤 것이 태양과 함께 오르내리며 사납게 날뛸 것인가를 가르쳤다.

바람에는 그 방향에 따라 언제 폭풍을 일으켜 바다, 공중, 육지를 어지럽힐 것인가를 정하고, 우레에는 언제 어두운 하늘 전당을 무섭게 구를 것인가 일렀다. 혹자는 말하되, 하나님이 그의 천사들에게 지구의 극(極)을 태양 축에서 20도 남짓 기울일 것을 명령하자, 그들은 애써 중심구(中心球)를 비스듬히 밀어냈다고 한다. 또 어떤 이는 말하되, 태양이 그만한 폭을 황도(黃道)에서 방향 바꾸도록 명령받았다고, 즉 아틀라스의 일곱 자매를 거느린 금우궁(金牛宮), 스파르타의 쌍자궁, 하지선(夏至線)의 거해궁(巨蟹宮)까지 오르고, 거기서 다시 내려와서, 사자궁, 처녀궁, 천칭궁(天秤宮)을 거쳐 산양궁(山羊宮)에 이른다고 한다. 이는 각 고장에 계절의 변화를 주기 위함이다. 그렇지 않았다면, 언제나 봄은 봄의 꽃으로써 대지에서 미소 짓고, 저 극권(極圈)의 사람들 이외에는 낮과 밤이 같았을 것이다. 그들에게는 해가 지는 일 없이 비칠 것이며, 낮의 태양은 그의 거리를 보상하기 위해 그들의 시야 안에서 항상 지평선을 돌고, 동도 서도 알지 못하리라. 그 때문에 추운 에스토티란드로부터 남쪽으로 마젤란 해협 아래까지 눈이 내리는 일이 없었을 것이다.

　그 열매를 맛본 후 태양은 티에스테스(그리스 신화의 아틀레우스의 만행에 놀라 태양은 궤도를 바꾸어 동쪽으로 졌다고 한다)의 향연에서 같이 그 마음먹었던 길에서 벗어났다. 그렇지 않았다면, 인간세계가 죄 없다 해도, 어떻게 지금보다 추위와 더위를 피할 수 있었으랴? 하늘에서의 이 변화는 비록 더디긴 하지만 같은 변화를 바다와 육지에 생기게 하는 것이다. 별의 독한 영향, 부패하고 해독 주는 구름과 안개, 뜨거운 증기 등, 이제 노름 배가 북쪽으로부터, 그리고 사모에드의 해안으로부터, 그 청동 감옥을 부수고 얼음과 눈, 우박, 사나운 질풍 및 모진 바람으로 무장하고, 북풍, 동북풍, 소리 높은 서북풍, 그리고 북서풍이 숲을 가르고 바다를 엎으면, 맞바람으로 남쪽에서 그것들을 뒤집는 것은 세랄리오나 산에서 검은 뇌운(雷雲)을 타고 밀려오는 남풍과 서남풍. 가로질러 사납게 돌진하는 것은 일출(日出)과 일몰(日沒) 때의 바람, 옆에서 불어닥치는 동풍과 서풍, 동남풍과 서남풍. 난폭함은 이같이 생명 없는 것에서 시작된다.

　그러나 죄의 딸인 불화는 우선 이성 없는 것들 사이에 맹렬한 반감을 통하여 죽음을 끌어들였다. 이제 짐승은 짐승끼리, 새는 새끼리, 고기는 고기끼리 싸움을 시작하였다. 모두 풀 먹기를 그만두고 서로를 잡아먹는다. 사람도 별로 두려워하지 않고, 무서운 꼴을 한 채 그들이 지나가는 것을 노려본다. 이런 것은 밖으로부터 몰려오는 참화였으니, 아담은 어두컴컴한 그늘에 숨었지만, 그것을 보고서 슬픔에 빠진다. 그러나 마음으로는 더욱 불행을 느끼고, 격정의 바다에 흔들리며 애처로운 푸념으로 그 짐을 덜고자 한다.

"아, 행복을 뒤쫓아온 비참이여! 이것이 이 영광스러운 새로운 세계의 종말이고, 어제까지 그 영광이었던 나의 종말인가? 이제 나는 축복으로부터 저주받고, 하나님의 얼굴로부터 숨는다. 전에는 바라보는 것이 행복의 절정이었던 그분의 얼굴로부터. 그 비참함이 여기서 끝난다면 얼마나 좋으랴! 이런 보답을 받아 마땅하니 참을 수밖에. 그러나 이것으로는 부족하다. 내가 먹고 마시고, 낳는 것은 모두 저주의 연장일 뿐.

아, 일찍이 기쁨에 차서 들었던 '커져라, 번성하라' 하던 그 목소리여, 이제는 듣는 것도 죽음! 대체 내가 무엇을 크게 하고 번성케 하겠는가, 내 머리를 저주하는 것밖에는? 장차 언제까지나 내가 불러들인 재난을 느끼며 내 머리를 저주하지 않을 자 어디 있으랴. '더럽혀진 내 조상에 저주 있으라, 이로 해서 아담에게 감사하라!' 그 감사는 저주가 아니고 무엇이랴. 그러니 내게 깃들인 자신의 저주와 내게서 나가는 모든 저주는 맹렬한 역류로서 내게 되돌아와 자연의 중심과 같이, 중심에 있으면서도 무겁게 내게 쏟아지리라.

아, 흘러간 낙원의 기쁨이여, 창조주여, 흙에서 나를 인간으로 만들어 달라고 내가 청했습니까? 어둠에서 나를 일으켜 이 즐거운 동산에 놓아 달라고 내가 원했습니까? 내 의지가 내 존재에 맞지 않으니, 나를 본래의 흙으로 돌려보냄이 공평타당한 일일 것입니다. 내가 받은 모든 것을 버리고 반환하는 것이 바람직하다. 내가 바라지도 않은 선을 지켜야 할 조건이 너무 어려우니, 그것을 잃음이 이미 형벌로 족하거늘, 어째서 한없는 슬픔을 더해줍니까? 당신의 정의는 이해하기 힘듭니다.

그러나 사실 이제 와 이러한 소리를 해보아야 이미 늦은 일. 어쨌든 그 유혹을 거부했어야 했습니다. 너는 그것을 받아들이고, 선을 즐긴 다음에 그 조건을 탓하느냐? 그리고 하나님이 너를 네게 허락을 구하지 않고 만들긴 했지만, 만일 네 아들이 거역하고 비난하여, 이렇게 반박하면 어쩌려느냐? '왜 나를 낳았나이까, 나는 원치 않았는데'라고 너는 너를 모욕하는 이 오만한 항변을 용서하려느냐? 그러나 너의 선택이 아닌 자연의 필요가 그를 낳을 것이다.

하나님은 자기 뜻대로 너를 만들어 자기 것으로 하여, 자기를 섬기게 하셨다. 너의 보상은 그의 은총에서 나오는 것이니, 너는 흙이니 흙으로 돌아가라는 그의 선고는 정당하다. 아, 어느 때고 오라, 그 시간이여! 그 손은 왜 망설이나, 오늘로 그 명령이 정한 것을 집행하지 않고. 나는 어째서 살아남아, 죽음의 비웃음을 받으며 죽음 없는 고통의 길로 목숨을 이어가나? 나는 참으로 즐거이 내게 신고된 죽음을 맞이하여 의식 없는 흙이 될 텐데. 어머니 무릎을 베고 눕듯 편안히 몸을 뉘련만! 거기에서 편히 쉬고 편안히 잠들련다. 이제는 무서운 그 목소리가 귀에 들리지 않고, 나와 내 아들에게 일어날 더 심한 재난의 무서운 예상도 나를 괴롭히지 않으리라.

그러나 한 가닥 의혹이 여전히 나를 따른다. 나는 완전히 죽지 않고 저 순수한 생명의 호흡, 하나님이 불어넣은 인간의 영은 이 육체인 흙덩이와 함께 멸하지 않을 것이라는. 그러면 무덤 속에서나 어느 음침한 장소에서 산 죽음을 할지 누가 알랴? 아, 사실이라면 소름 끼치는 일이다! 그러면 왜? 죄를 지은 것은 생명의 호흡뿐. 생명과 죄 있는 자, 그가 아니고 죽을 자가 어디 있겠는가? 육체에는 본래 그 어느 것도 없다. 그렇다면 나의 전부가 죽는다. 이것으로 의혹을 풀어라, 그 이상은 인간으로선 알 수 없는 것. 만물의 주는 무한하지만, 그 분노 또한 그럴까? 그럴 수도 있겠지만, 인간은 그렇지 않고 필멸의 운명이다. 어떻게 죽음으로 끝날 인간에게 분노를 한없이 가하랴. 하나님은 불사의 죽음을 만들 수 있을까? 이는 기이한 모순을 이루어 힘이 아닌 약점을 드러내게 되니, 하나님 자신으로서도 불가능한 일이다.

그는 분노 때문에 벌 받는 인간의 유한을 무한으로 연장하여 결코 충족시킬 수 없는 자기의 준엄을 충족시키려 하는 것인가? 그것은 육체와 자연의 법칙 이상으로 그의 선고를 확장하는 것이다! 이로써 다른 모든 원인은 그 목적물의 수용력에 따라서 작용하고, 그 자체의 힘의 한도까지는 작용하지 않는다. 그러나 죽음은 상상하듯이 의식을 빼앗는 하나의 타격이 아니고, 이날부터 앞으로 내 몸 안으로도 밖으로도 이미 느끼기 시작한 무한한 비참이다.

이것이 영원토록 계속된다면. 아, 그 공포는 무시무시한 회오리바람처럼 나의 방비 없는 머리에 진동을 치며 돌아온다! 나 혼자가 아니라 자손 모두가 저주를 받는다. 좋은 유산을 남겨야겠구나, 아들들이여! 아, 내가 그것을 모두 소비할 수 있어 너희에게 하나도 남길 것이 없다면! 이렇게 상속권을 박탈당하고 보니, 너희가 어떻게 저주받은 나를 축복하겠느냐! 아, 왜 온 인류가 한 사람의 잘못 때문에 죄 없이 벌을 받아야 하나, 죄가 없다면! 그러나 내게서 나가는 자들은 마음도 뜻도 다 썩어버려 나와 같은 짓을 할 뿐 아니라, 하고자 하는 자들이 아니고 무엇이랴? 그러니 어떻게 그들이 용서받아 하나님 앞에 설 수 있으랴? 결국, 나는 그에 대한 원한을 풀지 않을 수 없다.

모두 내 쓸데없는 회피와 추리와 우여곡절을 거쳐, 결국은 나를 스스로 정죄(定罪)로 이끌 뿐이다. 모든 형벌이 나에게만, 전적으로 모든 부패의 원천인 나에게만, 내림은 지당하다. 하나님의 분노도 그러하리라! 어리석은 소원이로다! 너는 그 짐을 질 수 있겠느냐, 견디기가 지구보다 더 무겁고 비록 그 악녀와 나눌지라도 온 세계보다 더 무거운 것을! 이렇게 내가 소망하는 것과 두려워하는 것은 똑같이 피난의 희망을 파괴하고, 너를 과거에도 또 미래에도 예가 없는 불행한 것으로 정하니. 죄나 처형이나 모두 비슷한 건 사탄뿐. 아, 양심(마음속 깊숙이 숨어 있던 양심이 자고 있던 절망을 깨웠다.)이여! 어떤 공포와 전율의 심연으로 나를 쫓느냐. 나는 길도 찾지 못한 채 점점 더 깊은 곳으로 빠졌다!"

아담은 이같이 혼자서 소리 높여 한탄하며 고요한 하룻밤이 새는 줄 모른다. 지금은 인간이 타락하기 전처럼 상쾌하고 서늘하고 온화하지 않고, 검은 대기와 습기, 공포의 어둠이 따르는 이 밤을. 이 어둠은 죄를 질책하는 그의 양심에 이중의 공포를 나타내 보인다. 그는 땅 위에, 차디찬 땅 위에 사지를 뻗고 누워서 가끔 자신의 창조를 저주하고, 그가 거역한 날에 선고된 죽음의 집행이 지연됨을 역시 저주한다.

"왜 죽음은 오지 않는가, 간절히 기다리던 일격으로써 이 목숨을 끊기 위하여. 진리는 그 약속을 안 지키고, 하나님의 정의는 걸음을 재촉하지 않는다. 아, 숲이여, 샘이여, 언덕이여, 골짜기여, 그늘이여! 언젠가 내가 너의 그늘에 다른 메아리로 반응하고 다른 노래를 울리라고 일렀는데."

이렇게 고민하는 그를 쓸쓸하게 홀로 앉아 있던 슬픈 하와가 보고 다가와서 다정한 말로 그의 격정을 달래려 했지만, 그는 엄한 눈초리로 그녀를 물리친다.

"내 앞에서 사라져라, 그대 뱀이여! 그 이름이 그대에게 어울린다. 그와 한패인, 역시 거짓되고 미운 것. 불행히도 그대 모양이 뱀 같지 않고, 색도 같지 않으니, 마음속의 간계를 나타내어, 이후 다른 생물로 하여 그대를 경계하도록 할 수 없겠구나. 지극히 아름다운 모습이니, 지옥의 허위를 숨기고 유혹할 만하구나. 그대 아니었으면 나는 행복을 누렸을 것이다, 그대의 교만과 방황하는 허영이 불안이 극에 달한 시기에 내 경고를 무시하고 믿을 수 없는 것을 비웃지 않았다면, 비록 악마 앞에라도, 유혹을 자신하는 그것 앞에라도 나서지 않았더라면.

하지만 그대는 뱀을 만나서 속아 넘어갔다, 그대는 그에게, 나는 그대에게. 현명하고, 확실하고, 성숙하고, 어떤 유혹에도 견뎌낼 수 있다고 믿고 나는 그대를 내 옆에서 떨어져 있게 했다. 모든 게 견실한 덕이기보다는 외관에 불과하며, 모두가 내게서 빼내어 자연에 의하여 구부러진, 지금 보다시피 불길한 쪽으로 구부러진 한낱 갈빗대에 불과함을 깨닫지 못했다. 내 갈빗대의 정수(定數) 이상이라서 버려졌던 것이라면 좋다! 아, 하나님은 왜 이 세계를 여자 없이 천사 같은 남자로만 채우시거나 혹은 인류를 생산하는 데 다른 방도를 찾지 않으셨던가? 그 방도를 찾으셨다면 이런 재난도, 그리고 여자의 유혹도 친교로써 땅 위에서 일어나는 무수한 혼란도 일어나지 않았을 텐데."

아담은 더 말하지 않고 돌아섰다. 그러나 하와는 별로 실망하지 않고, 끊임없이 눈물을 흘리며 흐트러진 머리로 그의 발치에 낮게 엎드려, 그 발을 끌어안고 이렇게 푸념한다.

"나를 버리지 마세요, 아담이여! 하늘이여, 내 가슴 가득 남편을 위한 사랑과 존경을 품고 있었으나, 불행히도 속아서 나도 모르게 죄를 범하였음을 살피소서! 그대의 무릎을 안고 비니, 내 생명인 그대의 다정한 눈초리는 나의 다시없는 힘이고 의지입니다. 이 지극한 슬픔에서 그대에게 버림받으면 어디 가서 목숨을 이으리까? 우리 사는 동안이란 아마 짧은 한때일 텐데, 우리 둘 사이에 평화가 있게 해주세요. 해를 함께 받은 것같이 원한("너와 이 여자가 원수가 되게 하고 또 너의 후손과 이 여자의 후손도 원수가 되게 하리니." 〈창세기〉 제3장 15절)도 함께 하여, 분명한 심판으로써 우리

원죄에 빠진 아담과 하와가 절망하는 모습이다.

에게 지정된 적, 저 사악한 뱀을 물리칩시다. 이 불행으로 내게 증오를 품지 마세요, 이미 타락한 나에게, 그대보다 더 불행한 나에게. 둘이 함께 죄지었지만, 그대는 하나님에 대해서만, 나는 하나님과 당신에게 죄를 지었으니, 심판의 마당에 들어가서 울부짖으며 하늘에 호소하겠어요. 모든 형벌의 선고는 그대의 머리에서 옮겨져, 재난의 유일한 원인인 나에게만 내리도록."

하와는 울면서 말을 맺는다. 그 겸손한 태도, 죄를 자인하고 한탄하며 평화를 얻을 때까지는 움직이지 않을 듯하여, 아담의 마음속에 동정심이 인다. 이내 그녀에 대한 그의 마음은 누그러진다. 전에는 자기 생명이며 유일한 기쁨이었고, 지금은 발아래 엎드려 슬퍼하는, 앞서는 불쾌했지만, 지금은 저의 화해와 조언과 원조를 청하는 이 아름다운 것에 대하여 무장을 해제한 사람처럼 노여움을 모두 잊고, 온화한 말로써 곧 그녀를 격려한다.

"모든 처벌을 자신이 감당하려 하는 것은 자기가 모르는 일을 지나치게 바람이다. 슬프다! 우선 자기 몫의 짐이나 지도록 하오. 하늘의 벌을 아직 충분히 느끼지 못한 자가, 내 노여움도 견디지 못하면서 그 노여움을 모두 감당할 수는 없으니까. 만일 기도가 높으신 섭리를 변하게 할 수 있다면, 내 그대에 앞서 그곳에 달려가 드높이 외치리라. 모든 벌이 내 머리 위에 떨어지게 하고 내게 맡겨져서, 나 때문에 위험 앞에 나섰던 남자보다 약한 그대를 용서하리오. 그러니 일어나오. 이제 더는 다투지 말고 서로 책망하지 맙시다. 책망하는 것은 다른 것이니 사랑의 일에나 힘쓰고, 어떻게 하면 서로가 재난을 나누어 서로의 짐을 덜 것인가에 힘씁시다. 이날 선고된 죽음은 내가 생각하기에는, 급하지 않고 걸음이 더딘 재난, 우리의 고난을 늘리고 우리의 자손(오, 불행한 자손이여!)에게 전해질 오랜 시일에 걸친 죽음일 것이오."

하와는 용기를 회복하여 대답한다.

"아담이여, 나는 내 말이 그대에게 얼마나 경솔하게 들렸을까를 쓰라린 경험으로 압니다. 너무 큰 과오였으니 당연한 결과로 너무 불행하게 생각되어 그런 말을 했습니다. 그런데도 죄 많은 이 몸이 그대의 용서를 받아 제기하니, 내 마음의 유일한 만족인 그대 사랑을 다시 얻을 희망에 넘쳐, 죽든 살든 내 불안한 가슴에 이는 생각을 모두 그대에게 털어놓겠습니다. 다소라도 우리의 곤경을 제거하고, 또 괴롭고 슬플지라도 이런 재난 속에도 참을 수 있고 가장 쉬운 선택의 길을 말하겠습니다.

만일 우리 자손에 대한 염려가 우리 마음을 괴롭힌다면, 고난을 받기 위해 태어나 결국 죽음의 먹이가 되는 그들의 잉태에 앞서, 아직 태어나지 않은 불행한 그 족속을 낳지 않게 함은 그대의 힘으로 가능합니다. 그대에게 자식이 없으니, 없는 대로 견딥시다. 그러면 죽음은 포식을 허탕치고 우리 둘만으로 그 굶주린 배를 채우지 않을 수 없을 겁니다. 그러나 서로 이야기하고 쳐다보고 사랑하면서 사랑의 정당한 예법인 부부의 다정한 포옹을 삼가고, 가망 없는 소원으로 애타는 상대 앞에 있기가 고통스럽고 힘들다고 생각되면, 우리 자신도 또 자손도 즉시 함께 두려움의 원인에서 해방되기 위하여 간단히 죽음을 찾을 것입니다. 만약 찾지 못하면, 우리 자신의 손으로 우리 자신에게 죽음의 임무를 수행합시다. 어째서 우리는 언제까지나 죽음의 날 끝이 없는 공포 속에서 떨며 서 있는 건가요, 많은 죽음의 길 가운데서 가장 짧은 길을 택하여 파멸로써 파멸을 깨뜨릴 힘이 있는데."

그녀는 여기서 말을 그친다. 아니, 심각한 절망이 그 뒤를 이을 말을 멈춘다. 지나치게 죽음의 생각에 골똘하다 보니 그 얼굴이 창백하다. 그러나 아담은 이런 권유에 흔들리지 않고, 주의 깊은 마음을 애써 돋우어 더 밝은 희망을 불러일으키며 하와에게 대답한다.

"하와여, 자신의 삶과 쾌락에 대한 멸시는 그대가 멸시하는 것 이상으로 뛰어나고 장엄한 것이 그대 마음에 있음을 증명하는 듯하오. 하지만 그 때문에 자멸을 바라는 것은 그대가 지닌 그 훌륭한 생각을 부정하고 멸시하는 게 아니라, 지나치게 즐긴 그 삶과 쾌락을 잃고 고민하고 후회함을 뜻하는 것이오. 만일 그대가 죽음을 재난의 종국이라고 동경하고, 그렇게 선고된 벌을 피하고자 한다면, 하나님은 그렇게 앞지름을 당하기보다 더욱 현명하게 보복의 분노로 무장할 것이 분명하오. 더구나 그렇게 빼앗긴 죽음은 정죄로써 갚아야 하는 고통에서 우리를 해방하지 못하는 게 아닐까 두렵소. 오히려 이런 반항적 행위는 지존에 도전하는 결과가 되고, 죽음을 우리 속에 살게 할 것이오. 그럴 바에야 조금 더 안전한 결심의 길을 찾읍시다. 내게는 그것이 보이는 듯싶소, 그대의 후손이 뱀의 머리를 부수라는 선고 일부를 주의 깊게 상기할 때. 가엾은 보상이여! 이것이 내가 추측하는 대로 우리의 대적인 뱀이나 우리에게 이런 기만을 꾀한 사탄을 의미하는 게 아니라면, 그 머리를 부수는 것은 정녕 복수가 되리라. 그러나 그대의 제안대로 우리가 스스로 죽음을 초래하거나 자식이 없는 생애를 택하면 그런 것은 없어지고, 우리의 적은 결정된 형벌을 면하고, 그 대신 우리 머리 위에 벌이 이중으로 겹칠 것이오.

그러니 이제는 자신에 대한 포악이나 고의적인 불임(不姙)을 말하지 마오. 그것은 우리의 희망을 꺾고, 오직 원한과 교만, 초조와 절망, 그리고 하나님에 대한 우리가 짊어진 정당한 멍에에 대한 반항을 나타내는 것뿐이오. 하나님께서 얼마나 온화하고 부드러운 기색으로 들으시고, 또 심판하시되 노여움이나 책망도 없었음을. 우리가 예기한 것은 즉각적 파멸이었으니, 이는 바로 그날 죽음이라고 생각했기 때문이다. 그런데 보구려! 그대에게는 오직 잉태와 출산의 고통만이 예고되고, 그것은 곧 그대 태에서 나오는 기쁨의 열매로써 보상되리라.

나에 대한 저주는 옆으로 빗나가 땅에 떨어졌으니, 일해서 양식을 얻는 것, 무슨 해가 되리오? 더욱 나쁜 것은 태만, 나의 노동은 우리를 지탱하게 해주리다. 하나님은 추위나 더위가 우리를 해치지 않도록 때맞게 마음 쓰셔서 청하지 않아도 준비하셨고, 그 손은 심판하는 동안에도 가엾이 여겨 값도 없이 우리에게 옷을 입혀주셨다. 하물며 우리가 기도하면 그 귀는 더욱 열리고, 그 연민의 정은 더욱 기울어, 혹독한 계절, 비, 얼음, 우박, 눈을 피할 길을 가르쳐주리다. 하늘은 이미 그 면모를 바꾸어 이 산에(낙원이 산 위에 있다는 것) 그것을 보이기 시작하여, 바람은 축축하고 매섭게 불어, 이 아름답게 퍼진 나무들의 고운 머리채를 흐트러뜨리오.

우리는 마비된 팔다리를 편히 하기 위하여 어쩔 수 없이 더 나은 잠자리, 더 나은 온기를 찾아야 하고, 이 낮은 별이 꺼져서 밤이 차가워지기 전, 쏟아지는 그 빛을 반사시켜 마른 것으로써 불을 일으키거나 두 물체를 부딪침으로써 공기를 마찰하여 불을 일으키는 법을 알아내야 하오. 마치 최근에 구름이 서로 비벼대고, 바람에 밀려 거칠게 부딪쳐서 사전을 불붙이면, 그 비낀 불길이 쫓겨 내려와 전나무나 소나무의 진이 엉긴 껍질을 태운다. 유쾌한 영을 멀리에서 보내어 태양 빛을 보충하듯이. 이런 불을 쓰고 또 그 밖에 우리 자신의 비행이 저지른 재난의 구제나 치료법이 무엇인지 그는 기도하여 은총을 구하는 우리에게 가르치시리라. 그러면 우리는 겁낼 것 없이 하나님이 주시는 많은 위안에 힘을 얻어 이 생애를 편안히 보내고, 우리의 마지막 안식처이자 옛집인 흙으로 돌아가리다.

하나님이 우리를 심판한 곳으로 돌아가 그 앞에 경건하게 엎드려 겸허하게 우리의 허물을 고백하고, 용서를 빌고, 가식이 아닌 슬픔과 온유한 겸손의 표적으로 뉘우치는 마음에서 우러나오는 눈물로 땅을 적시고 한숨으로 하늘을 채우는 것보다 더 나은 어떤 일을 할 수 있으리? 의심할 여지도 없이 하나님은 마음을 풀고 불쾌한 기분을 돌리리다. 그 고요한 얼굴에 노여움이 가득 차 아주 엄하게 보이실 때도 빛나

아담이 잠든 하와를 깨워 미카엘의 명을 따르려고 하는 장면이다.

는 것은 은총, 은혜, 자비 말고 또 무엇이 있으리오?"

우리의 조상 아담이 뉘우치며 이렇게 말하니, 하와도 역시 뉘우친다. 그들은 곧 심판받은 장소로 돌아가 하나님 앞에 공손히 무릎을 꿇고 함께 자기들의 허물을 겸손하게 고백하고 용서를 빌며, 가식이 아닌 슬픔과 온유한 겸손의 표적으로 뉘우치는 마음에서 우러나오는 눈물로 땅을 적시고 한숨으로 하늘을 채우는 것이었다.

PARADISE LOST

실낙원

제11권
대천사의 계시

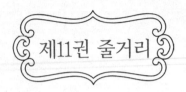

하나님의 아들은 회개하는 우리의 첫 조상이 드리는 기도를 성부께 바치고 그들을 위하여 중재한다. 하나님은 성자의 뜻을 받아들여 용납하나 그들이 더는 낙원에서 살아갈 수 없다고 선언한다. 그리고 먼저 아담에게 미래의 일을 계시하기 위하여 미카엘이 이끄는 한 무리의 그룹 천사들을 보낸다. 미카엘은 낙원으로 내려오고, 아담은 하와에게 몇몇 불길한 징조를 보여준다. 아담은 미카엘이 오는 것을 알아차리고 그를 마중하러 나간다. 미카엘 천사는 그들에게 낙원에서 떠날 것을 통고한다. 하와의 비탄, 아담은 사정해 보다가 결국 그 통고를 수용한다. 미카엘 천사는 아담을 높은 산으로 데려가 대홍수 때까지 일어나게 될 미래의 일을 그의 눈앞에 묵시로 보여준다.

아담과 하와는 이같이 겸손하게 엎드려 회개하며 계속 기도했다. 높은 자비의 자리로부터 회개로 이끄는 은혜를 내려 그들의 마음에서 돌을 빼내고, 그 대신 새로운 소생의 살을 자라게 하니, 기도의 영이 불어넣은 회개는 이제 말로는 다할 수 없는 탄식을 토해내며 하늘로 날아간다. 하지만 그들의 태도는 비굴하게 애걸하는 자들 같지 않았다. 그들의 탄원도 그들보다 오래되지는 않았지만 그래도 꽤 먼 옛날 오래된 이야기(그리스 신화)에 나오는 한 쌍의 부부인 데우칼리온과 순결한 피라가 물에 빠진 인류의 종족을 회복하고자 테미스의 사당 앞에 공손히 서 있을 때보다 더하다. 그들의 기도는 하늘로 날아올라 시샘하는 바람이 그들의 기도를 흩어버리거나 중간에 가로채서 올라가지 못해도, 물리적 형체도 없이 하늘문을 지나 아름다운 향기를 풍기는 황금 제단이 있는 곳, 대중재자("그리스도께서 참 하늘에 들어가서 이제 우리를 위하여 하나님 앞에 나타나시고." 〈히브리서〉 제9장 24절)로부터 향내를 듬뿍 받으며 성부의 보좌 앞에 이른다. 기쁨의 성자는 그 기도를 아버지께 바치고 이렇게 중재의 말씀을 시작한다.

"보소서, 아버지여, 당신이 인간에게 심으신 은혜가 최초로 지상에 맺은 이 열매, 이 탄식과 기도를. 그것을 이 황금 향로 속 향내와 섞어, 당신의 사제(司祭)인 이 몸이 성전에 바칩니다. 회개로써 마음에 심은 당신의 씨앗의 열매이니 향긋한 그 냄새는 오히려 순결함으로부터 타락하기 전, 인간의 손으로 가꾸어 낙원의 모든 나무에서 자라게 한 열매보다 낫습니다. 그러니 이 애원에 귀를 기울여, 그 소리 없는 한탄을 들으소서. 기도하는 말이 서투르매, 내가 그의 대변자 또는 화해자로서 그를 대신하여 해명하겠습니다.

나를 대속제물로 삼아, 선한 일이든 악한 일이든 인간이 행하는 모든 일을 내게로 돌리십시오. 나의 공로로 인간의 모든 행위를 완전하게 하고, 나의 죽음으로 인간의 모든 죄악에 대한 대가를 치르겠습니다. 내게 인류에 지향하는 평화의 향기를 용납하소서. 적어도 그의 날이 슬플지언정 지속되어, 그의 운명인 죽음이(그것을 뒤집고자 함이 아니라 완화하기 위하여 이렇게 변호하나이다) 더 나은 삶으로 그를 옮겨서, 내가 당신과 하나 됨과 같이 속죄된 자들이 나와 하나 되어 다 함께 기쁨과 축복 속에 살아가게 해주십시오."

이에 성부는 밝은 표정으로 기쁘게 말한다.

"만족한 아들이여, 인간을 위한 너의 요구는 모두 이루어지리라. 너의 요구는 모두 나의 섭리이다. 다만 이 이상 그들을 저 낙원에 살게 하는 것은 내가 자연에 내린 율법으로 금하는 바이다. 조잡하고, 불결하고, 조화를 잃은 혼합을 모르는 저 순수한 불멸의 원소들은 이제 때 묻은 그를 물리치고, 악성 병원(病源)으로서 역시 악성 공기에 죽음의 밥이 되도록 그를 내쫓을 것이다, 최초로 만물을 어지럽히고 썩지 않는 것을 썩게 한 죄 탓에 파멸을 불러왔다. 나는 애초에 두 가지 좋은 선물, 즉 행복과 불사(不死)를 주어 그를 창조했다. 앞의 행복을 어리석게도 잃고 보니, 뒤의 불사는 내가 죽음을 마련할 때까지 공연히 슬픔을 길게 하는 역할을 할 뿐이다. 그리하여 죽음은 마지막 구원이 되고, 가혹한 고난의 시련을 겪으며 신앙과 신실한 과업으로 순화된 삶을 누린 후에, 의로운 자의 부활에 눈뜬 그를 새로워진 천지와 함께 두 번째 생애에 내맡긴다. 그러나 하늘의 넓은 지역에 걸쳐 모든 축복의 존재들을 모두 회의에 부르자. 그들에게 나의 심판이 인류를 어떻게 처리하는가를 처벌하는 것을 보고 그 지위에 확고히 서 있노라."

말을 마치자, 성자는 대령하고 있는 빛나는 사자에게 신호를 내린다. 그는 나팔을 분다. 그 소리는 아마도 후일 하나님이 강림하실 때 호렙(시내 산과 동일시된다)에서 듣거나, 최후의 심판 때에 다시 한번 울리리라. 천자의 나팔 소리가 전 지역에 퍼진다. 에버랜드의 그늘인 축복의 정자, 분수, 샘, 생명의 물가, 어디고 기쁨을 나누며 앉아 있는 곳으로부터, 빛의 아들들이 서둘러 높으신 부름에 응하여 와서 각기 제자리에 앉는다. 이윽고 전능자는 지존의 자리에서 높은 뜻을 선언한다.

"오, 아들들이여, 저 금단의 열매를 맛본 이래 인간은 우리 중의 하나처럼 선과 악을 알게 되었다. 그러나 그들이 그 잃은 선과 얻은 악의 지식을 자랑하게 하라〈창세기〉 제3장 22~23절 참조). 만일 선을 그 자체로서 알고 악은 전혀 모른 채 만족했다면 더 행복했을 텐데. 그는 이제 슬퍼하고 뉘우치고 회개하며 기도한다. 그것은 내가 그의 마음속에 불러일으킨 것이니, 그 자극을 그치고 혼자 남으면, 그 마음이 변하기 쉽고 공허해지리라. 이제 더욱 대담해진 그 손으로 생명나무의 그 열매를 먹으면, 적어도 영원히 산다고 망상하지 못하도록 나는 그를 낙원으로 내보내, 그가 본래 나온 땅, 더욱 어울리는 흙으로 돌아갈 걸 명령하노라.

미카엘이여, 내 명령에 따라, 케루빔 천사 중에서 불 뿜는 전사의 정예를 이끌고, 악마가 사람을 위하여, 또는 텅 빈 영토를 침범하기 위하여, 새로운 소동을 일으키지 않도록 하라. 어서 서둘러 신의 낙원에서 죄지은 한 쌍을 용서 없이 내쫓아라. 신성한 땅에서 신성하지 못한 것들을 몰아내고, 그들과 그들의 자손에게 이곳에서의 영원한 추방을 선언하라.

그러나 준엄하고 슬픈 선고에 그들이 낙심하시 않도록(그들이 뉘우치고 눈물 흘리며 그 죄를 한탄하니) 모든 공포를 숨겨라. 만일 그대의 명령에 잠자코 복종하거든, 추방에 따르는 위안이 없을 수 없으니, 아담에게 미래에 일어날 일을 보여주고, 그 여자의 자손에게 내가 다시 주는 언약도 아울러 알려주어라. 그리고 동산 동쪽, 에덴에서 가장 오르기 쉬운 입구에 파수 천사와 널리 휘둘리는 불 칼을 놓아 멀리서 접근하는 것을 모두 위협하고, 생명나무에 이르는 모든 길을 막아라. 아니면 낙원은 악령들의 소굴이요, 나의 나무들은 모두 그들의 먹이가 되어, 그 훔친 열매로 또 인간을 속일지도 모른다."

그 말을 그치자, 미카엘 대천사는 서둘러 하강을 준비한다. 경계심 깊은 천사의 빛나는 일대를 거느리고 두 얼굴의 야누스처럼 각기 네 얼굴을 가졌고, 온몸엔 아르고스(그리스 신화의 눈이 100개가 달린 괴물)의 눈보다 더 많은 눈이 번쩍인다. 아르카디아의 피리인 헤르메스의 목적(牧笛)이나 그의 마술 지팡이의 마력에도 홀리지 않고 졸지 않는 그 눈들, 그러는 한편, 성스러운 빛으로 다시 세계를 축복하려고 레코테아(새벽의 여신)는 눈을 뜨고, 신선한 이슬로 대지를 향기롭게 한다. 아담과 하와는 이제 막 기도를 마치고, 하늘에서 가하는 힘을 느낀다. 그것은 절망에서 솟아나는 새 희망과 기쁨, 그러나 아직 공포가 사라지지 않는다. 그것을 하와에게 기쁨에 넘쳐 되풀이한다.

"하와여, 신앙이 주저 없이 인정하는 것은 우리가 누리는 선은 모두 하늘에서 내린다는 것이오. 그러나 우리에게서 무엇이 하늘로 올라가 지복(至福)의 하나님 마음에 관여하여 그 뜻을 기울게 하는 데 충분한 것이 있다고는 믿기 힘들구려. 그러나 기도나 인간 호흡의 한 짧막한 숨결이 하나님의 성좌에까지 올라가 그것이 이루어질 것이오. 내가 기도로써 하나님의 분노를 가라앉히기 위해 무릎 꿇고, 그분 앞에서 온 마음을 낮춘 이후에 하나님께서 너그럽고 온화하게 내 말에 귀를 기울이심을 본 듯하오. 그리고 호의를 가지고 내 말을 들어주신다는 신념이 생겼고, 내 가슴에는 평화가, 그리고 그대의 자손이 우리의 적을 상하게 할 것이라는 그분의 약속이 내 기억에 되돌아왔소.

그때는 놀라서 생각이 안 났지만, 이제 죽음의 고통이 지나가고 우리가 살게 되리라 확신하오. 그러니 그대 행복해지리라! 인류의 어머니, 온갖 생명의 어머니, 그대에 의하여 인간이 살고, 만물은 인간을 위하여 살 것이오."

아담과 하와가 낙원을 수호하는 천사들과 작별하는 장면이다.

하와는 슬프지만 부드러운 태도로 말한다.

"죄 많은 나에게 그런 이름을 붙이는 건 옳지 않습니다. 그대의 내조자로 정해졌지만, 그대의 덫이 된 나. 차라리 이 몸을 힐책하고 불신하고 비방하는 것이 어울릴 듯합니다. 그러나 심판자의 용서는 무한하여, 만물에 처음으로 죽음을 가져온 나에게 삶의 원천이라는 은총을 내리고, 그대의 사랑은 깊어 다른 이름으로 불러 마땅한 나를 이렇게 고귀한 이름으로 불러주네요. 그러나 저 들판은 이제 땀 흘려 일하라고 우리를 부릅니다. 잠 못 이룬 밤의 뒤이긴 하지만. 보소서, 아침은 우리의 불안과는 상관없이 미소를 지으며 장밋빛 전진을 시작합니다. 나갑시다. 나는 앞으로는 절대로 그대 곁을 떠나지 않겠습니다. 우리 낮의 일터가 어디든, 이젠 해가 질 때까지 힘써 일하도록 정해진 몸이니, 우리가 여기 사는 한, 이 즐거운 곳에 무슨 괴로움이 있으리? 비록 타락하였을망정 마음 편히 여기서 삽시다."

하와는 지극히 겸손하게 이렇게 말하며 소원하나, 운명은 이를 허용치 않는다. 먼저 자연이 새와 짐승과 하늘에 신호하여 징조를 보인다. 아침이 잠시 붉어진 후 갑자기 하늘이 흐려진다. 가까이 제우스의 새가 공중을 돌다 날아 내려와 깃이 화려한 두 마리의 새를 쫓는다. 언덕에서는 최초의 사냥꾼인 숲을 통치하는 짐승이 온 숲 속에서 가장 온순한 한 쌍, 가장 아름다운 암사슴과 수사슴을 쫓는다. 그들은 곧바로 동쪽 문으로 도망친다. 아담이 알아차리고, 눈으로 그 쫓기는 것들을 바라보며 감동하여 하와에게 말한다.

"아, 하와어, 어떤 또 다른 변화가 우리를 기다리고 있소. 하늘은 그 목적의 선행자인 말 없는 자연의 징조로써 그것을 우리에게 보여주는 구려. 우리가 며칠 죽음이 면제되어 형벌에서 벗어난 것을 알고, 지나치게 안심하는 걸 경고하는 듯하오. 우리는 얼마나 살며, 또 그때까지 우리의 생활이 어떨지, 그리고 우리는 흙이니 그리로 돌아가면 그것으로 끝이라는 것. 그 이상을 누가 알리요? 그렇지 않다면 왜 같은 시간에 같은 방향으로 하늘과 땅에서 쫓기고 도망치는 이 한 쌍이 눈에 보이겠소? 왜 한낮이 되기도 전에 동쪽이 어두워지고, 또 저쪽 서녁 구름에 한층 빛나는 아침 광선이 창궁에 눈부신 흰 줄을 그으며 서서히 내려오는 건 무슨 까닭이겠소?"

그의 말은 틀리지 않았다. 곧 하늘의 천사대가 벽옥의 하늘에서 낙원으로 내려와 언덕 위에서 멈추었다. 만일 회의(懷疑)와 육체의 공포가 그날 아담의 눈을 흐리게 하지 않았더라면, 천사대의 출현은 매우 영광된 것이었다. 야곱이 마하나임(《창세기》 제32장 1~2절 참조)에서 천사들을 만났을 때, 들에서 그의 빛나는 수호자들로 막이 쳐짐을 보았을 때도 이보다 더 찬란하지는 않았다. 또한, 불의 진영으로 뒤덮인 화염이 산 위에 나타났을 때, 즉 한 사람(《열왕기하》 제6장 13~17절 참조)을 기습하려고 자객(刺客)처럼 전쟁을, 그것도 선전포고 없는 전쟁을 일으킨 시리아의 왕에 대항했을 때도 이보다는 못했다. 미카엘은 그 부하 천사들을 각자의 빛나는 위치에 남겨두어 낙원을 차지하게 하고, 혼자서 아담이 쉬고 있는 곳을 찾아 나선다. 아담이 그것을 못 볼 리 없으니, 이 위대한 손님이 가까이 오는 동안 하와에게 말한다.

"하와여, 어쩌면 우리를 당장 멸망시키거나 지켜야 할 새 율법을 내릴지도 모를 소식이 우리에게 전해질지도 모르오. 저기 산을 가리는 빛나는 구름에서 천군(天軍) 중의 하나가 보였소. 그 걸음걸이로 보아 미천한 자는 아니고, 하늘의 위대한 지배자나 좌천사 중의 하나인 듯, 그런 위엄에 싸여오고 있소. 하지만 겁낼 정도로 무섭지는 않고, 또 라파엘처럼 신뢰할 만큼 친절하거나 온순한 것 같지도 않소. 위엄 있고, 고상하오. 예의에 벗어나지 않게 그를 공손히 맞이해야 하오. 그대는 물러가 있으시오."

그의 말이 끝나자, 대천사 곧 다가온다. 하늘의 모습이 아니라 사람을 만나려고 사람처럼 옷을 입었다. 번쩍거리는 무장 위에 자색 갑옷, 옛날 휴전(休戰) 때 왕이나 영웅이 입던 멜리보이아나 사라의 자색보다 더 선명하다. 이리스(그리스 신화의 무지개 여신)가 그 옷감을 물들였다. 별빛처럼 번쩍거리는 투구 밑으로 보니, 그는 청춘이 지난 인생의 절정이다. 그 허리에는 사탄이 몹시 두려워하던 칼이 걸려 있다. 빛나는 황도(黃道) 한가운데 있는 것처럼. 그리고 그의 손에는 창이 있다. 아담이 머리 숙여 절하니, 그는 왕처럼 그 위엄을 굽히지 않고 온 연유를 말한다.

"아담이여, 하늘의 높으신 분부에는 서론이 필요 없소. 이 정도로 족하다. 그대의 기도는 받아들여졌으며, 그대가 죄 범한 날 선고로써 정해진 죽음은 여러 날 동안 포획물이 없었으니, 하나님의 은혜로 주어진 그 기간에 그대가 회개하여 한 가지 악한 행위를 많은 선행으로써 갚도록 함이로다. 그러면 그대 주께서도 마음을 푸시고, 죽음의 탐욕스러운 요구에서 그대를 구원할 것이다. 그러나 이 낙원에서 더 지체하는 것은 허용되지 않는다. 나는 그대를 낙원에서 쫓아내어, 그대가 원래 만들어진 땅, 그 적합한 흙이나 갈면서 살도록 하러 왔노라."

그 이상은 더 말하지 않았다. 아담은 이 통고를 듣고 오관(五官)을 막는 슬픔에 사로잡혀 떨며 서 있었다. 하와는 모습을 나타내진 않았으나 모두 듣고서 소리 내어 한탄하니, 당장 그 숨은 곳이 드러난다.

"아, 뜻밖의 타격이여, 죽음보다 가혹하다! 낙원이여, 나는 너를 떠나야만 하는가? 저 행복의 오솔길과 그늘, 신들의 좋은 놀이터를? 내 슬프지만, 여기에서 조용히 우리 둘이 죽는 날까지 유예기간을 보내려고 했는데. 아, 꽃들이여, 다른 땅에선 결코 자랄 것 같지 않은, 이른 아침, 늦은 저녁 내 방문의 상대, 처음 봉오리 맺을 때부터 정성을 들여 키우고, 이름까지 붙였는데, 이제 내가 없으면 누가 너를 해를 향하게 하고 종류대로 배열하고 향기로운 샘에서 물을 길어주리오? 마지막으로 너 결혼의 정자여, 보기에도 아름답고 향기로운 것으로 내가 장식했던 너와 어떻게 헤어져 낮은 세계로 내려가 그 어둡고 살벌한 곳, 어디를 헤매야 한단 말이오? 불멸의 열매에 익숙한 우리가 어찌 다른 세계의 불순한 공기를 마시고 살아갈 수 있으랴?"

이에 천사는 온화하게 그 말을 가로막는다.

"한탄하지 마라, 하와여, 잃어 마땅한 것은 참고 체념하라. 그리고 그대 소유가 아닌 것을 지나치게 사랑하여 마음 태우지 말라. 그대가 가는 곳 외롭지 않게, 그대와 함께 그대 남편도 가리니. 그대는 그를 따르도록 정해져 있다. 그가 사는 곳을 그대의 고향이라 생각하라."

아담은 이 말을 듣고 그 냉혹하고 갑작스러운 낙심에서 회복되어 그 산란한 마음을 수습하고, 천사에게 겸손한 어조로 말한다.

"하늘 어른이시여, 좌천사 중의 한 분이신지, 그중의 지존이신지, 그 모습은 왕자 중의 왕자인 듯하니, 당신은 친절한 말씀을 주셨습니다. 그렇지 않으면 말로써 우리를 해치거나 행위로써 파멸시켰을 전갈을, 당신의 그 전갈은 슬픔과 상심, 절망 등 우리의 약한 마음이 견딜 만한 것을 가져왔습니다. 즉, 안온한 은신처, 우리의 눈에 친숙한 오직 하나의 위안인 이 행복한 곳에서의 퇴거를 말입니다. 다른 곳은 모두 살기 불편하고 적막하게 보이고, 또한 우리를 모르며 우리에게 알려지지도 않았습니다.

만일 끊임없이 기도하여 만사를 능하게 하시는 그분의 뜻을 바꾸어 놓을 가망이 있다면, 그분이 싫증을 낼 정도로 지지치 않고 졸라보겠습니다. 그러나 그분의 절대적인 명령을 거스르는 기도는 바람을 거스르는 숨결처럼 헛된 것이라, 다시 불어와서 숨을 내뿜는 자를 질식시킬 뿐입니다. 그러니 나는 이 거룩한 명령에 복종하겠습니다. 가장 고통스러운 것은 여기서 떠나면 그의 얼굴을 뵐 수 없다는 것입니다. 이곳에 가끔 와서 신성한 모습이 현신(現身)하는 곳마다 예배드리며, 자식들에게 이렇게 말할 수 있었으면, '그분은 이 산에 나타나셨다. 이 나무 밑에 서 계셨고. 이 소나무들 사이에서 거룩한 목소리가 들려왔으며, 여기 이 샘가에서 그분과 말씀을 주고받았다 하고 나는 많은 감사의 제단을 풀과 흙으로 쌓고, 시내에서 반짝이는 갖가지 돌을 갖다 쌓아 올려 대대로 남기는 기념으로, 혹은 기념비로 삼아서, 그 위에 향기로운 즙과 열매와 꽃을 바치리다. 이제 하계로 가면 어디서 그 빛나는 모습을 찾고 발자취를 더듬을 수 있으리오? 그 분노의 모습에서 떠나면서도 다시 생명을 연장받고 자손에 대한 약속을 받았으니, 지금 나는 기꺼이 그 영광의 옷깃 한 자락이나마("내가 본즉, 주께서 높이 들린 보좌에 앉으셨는데 그 옷자락은 성전에 가득하였고." 〈이사야〉 제6장 1절) 뵈옵고, 멀리 그 발자국을 경배하나이다."

이에 미카엘은 인자한 눈으로 그에게 말한다.

"아담이여, 그대는 이 바위뿐만 아니라, 하늘도 또 온 땅도 그분의 것임을 알리라. 하나님은 육지, 바다, 하늘, 그리고 온갖 생물에 편재하시어(〈예레미야〉 제23장 23~24절 참조) 그 성덕으로써 찜질하고 따뜻하게 해주느니라. 온 땅을 그대에게 주고 이를 다스리게 하셨으니, 이는 경시 못할 선물이다. 그러니 하나님의 존재가 이 낙원이나 에덴의 좁은 경지에 국한된다고 생각지 마라. 아마도 여기가 그대 으뜸의 고장이 되어 여기서부터 자손만대가 퍼졌을 것이고, 대지의 구석구석에서 이곳으로 모여 자기들의 조상인 그대를 찬양하고 숭배했을 것이다.

그러나 그대는 그 특전을 잃고 그대의 자손들과 더불어 평등하게 살도록 낮은 세계로 내려졌다. 그러나 의심하지 마라. 하나님은 여기에 계시듯 골짜기에도 들에도 계시니(미카엘은 아득한 아래쪽 세계를 보고 말하고 있다),

그대는 여기 있을 때와 마찬가지로 그분을 뵈올 것이고, 그 임재하심의 여러 징조는 늘 그대를 따르고, 선과 부성애(父性愛)로 끊임없이 그대를 에워싸며, 거룩한 얼굴과 발자취를 드러내 보일 것이다. 이곳을 떠나기 전에 그대가 그것을 믿고 확인하도록, 그대와 그대의 후손들에게 장차 일어날 일을 보여주려고 내가 온 것임을 알라. 하늘의 은혜는 인간의 죄와 다투나니, 선과 더불어 악을 들을 각오하라. 이로써 참된 인내를 배우고, 순경(順境)이건 역경(逆境)이건 어느 경우에나 한결같이 견디는 습성을 길러 공포와 경건한 슬픔을 기쁨에 조합하도록 하라. 그러면 그대는 안일한 생애를 보낼 수 있고, 모든 준비가 잘 되어 죽음이 왔을 때도 그것을 견딜 것이다. 이 산에 오르라. 하와는(내가 그 눈을 잠들게 했으니) 그대가 예견(豫見)에 눈뜨는 동안, 여기 산 밑에 잠들게 하라. 일찍이 그녀가 창조되는 동안 그대 잠자고 있었던 것처럼."

이에 아담은 감사하며 그에게 대답한다.

"오르시라, 안전한 인도자여, 당신이 이끄는 대로 따를 것이고, 아무리 시련이 크다 해도 하늘의 손에 복종하겠습니다. 인내로써 그것을 이겨내기 위해 무장하고, 내 벗은 가슴을 재난 앞으로 향하여 노력으로 얻는 휴식을 취하겠습니다. 내 힘으로 그렇게 할 수만 있다면."

그리하여 둘은 하나님께서 보이신 환상 가운데 오른다. 그것은 낙원 안에서 가장 높은 산으로 그 꼭대기에서 보니 대지의 반구(半球)를 아주 뚜렷하게 전망할 수 있는 최대의 범위까지 펼쳐져 있다. 이유는 다르지만, 황야의 유혹자가 우리의 제2의 아담을 데리고 온 세계의 왕국들과 그 영화(榮華)를 보인 그 산도 이보다 높지 않고, 전망도 넓지 않다. 거기에서 눈 아래로 펼쳐지는 것은 가장 강대한 왕국의 자리, 예나 지금이나 이름 높은 도읍터, 카타이의 칸이 살던 캄바루(한(汗)의 수도)의 예정된 성벽, 또는 옥수스 강기슭 티무르의 궁전 사마르칸드(우즈베크 공화국의 수도)에서부터 중국 여러 제왕의 수도 북경(北京)까지, 거기에서 대몽고의 아그라 및 라호르(티무르의 자손 바불)까지 내려가서 황금의 케르소네스(말레이 반도의 마라카 지방)에 이르기까지, 또는 페르시아 왕이 에크바탄에. 그리고 후에는 히스파한에, 또는 러시아의 차르가 모스크바에, 또는 투르케스탄에서 난 술탄의 비잔스까지. 또 그의 시야에 들어오는 것은 네구스의 제국, 그 변두리의 항구 에르코코까지, 그리고 작은 해양국 몸바사 및 킬로아, 또는 멜린드, 오피르라고 생각된 소팔라 및 콩고와 남쪽 끝의 앙골라까지.

다음에는 니제르 강에서 아틀라스 산까지, 알만소르의 여러 왕국인 페즈, 수스, 모로코, 알지에 및 트레미센까지 이른다. 다음에는 유럽, 로마가 세계를 통치한 곳, 어쩌면 그는 영안(靈眼)으로 몬테스마(멕시코 아스테카 족 최후의 왕)의 고장인 풍요한 멕시코, 그리고 아타바리파(잉카 제국 최후의 왕)의 더욱 풍요로운 가장 부유한 나라인 페루의 쿠스코, 아직 침략을 당하지 않은 기아나(게리온의 아들들은 그 대도읍을 엘도라도라 불렀다) 등도 보았다. 그러나 미카엘은 더 고상한 것을 보도록 아담의 눈에서 막을 걷어낸다. 한층 밝은 시력을 약속한 거짓의 열매가 만들어낸 그 막을. 그리고 앵초와 회향으로 시신경을 정화한다. 아직도 볼 것이 많기에. 또한 생명의 샘을 세 방울 떨어뜨린다. 이 성분의 힘이 마음의 눈의 가장 깊은 곳까지 뚫고 들어가니, 아담은 이제 어쩔 수 없이 눈을 감고 쓰러져, 완전히 실신 상태에 빠진다. 그러나 친절한 천사는 손을 잡아 그를 일으켜, 이렇게 그의 주의를 바로 잡아준다.

"아담이여, 이제 눈을 뜨고 보라, 그대로부터 태어날 자들에게 그대의 원죄가 미치는 효력을. 그들은 금단의 나무에 손을 대지도 않고, 또 뱀과 더불어 음모한 일도 없었고, 그대와 같은 죄도 범하지 않았는데, 그 죄로부터 부패가 생겨 더 난폭한 행위를 초래하고 있다."

아담은 눈을 뜨고 들판을 바라본다. 일부는 경작지여서 지금 베어놓은 곡식단들이 있고, 다른 한편에는 양의 목장과 우리가 있다. 한가운데 지표(地標)처럼 서 있는 것은 풀과 흙으로 쌓은 소박한 제단, 그 제단으로 곧 땀 흘리는 한 추수꾼이 손 닿는 대로 베어 추스르지도 않은 푸른 이삭과 노란 다발의 첫 수확물을 가져온다.

다음에는 온유한 목동이 양 떼 중 가장 좋은 것을 고른 첫배 새끼를 가져와 제물로 잡아서 내장과 지방에는 향을 뿌리고, 장작 위에 올려놓고, 필요한 의식을 베푼다. 그러자 곧 하늘로부터 은혜의 불이 날랜 섬광과 상쾌한 증기로 그 제물을 태워버린다. 그러나 다른 쪽은 성의가 부족하기에 그렇게 되지 않았다. 그것을 보고 그는 마음으로 노하여, 몇 마디 이야기 끝에 돌로 배 한가운데를 쳐서 죽인다. 그는 쓰러져 무섭게 창백해지며 신음하며 쏟는 피와 더불어 혼백을 토했다. 그 광경을 본 아담은 간담이 서늘하여 급히 천사에게 외친다.

"아, 스승이시여, 제물을 잘 바쳤건만 이 온유한 사람에게 큰 재난이 일어났습니다. 경건과 순결한 헌신이 이렇게 돌아옵니까?"

이에 미카엘은 감동하여 대답한다.

"아담이여, 이 두 사람은 형제이고, 그대의 옆구리에서 나온 자들이로다. 동생의 제물이 하늘에 상납된 것을 보고 시기하여 불의한 자가 의로운 자를 죽였다. 그러나 피 흘리는 일엔 앙갚음이 따를 것이고, 피해자의 신앙은 인정되어 보수가 있으리라. 지금은 그가 죽어서 먼지와 흙탕물에 뒹굴지라도."

이에 우리의 조상은 말한다.

"아, 슬프다, 그 행위에 그 원인이라니! 그런데 내 이제 본 게 죽음이오니까? 이렇게 나도 원래의 흙으로 돌아가야 하리까? 아, 몸서리치는 광경이 보기에도 추악하고 더럽습니다. 생각만 해도 치가 떨리고 소름이 끼칩니다."

이에 미카엘은 아담에게 말한다.

"그대는 인간 죽음의 최초 모습을 보았다. 그러나 죽음의 모습은 여러 가지고, 그 처참한 동굴에(지하 죽은 자의 세계) 이르는 길도 여러 갈래이다. 모두 음산하지만, 안에서보다도 입구에서 공포가 더 의식되는 것이다. 어떤 자는 그대가 본 바와 같이 폭행이나 불, 물, 굶주림으로 죽기도 하고, 더욱 많은 자는 과음과 과식 따위의 무절제로 죽기도 하니, 그 때문에 무서운 병이 지상에 나타나리라. 그 가운데 기괴한 한 무리가 그대 앞에 나타날 텐데, 그것은 하와의 파계(破戒)가 사람에게 어떤 참화를 가져오는가를 그대에게 보여주리라."

갑자기 그의 눈앞에 슬프고 더럽고 어두운 한 장소가 나타난다. 문둥병자 수용소인 듯하다. 그 안에 수많은 환자가 누워 있다. 온갖 질병, 즉 무서운 경련, 고뇌하는 듯한 고통, 흉통(胸痛)의 발작, 각종 열병, 발작, 간질, 격렬한 카타르, 자의 결석(結石)과 궤양 또는 산통, 귀신 붙은 광증(런던을 덮친 페스트), 맥빠진 우울증, 달의 저주받은 착란증(달이 해치면 광기로 된다는 미신), 살이 마르는 척수병, 허탈, 또는 널리 번지는 악성 유행병, 수종, 천식, 뼈마디가 다 쑤시는 신경통 등이다. 참혹하게 뒹굴고, 신음이 깊다. 절망은 이 침상으로 바삐 돌아다니며 환자를 돌보고, 그들 위로 의기양양한 죽음이 창을 휘두르지만, 찌르는 건 보류한다. 그들이 가끔 최고의 선과 마지막 희망으로 간절히 바라지만. 이런 추악한 광경을 어느 바위 같은 심장이 오래 눈물 없이 볼 것인가? 아담은 차마 볼 수 없어 눈물을 흘린다. 여자에게서 난 몸은 아니지만, 연민이 대장부의 용기를 압도하여 잠시 눈물에 빠졌다. 하지만 마침내 꿋꿋한 마음으로 억제하고는 겨우 이렇게 한탄한다.

"아, 비참한 인류여, 얼마나 타락하였기에 이런 참상 속에 넘겨졌는가! 차라리 태어나지 않았다면 좋았을 걸. 어째서 생명이 주어져 이렇게 비틀리며 빼앗기는가? 아니, 어째서 이렇게 무시무시한 참상이 강요되는가? 무엇을 받을지 알았다면, 주어지는 생명을 거부하거나, 또는 곧 그걸 내던져 기꺼이 평화 속에 그대로 지냈을 텐데. 하나님의 형상을 받은 인간은 일찍이 그렇게 훌륭하고 곧게 창조되었는데, 그 후

죄를 시었다 하여 이렇게 비인도적 고통 속에 흉측한 수난으로 타락해야 하나. 인간은 다소나마 하나님의 모습을 지니고 있으니, 이런 추태에서 벗어나야 할 것이 아닌가. 창조주의 모습으로 그 고통을 면해야 할 것이 아닌가?"

미카엘이 대답한다.

"그들 스스로 타락하여 무절제한 식용에 봉사하고, 그들이 섬기던 그 주인의 모습을 취했을 때, 그들을 저버렸다. 따라서 그들의 처벌이 그렇게 비열하기에 하나님이 아니라 자기들 자신의 모습을 추하게 만든다. 한편 순수한 자연의 건전한 법칙을 가공할 병으로 그르친다. 지당하다, 그들이 자신 속 하나님의 모습을 존중치 않았으니."

아담이 말한다.

"지당한 말씀입니다. 하지만 이 고통스러운 길 외에, 우리가 죽음에 이르는 다른 방도는 없나이까?"

미카엘이 대답한다.

"있도다. 만일 그대가 지나치지 말라는 법을 잘 지키고, 먹고 마시는 일에 절제를 배워, 탐식의 쾌락이 아닌 적절한 영양을 거기에서 찾는 중에 그대의 머리 위로 세월이 흐른다면. 그렇게 그대가 살다가 익은 열매와도 같이 어머니 무릎에 떨어지거나 거세게 꺾이는 일 없이 편안히 성숙한 죽음에 이를 수도 있다. 이런 것이 노년이다. 그러나 그때 그대는 청춘과 정력과 아름다움을 잃고, 그것이 조락과 쇠약과 백발로 바뀌며, 그대의 감각은 무디어지고, 그대가 소유한 모든 쾌락의 맛도 버리게 된다. 희망과 기쁨에 넘치는 청춘의 분위기 대신에 차갑고 메마른 우울의 무기력이 그대 피를 지배하여, 그대의 활기를 꺾고, 마침내 생명의 향기를 탕진시킬 것이다."

이에 우리 조상은 말한다.

"나는 이제부터 죽음을 피하지 않고, 생명을 연장하려고도 하지 않겠습니다. 차라리 이 정해진 생명을 반환하는 날까지 보전해야 하는 이 성가신 짐을 어떻게 하면 아름답고 편안하게 벗을 것인가 생각하며, 참을성 있게 나의 소멸을 기다리겠습니다."

미카엘이 대답한다.

"그대 생명을 사랑하지도 미워하지도 말고 사는 날까지 열심히 살아라. 길든 짧든 하늘에 맡겨라. 그리고 이제 다른 광경을 보도록 하자."

그가 바라보니, 넓은 들판이 보인다. 가지각색의 천막이 있다. 가까이에는 풀 뜯는 가축 떼가 있다. 다른 천막에선 가락 고운 악기, 하프나 오르간의 선율이 들려오고 금주(琴柱)와 현(絃)을 움직이는 사람도 보인다. 그 민첩한 솜씨는 높고 낮은 균형 속에서 가로세로 울리는 둔주곡을 가로질러 쫓고 쫓긴다. 다른 편에선 대장간에서 한 사람이 서서 일하고 있는데, 묵직한 쇠와 놋쇠 두 덩어리를 녹여(우연한 불이 산이나 골짜기에서 숲을 다 태우고, 지맥(地脈)으로 내려가 거기에서 동굴 입구로 뜨겁게 흘러가는 곳을 보았음인가, 아니면 지하에서 나오는 물에 씻겨 나왔음인가) 그 쇳물을 그가 준비된 틀에 붓는다. 그것으로 그는 우선 자신의 연장을 만들고, 다음으로는 금속으로 주조하고 새겨 만들 수 있는 것을 만든다. 그 뒤 이쪽으로, 다른 사람들이 자기 고장 부근의 높은 산에서 들로 내려온다. 그 거동으로 미루어 의로운 사람들로 보인다. 그들의 할 일은 다만 하나님을 바르게 경배하고, 감춰지지 않은 그의 성업을 아는 것, 그리고 종국에는 인간을 위하여 자유와 평화를 보존하는 데 애쓰는 것이다. 그들이 들판을 걸어간지 얼마 안 되었을 때, 막사에서 보석과 음란한 옷차림에 화려한 미녀 한 무리가 나오는 것이 보인다.

그들은 하프에 맞추어 경쾌한 사랑의 노래를 부르며 춤추며 온다. 남자들은 엄숙하였으나 그들을 거리낌 없이 휘둘러본다. 이윽고 사랑의 그물에 단단히 잡혀 좋아하며, 각기 자기 마음에 드는 여자를 선택한다. 이렇게 그들이 사랑을 속삭이는 동안에, 사랑의 선구자인 저녁별(비너스)이 나타난다. 그러자 모두 열을 올리며 혼인의 횃불을 밝히고 하이멘(그리스 신화의 혼례 신)에게 기원하니, 그가 혼례식에서 기원을 받은 건 이것이 처음이다. 잔치와 음악 소리로 막사가 온통 떠나갈 듯하다. 이런 행복한 만남, 사랑과 영원한 젊음의 사건, 그리고 노래와 화환과 꽃과 매혹적인 선율에 마음이 끌려 아담은 곧 자연의 기호(嗜好)인 그 기분을 이렇게 표현한다.

"나의 진정한 눈을 뜨게 해주신 이, 행복한 천사장이시여! 이 환상은 앞의 두 가지보다 훨씬 낫고, 평화의 날에 대한 희망의 징조로 보입니다. 앞의 환상은 증오와 죽음, 또는 더 심한 고통이었고, 여기서는 자연의 목적이 다 이루어진 듯합니다."

미카엘이 그에게 말한다.

"쾌락에 의한 판단을 하지 마라, 그것이 자연에 적합해 보일지라도 보다 고귀한 목적으로 그대는 창조되었다, 거룩하고 순결하게, 하나님과 유사하도록. 그대가 그토록 즐겁게 본 막사는 악의 막사다. 그 안에서는 자기 형제들을 죽인 자의 족속들이 살리라. 그들은 드문 발명자로서 자기들의 생활을 빛낼 기술에만 열중할 뿐, 성령의 가르침을 받았지만, 창조주에 대한 생각은 염두에 없고, 그 은사를 인정치 않는다. 그래도 그들은 아름다운 자손을 낳으리라. 그대가 본 고운 여인의 무리는 비길 데 없이 명랑하고 부드럽고 화려하여 여신처럼 보이지만, 여자들이 최고로 찬미하는 가정적인 명예를 만드는 모든 선은 완전히 공백이다. 다만 그들이 자라서 완성하는 취미는 겨우 육체의 정욕과 노래하고 춤추고, 옷 입고 혀 굴리고 눈 휘두르는 것뿐. 그들에게 저 근엄한 남자들, 그 경건한 생활로 하나님의 아들이라고 불린 자들이 어리석게도 이 아름다운 배교자들의 간계와 웃음에 모든 덕과 명예를 버리고, 쾌락의 물 위에서 헤엄치며(머잖아 마음대로 헤엄치려고) 웃는다. 그 때문에 세상은 머잖아 눈물의 세계를 한탄하지 않을 수 없다."

이에 아담은 잠시 기쁨을 잊어버리고 말한다.

"아, 애석하고 부끄럽습니다. 잘살라고 그렇게 훌륭하게 시작한 자가 빗나가 굽은 길을 걷고, 또한 중도에서 맥이 빠지다니! 그러나 사람이 가야 할 슬픔의 길은 여전히 여자에게서 시작되는 것임을 알겠습니다."

천사는 말한다.

"하늘로부터 받은 지혜와 뛰어난 능력으로 그 지위를 훌륭히 보전해야 했는데, 그러나 이제 그대, 다음 장면을 볼 준비를 하여라."

내려다보니, 넓은 지역이 눈앞에 펼쳐진다. 마을과 그 사이의 촌락들, 높은 문에 탑이 있는 사람들의 도시, 무장한 군중, 살기등등한 사나운 얼굴들, 뼈대가 굵고 용감무쌍한 거인들(가인의 후손), 혹은 무기를 휘두르고 혹은 거품을 뿜는 준마를 다스리며, 혼자 또는 전열(戰列)을 정비하여 서 있다. 그런데 기마병도 보병도 무료하게 모여 서 있는 자는 하나도 없다.

한쪽에서는 한 무리의 사람들이 기름진 목장에서 징발하여 골라낸 소의 한 떼, 좋은 황소와 암소, 그리고 양 떼, 어미 양과 그 우는 새끼 양을 노획물로 삼아 저 벌판 너머로 몰고 간다. 목양자들은 가까스로 목숨 걸고 피하여 원조를 구하니, 유혈의 난투가 벌어진다. 패와 패가 어울려 잔인한 투기(鬪技)를 벌이니, 이제까지 가축이 풀 뜯던 곳이 지금은 시체와 무기가 산산이 흩어져 피비린내 나는 들판이 황량하다.

다른 편에서는 강대한 도시를 에워싸 진을 치고 대포, 사다리, 갱도(坑道)로 공격한다. 혹은 성벽에서 창던지기, 활쏘기, 돌, 유황불로써 방위한다. 어느 편에서나 살육과 굉장한 전공(戰功)이 보인다. 어느 곳에선 홀(笏)을 든 전령이 도시의 문 안에서 회의를 소집하니, 곧 백발의 점잖은 사람들이 무사와 섞여서 연설이 들린다. 그러나 곧 논박이 일어나 뛰어나게 슬기로운 태도로 많은 말을 한다. 정(正)과 사(邪), 의(義)와 경건, 진리와 평화, 또한 하늘로부터의 심판에 대하여. 늙은이도 젊은 이도 그를 힐책하고, 난폭한 손으로 그를 잡으려 하는데, 하늘에서 구름이 내려와 아무에게도 보이지 않게 거기에서 그를 채어 가버린다. 이같이 폭행과 압박과 무단(武斷)이 들판 곳곳에서 횡행하니, 피난처는 어느 곳에도 없다. 아담은 눈물에 젖어 안내자를 향해 슬피 탄식하며 이렇게 묻는다.

"아, 저것은 무엇입니까? 인간 아닌 죽음의 사신들이 이렇게 잔인하게 인간에게 죽음을 주고, 형제를 죽인 자의 죄를 몇천 배로 늘리다니, 그들의 이런 살육행위는 동족, 즉 인간 상호 간의 행위가 아닙니까? 그런데 저 의로운 사람, 하늘이 만일 구제하지 않았다면 정의로 멸망했을 저 사람은 누구입니까?"

이에 미카엘은 이렇게 대답한다.

"이들은 그대가 본 것처럼 악연으로 맺어진 결혼의 산물이니라. 선과 악이 결합하여 그것이 서로 화합을 꺼리나, 경망하게도 결합할 때는 몸과 마음이 모두 기형인 아이를 낳는다. 그런 자들이 바로 이 거인들, 이름 높은 자들이다. 이 시대엔 위력만이 존중되어 이것이 용기니 무덕(武德)이니 하고 불린다. 전쟁에서 이기고, 백성을 복종시키고, 헤아릴 수 없는 살육으로 전리품을 가져가는 것이 인류 영광의 최고 절정이라 생각되고, 또한 개선의 영광 때문에 위대한 정복자, 인류의 보호자, 신, 신의 아들이라 일컬어진다. 옳게 부르면 파괴자, 인류의 병독인데도, 이같이 지상의 명예와 명성이 이룩되고, 명성과 값이 될 만한 것은 침묵 속에 감춰진다. 그러나 그 사람, 그대로부터 7대째(아담의 7대손 에녹가 되는, 그대가 본 바대로 혼탁한 세상의 단 하나의 위인, 대담하게도 홀로 의롭고, 하나님이 성자와 더불어 심판하러 오리라는 진리를 말함으로써 미움받고, 그 때문에 적에게 포위당했던 그, 지존 께선 그이를 날개 달린 준마와 향기 구름으로 데려가, 그대 본 바와 같이 용납하여 죽음을 면제하고, 높이 구원과 축복의 나라에서 하나 님과 함께 걷게 한다. 선인에게는 어떤 보상이 기다리고, 그 밖의 사 람에겐 어떤 형벌이 내리는가를 보이기 위해. 그것을 이제 그대 눈을 돌려서 보라."

바라보니, 사태가 완전히 바뀐 것이 보인다. 전쟁의 놋쇠 목구멍에 서 흘러나오던 요란한 소리가 그치고, 이제 모든 것이 환락과 놀이, 사치와 소란, 축제와 무도(舞蹈), 되는 대로의 결혼과 매춘, 절세의 미인 이 유혹하는 곳에서 벌어지는 능욕과 간음. 이리하여 술잔에서 내란 에까지 이른다. 마침내 한 거룩한 노인이 그 속에 와서 그들의 행위에 대한 증오의 뜻을 선언하고, 그들의 길을 부정하는 증언을 한다. 그는 가끔 잔치나 축제, 또는 여러 곳의 모임에 나가 그들의 개심과 회개를 설교한다. 마치 임박한 하늘의 심판을 기다리는 갇힌 영혼에 대해서 처럼. 그러나 모두가 허사이다. 그걸 본 그는 설교를 그치고 키 큰 나 무를 베어 거대한 배 한 척을 만들기 시작한다. 길이와 너비, 높이를 완척(腕尺)으로 재어 역청을 칠하고, 옆으로는 문을 내고, 사람과 짐승 을 위하여 양식을 많이 저장한다. 그때를 보라, 기이하다! 온갖 짐승 과 새와 작은 곤충들이 암수 일곱씩 와서 이르는 대로 차례차례 들어

대홍수의 예언을 받은 노아가 엄청난 크기의 배를 만드는 장면이다.

간다. 맨 끝으로 노인과 그 세 아들이 네 아내와 함께 들어가니, 하나님이 문을 닫는다. 그러는 동안 남풍이 일어 검은 날개로 널리 떠돌며, 천하의 구름을 모두 몰아온다. 산들은 그걸 보충하기 위해 안개와 시커멓고 축축한 증기를 사뭇 올려보낸다. 이제 구름이 짙은 하늘은 검은 천장 같다. 세차게 비가 쏟아지고, 그 비는 땅이 보이지 않을 때까지 계속된다.

배는 물 위에 떠서 부리 모양의 뱃머리로 편안히 물결 위를 떠간다. 홍수에 모든 집이 잠기고, 그와 더불어 영화(榮華)도 물속 깊이 굴러떨어진다. 바다가 바다를 뒤덮으니 끝이 없다. 그전에는 사치가 성하던 궁전에 바다 괴물들이 새끼를 낳고 산다. 그토록 많던 인간 중에 살아남은 자는 모두 하나의 작은 배로 떠내려간다. 이때 아담은 얼마나 비탄에 잠겼던가, 그대의 온 자손의 종말, 이토록 슬픈 종말, 인류의 멸망을 보고! 다른 홍수가, 눈물과 비애의 홍수가, 그를 빠뜨려 그의 자손들과 같이 가라앉혔다.

마침내 그는 친절한 천사의 도움을 받아 일어섰지만, 눈앞에서 한꺼번에 전멸된 자식들을 바라보고 슬퍼하는 아버지처럼 달랠 길 없다. 그리하여 그는 천사에게 그 슬픔을 말한다.

"아, 전조 불길한 환상이여! 차라리 미래를 모르고 살 것을! 내 몫의 재앙만 짊어졌으면 하루하루의 운명을 족히 견딜 수 있었을 테데. 몇 대(代)의 짐으로 나누어졌던 것이 이제 한꺼번에 내게 내려, 내 예견 가운데 달도 차기 전에 태어나 그것들이 존재하기 전에, 필연코 있게 되리라는 생각으로 나를 고통스럽게 한다. 이후 아무도 자기와 자기 자손에게 일어날 일을 미리 알고자 하지 마라. 재난을 확인해도 예견으로 그것을 막을 수 없을뿐더러, 미래의 재난을 실질적으로 느끼는 것 못지않게 예상만으로도 참기 어려우리라. 하지만 이젠 그런 기우도 가셨다.

경고받을 사람도 이젠 없다. 피해 간 얼마 안 되는 자들도 굶주림과 고뇌로 결국은 망하고 말 것이다. 물의 사막을 헤매다가. 내가 소원하되, 폭행과 전쟁이 지상에서 끝났을 때 만사형통하고, 평화가 인류에게 행복한 날을 계속 있게 하여 복을 내려주었으면 했더니, 그것은 당치도 않은 소망이었다. 전쟁이 파괴를 가져오는 것에 못지않게 평화가 부패를 가져왔으니. 어찌하여 이렇게 됐나? 하늘의 안내자여, 말씀해주소서, 인류는 여기서 끝날 것인지."

그에게 미카엘이 말한다.

"앞서 그대가 본 전승(戰勝)과 사치스러운 부귀에 빠진 자들은, 처음엔 용맹이 뛰어나고 공훈이 높았으나 진정한 덕이 모자란 자들로서, 많은 피를 흘리고 약탈을 하여 여러 나라를 항복시키고, 그로 인해 세상의 명예와 높은 이름과 풍부한 노획물을 얻었으나, 저들의 길을 쾌락, 안이, 나태, 포만, 그리고 육욕으로 바꾸어 마침내 음란과 오만이 우의를 대신하고, 평화에 적대행위를 일으키게 되리라. 정복된 자나 전쟁의 노예도 그들의 자유와 더불어 온갖 덕, 하나님에 대한 경외심마저 잃었다. 그들의 거짓 신앙은 치열한 전투에서 침입자에 대항할 때 하나님의 도움을 얻지 못하고, 그로 인해 열의가 식게 된다. 그 후로는 안이하고 세속적이고 또 방자하게 그들의 주가 허락한 향락을 좇아 살기 위해 애쓰라. 절제를 시험하기 위한 땅의 산물이 얼마든지 있을 것이니.

이같이 모든 인간이 타락하고, 부패하고, 정의와 절제, 진리와 신념이 잊힌다. 오직 한 사람 예외가 있으니, 그는 관례에 거역하여 착하고, 유혹과 습관 또한 세속에 대하여 분노하는, 암흑시대의 유일한 빛의 아들이다. 그는 비난과 멸시, 폭력도 두려워하지 않고, 그들의 사악한 길을 훈계하며 진실로 안전하고, 평화로 가득 찬 정의의 길을 그들 앞에 보인다. 그는 뉘우침 없는 그들에게 임박한 진노를 선언하여 오히려 그들로부터 조소를 받지만, 하나님에게는 오직 한 사람, 살아 있는 의로운 자로 인정되고, 그 명령으로 그대 본 바대로, 기이한 방주(方舟)를 건조하여, 전멸로 결정된 세상에서 자신과 그 가족을 구원하리라.

그가 사람과 짐승 가운데서 생명을 보존하도록 선택된 자들과 함께 방주에 들어가 안전하게 가리어지자마자, 곧 하늘의 온 폭포가 모두 열려 밤낮으로 땅에 비를 쏟는다. 심연의 샘도 모두 터져 대양을 높이고, 모든 경계를 넘어 침범하여 마침내 가장 높은 산 위에까지 기어서 올라간다. 그때 이 낙원의 산도 물결에 휩쓸려 뽑혀 뿔 모양의 홍수에 밀려서 그 푸른 것이 모두 벗겨지고, 나무들은 물에 뜬 채 큰 강으로 내려가 열린 물굽이에 이르러 거기에서 뿌리를 내려 염분 많은 벌거

대홍수로 세상이 종말을 맞는 장면이다.

숭이 심이 되고, 물개와 고래와 울부짖는 갈매기의 집이 되리라. 이는 어떤 곳에 자주 드나들거나 사는 사람이 아무것도 가져오는 것이 없으면, 하나님이 거기에 신성을 인정하지 않는다는 걸 그대에게 가르치고자 함이다. 다음에 계속되는 장면을 더 보아라."

바라보니, 막 물이 빠지는 바다 위에 방주가 떠 있는 것이 보인다. 구름은 매서운 북풍에 쫓겨 도망치고, 수면은 바람에 말라 시든 것처럼 쭈글쭈글하다. 밝은 해는 그 넓은 수면을 뜨겁게 쪼이며, 마치 갈증이 심한 후처럼 맑은 물결을 마음껏 빨아들인다. 이리하여 물결은 물러나 괴어 있는 홍수로부터 물결치는 썰물이 되어 조용한 발걸음으로 심연에 이른다. 하늘의 창이 닫히면서 수문도 막혔으니, 방주는 이미 떠 있지 않고 어떤 높은 산봉우리에 꽉 붙은 것 같다.

이제 산봉우리들은 바위처럼 나타나고, 거기서 급한 물결은 소란스럽게 맹렬한 조수를 물러가는 바다 쪽으로 몬다. 갑자기 방주에서 까마귀 한 마리가 날아오르고, 그 뒤를 이어 한층 확실한 사자(使者)인 비둘기 한 마리가 한두 차례 나와서 찾는다. 발붙일 푸른 나무나 땅을. 두 번째 돌아갈 때, 그 부리에 평화의 상징인 감람나무 잎을 물고 있다. 이윽고 마른 땅이 나타나고 방주에서 노인이 그 일족과 함께 내린다. 그리고 공손히 손과 눈을 들어 하늘에 감사할 때, 그 머리 위로 이슬 머금은 구름과 그 구름 속에 화려한 삼색의 선명한 무지개가 보인다. 그것은 하나님으로부터의 평화와 새로운 약속의 징조이다. 그것을 보자, 그토록 슬퍼했던 아담은 크게 기뻐하고 그 기쁨을 이렇게 표현한다.

"아, 미래의 일을 현재와 같이 나타내는 하늘의 스승이시여, 이 몸은 이 마지막 광경을 보고, 인간이 모든 생물과 함께 살며 그 종족이 보존될 것을 믿고 소생했습니다. 내 사악한 자손들의 세계가 멸망함을 비탄하기보다 차라리 참으로 완전하고 의로운 한 사람을 위하여 하나님이 다른 세계를 일으킴으로써 그 노여움을 모두 잊으신 것이 훨씬 더 기쁩니다. 그런데 말해주소서, 저 하늘의 색줄(무지개)은 무엇입니까? 그것은 노여움을 푸신 하나님의 이마처럼 펼쳐진 것인지, 아니면 저 물먹은 구름의 흐르는 옷자락이 다시 풀려 땅에 쏟아지는 일 없도록 그 가장자리를 묶은 꽃실인지요?"

이에 미카엘은 말한다.

"그대 영리하게도 알아맞혔다. 그렇게 기꺼이 하나님은 노여움을 푸셨다. 비록 앞서는 아래를 내려다보고, 온 땅이 폭력으로 넘쳐, 모든 인간이 각기 제 길을 더럽히는 걸 보고 마음속으로 비탄하며 인간의 타락을 마음 아파하셨다.

하지만 그것들은 모두 제거되고 의로운 사람 하나가 하나님 앞에서 은총을 얻음으로써 마음을 푸셨다. 그리하여 인류를 말살하지 않고 성약을 세워 다시는 홍수로써 땅을 멸하지 않고, 바다로 하여금 그 한계를 넘지 못하도록 하며, 비를 내려 사람과 더불어 가축을 물에 잠기지 않게 하시리라. 하지만 하나님이 땅 위에 구름을 가져오실 때는 그 속에 삼색의 무지개를 두시어, 그것을 보고 하나님의 성약《창세기》 제9장

^{16절 참조)}을 기억나게 하시리라. 낮과 밤, 씨 뿌릴 때와 추수 때, 더위와 추위가 제 갈 길을 지키고, 드디어 성화(聖火)에 모든 것이 새롭게 정화되어, 그 천지에서 의로운 사람이 살게 되리라."

PARADISE LOST

실낙원

제12권
낙원의 추방

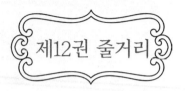

제12권 줄거리

천사장 미카엘이 대홍수 이후에 어떤 일이 벌어질 것인지에 대해 말한다. 그리고 아브라함을 이야기하는 대목에서 아담과 하와가 타락할 때 그들에게 약속한 여자의 후손이 누구인지 점차 밝히게 된다. 그의 성육(成育), 죽음, 부활 및 승천에 대해, 그리고 그가 재림할 때까지 교회가 처할 상태에 대해 말해준다.

아담은 이러한 이야기와 약속에 크게 만족하고 위안을 얻어 다시 힘을 차리고서 미카엘과 함께 산에서 내려와 하와를 깨운다. 내내 잠들어 있던 그녀는 잠자는 동안 편하고 좋은 꿈을 꾸면서 마음이 차분해져 평정심과 순종하는 마음을 되찾게 되었다. 미카엘은 두 손으로 그들을 잡고 이끌어 낙원 밖으로 데려다 주는데, 그들 뒤로는 화염검이 돌아다니고, 그룹 천사들은 각자의 자리에 배치되어 낙원을 지킨다.

여행 중 급히 가야 하면서도 한낮에 휴식을 취하는 사람처럼 미카엘은 여기 파괴된 세계와 회복된 세계 사이에서 쉰다. 혹시 아담이 무슨 말을 꺼내지 않을까 하여. 그는 곧 부드러운 어조로 새로운 이야기를 시작한다.

"그대는 이같이 세상이 시작되고 끝남을, 인류가 제2의 줄기에서처럼 나옴을 보았다. 아직도 볼 것은 많지만, 내 보건대, 그대 하나님의 일은 인간의 눈을 약하게 만들었다. 이제부터 앞으로 닥쳐올 일을 말하니, 주의하여 잘 경청하라. 이 인류의 두 번째 근원은, 아직 그 수가 적고 또 지나간 심판의 두려움이 생생하게 그 마음에 남아 있는 동안, 하나님을 경외하고 옳고 의로운 일에 관심을 두고 생활하며 급속히 번식하라. 그리하여 땅을 갈고, 곡식과 술과 기름 등 풍요함을 거두었다. 또한, 소 떼, 양 떼로부터 송아지, 어린 양, 새끼염소를 골라 제물로 바치고, 많은 포도주를 따라놓고 경건하게 제사를 지내며, 죄 없는 기쁨의 날을 보내고, 족장의 통치 아래 가족과 마을들이 모여 영원토록 평화롭게 살리라. 이윽고 교만하고 야심 만만한 자가 하나 나와, 올바른 평등과 우애 깊은 상태에 만족하지 않고, 부당하게 자기 형제의 주권을 스스로 칭하고, 자연의 화합과 법도를 지상에서 완전히 쓸어버리고자 한다. 그 전제적인 주권에 대한 복종을 거부하는 자를 전쟁과 적의의 올가미로(짐승 아닌 사람을 사냥감으로 하여) 사냥하며, 그로 인해 그는 주 앞에서 위대한 사냥꾼이라는 호칭을 받는다. 하늘을 멸시하거나 하늘로부터 제2의 주권을 요구하는 듯이, 그리하여 그의 이름은 반역에서 생긴다. 다른 사람의 반역은 책망하면서도, 그는 같은 야심으로 결합하여 자기와 더불어, 혹은 그 밑에서 행하려는 일당과 함께 에덴으로부터 서쪽으로 전진한다. 그리하여 검은 역청의 소용돌이가 땅 밑 지옥의 아가리에서 끓어오르는 들판을 찾게 된다.

그들은 벽돌과 그 밖의 재료로 꼭대기가 하늘까지 닿는 도시와 탑을 세워, 스스로 이름을 얻고자 한다. 하지만 이따금 내려와 그들이 하는 일을 살피던 하나님께서, 이윽고 그것을 바라보고 그 탑과 도시를 보고 비웃으며, 그들의 혀에 불화(不和)의 정신을 심고, 그들 본래의 언어를 완전히 말살하고, 그 대신 알아듣지 못하게 말의 소음을 뿌렸다. 곧 건축자들 사이에 무시무시한 잡소리가 요란하게 일어나, 서로 불러도 알아듣지 못하고, 마침내 목이 쉬어 모두 격분하고 하나님께서 비웃으신 대로 난리가 났다. 하늘에 웃음소리가 높고, 이 괴상한 소란을 내려다보며 또한 그 소음을 듣는다. 그리하여 건축은 우습게 중단되고, 이 일은 '혼란'이라 이름 지었다."

이에 아담은 인류의 아버지답게 기분이 언짢아져서 말한다.

"아, 저주받은 아들이여, 하나님으로부터 받지 않은 권위를 가로채어 스스로 뽐내고 이렇게 동포 위에서 군림하려 하다니. 그분이 우리에게 내린 절대 주권은 짐승, 물고기, 새 등에 대해서일 뿐이다. 은사(恩賜)로 우리가 그 권리를 지니지만, 사람 위에 사람을 주(主)로 두지는 않으셨다. 그런 이름은 자신이 지니시고, 인간은 인간으로부터 자유롭게 하셨다. 그런데 그 찬탈자는 인간에 대하여 그 오만한 침해행위를 그치지 않고, 그 탑은 하나님께 도전하듯 그분을 둘러쌌다. 가련한 인간이여! 어떤 식량을 거기 실어 올려, 저 자신과 그 지각없는 군병을 유지하고자 했는가? 구름 위에 희박한 공기가 그의 거친 내장을 괴롭히고 식량이 아니라 호흡에 굶주림을 줄 뿐이다."

이에 미카엘이 말한다.

"당연하다, 정당한 자유를 억압하고 평온한 인간세계에 이런 고통을 가져온 그 아들을 그대가 미워함을. 그러나 그대의 원죄 이래 참된 자유는 상실되었음을 알라. 그것은 언제나 바른 이성과 달라붙어 나뉘어서는 존재할 수 없다. 인간의 이성이 어두워 복종하지 않으면, 즉시 터무니없는 욕망과 불현듯 일어난 감정이 이성으로부터 주권을 빼앗고, 그때까지 자유롭던 사람을 노예로 떨어뜨린다.

따라서 인간이 스스로 마음에 맞지 않는 힘으로 자유로운 이성을 통치하게 하면, 하나님은 정당한 판단으로 그를 밖으로부터 횡포한 군주에게 복종시키고, 그 군주들은 으레 사람의 외적 자유를 부당하게 속박한다. 억압은 반드시 있다. 그것이 억압자의 변명이 될 수 없다. 하지만 때로 백성은 덕, 즉 이성으로부터 형편없이 낮게 타락하여 악이 아닌 정의가 거기에 치명적인 저주를 보태어 내적 자유를 잃은 그들의 외적 자유를 박탈당하게 하리라. 방주를 만든 자의 그 불경스러운 아들(노아의 아들)을 보라. 그는 아버지에게 가한 모욕 때문에, 그 악덕의 족속 위에 '종 중의 종'이라는 무서운 저주를 들었다. 이같이 이후의 세계도 저 앞의 세계처럼 여전히 악에서 더 심한 악으로 나아가, 마침내 하나님은 그들의 죄에 지쳐 그들로부터 몸을 피하고, 그 거룩한 눈을 돌린다. 그 후로는 그들을 그 타락한 길에 버려두고, 한 특수한 백성, 한 신실한 자에게서 나올 백성을 나머지 모든 백성으로부터 골라 내어 그들에게 당신께 간구케 하려고 결심한다.

그가 아직 유프라테스 이쪽에 살며 우상을 숭배하며 자랄 때 사람들은(그대 믿을 수 있겠는가) 그토록 어리석어져서, 대홍수를 피한 족장(노아를 가리킨다)이 아직 살아 있는 동안에 살아 계신 하나님을 버리고, 나무와 돌로 만든 것을 신으로 숭배했! 그래도 지존의 하나님은 그를 환상으로 불러내어 그의 아버지의 집과 친족, 거짓 신들로부터 그가 지시하는 나라로 인도하여 그에게서 위대한 백성을 일으키고, 거기에 축복을 내리니, 그 후손 안에서 만민은 축복을 받게 된다. 그는 곧 좇는다. 어느 땅인지도 모르나 확실히 믿음서. 그가 어떤 믿음으로 저의 신들과 친구들, 본토 칼데아의 우르를 버리고, 이제 나루를 지나 하란에 들어가는가를 나는 보았다,

그대는 못 보아도 그 뒤를 따르는 것은 소와 양, 그리고 수많은 노예의 괴로운 행렬. 초라한 방랑은 아니어도, 그의 모든 부(富)를 자기를 부른 하나님에게 맡기고, 미지의 땅으로 향해 가더니, 이윽고 가나안에 도착한다. 세겜과 그 부근 모레 평야에 그의 천막이 처져 있는 것이 보인다. 거기에서 약속에 의하면 그는 자손에 대한 선물인 그 모든 땅

아브라함이 가나안 땅으로 이주하는 장면이다.

을 받았다. 북으로는 하맛에서 남쪽 광야까지 또 동쪽 헤르몬 산에서 서쪽 대해에 이르기까지. 내 가리키는 대로 헤르몬 산과 저쪽 바다를 바라보라. 해안에는 갈멜 산, 이쪽에는 두 원천의 흐름인 요르단이 있으니, 진정한 동쪽 경계이다.

그러나 그 아들들은 저 긴 산등성이 스닐까지 퍼져 살았다. 땅 위의 백성 모두가 그의 씨로 축복받는다는 것을 명심하라. 씨라 함은 그대의 대구주(大救主), 뱀의 머리를 상하게 할 자를 말함이다. 이는 곧 그대에게 명백히 밝혀지게 된다. 때가 되면 믿음 있는 아브라함(아브람)이라 불릴 이 축복의 족장은 믿음과 지혜와 명성에서 자기를 닮은 한 아들(이삭), 그리고 그 아들에게서 손자(야곱)를 두게 된다. 그 손자는 열둘로 불어난 아들들(요셉)과 더불어 가나안으로부터 떠나, 그 후에 이집트라 불리는 나일 강에 의해 갈라진 땅에 이른다. 보라, 그것이 흐르는 곳을. 일곱 개의 하구(河口)로부터 바다로 흘러들어 간다. 그 땅에 머무르고자 그는 흉년에 막내아들에게 초청을 받는다. 그 아들은 공훈으로 중용되어 이집트 왕의 나라에서 제2인자가 된 자(요셉)로다. 거기서 그는 죽고, 그의 종족이 불어서 한 백성이 되고, 이윽고 다음 대의 왕(이집트 파라오)에게 의심받게 된다.

동거하기에는 너무 많은 식객이라 왕은 그 지나친 번식을 막고자 몰인정하게 그들을 노예로 삼고, 또 그 사내아이들을 죽이라 명한다. 이때 그 백성을 노예의 처지로부터 해방하려는 하나님이 보낸 두 형제(모세와 아론)에 의하여 그들은 다시 돌아온다, 영광과 전리품을 가지고 약속의 땅으로. 그러나 그 하나님을 아는 것과 그 사자를 존경하기를 거부하는 저 불법의 폭군에게는 무서운 징조와 심판으로써 필연코 응징을 당한다. 강은 흐르지 않은 피로 변하고, 개구리, 이, 파리는 지긋지긋하게 몰려들어 온 왕궁에 넘치고, 온 땅에 차고, 가축은 역병과 전염병으로 죽고, 왕과 그의 백성은 종기와 농포(膿疱)로 전신이 부풀어 오르게 된다. 우박 섞인 우레와 불이 섞인 우박이 이집트의 하늘을 찢고 땅 위를 휘몰아, 그 굴러가는 곳마다 완전히 파멸한다.

그 파멸을 면한 풀, 과실, 곡물은 검은 구름장처럼 떼를 지어 몰려오는 메뚜기에게 먹혀 땅 위에 푸른 것은 모두 남지 않는다. 만지면 손에 잡힐 것 같은 암흑이 왕의 온 국토를 뒤덮어 사흘 안에 지워버렸다. 마지막에는 한밤중의 일격으로 이집트의 모든 첫아이를 죽음으로 내몬다. 이렇게 열 군데의 상처로 강의 용은 마침내 손을 들고 그 객민(客民)의 떠남을 허락하고, 완강한 그 마음이 때로 겸손해지나, 얼음처럼 녹은 후 다시 굳어진다. 이윽고 분노가 솟아 방금 놓아 보낸 자들을 추격하니, 바다가 그와 그의 군사를 삼키고, 저들은 모세의 지팡이에 겁을 먹고 갈라져 서 있는 수정(水晶)의 양 벽 사이로 마치 마른 땅처럼 지나가게 하였다. 그리하여 구원을 받은 자들은 기슭에 당도한다.

이런 기적의 힘을 하나님은 그의 성도에게 베푼다. 하나님은 천사 안에 존재하지만, 그들보다 먼저 구름과 불기둥 속을 가되, 낮에는 구름 기둥으로 밤에는 불기둥으로 그들의 가는 길을 인도한다〈〈출애굽기〉 제13장 17절 참조), 완고한 이집트의 왕이 밤새도록 추격하지만, 암흑이 중간

이스라엘 민족이 이집트에서 탈출할 때
모세가 홍해를 가른 기적을 묘사한 장면이다.

에서 가로막아 새벽까지 접근 못 하게 한다. 그때 하나님이 불기둥과 구름 사이로 굽어보며, 그의 전군을 괴롭히고 또 그 수레바퀴를 뒤엎는다. 명령에 따라 모세가 다시 그 권능의 지팡이를 바다 위에 뻗치니 바다는 거기에 복종하여, 그들의 전열 위로 파도가 되돌아와 그 군사들을 삼킨다.

이제 선민(選民)은 안전하게 해안으로부터 가나안을 향하여 나아간다. 그리고 그들은 광야에 머물러 통치 기반을 세우고, 정해진 율법으로 다스리도록 열두 지파에서 원로의원을 뽑는다. 하나님은 하늘에서 내려와 시나이 산 흰 봉우리를 진동시키며, 우레와 번개, 나팔 소리를 드높인 가운데 스스로 그들에게 율법을 선포한다. 일부는 인간의 정의에 관한 것, 일부는 종교의식에 관계되는 것을 그들에게 가르친다. 그러나 하나님의 목소리가 사람의 귀에는 무섭게 들린다. 그들은 모세가 자기들에게 거룩한 뜻을 전해주어 공포가 그치기를 바란다. 중재가 없이는 하나님께 접근할 수 없음을 알고 있었기에 모세는 그들의 소원을 받아들여, 그 위대한 임무를 상징적으로 취한다.

그것은 위대한 자를 소개하기 위함이니, 그는 그가 세력을 떨칠 날을 예언할 것이고, 예언자들도 각기 그 시대에 위대한 메시아의 세상을 노래한다. 이같이 율법과 의식이 이루어지니, 하나님은 자기 뜻에 순종하는 자들에게 지극히 만족하여, 당신의 막사를 사람들 사이에 세우게 한다. 성스러운 분께서 필사의 인간과 살기 위하여. 그분의 명령에 황금을 입힌 향기로운 잣나무의 성소가 세워지고, 그 속에 궤가 하나 있으니, 그 궤 안에는 그의 증거인 계약의 기록이 모셔져 있고, 그 위로 황금의 속죄판이 두 빛나는 케루빔의 날개 사이에 있다. 그 앞에서 일곱 개의 등화가 불탄다. 마치 천체를 표현하는 황도대(黃道帶)에서처럼. 장막 위에는 낮엔 구름이, 밤엔 불의 섬광이 머문다. 이윽고 그들은 천사의 인도를 받아 아브라함과 그 후손에게 약속된 땅으로 향한다. 그 나머지를 다 얘기하자면 한이 없다. 얼마나 많은 전쟁을 겪고, 얼마나 많은 왕이 멸망하고, 또 패할 나라는 얼마나 많은가. 그리고 태양은 어떻게 온종일 중천에 멈추며, 밤은 그 정상적인 노정을 어떻게 연장하는가. 사람의 소리가 명하여, '태양이여, 기브온에 서라, 너 달이여, 아이알론의 골짜기에 멈춰라! 이스라엘이 이길 때까지' 이렇게 외치는 것은 아브라함의 3세, 이삭의 아들 및 그에게서 나와 가나안을 얻을 그의 온 자손이다."

이때 아담이 말한다.

"아, 하늘에서 보낸 어둠을 비추는 이여, 당신은 고마운 일을 알려주셨습니다. 특히 의로운 아브라함과 그의 후손에 관한 것을. 비로소 내 눈이 참으로 열리고, 내 마음이 자못 풀린 듯합니다. 전에는 나와 전 인류의 장례를 생각하고 괴로워했었는데. 하지만 이제 만백성이 축복받을 그의 날이 보이니, 나에게는 분에 넘치는 은혜입니다. 금단의 방법에서 금단의 지식을 구한 이런 자에게. 그런데 아직 알 수 없는 것은 하나님이 그들에게 어째서 그렇게 많은 갖가지 율법을 주셨는가 하는 것입니다. 그토록 많은 율법은 그만큼 그들에게 많은 죄가 있다

모세가 십계명으로 우상을 섬기는 자들을 혼내는 장면이다.

는 증거이니, 어떻게 하나님이 그들과 더불어 사실 수 있겠습니까?"

미카엘이 그에게 대답한다.

"죄가 그들 사이에서 크게 퍼질 것은 분명하다, 그대가 난 자손이니. 그래서 율법을 내리시는 것이다. 죄를 자극하여 율법과 싸우게 함으로써 그들의 타고난 사악을 보이기 위하여. 즉, 율법은 죄를 드러내지만, 약한 속죄의 표상인 소와 양의 피가 아니고서는 죄를 제거할 수 없다는 것을 깨달을 때, 조금 더 고귀한 피, 다시 말해 정의가 불의를 위하여 바쳐져야 한다는 것을 알게 된다.

이로써 그들은 신앙으로 말미암아 그들에게 귀속하는 의(義)에서만 하나님께 의로움을 얻고 양심의 평화도 얻게 된다. 율법은 의식에 의하여 양심을 달래지 못하고, 또한 사람은 그 도덕적 임무를 다할 수 없고, 이를 다하지 못하면 살 수 없다. 따라서 율법은 불완전하게 나타나고, 때가 되면 더 나은 계약으로 그들을 내주기 위해서만 그것이 주어지는 것이다. 그때까지는 피상적 외형으로부터 진실로, 육으로부터 영으로, 엄격한 율법의 부과로부터 너그러운 은혜의 자유로운 향수로, 종의 공포로부터 아들로, 율법의 과업으로부터 신앙에 이르는 수련을 쌓아야 한다.

그런 까닭에 하나님의 지극한 사랑을 받지만 모세는 오직 율법의 사역자에 불과하니, 그 백성을 가나안으로 인도할 수 없고, 이방인들이 예수라 일컫는 여호수아만이 그 이름과 임무를 맡는다. 그는 곧 원수인 뱀을 죽이고, 세상의 광야를 거쳐 오랫동안 헤매던 인간을 영원한 안식의 낙원으로 편안히 인도할 수 있는 자이다. 그러는 동안 그들은 지상의 가나안에 자리 잡고 오랫동안 살고 번창한다. 그러나 백성의 죄가 그들의 공정한 평화를 방해하고, 하나님을 노하게 하여 저들에게 원수가 나타나게 된다. 하나님은 회개하는 사사(士師, 구약 시대에 이스라엘 백성을 다스리던 지배자)에 의해, 다음에는 왕의 통치하에서. 왕 중의 제2세, 경건에서도 또 무공에서도 이름 높은 자가 하나의 변함없는 약속을 받는다. 즉, 그의 왕위가 영원히 계속되리라는 똑같은 것을 모든 예언자가 노래한다.

다윗의(나는 이 왕을 그렇게 부르노라) 줄기에서 한 아들, 그대에게 앞서 말한 그 여자의 씨가 나오리라. 아브라함에게는 만백성이 그에게 의뢰하리라 예언되고, 왕들에겐 그 통치가 한없을 것이므로 마지막 왕이라 예언된 자. 그러나 우선은 유구한 왕통이 계속되리라. 부와 지혜로 이름 높은 그의 다음 아들(솔로몬)은 그때까지 장막에서 방황하던 구름 속의 법궤를 영광의 신정에 모신다.

그 후에는 반은 선이요, 반은 악이라 기록될 자가 따르겠지만, 악의 두루마리가 더 길 것이다. 그들의 사악한 우상 숭배와 또 다른 잘못은 백성의 죄의 총화 위에 쌓여 하나님의 진노를 발하게 하니, 하나님은 그들을 버리고 그 나라, 도시, 신전, 법궤, 그리고 모든 성물(聖物)도 함께 그 교만의 도시, 그 높은 성벽이 마침내 혼란으로 끝나는 것을 본 저 바빌론이라는 도시의 멸시와 먹이가 되게 한다. 거기에서 그들을 포로로서 70년 동안 살게 한 후, 자비와 하늘의 해와 같이 정해진 다윗과의 언약을 잊지 않고 그들을 데려온다. 하나님이 앉히신 그들의 주인인 왕의 허락을 얻어 바빌론에서 돌아와, 그들은 먼저 신전을 고쳐 세우고, 잠시 초라한 대로 온건하게 살았지만, 이윽고 부와 사람 수가 늘어 파쟁을 좋아하게 된다. 먼저 사제들 사이에 알력이 일어난다. 제단을 섬기고 무엇보다 평화를 애써 지켜야 할 사람들 사이에. 그 분쟁은 신전까지 더럽히고, 마침내 그들은 홀을 빼앗고 다윗의 아들들을 멸시한다.

그 후 그것이 이방인의 손으로 넘어간 것은 참된 왕 메시아가 그 권리를 빼앗기고 태어나기 위함이다. 그러나 그가 태어날 때 전에는 보이지 않던 별이 하늘에서 그의 강림을 고하고, 향과 몰약과 황금을 바치려고 그분 처소를 찾는 동방 박사들을 인도한다. 한 엄숙한 천사가 그가 나신 곳을 밤에 파수를 보는 순진한 목자들에게 고하니, 그들은 기뻐하며 곧 그곳으로 달려가 천사들의 합창단이 부르는 축가를 듣는다. 그분의 어머니는 처녀, 그러나 아버지는 지극히 높으신 이의 힘이다. 성자는 세습의 왕위에 올라, 그 넓은 세상을 통치구역으로 삼아 다스리고, 그 영광은 하늘에 돌린다."

그의 말이 끝나자, 아담은 아주 기뻐서 마치 슬플 때처럼 눈물에 젖어 감히 말도 못 한다. 잠시 후, 그는 간신히 이렇게 말한다.

"아, 복음의 예언자여! 극진한 희망의 완결자여! 내 이제야 확실히 깨달았습니다. 한결같은 마음으로 여태껏 헛되이 찾은, 우리가 크게 기대하던 그분이 여자의 씨라 불리는 까닭을. 동정녀 성모여, 만세! 하늘의 사랑으로 높으나, 내 허리에서 당신이 나오고, 당신의 태에서 지극히 높으신 하나님의 아들이 나오다니. 그리하여 신과 인간이 연합하니, 뱀은 이제 치명적 고통으로 머리에 상처 입을 각오를 해야 할 것이다. 말씀하세요. 언제, 어디서 싸워, 어떤 타격이 승리자의 발꿈치를 상하게 할 것인지."

이에 미카엘이 대답한다.

"그들의 싸움을 결투나 머리와 발꿈치의 부분적 상처로 생각하지 말라. 성까지 인성(人性)과 신성(神性)을 겸하는 더 강한 힘으로 그대의 원수를 격파하기 위함이 아니다. 사탄도 그렇게 패하지는 않으니, 비록 하늘에서의 추락으로 극심한 상처를 입었을망정, 그대에게 죽음의 상처를 못 줄 정도는 아니다. 그대의 구주로 오시는 이가 그것을 낫게 하니, 사탄을 멸할 것이다. 그대와 그대의 씨에서 그가 한 일을 멸함으로써, 그것은 다름 아니라 그대가 이행치 못한 것, 즉 죽음의 벌로 부과하노니 하나님의 율법에 순종함으로써, 그리고 그대의 죄와 거기에서 나오는 그들의 죄에 적합하게 벌인 죽음의 고통을 받음으로써만 완수된다. 그렇기에 높은 정의는 충족될 수 있다. 사랑만으로도 율법을 이행할 수는 있지만, 그는 순종과 사랑으로 하나님의 율법을 완성한다.

그분은 육신으로 와서 비난받는 삶과 저주의 죽음을 수행함으로써 그의 속죄를 믿는 모든 자에게 영원한 생명을 선포한다. 그분의 순종은 신앙으로 바뀌어 저희 것이 되지만, 그분의 구원은 그들의 일이 아닌 그분의 공덕이다. 따라서 그는 증오와 모독을 받으며 살고 장제로

잡혀서 심판받고, 수치스러운 죽음을 맞는다. 그러나 그는 십자가에 그대의 원수들을, 그대를 거스르는 율법과 온 인류의 죄를 자기와 함께 십자가에 못 박힌다, 그의 이 속죄를 온당하게 믿는 자를 다시는 해치지 않도록. 그분은 그렇게 죽지만, 곧 부활하니, 죽음은 그에게 오래도록 주권을 행사하지 못한다.

사흘째의 새벽이 밝기 전에 샛별은 그가 여명처럼 새롭게 무덤에서 일어남을 본다. 인간을 대신하는 그의 죽음, 생명을 부여받은 자는 그 누구도 그것을 무시하지 못하고, 믿음으로 선행을 쌓으면 그 은혜를 받을 것이다. 이같이 하나님의 행위는 그대의 운명, 즉 영원히 생을 잃고 죄에서 죽어야 하는 그 죽음을 취소한다. 이 행위가 사탄의 두 개의 무기인 죄와 죽음을 파괴하여, 그 머리를 부수고 그 힘을 무찌를 것이다. 그리고 일시적인 죽음의 승리자나 그가 속죄하는 자의 발꿈치를 상하게 하는 것보다 더 깊이 그 머리에 가시를 꽂는다.

그것은 마치 잠 같은 죽음, 영생으로 가는 고요한 이동이다. 부활한 후에 그는 이 지상에 오래 머무르지 않고, 그의 제자, 즉 생존 시에 늘 따르던 자들에게 몇 번 나타나는 것 외에는, 그와 그의 구원에 대하여 그들이 배운 바를 모든 백성에게 가르치고, 믿는 자에게는 흐르는 물로써 세례를 베풀 것을 그들의 책임으로 맡기니, 이는 그들의 죄의 가책을 씻어 순결한 생활로 인도하고, 또 만일 그런 일이 있으면 속죄자의 죽음과 같은 죽음을 맞이할 마음의 준비를 하게 하는 표시이다.

그들은 만백성에게 가르쳐, 그날부터 구원은 다만 아브라함의 허리

하나님의 독생자 그리스도가 인간의 몸을 빌려 원죄를 대속하기 위해
십자가에서 숨을 거둔 장면이다.

그들은 만백성에게 가르쳐, 그날부터 구원은 다만 아브라함의 허리에서 난 자식들뿐만 아니라, 온 세상 어디고 아브라함의 신앙의 자식들에게도 전파될 것이므로 그리하여 만백성은 그의 씨 덕분에 축복받을 것이다. 그때 성자는 자기의 원수, 그대의 원수 위로 개선하여 공중을 지나 승리를 안고 하늘 중의 하늘로 오른다.

거기서 공중의 왕이 뱀을 놀라게 하고, 쇠사슬에 매어 그의 온 영토를 끌고 다니다, 기절시켜 버려둔다. 그다음 그분은 영광으로 들어가 하나님의 오른편 자기 자리로 올라가, 하늘의 모든 이름 위에 높이 올려진다.

그리고 이 세계의 파멸이 성숙될 때(그리스도의 재림) 영광과 권력을 가지고 하늘에서 내려와, 산 자와 죽은 자를 심판한다. 믿음 없이 죽은 자를 심판하고, 믿음 있는 자의 죽음에는 보상하여, 하늘에서건 땅에서건 그들은 축복의 경지에 들어간다. 그때 땅은 모두 낙원이 되어, 이 에덴보다 훨씬 복된 장소, 복된 날이 될 것이다."

미카엘은 말하기를 멈추고 입을 다문다. 마치 세상의 대종말에 임하는 것과 같이. 우리의 조상은 기쁨과 경이에 넘쳐 이렇게 대답한다. "아, 무한한 선, 끝없는 선이여! 악으로부터 이 모든 선을 나게 하고 또 악을 선으로 바꾸었다. 위대한 창조로부터 어둠에서 빛을 가져오게 했던 것보다 더 신기하다! 이제 나는 어찌할까. 내가 범하고 내가 일으킨 죄를 회개할 것인가, 혹은 거기에서 한층 더 많은 선이 솟아나는 것을 더욱 기뻐할 것인가. 하나님께는 더 많은 영광이, 인간에게는 하나님으로부터의 더 많은 은혜가, 그리고 노여움 위에는 자비가 충만하라. 그러나 말씀하세요, 만일 우리의 구원자가 다시금 하늘에 오르면, 소수의 믿음 있는 자들은 어찌 될 것인가, 진리의 적인 믿음 없는 무리 사이에 남아서. 그때는 누가 그의 백성을 인도하고 보호할 것이요? 그 제자들이 그가 받은 것보다 더 나쁜 대우를 받진 않겠습니까?"

천사는 대답한다.

"분명히 그렇다. 그러나 그는 하늘에서 그 백성에게 아버지의 약속인 위안자("내가 아버지께서 너희에게 보낼 보혜사, 곧 아버지께서 나오시는 진리의 성령이 오실 때에, 그가 나를 증거할 것이요." 〈요한복음〉 제15장 26절)를 보내리라. 그는 아버지의 영으로서 그들 사이에 살고, 사랑을 통해 역사하는 믿음의 율법을 그들의 마음에 새겨 넣고, 모든 진리의 길로 그들을 인도하여 영(靈)의 갑옷으로 무장시켜 사탄의 공격을 무찌르고, 그 불화살을 끄게 하리라. 인간이 거역하는 일, 비록 죽음일지라도 그는 겁내지 않고, 이런 잔인한 행위에 대해서 마음속 위안으로써 보답 받고, 또한 그 위안의 힘으로 가장 거만한 박해자까지도 놀라게 하리라.

그 영은 먼저 만백성에게 복음을 전하도록 그가 보내는 사도들에게, 다음은 세례받는 모든 자에게 베풀어져 놀라운 은사를 받게 되니, 그들은 온갖 방언(方言)을 말하고, 이전에 주가 한 것처럼 온갖 기적을 행한다. 이리하여 그들은 여러 나라의 백성 중에서 다수가 하늘에서 내려온 소식을 기쁨으로 받아들인다. 마침내 그들은 사명을 완수하고,

달려갈 길을 잘 달려 그 교의(敎義)와 전기(傳記)를 써 남기고 죽으리라. 그러나 그들이 경고한 바와 같이 그들 대신 이리떼, 그 사나운 이리떼가 교사로서 뒤를 이어 모든 성스러운 하늘의 비밀을 자신들의 소득과 사악한 야심의 이익으로 바꾸고, 오직 그 순수한 기록에만 남아 있는 진리를 미신과 전통으로써 더럽힐 것이다. 영이 아니고는 이해할 수 없는데도 그런 다음 그들은 이름과 처소와 칭호를 이용하고, 이것들을 속된 권세와 결부시키고자 노력할 것이다.

역시 영의 힘에 행한다고 거짓말하면서 그들은 모든 믿는 자에게 똑같이 약속되고 주어진 하나님의 영의 율법을 육체의 권리로 사람들의 양심에 강요하리라("주는 영이시니 주의 영이 있는 곳에는 자유가 있느니라. 〈고린도후서〉 제3장 17절), 기록에 남겨진 것도, 또 심중의 영이 마음에 새긴 것도 아닌 율법을. 그들의 행위는 은혜의 영을 강요하고 그 배필인 자유를 구속하는 것이 아니고 무엇이겠는가? 지상에서 신앙과 양심을 배반하고 누가 허물이 없다는 말을 듣겠는가? 하지만 그렇게 하는 자 많으리라.

그 때문에 꾸준히 영과 진실을 숭배하는 자에게 무거운 박해가 미칠 것이다. 나머지 대부분은 표면적인 의식과 형식으로 종교가 충족된다고 생각한다. 진리는 비방의 화살을 맞아 물러서고, 신앙의 과업은 찾아보기 어려워진다. 이같이 세상은 착한 자에게는 불길하게, 악한 자에게는 다행하게, 스스로 무거운 짐에 눌려 신음하며 진행하다가 마침내 의인에게 숨길이 열리고, 악인에게 보복의 날이 오게 된다. 앞서 그대의 구원을 위하여 약속된 자, 그 여자의 씨가 다시 오는 날,

그때는 모호하게 예언되었다. 하지만 그분은 이제 그대의 구주로, 또는 주로 알려지고, 마지막에는 하늘로부터 구름 속에 아버지의 영광을 입고 나타나, 사탄을 그 사악한 세계와 함께 멸망시키면, 불타는 큰 덩어리로부터 단련되고 정화되어 새 하늘, 새 땅이 솟아나고, 무궁토록 정의와 평화와 사랑에 뿌리박은 구원의 기쁨, 축복의 열매를 맺는다."

그가 말을 마치자, 아담이 마지막으로 대답한다.

"축복의 예언자여, 당신의 예언은 어찌 그다지도 빨리 이 세상의 변천과 시간의 노정을 세월이 멈출 때까지 측정하였습니까? 그 너머는 심연이요 영원이니, 그 끝까지 볼 수 있는 눈은 없습니다. 큰 교훈을 얻고 이 몸은 여기서 떠나가겠습니다. 마음이 평온하고, 이 몸이 담을 수 있는(하나님(토기장)에게 지음을 받은 인간(그릇)으로서의 자각이 아담에게 생기고 있다. 〈로마서〉 제9장 20절) 한의 지식을 채웠으니, 그 이상 바라는 것은 나의 어리석음입니다. 나는 이제 알았습니다. 복종하는 것이 최선임을, 또한 두려운 마음으로 오직 한 분인 하나님을 사랑하고, 그분 앞에 있는 것처럼 걷고, 그 섭리를 늘 마음에 간직하고, 모든 성업(〈고린도전서〉 제1장 27절 참조)에 자비로운 그분께만 의존하고, 선으로써 끊임없이 악을 정복하고, 또한 작은 일로써 큰일을 이룩하고, 약하게 보이는 것으로써 세상의 강한 것을, 어리석은 온순함으로 세상의 슬기로운 것을 파멸시킨다는 것을. 그리고 진리를 위한 수난은 가장 높은 승리에 대한 불굴의 신념이고, 믿는 자에겐 죽음이 생명의 문이라는 것을. 영원히 축복받는 내 구세주라고 지금 내가 인정하는 그분을 모범으로 이를 배웠습니다."

이에 천사도 마지막으로 이렇게 말한다.

"이것을 깨달았으니, 그대는 지혜의 정점에 이르렀다. 이제 더는 높은 것은 바라지 마라. 모든 별의 이름을 알고, 모든 하늘의 권능, 그리고 온갖 심연의 비밀, 온갖 자연의 조화, 하늘과 공중과 땅과 바다에서의 하나님의 과업을 알고 있어도, 그리고 이 세상의 온갖 부를 누리고, 모든 지배권, 즉 한나라를 다 얻는다고 해도. 다만 그대의 지식에 맞는 행위를 하고, 거기에 덕, 인내, 절제를 보태라. 그 밖의 모든 영혼인 자비라는 이름으로 불리는 사랑을 보태라. 그러면 그대 이 낙원을 떠나도 싫지 않을 것이니, 더욱 행복한 낙원을 그대 마음속에 갖게 된다. 이제 이 전망의 꼭대기에서 내려가자. 정해진 시간이 우리의 출발을 재촉하니. 보라! 내가 저 산에 주둔시킨 파수들이 진군을 기다린다. 그 앞에는 화염 뿜는 칼이 이동의 신호로 맹렬하게 흔들리니, 이제는 더 머무를 수 없다.

가서 하와를 깨우라. 그녀 또한 내가 조용한 꿈으로써 진정시키고, 선을 예고하여 그 영(靈)에게도 온화한 순종의 길로 나아가게 할 것이다. 그대 적당한 때에 그 들은 바를 그녀에게 들려주어라, 특히 그녀의 신앙을 위하여 알아야 할 일, 곧 장차 나올 그녀의 씨에 의한 온 인류의 위대한 구원을(여자의 씨로 말미암은 것이므로). 그리하여 그대들 똑같은 신앙 안에서 오랜 세월을 함께 살도록 하라. 과거의 죄악은 슬픈 일이나, 행복한 종말을 생각하고 더욱더 기쁨을 누려라."

그의 말이 끝나자, 둘은 함께 산 아래로 내려온다. 아담이 하와가 잠자는 정자로 먼저 달려가 보니, 그녀는 잠에서 깨어, 슬프지 않은 말로써 그를 맞는다.

"그대가 어디서 돌아오셨고, 어디에 가셨는지 알겠습니다. 하나님은 잠 속에도 계시어, 내가 슬픔과 마음의 고민으로 지쳐 잠든 후, 은혜롭게도 꿈을 보내시어 가르쳐주시고, 위대한 선을 보이셨습니다. 자, 인도하세요, 망설일 게 없습니다. 그대와 함께 간다는 것은 여기에 머무는 것과 같고, 그대 없이 여기 머무르는 것은, 본의는 아니나 여기서 떠나는 것입니다. 그대는 내게 하늘 아래의 온갖 것, 온갖 처소. 이런 위안을 확신하고 그것을 여기에서 가지고 가겠습니다. 즉, 나 때문에 모든 걸 잃었어도 나의 성악의 씨가 모든 걸 회복하라는 그런 은총을 죄지은 나에게 주셨으니."

우리의 어머니 하와가 이렇게 말하니, 아담은 듣고 기쁘지만, 대답하지 않았다. 바로 곁에 미카엘이 서 있기 때문이다. 저쪽 산에서는 케루빔들이 각자 정해진 부서로 빛나는 대열을 이루고 내려와, 유성처럼 땅 위를 미끄러져 간다. 마치 개울에서 피어오르는 이른 저녁 안개가 웅덩이 위를 흘러, 집으로 돌아가는 농부의 발꿈치 가까이에서 빠르게 몰려가듯이. 맨 앞에 높이 쳐들려 휘둘리는 하나님의 칼이 그들 앞에서 번뜩인다.

혜성처럼 강하게. 그것이 타는 열과 불타는 리비아의 대기와도 같은 증기를 가지고 그 온화한 풍토를 볶기 시작한다. 갈 길을 서두르는 천사는 머뭇거리는 우리의 어버이를 두 손으로 잡고 동쪽 문으로 곧

낙원의 땅에서 추방당하는 아담과 하와는 미카엘의 예언에 기꺼이 희망을 품고 떠난다.

장 이끌어 재빨리 벼랑을 내려가 아래 가로놓인 들판에 이른다. 그리고 사라진다. 두 사람은 고개를 돌리고 조금 전까지만 해도 그들의 행복한 처소였던 낙원의 동쪽을 바라본다. 그 위에서는 불 칼이 흔들리고, 문에는 무시무시한 얼굴과 불의 무기가 가득하다. 그들은 자기도 모르게 눈물을 흘렸으나, 곧 닦는다. 그들 앞에는 안식의 땅을 택하도록 온 세계가 전개되어 있다.

그들의 안내자는 섭리. 두 사람은 손을 맞잡고 방랑의 걸음이 무겁게, 에덴을 지나 그 쓸쓸한 길을 간다.

"저희가 광야 사막 길에서 방황하며, 거할 성을 찾지 못하여 주리고 목마름으로 그 영혼이 속에서 피곤하였도다. 이에 저희가 그 근심 중에 여호와께 부르짖으매 그 고통에서 건지시고 또 바른길로 인도하사 거할 성에 이르게 하셨도다. 여호와의 인자하심과 인생에 행하신 기이한 일로 인하여 그를 찬송할 지로다." -(〈시편〉 제107편 4~8절)